REBECCA ROSS

A MELODIA DA ÁGUA

Tradução
Sofia Soter

Copyright © 2022 by Rebecca Ross LLC
Copyright da tradução © 2024 by Editora Globo S.A.

Os direitos morais do autor foram assegurados. Todos os direitos reservados. Nenhuma parte desta edição pode ser utilizada ou reproduzida — em qualquer meio ou forma, seja mecânico ou eletrônico, fotocópia, gravação etc. — nem apropriada ou estocada em sistema de banco de dados sem a expressa autorização da editora.

Título original: A River Enchanted

Editora responsável **Paula Drummond**
Editora de produção **Agatha Machado**
Assistentes editoriais **Giselle Brito e Mariana Gonçalves**
Preparação de texto **Fernanda Lizardo**
Revisão de texto **Theo Araújo**
Diagramação e adaptação de capa **Carolinne de Oliveira**
Projeto gráfico original **Laboratório Secreto**
Design e ilustração de capa original **Ali Al Amine** © **HarperCollins**Publishers Ltd 2022
Ilustração de mapa **Nick Springer / Springer Cartographics LLC**
Ilustração das ondas © **perori / Shutterstock.com**

Texto fixado conforme as regras do Acordo Ortográfico da Língua Portuguesa (Decreto Legislativo nº 54, de 1995)

CIP-BRASIL. CATALOGAÇÃO NA PUBLICAÇÃO
SINDICATO NACIONAL DOS EDITORES DE LIVROS, RJ

R746m
    Ross, Rebecca
        A melodia da água / Rebecca Ross ; tradução Sofia Soter. - 1. ed. - Rio de Janeiro : Globo Alt, 2024.

        Tradução de: A river enchanted
        ISBN 978-65-5226-006-2

        1. Romance americano. I. Soter, Sofia. II. Título.

24-93705   CDD: 813
                              CDU: 82-31(73)

Gabriela Faray Ferreira Lopes - Bibliotecária - CRB-7/6643

1ª edição, 2024

Direitos de edição em língua portuguesa para o Brasil adquiridos por Editora Globo S.A.
R. Marquês de Pombal, 25
20.230-240 – Rio de Janeiro – RJ – Brasil
www.globolivros.com.br

*Aos meus irmãos: Caleb, Gabriel e Luke,
que sempre têm as melhores histórias*

PARTE UM

Uma canção para a água

Capítulo 1

O mais seguro era atravessar o oceano à noite, quando a lua e as estrelas reluziam na água. Pelo menos, era assim que Jack tinha aprendido. Ele não sabia mais se tais convicções antigas ainda se sustentavam.

Era meia-noite, e ele tinha acabado de chegar a Woe, uma vila de pescadores na costa norte do continente. Jack julgou o nome, uma palavra inglesa para "sofrimento", um tanto adequado tão logo precisou tapar o nariz, uma vez que o lugar todo fedia a arenque. Os portões de ferro estavam cheios de ferrugem, e as casas de palafita eram tortas, com todas as janelas aferrolhadas para barrar o uivo incessante do vento. Até a taberna estava fechada, com a lareira apagada e os barris de cerveja cobertos havia tempo. Os únicos movimentos vinham dos gatos de rua tomando o leite deixado para eles às portas e da dança das cocas e canoas balançando no cais.

Era um lugar sombrio e silencioso como os sonhos.

Dez anos antes, ele tinha feito sua primeira e única travessia no oceano. Da ilha ao continente, um trajeto que levava duas horas, caso os ventos estivessem favoráveis. Tinha chegado àquela mesma vila, conduzido por um velho marinheiro ao longo da água estrelada. O homem era abatido e emaciado em função dos anos de vento e sol, inabalável pela ideia de chegar à ilha em sua canoa.

Jack se lembrava bem da primeira vez que pisara em solo continental. Tinha onze anos à época, e sua impressão inicial foi de que o cheiro ali era bem diferente, mesmo na calada da noite. Cheiro de corda molhada, peixe e lenha. Cheiro de livro podre. Até a terra sob suas botas lhe parecera estranha, ficando mais dura e ressequida conforme avançava em direção ao sul.

— Cadê as vozes no vento? — perguntara ao marinheiro.

— Aqui os feéricos não falam, garoto — respondera o homem, balançando a cabeça quando achou que Jack não estivesse vendo.

Foi preciso mais algumas semanas para Jack descobrir os rumores que descreviam as crianças nascidas e criadas na Ilha de Cadence como estranhas e indomadas. Poucas tinham a oportunidade de ir ao continente, como Jack. E menos ainda permaneciam lá pelo mesmo tempo que ele permanecera.

Mesmo dez anos depois, Jack ainda achava impossível esquecer sua primeira refeição no continente, seu gosto insosso e seco. A primeira vez na universidade, maravilhado pela vastidão e pela música que ecoava nos corredores sinuosos. O momento em que percebera que nunca voltaria para a ilha.

Jack suspirou, e as lembranças viraram pó. Estava tarde. Ele já vinha viajando há uma semana, e finalmente estava ali, desafiando qualquer lógica, pronto para repetir a travessia. Só precisava encontrar o velho marinheiro.

Seguiu por uma rua, tentando atiçar as lembranças do local onde poderia encontrar o sujeito intrépido que carregara água afora. Os gatos fugiram, e um frasco de tônico vazio rolou pelos paralelepípedos irregulares, parecendo segui-lo. Por fim ele notou uma porta que lhe parecia familiar, bem nos limites da cidade. Uma lamparina pendurada na varanda jogava uma luz fraca na porta vermelha descascada. Sim, era uma porta vermelha, lembrou Jack. Tinha também uma aldraba de latão, em formato de polvo. Era a casa do marinheiro destemido.

Jack um dia estivera exatamente naquele lugar, e seu passado era quase palpável na memória: um menino magricela, desgrenhado pelo vento, fazendo carranca para esconder as lágrimas.

— Venha comigo, moleque — dissera o marinheiro após atracar o barco, conduzindo Jack pelos degraus que levavam à porta vermelha. Era madrugada e fazia um frio de doer. Uma recepção e tanto ao continente. — Você vai dormir aqui e, de manhã, pegar o coche no sentido sul, para a universidade.

Jack concordara, mas acabara não dormindo. Deitara-se no chão da casa do marinheiro, embrulhado na flanela, e fechara os olhos. Só conseguia pensar na ilha. O cardo lunar floresceria em breve, e ele odiava sua mãe por tê-lo mandado embora.

De algum modo, desde aquele momento tão sofrido, ele amadurecera e fincara raízes em uma terra estrangeira. Embora, para ser sincero, ainda se sentisse o moleque magrelo e furioso com a mãe.

Ele subiu os degraus vacilantes do alpendre, o cabelo embaraçado tapando os olhos. Estava com fome, e sua paciência era um fiapo, apesar de sua ousadia por bater à porta à meia-noite. Ele esmurrou a porta com o polvo de latão, de novo e de novo. Não teve dó, e só parou depois de ouvir um palavrão do outro lado da madeira, seguido pelo estalar da fechadura. Um homem entreabriu a porta e o olhou, a testa franzida.

— O que você quer?

Jack soube imediatamente que não era o marinheiro que ele buscava. Aquele homem ali era jovem demais, embora já tivesse o rosto marcado pelas intempéries. Provavelmente era pescador, a julgar pelo cheiro de ostras, fumaça e cerveja barata que emanava da casa.

— Estou à procura de um marinheiro para me levar a Cadence — disse Jack. — Anos atrás, morava aqui o marinheiro que me trouxe da ilha ao continente.

— Era meu pai — respondeu o pescador rispidamente. — E ele morreu, então não pode levá-lo.

O homem começou a fechar a porta, mas Jack impediu com o pé.

— Meus pêsames. Você me levaria?

O homem arregalou os olhos avermelhados e riu, engasgado.

— A Cadence? Não, não dá.

— Está com medo?

— Medo? — O humor do pescador mudou de repente, como uma corda puída arrebentando. — Não sei por onde você tem andado na última década, ou antes disso, mas os clãs da ilha são muito territoriais, e não recebem bem nenhuma visita. Se for tolo o suficiente para visitar, precisará enviar um pedido por corvo. E então esperar que a travessia seja aprovada por saber-se lá qual barão você decidiu importunar. E, como os barões da ilha seguem prazos a seu bel-prazer... prepare-se para esperar bastante. Ou melhor, pode aguardar o equinócio de outono, quando ocorrerá o próximo comércio. Na verdade, sem dúvida eu recomendaria aguardar até lá.

Sem dizer nada, Jack tirou do bolso da capa um pergaminho dobrado. Entregou a carta ao pescador, que franziu a testa ao olhá-la de soslaio à luz da lamparina.

Jack tinha decorado a mensagem. Já tinha lido inúmeras vezes desde sua chegada na semana anterior, que interrompera sua vida do modo mais profundo.

Sua presença é solicitada imediatamente para tratar de assuntos urgentes. Por favor, volte a Cadence com sua harpa assim que receber esta correspondência.

Abaixo da caligrafia lânguida estava a assinatura de seu barão e, abaixo desta, o carimbo do anel de Alastair Tamerlaine em tinta vinho-escura, que transformava o pedido em ordem.

Após uma década praticamente sem contato com seu clã, Jack tinha sido convocado a voltar para casa.

— É Tamerlaine, é? — perguntou o pescador, devolvendo a carta.

Jack percebeu, tarde demais, que o homem provavelmente era analfabeto, mas tinha reconhecido o brasão.

O jovem assentiu, e o pescador o fitou atentamente. Ele tolerou o escrutínio, ciente de que não havia nada de extraordinário em sua aparência. Ele era alto e esquálido, como se tivesse passado por anos de subnutrição, uma constituição basicamente formada por ângulos protuberantes e orgulho inabalável. Tinha olhos escuros e cabelos castanhos. A pele era alva e pálida, devido a tantas horas enfurnado, dando aulas e compondo. Usava a camisa e a calça cinzas de costume, vestes já um tanto manchadas pelas refeições gordurosas das tabernas.

— Você parece com a gente — disse o pescador.

Jack não sabia se deveria se sentir grato ou ofendido.

— O que é isso aí nas suas costas? — insistiu o pescador, olhando a única bagagem que Jack carregava.

— Minha harpa — respondeu Jack, seco.

— Está explicado. Veio estudar?

— Precisamente. Sou bardo. Estudei na universidade de Faldare. Agora, vai me levar à ilha?

— Por um preço.

— Quanto?

— Não quero seu dinheiro. Quero uma adaga forjada em Cadence — disse o pescador. — Gostaria de uma lâmina que cortasse qualquer coisa: cordas, redes, escamas... e a sorte do meu rival.

Jack não se surpreendeu com o pedido por uma lâmina encantada. Tais objetos só podiam ser forjados em Cadence, mas sempre sob um preço altíssimo.

— Sim, posso providenciar uma adaga para você — disse Jack após um mero momento de hesitação. Lá do fundinho da memória emergiu a adaga da mãe, com seu punho de prata, a qual ela sempre carregava embainhada, embora Jack nunca a tivesse

A MELODIA DA ÁGUA 15

visto usá-la. Porém, ele sabia que a arma era encantada; o feitiço era evidente quando o objeto não era encarado diretamente: emanava uma névoa suave, como se a luz do fogo tivesse sido forjada no aço.

Ele sequer imaginava quanto a mãe pagara a Una Carlow para forjá-la. Nem o quanto Una, por sua vez, sofrera por criar aquela arma.

Ele estendeu a mão. O pescador a apertou.

— Está bem — disse o homem. — Partiremos ao amanhecer.

Ele fez menção de fechar a porta de novo, mas Jack manteve o pé onde estava.

— Tem que ser agora — retrucou. — Enquanto ainda está escuro. É a hora mais segura para a travessia.

O pescador arregalou os olhos.

— Você é idiota? Eu não atravessaria essas águas à noite nem por cem adagas encantadas!

— Confie em mim — respondeu Jack. — Corvos podem levar recados aos barões durante o dia, e a embarcação do comércio pode velejar no primeiro dia da estação, mas a melhor hora para a travessia é à noite, quando o oceano reflete a luz e as estrelas.

Quando os espíritos da água se apaziguam mais facilmente, acrescentou Jack, em pensamento.

O pescador ficou boquiaberto. Jack aguardou — se necessário, ficaria ali parado a noite toda, e o dia todo também, e o pescador pareceu perceber. Então cedeu.

— Está bem. Por *duas* adagas de Cadence, vou transportá-lo pelas águas esta noite. Me encontre no barco daqui a alguns minutos. É aquele ali, no ancoradouro da direita.

Jack olhou para trás, vendo o cais escuro. O luar fraco iluminava cascos e mastros, e ele então flagrou o barco do pescador, uma embarcação modesta que antes pertencera a seu pai. O mesmo barco que trouxera Jack em sua primeira travessia.

Ele desceu do alpendre, e o pescador fechou o trinco da porta. Por um momento, cogitou estar sendo embromado, que aquilo fosse só um ardil do pescador para despachá-lo de sua porta, mas Jack caminhou a passos rápidos pelo cais de boa fé, o vento quase o derrubando ao atravessar a estrada molhada.

Ele ergueu os olhos para a escuridão. Havia um rastro oscilante de luz celestial no mar, a trilha prateada que o pescador precisaria seguir para chegar a Cadence. Uma luazinha crescente pendia, como um sorriso, cercada pelas sardas das estrelas. O ideal mesmo seria que a lua estivesse cheia, mas Jack não tinha tempo para esperá-la encher.

Ele não sabia por que o barão o convocara de volta, mas pressentia que não se tratava de um reencontro prazeroso.

Quando ele enfim viu o vaga-lume da lamparina se aproximar, a sensação era de já estar aguardando há uma hora. O pescador andava curvado para enfrentar o vento, protegido por uma capa impermeável, a expressão congelada em uma carranca.

— É melhor cumprir sua palavra, bardo — disse. — Quero duas adagas de Cadence em troca deste incômodo.

— Bom, está bem, sabe onde me encontrar se eu descumprir — disse Jack rispidamente.

O pescador fez uma careta para ele, com um olho maior do que o outro. Então, aquiescendo, apontou o barco e declarou:

— Suba a bordo.

E Jack deu o primeiro passo para sair do continente.

A princípio, o mar estava revolto.

Jack agarrava a amurada do barco, o estômago se revirando enquanto a embarcação subia e descia em uma dança precária. As ondas agitavam o barco, mas o pescador corpulento as cortava toda vez, remando até os dois avançarem mar adentro. Ele foi seguindo o rastro de luar, como Jack sugerira, e logo as águas se acalmaram. O vento continuava a uivar, mas ainda era o vento do continente, carregando no sopro apenas o sal frio.

Jack olhou de relance para trás, vendo as lamparinas de Woe virarem pontinhos minúsculos de luz, os olhos ardendo, e soube que estavam prestes a adentrar as águas da ilha. Ele sentia a aproximação como se Cadence tivesse um olhar próprio e soubesse localizá-lo no escuro, fixando-se nele.

— No mês passado um corpo apareceu na orla — disse o pescador, interrompendo o devaneio de Jack. — Deu um susto daqueles em todo o pessoal de Woe.

— Perdão?

— Um Breccan, a julgar pelas tatuagens de ísatis na pele inchada. A flanela azul chegou logo depois — disse o homem, fazendo uma pausa na fala, porém continuando a navegar, os remos afundando na água em um ritmo hipnotizante. — Pescoço cortado. Acho que foi serviço de alguém do seu clã, que depois desovou o infeliz no mar. E deixou a bagunça por *nossa* conta quando a maré trouxe o cadáver para a nossa orla.

Jack observou o pescador em silêncio, mas um calafrio percorreu sua espinha. Mesmo depois de tantos anos distante, o nome do inimigo o atravessava como uma lança de pavor.

— Talvez tenha sido alguém do próprio clã dele — disse Jack. — Os Breccan são conhecidos por sua sede de sangue.

O pescador riu.

— E quer que eu acredite que um Tamerlaine é neutro?

Jack poderia muito bem contar histórias das invasões. Relatar como os Breccan frequentemente cruzavam a fronteira dos clãs e roubavam dos Tamerlaine nos meses de inverno. Revelar como saqueavam e feriam, pilhando sem remorso, e Jack sentiu o ódio subir como fumaça ao lembrar-se de ser um menino que só faltou se mijar de medo deles.

— Como começou a rixa, bardo? — insistiu o pescador. — Vocês por acaso lembram por que se odeiam, ou simplesmente seguem o trajeto que os ancestrais assentaram?

Jack suspirou. Só queria uma viagem ágil e *silenciosa*. Mas sabia da história. Era uma saga antiga e sanguinolenta, que mudava como as constelações, a depender de quem a contava — o leste ou o oeste, os Tamerlaine ou os Breccan.

Ele refletiu. A correnteza se aquietou, e o assobio do vento havia diminuído para um sussurro sedutor. Até a lua se aproximara, ávida para que ele contasse a lenda. O pescador captou os estímulos. Daí fez silêncio, remando mais devagar, e esperou que Jack desse voz à história.

— Antes dos clãs, existiam os feéricos — começou Jack.

— A terra, o ar, a água e o fogo. Eles davam vida e equilíbrio a Cadence. Porém, logo os espíritos ficaram solitários, cansados de ouvir a própria voz, de ver o próprio rosto. O vento do norte desviou a rota de um navio, que naufragou nos rochedos da ilha. Em meio aos destroços estava um clã feroz e arrogante, os Breccan, em busca de novas terras para ocupar.

"Pouco depois, o vento do sul desviou a rota de outro navio, que encontrou a ilha. Este era do clã Tamerlaine, que também estabeleceu seu lar em Cadence. A ilha era equilibrada entre os dois, os Breccan no oeste, e os Tamerlaine, no leste. E os espíritos abençoavam o trabalho de suas mãos.

"No início, fez-se paz. Porém, não demorou para os dois clãs começarem a se envolver em cada vez mais disputas e brigas, até começarem a ser assombrados pelos sussurros da guerra. Joan Tamerlaine, baronesa do leste, tinha a expectativa de impedir o conflito unindo a ilha toda. Ela aceitaria casar-se com o barão Breccan, contanto que fosse mantida a paz e a empatia fosse incentivada entre os clãs, apesar de suas diferenças. Quando Fingal Breccan viu sua beleza, concluiu que também desejava harmonia. 'Venha ser minha esposa', disse ele, 'e uniremos nossos clãs'.

"Joan casou-se com ele e foi viver com Fingal, a oeste, mas os dias se passavam e Fingal continuava a demorar-se para concluir um tratado formal de paz. Joan logo percebeu que

A MELODIA DA ÁGUA **19**

os modos dos Breccan eram rígidos e cruéis, e não conseguiu se adaptar. Desolada diante de tanto sangue, ela se dedicou a difundir os costumes do leste, na esperança de encontrarem também seu lugar no oeste, transmitindo sua bondade ao clã. Porém, Fingal indignou-se com seus desejos, acreditando que ela só faria enfraquecer o oeste, e recusou a celebração dos modos dos Tamerlaine.

"Em pouco tempo, a paz estava por um fio, e Joan percebeu que Fingal não tinha intenção alguma de unir a ilha. Ele dizia uma coisa, mas pelas costas dela fazia outra, e pouco a pouco os Breccan começaram a invadir o leste, roubando dos Tamerlaine. Joan, com saudade de casa e ávida para livrar-se de Fingal, decidiu partir, mas mal chegou ao meio da ilha e foi encontrada por Fingal.

"Eles então discutiram, brigaram. Joan empunhou a adaga e cortou seu elo com ele — nome, votos matrimoniais, alma e corpo, porém não o coração, pois este jamais pertencera a Fingal. Ela fez um corte ínfimo no pescoço dele, no mesmo lugar em que costumava beijá-lo durante a noite, quando sonhava com o leste. Porém foi o suficiente para fazê-lo sangrar rapidamente, e Fingal sentiu a vida se esvair. Quando caiu, a levou consigo, cravando sua adaga no peito dela, penetrando o coração que nunca conseguira conquistar.

"Eles amaldiçoaram um ao outro e a seus respectivos clãs, e morreram entrelaçados, manchados de sangue, bem no ponto de encontro entre leste e oeste. Os espíritos sentiram a cisão tão logo a fronteira dos clãs foi traçada, e assim a terra bebeu o sangue, o conflito e o fim violento dos mortais. A paz tornou-se um sonho distante, e é por isso que os Breccan continuam a roubar e saquear, famintos pelo que não lhes pertence, e por isso os Tamerlaine continuam a se defender, cortando gargantas e perfurando corações com suas lâminas."

O pescador, hipnotizado pelo relato, tinha parado de remar. Quando Jack se calou, o homem deu um tremelique, franziu o cenho e pegou os remos. A lua fina continuava seu arco pelo céu, as estrelas haviam diminuído seu fulgor, e o vento começou a uivar findada a história.

O mar retomou a maré ondulante quando Jack fixou o olhar na ilha ao longe, a qual via pela primeira vez em dez longos anos. Cadence era mais escura do que a noite, uma sombra em contraste ao mar e ao céu estrelado. Comprida e acidentada, se estendia adiante como um dragão dormindo nas ondas. O coração de Jack se agitou, traidor como era. Em breve ele ia pisar na terra onde crescera, e não sabia se seria bem recebido. Fazia três anos que ele não escrevia para a mãe.

— Vocês são bem loucos, na minha opinião — resmungou o pescador. — Todas essas histórias absurdas de espíritos...

— Você não venera os feéricos? — perguntou Jack, mas já sabia a resposta.

Não havia espíritos de fadas no continente. Apenas a pátina dos deuses e santos, esculpidos nos santuários das capelas.

O pescador bufou.

— Já viu algum espírito, moleque?

— Já vi provas deles — respondeu Jack, cauteloso. — É raro que eles se revelem aos olhos mortais.

Ele inevitavelmente se lembrou das inúmeras horas que passara vagando pelas colinas quando menino, ávido para capturar um espírito no urzal. Evidentemente nunca conseguira.

— Me parece conversa pra boi dormir.

Jack não respondeu enquanto o barco deslizava.

Dava para ver o líquen dourado luminescente nas rochas ao leste. Era a indicação da orla de Tamerlaine, e a memória de Jack emergiu. Lembrou-se de que as coisas que cresciam na ilha eram peculiares, moldadas pelos encantos. Ele explorara a orla inúmeras vezes, para enorme frustração e preocupação de Mirin. Porém, toda criança da ilha era atraída pelos sorvedouros, pelas voragens e cavernas secretas da costa. De dia e de noite, quando o líquen reluzia, dourado como um resquício de sol nas rochas.

Ele notou que estavam desviando. O pescador remava, mas o ângulo se opunha ao líquen, como se o barco estivesse enganchado na extensão escura da orla oeste.

— Estamos entrando nas águas dos Breccan — disse Jack, com um nó de preocupação na garganta. — Reme para o leste.

O pescador fez esforço para seguir o sentido indicado por Jack, mas o progresso era insuportavelmente lento. Jack percebeu então haver algo errado e, assim que reconheceu a encrenca, o vento parou e o mar se imobilizou, liso como um espelho. O silêncio ensurdecedor o angustiou.

Tap.

O pescador parou de remar, seus olhos arregalados como luas cheias.

— Você escutou?

Jack levantou a mão. *Quieto*, queria dizer, mas mordeu a língua, esperando que o alerta se repetisse.

Tap. Tap. Tap.

Sentiu na sola dos sapatos. Tinha alguma coisa na água, estalando as unhas compridas sob o casco. Procurando um ponto fraco.

— Pelo amor dos deuses — sussurrou o pescador, o rosto brilhando de suor. — O que está fazendo esse barulho todo?

Jack engoliu em seco. Sentia a perspiração pingando da testa, a tensão dentro dele retesada como uma corda de harpa enquanto as garras continuavam a batucar.

O desdém continental causara aquilo. Ele ofendera os feéricos da água, que devem ter se aglomerado na espuma do mar para escutar a lenda de Jack. Os dois homens pagariam o preço com um barco naufragado e um túmulo submerso.

— Você venera os espíritos? — perguntou Jack em voz baixa, olhando para o pescador.

O homem ficou boquiaberto, e um lampejo de medo atravessou seu rosto. Ele começou a fazer uma curva com o barco, remando em gestos largos de volta a Woe.

— O que você está fazendo? — gritou Jack.

— Daqui não passarei — disse o pescador. — Não quero nada com essa sua ilha, nem com o que assombra estas águas.

Jack franziu o cenho.

— Fizemos um acordo.

— Pode pular e nadar até a margem, ou voltar comigo.

— Então acho que mandarei forjar apenas três quartos de suas adagas. Que tal?

— Pode ficar com as adagas.

Jack ficou sem palavras. O pescador já estava quase saindo das águas da ilha, e Jack não podia voltar ao continente. Não depois de chegar tão perto de casa, a ponto de ver o líquen e sentir o gosto da doçura gélida das montanhas.

Ele se levantou e se virou no barco, que sacolejou. Poderia nadar até a margem se deixasse a capa e o alforje de couro com as roupas. Poderia nadar, mas estaria em águas inimigas.

E precisava da harpa. O barão Alastair a exigira.

Abriu a bolsa rapidamente e pegou a harpa, que escondera em um invólucro encerado. No entanto, a água salgada decerto estragaria o instrumento, e Jack teve uma ideia. Revirou a bolsa e encontrou a flanela Tamerlaine, que não vestia desde o dia em que partira da ilha.

A mãe a tecera quando ele tinha oito anos e começara a se meter em brigas na escola da ilha. Ela encantara o pano com um segredo na tecelagem, e ele ficara maravilhado quando seu nêmese acabara de mão quebrada ao tentar socá-lo na barriga.

Jack olhou a flanela aparentemente inocente. Era macia quando dobrada no chão, mas forte como aço quando protegia algo como um coração, ou pulmões. Ou, naquele caso desesperado, uma harpa prestes a ser submersa.

Jack embrulhou o instrumento no tecido quadriculado e o guardou na bolsa encerada. Precisava nadar até a margem antes que o pescador os afastasse ainda mais.

Livrou-se da capa, abraçou a harpa e pulou no mar.

A MELODIA DA ÁGUA 23

A água estava congelante. O choque o fez perder o fôlego, e o oceano o engoliu. Ele emergiu arquejando, o cabelo grudado no rosto, a boca rachada e ardendo de sal. O pescador continuou a remar, cada vez mais longe, deixando uma ondulação de medo na superfície.

Jack soltou uma cusparada no rastro do continental antes de se voltar para a ilha. Aí orou para os espíritos da água serem benevolentes, e começou a nadar para Cadence. Fixou o olhar no brilho do líquen, tentando se arrastar até a segurança da orla Tamerlaine. Porém, a cada avanço no mar, as ondas o revolviam e a maré retornava com uma gargalhada. Por fim ele foi puxado para baixo, carregado pela correnteza.

Foi invadido pelo medo, martelando suas veias, até ele perceber que era possível alcançar a superfície em toda tentativa. Na terceira golada de ar, Jack notou que os espíritos estavam brincando com ele. Se quisessem afogá-lo, já teriam conseguido.

É óbvio, pensou, se esforçando para nadar enquanto a maré o puxava de volta. Lógico que seu retorno não seria tranquilo. Ele já deveria ter esperado tal recepção.

Ele ralou a palma da mão no recife. O sapato esquerdo se perdeu. Aí ele segurou bem a harpa com uma das mãos e estendeu o outro braço, na expectativa de encontrar a superfície. Desta vez, apenas a água o acolheu, agitada entre os dedos. Em meio à escuridão, ele abriu os olhos e se assustou ao ver uma mulher disparando ao lado dele na água, com escamas reluzentes, o cabelo comprido fazendo cócegas no rosto dele.

Ele estremeceu e quase se esqueceu de nadar.

As ondas por fim acabaram se cansando dele, e o cuspiram na praia arenosa. Sua única dose de clemência. Na areia, ele danou a tossir e cuspir, e foi se arrastando. Soube de pronto que estava em terras Breccan, e a mera ideia fez seus ossos derreterem como cera. Jack levou um instante para se levantar e se localizar.

Dali via a fronteira dos clãs. Era marcada por rochas enfileiradas como dentes, adentrando o oceano até sumirem nas profundezas. Estava a aproximadamente um quilômetro dali, e o brilho distante do líquen o instava a correr, *correr*. E assim Jack correu, com um pé descalço e enregelado, e o outro chapinhando no sapato molhado. Contornou emaranhados de madeira e um pequeno redemoinho que reluzia como um sonho prestes a acabar. Engatinhou sob um arco de rochas, escorregou em uma pedra coberta de musgo, e finalmente chegou à fronteira.

Deu um impulso para saltar as rochas úmidas de maresia. Ofegante, caiu aos tropeços no território Tamerlaine. Finalmente poderia respirar, então parou de pé na areia e se forçou a inspirar profunda e vagarosamente. Por um momento, foi tudo silencia e paz, exceto pelo murmúrio da maré. Mas, no momento seguinte, Jack foi derrubado. Caiu na areia e a harpa saiu voando. Seus dentes arrebentaram o lábio, e ele se debateu sob o peso de alguém que o segurava.

No desespero de chegar à terra dos Tamerlaine, se esquecera da Guarda do Leste.

— Peguei ele! — gritou seu algoz, que soava como um rapaz dedicado.

Jack arfou, sem encontrar a própria voz. O aperto no peito se aliviou e ele sentiu duas mãos, duras como algemas de ferro, agarrarem seus tornozelos e o arrastarem pela praia. Desesperado, se esticou para recuperar a harpa. Não tinha dúvidas de que precisaria mostrar a flanela de Mirin para provar quem era, visto que a carta do barão ficara em sua capa, abandonada na canoa. Porém, seus braços estavam cansados demais. Furioso, ele aceitou ser carregado.

— Posso matá-lo, capitão? — perguntou o rapaz que arrastava Jack, todo ávido.

— Talvez. Traga ele pra cá.

Aquela voz. Profunda como um desfiladeiro, com um toque de humor. Terrivelmente familiar, mesmo depois de tantos anos.

Sorte a minha, pensou Jack, fechando os olhos, o rosto ardendo por causa da areia.

Enfim o rapaz parou de arrastá-lo, e Jack caiu deitado de costas, exausto.

— Ele está sozinho?

— Sim, capitão.

— Armado?

— Não, senhor.

Silêncio. Então Jack escutou botas esmagando a areia, e sentiu alguém se assomando ao seu lado. Com cuidado, abriu os olhos. Mesmo na penumbra, onde apenas a luz das estrelas delineava o rosto do guarda, Jack o reconheceu.

As constelações coroaram Torin Tamerlaine, que encarava Jack.

— Me dê sua adaga, Roban — disse Torin, e o choque de Jack se transformou em terror.

Torin não o reconhecia. Mas por que reconheceria? Da última vez que Torin o vira, que falara com ele, Jack tinha dez anos e estava aos berros, com treze espinhos de cardo espetados no rosto.

— Torin — arfou Jack.

Torin hesitou, com a adaga na mão.

— O que você disse?

Jack ergueu as mãos, engasgado.

— Sou eu... Jack Tam... erlaine.

Torin pareceu virar pedra. Não se mexeu, com a lâmina erguida acima de Jack, como um agouro prestes a cair. Até que ele exclamou:

— Me traga um lampião, Roban!

O rapaz, Roban, saiu correndo e voltou balançando uma lamparina. Torin a pegou e baixou a luz, de modo a derramá-la no rosto de Jack.

Jack forçou a vista em meio ao brilho. Sentia gosto de sangue, a boca quase tão intumescida quanto sua vergonha, e esperou.

— Pelo amor dos espíritos — disse Torin, e a luz finalmente recuou, deixando manchas na visão de Jack. — Não acredito. Ele provavelmente viu um indício do Jack de dez anos antes. Um menino descontente, de olhos escuros. Porque Torin Tamerlaine só fez jogar a cabeça para trás e cair na gargalhada.

— Não fique aí no chão. Se levante para eu dar uma olhada na sua cara, moleque.

Relutante, Jack obedeceu ao pedido de Torin. Levantou-se e espanou a areia das roupas encharcadas, e fez uma careta quando a palma da mão ardeu.

Com medo de olhar para o guarda que um dia desejara ser, Jack fez o possível para adiar o inevitável: primeiro pôs-se a fitar os próprios pés descombinados, o corte na mão. O tempo todo sentiu o olhar de Torin queimá-lo, e por fim rendeu-se à necessidade de encará-lo.

Ficou surpreso ao descobrir que tinham a mesma estatura impressionante. Porém, as semelhanças paravam por aí.

Torin era feito para a ilha: de ombros largos e cintura robusta, com pernas fortes, levemente arqueadas, e braços musculosos. Suas mãos eram imensas, a direita ainda segurando tranquilamente o punho da adaga, e seu rosto era quadrado, ancorado pela barba aparada. Os olhos azuis eram afastados, e o excesso de brigas entortara seu nariz. O cabelo era comprido, preso em duas tranças, loiras como trigo mesmo à meia-noite. Ele usava as mesmas roupas das quais Jack se lembrava: uma túnica de lã escura até os joelhos, um colete de couro cravejado de prata, e uma flanela de caça vermelha e marrom cruzada no peito, presa por um broche do brasão Tamerlaine. Não usava calças, porque era um traje adotado somente por uns poucos homens da ilha. Torin calçava as botas típicas, que batiam no joelho e

A MELODIA DA ÁGUA 27

eram feitas de pele, moldadas às pernas e sustentadas por tiras de couro.

Jack se perguntou o que Torin estaria pensando dele. Talvez o achasse muito magro, ou fraco e franzino. Que estava pálido demais, de tanto fugir do sol. Que suas roupas eram feias e esfarrapadas, e seus olhos, amargurados.

Porém, Torin fez sinal de aprovação.

— Você cresceu, moleque. Quantos anos tem mesmo?

— Farei vinte e dois no outono — respondeu Jack.

— Que bom, que bom — disse Torin, e lançou um olhar para Roban, que continuava por perto, analisando Jack. — Está tudo bem, Roban. Ele é dos nossos. É o garoto de Mirin, na verdade.

A informação pareceu chocar Roban. Ele não devia ter mais do que uns quinze anos, e sua voz falhou ao exclamar:

— *Você* é o filho de Mirin? Ela fala muito de você. Você é bardo!

Jack assentiu, desconfiado.

— Faz muito tempo que não vejo um bardo — continuou Roban.

— Pois é — disse Jack, com uma pontada de irritação. — Tomara que você não tenha quebrado minha harpa na fronteira.

O sorriso torto de Roban murchou. Então ele ficou paralisado até Torin mandá-lo recuperar o instrumento. Enquanto Roban se afastava, em sua humilde busca, Jack acompanhou Torin a uma pequena fogueira à boca de uma caverna.

— Sente-se, Jack — disse Torin, e abriu a fivela da flanela, a qual jogou para Jack. — Seque-se.

Jack pegou o pano, sem jeito. Assim que tocou a flanela, soube que era um dos tecidos encantados de Mirin. Que segredo de Torin ela teria tecido ali?, pensou Jack com irritação, mas estava com muito frio e molhado demais para resistir. Embrulhou-se na lã quadriculada e esticou as mãos em direção ao calor.

— Está com fome? — perguntou Torin.

— Não, estou bem.

Jack ainda estava enjoado pela viagem na água, pelo horror de pisar em território Breccan, por quase ter perdido todos os dentes sob a contenção de Roban. Percebeu que suas mãos estavam tremendo. Torin também notou, e ofereceu um cantil a Jack antes de sentar-se na frente dele, do outro lado da fogueira.

— Notei que você chegou pelo oeste — disse Torin, com uma pontada de desconfiança.

— Infelizmente — respondeu Jack. — O continental que estava me trazendo a remo se acovardou. Precisei nadar, e a correnteza me arrastou para oeste.

Ele tomou um gole revigorante do cantil. A cerveja de urze era refrescante, e agitava o sangue. Ele sorveu outro gole e se sentiu mais firme, mais forte — sem dúvida um efeito do consumo de algo preparado na ilha. A comida e a bebida ali eram dez vezes mais saborosas do que aquelas servidas no continente.

Ele olhou para Torin. Sob a luz, dava para ver o brasão do capitão no broche: um cervo em movimento, com um rubi no olho. Ele também notou a cicatriz na palma esquerda de Torin.

— Você foi promovido a capitão — disse Jack, embora não fosse surpresa alguma. Desde jovem, Torin já era o guarda preferido.

— Faz três anos — respondeu Torin, e seu rosto se suavizou, como se a lembrança antiga tivesse acontecido ontem mesmo. — Da última vez que o vi, Jack, você batia aqui em mim, e estava...

— Com treze espinhos de cardo na cara — concluiu Jack, bem-humorado. — A Guarda do Leste continua com esse desafio?

— A cada três equinócios da primavera. Mas ainda não vi nenhum machucado como o seu.

Jack encarou o fogo.

— Sabe, eu sempre quis ser um membro da guarda. Achei que, naquela noite, ia conseguir me mostrar digno do leste.

— Caindo de cara no cardo?

— Eu não *caí*. Os espinhos foram *enfiados* na minha cara.

Torin bufou.

— Por quem?

Pela sua querida prima, Jack queria responder, mas lembrou que Torin era leal e devoto a Adaira, e provavelmente a consideraria incapaz de tamanha maldade.

— Ninguém de importante — respondeu Jack, embora confrontado pela verdade flagrante de que Adaira era Herdeira do Leste.

Ele quase perguntou por ela, mas mudou de ideia. Jack não pensava em sua rival de infância havia anos, mas imaginou Adaira casada, talvez já com alguns rebentos. Imaginava que agora ela fosse ainda mais adorada do que quando menina.

E o fato de ter pensado nela fez Jack se dar conta da lacuna em seu conhecimento. Ele não fazia ideia do que vinha ocorrendo na ilha enquanto estava distante, mergulhado em música. Não sabia por que o barão Alastair o convocara. Não sabia quantas incursões tinham ocorrido, e se os Breccan ainda eram uma ameaça quando chegava o gelo.

Criando coragem, encontrou o olhar de Torin.

— Vocês recebem todo sujeito que atravessa a fronteira com execução?

— Eu não teria te matado, moleque.

— Não foi essa a pergunta.

Torin ficou quieto, mas não desviou o olhar. A luz da fogueira bruxuleava em suas feições rudes, mas não havia arrependimento nem sinal de vergonha nele.

— Depende. Alguns Breccan perdidos são mesmo enganados pela malícia dos espíritos. Eles se confundem, e não fazem por mal. Outros vêm fazer reconhecimento.

— Houve alguma incursão recentemente? — perguntou Jack, temendo descobrir que Mirin tivesse mentido nas últimas cartas.

Sua mãe morava perto do território oeste.

— Não há incursão desde o inverno passado, mas acredito que logo virá. Quando chegar o frio.
— Onde aconteceu essa última incursão?
— No sítio dos Elliott — respondeu Tom, com o olhar aguçado, como se começasse a entender toda a insciência de Jack.
— Está preocupado com a sua mãe? A fazenda de Mirin não sofre incursão desde que você era moleque.

Jack se lembrava, embora fosse tão pequeno que às vezes cogitasse ter sido tudo um sonho. Certa noite de inverno, um grupo de Breccan apareceu, os cavalos enlameando a neve do campo. Mirin abraçara Jack no canto da casa, apertando seu rosto contra o peito para ele não ver, e empunhando a espada com a outra mão. Jack escutara os Breccan em sua pilhagem — roubando mantimentos para o inverno, vacas do curral e alguns marcos de prata. Também quebraram louças e derrubaram as pilhas de tecidos de Mirin. Foram embora rápido, como se estivessem prendendo a respiração debaixo d'água, sabendo que tinham apenas um instante antes de a Guarda do Leste aparecer.

Não mexeram com Mirin ou Jack, sequer falaram com eles. Os dois eram irrelevantes. Mirin também não os desafiara. Mantivera-se calma o tempo todo, inspirando devagar, mas Jack se lembrava de ouvir seu coração batendo na velocidade de asas.

— Por que você voltou para casa? — perguntou Torin, em voz baixa. — Ninguém aqui imaginou que você voltaria. Supusemos que tinha criado uma outra vida de bardo, no continente.

— Vim só para uma visita — respondeu Jack. — O barão Alastair pediu que eu voltasse.

Torin arqueou as sobrancelhas.

— Pediu?

— Pediu. Você sabe o motivo?

— Acho que sei por que ele o convocou — disse Torin. — Estamos enfrentando um perigo terrível. É um peso para o clã inteiro.

O coração de Jack disparou.

A MELODIA DA ÁGUA 31

— Não sei como eu poderia ajudar contra as incursões dos Breccan.

— Não são as incursões — respondeu Torin, de olhar vidrado, como se tivesse visto uma assombração. — Não, é muito pior.

Jack começou a sentir o frio invadir a pele. Lembrou-se do gosto do medo nato da ilha, da sensação de estar perdido quando a terra se mexia. As tempestades que caíam em um instante. Os feéricos, um dia benevolentes, e malévolos no outro. A natureza caprichosa deles, que fluía como um rio.

Aquele lugar sempre fora perigoso, imprevisível. Maravilhas nasciam ao lado dos pavores. Porém, nada o preparara para o que Torin diria a seguir:

— São nossas meninas, Jack. Elas estão desaparecendo.

Capítulo 2

Às vezes, Sidra via o fantasma da primeira esposa de Torin sentado à mesa. As visitas ocorriam ao fim de uma estação e início da próxima, quando a mudança era sentida no ar. O fantasma de Donella Tamerlaine gostava de pegar o sol da manhã, vestida de armadura de couro e flanela, e de observar Sidra junto ao fogo na cozinha, preparando o café para Maisie.

Às vezes, Sidra sentia-se indigna, como se Donella a avaliasse. O quão bem Sidra estava cuidando da filha e do marido que ela lhe deixara? Porém, na maior parte do tempo, Sidra sentia que Donella apenas lhe fazia companhia, de tão atada que sua alma era àquele lugar, àquela terra. As mulheres — uma morta, outra viva — estavam ligadas pelo amor, pelo sangue e pelo solo. Três cordas tão entrelaçadas que Sidra não se surpreendia por Donella aparecer só para ela e mais ninguém.

— Tenho que mandar Maisie para a escola no outono — disse Sidra, mexendo o mingau.

A casa estava quieta, salpicada pelo amanhecer, e o vento começava a uivar a fofoca do dia. Como Donella não respondeu, Sidra olhou para ela. A fantasma estava sentada em sua cadeira predileta à mesa, o cabelo aloirado descendo pelos ombros. A armadura incandescia à luz, a um sopro de tornar-se inteiramente translúcida.

Donella era tão linda que, às vezes, Sidra sentia o peito apertar.

A fantasma balançou a cabeça, relutante.

— Pois é — disse Sidra, e suspirou. — Tenho ensinado-a a ler e escrever.

Porém, a verdade era que todas as crianças da ilha eram obrigadas a frequentar as aulas em Sloane a partir dos seis anos. Donella sabia disso, mesmo morta havia cinco anos.

— Há como adiar, Sidra — retrucou Donella.

Sua voz era fraca, um fio do que fora em vida, embora Sidra não a tivesse conhecido na época. As duas mulheres tomaram rumos muito diferentes, mas, estranhamente, eles as levaram ao mesmo lugar.

— Você acha que eu deveria começar a ensinar meu ofício a ela? — perguntou Sidra, mas já sabia no que Donella estava pensando, o que a surpreendeu. — Sempre supus que você iria gostar que Maisie seguisse seu legado, Donella.

A fantasma sorriu, mas suas feições eram melancólicas, mesmo iluminadas pelo sol nascente.

— Não é a espada que vejo no futuro de Maisie.

Sidra começou a mexer o mingau mais devagar. Pensou, inevitavelmente, em Torin, que era teimoso feito uma mula. Na noite de núpcias, eles ficaram sentados na cama — totalmente vestidos — e conversaram por horas sobre o futuro de Maisie. Sobre como a criariam. Ele queria que a filha estudasse na ilha. Ela aprenderia de tudo: a atirar com arco e flecha, a ler e escrever, a amolar espada, a contar e calcular, a nocautear um homem, a moer aveia e cevada, a cantar, a dançar e a caçar. Em nenhum momento Torin mencionara que Maisie aprenderia o ofício de Sidra, as ervas e a cura.

Como se pressentisse sua dúvida, Donella acrescentou:

— Maisie já aprendeu só de observá-la, Sidra. Ela gosta de jardinar ao seu lado. Gosta de ajudá-la a preparar emplastros e tônicos. Ela pode se tornar uma grande curandeira, se instruída por você.

— Eu gosto da companhia dela — admitiu Sidra. — Mas terei que conversar com Torin.

E ela não sabia quando o encontraria.

O que sabia era da dedicação de Torin à Guarda do Leste. Ele preferia o turno da noite, e durante o dia dormia nas entranhas escuras e silenciosas do castelo, pois queria acompanhar os outros guardas na caserna. Ela entendia o comprometimento dele, os pensamentos que ditavam sua mente. Afinal de contas, por que ele, mesmo sendo capitão, iria dormir em casa enquanto seus guardas dormiam no quartel?

Ocasionalmente, ele jantava com ela e Maisie, ou seja, no horário do café da manhã delas. Porém, mesmo então, seu amor e atenção eram dedicados à filha, enquanto Sidra cumpria todas as funções que faziam valer o casamento de Torin com ela — cuidava do sítio e ajudava a criar a menina. Vez ou outra, antes de a lua minguar e crescer inteiramente, e quando Maisie visitava o avô no sítio vizinho, Torin procurava Sidra. Seus encontros eram sempre espontâneos e breves, como se Torin não tivesse muito tempo. Contudo, ele era sempre gentil e atencioso, e às vezes se demorava com ela na cama, desembaraçando os nós de seu cabelo.

— Acho que você o verá antes do que espera — disse Donella. — E ele não negaria nada a você, Sidra.

Sidra se espantou com a ideia, achando que era exagero da fantasma. Até que se perguntou: *Bem, e quando já pedi algo a Torin?* Percebeu então que raramente pedia qualquer coisa.

— Está bem — declarou. — Vou pedir a ele. Em breve.

A porta principal foi escancarada de repente. Donella sumiu, e Sidra, surpresa, se virou e flagrou ninguém mais, ninguém menos que Torin chegando, corado e descabelado pelo vento. A túnica estava úmida de orvalho, as botas, cobertas de areia, e seu olhar a encontrou imediatamente, como se soubesse exatamente onde ela estaria: junto ao fogo, preparando o café da filha dele.

— Com quem você estava conversando, Sid? — perguntou ele, franzindo o cenho enquanto examinava o cômodo.

— Ninguém — respondeu ela, sobressaltada. Torin não fazia ideia de que ela via e ouvia Donella, e Sidra não se imaginava um dia criando coragem de revelar o fato a ele. — Você está em casa. Por quê?

Torin hesitou. Ela jamais questionava o *porquê* de suas visitas. Era óbvio que, se estava ali, ele estava com fome, pois trabalhara a noite toda. Ele queria jantar e abraçar a filha.

— Pensei em jantar com você e com Maisie — disse ele, diminuindo o tom. — E trouxe uma visita.

— Uma visita?

Sidra largou a colher, intrigada. Se tivesse dado ouvidos ao vento naquela manhã, talvez tomasse conhecimento do rumor que ele carregara pelas colinas. Porém, ficara ocupada com o fantasma do primeiro amor de Torin.

Ela deu a volta na mesa, a brisa agitando seus cabelos soltos, e só parou quando um rapaz entrou na casa, de ombros encolhidos em visível desconforto. Ele trazia algo nos braços; parecia um instrumento protegido por tecido encerado, e o coração de Sidra pulou de contentamento até ela notar como ele estava desgrenhado. A flanela de Torin cobria seus ombros, mas suas roupas eram simples, frouxas no corpo como um mau agouro. Ele projetava uma sombra pesada, de preocupação e ressentimento.

Entretanto, era para aqueles momentos que Sidra vivia: para ajudar, curar e desvendar mistérios.

— Eu conheço você — suspirou ela, sorrindo. — Você é filho de Mirin.

O desconhecido pestanejou e se empertigou, chocado por ela reconhecê-lo.

— Jack Tamerlaine — continuou Sidra, lembrando o nome.

— Não sei se você se lembra, mas, anos atrás, você e sua mãe visitaram o sítio da minha família no Vale Stonehaven, para comprar lã. Minha gata tinha subido no velho olmo na nossa horta, e você fez a gentileza de trepar na árvore e trazer ela a salvo para mim.

Jack ainda parecia espantado, até que as rugas tensionando seu rosto relaxaram, e um indício de sorriso brincou em sua boca.

— Lembro, sim. Sua gata quase arrancou meus olhos.

Sidra riu, e o cômodo se iluminou imediatamente.

— É, ela era uma laranjinha rabugenta. Mas eu cuidei dos seus arranhões depois, e parece que não fiz mau trabalho.

Fez-se silêncio. Sidra ainda sorria, e sentia o olhar de Torin. Ela voltou a atenção para ele e notou que ele a observava com orgulho, o que a surpreendeu. Torin nunca parecia dar valor ao seu talento para a cura. Era o trabalho dela, assim como a Guarda do Leste era o dele, e geralmente ambos isolavam suas respectivas funções um do outro. Exceto pelos raros momentos em que Torin precisava de pontos, ou de recolocar no lugar os ossos do nariz; aí ele se submetia, embora a contragosto, aos cuidados das mãos dela.

— Entre, Jack — convidou Sidra, ávida para fazê-lo sentir-se acolhido, e Torin fechou a porta. — O café logo estará na mesa, mas enquanto isso... Torin, que tal encontrar uma roupa para Jack?

Torin fez sinal para Jack acompanhá-lo ao cômodo anexo. A maior parte das roupas de Torin ficavam na caserna, mas ele guardava as melhores vestimentas em casa, em um baú forrado com ramalhetes de zimbro: túnicas, coletes e as calças raramente usadas, além de várias flanelas.

Sidra se apressou para botar a mesa, buscando comida da despensa, que sempre mantinha estocada para o caso de Torin aparecer inesperadamente. Serviu ovos cozidos e tigelas de manteiga e creme doce, uma peça de queijo de cabra e um cântaro de mel silvestre, além de um prato de presunto frio e arenque salgado, um pão e um jarro de geleia de groselha, e, por fim, a panela de mingau. Estava servindo o chá quando Torin reapareceu, segurando o instrumento de Jack como se pudesse mordê-

-lo. Sidra já ia perguntar como ele acabara cuidando de Jack, e aí a porta do quarto foi aberta num tranco e Maisie saiu aos saltos, os cachos castanhos ainda embaraçados da noite de sono, os pés descalços martelando o chão.

— Papai! — gritou ela, e pulou no colo de Torin, sem qualquer cuidado com o instrumento.

— Minha menina querida!

Torin a pegou com um braço só, e um sorriso largo no rosto. Maisie o envolveu com os braços e as pernas, encaixada no quadril, como se nunca mais fosse soltá-lo.

Sidra foi até eles e pegou com cuidado o instrumento de Jack, escutando o pai e a filha conversarem daquele jeito cantarolado. Torin perguntou das flores que Maisie plantara na horta, do progresso da alfabetização, e finalmente chegou o momento que Sidra esperava.

— Papai, adivinha o que aconteceu.

— O que foi, meu bem?

Maisie olhou de relance para trás, para fitar Sidra, com um sorriso matreiro. *Pelo amor dos espíritos, esse sorriso*, pensou Sidra, com o coração transbordando. O amor por Maisie era tão forte que, por um segundo, ela perdeu o fôlego. Mesmo que a menina não fosse sangue do seu sangue, Sidra imaginava que Maisie nascera de seu espírito.

— Você perdeu o dente da frente! — exclamou Torin, entusiasmado, ao notar a janelinha no sorriso de Maisie.

— É, papai. Mas não era isso que eu ia contar — disse Maisie, dirigindo o sorriso a ele, e Sidra se preparou. — Flossie teve gatinhos.

Torin arqueou uma sobrancelha, e olhou diretamente para Sidra. Um pai percebendo que pisara em areia movediça.

— Teve, foi? — perguntou ele, e continuou a olhar para Sidra, sabendo que ela armara aquela armadilha. — Que maravilha, Maisie.

— É, papai. E Sidra disse que eu preciso pedir para você para ficar com todos eles.

— Sidra disse, foi?

Torin finalmente voltou a olhar para a filha. Sidra sentiu o rosto esquentar, mas deixou o instrumento de Jack na cadeira e voltou a servir o chá.

— Ela ama gatos, né? — perguntou ele.

— Eu também amo — disse Maisie, animada. — Eles são tão fofinhos, papai! E eu quero ficar com todos os filhotinhos. Posso? *Por favorzinho*.

Torin ficou em silêncio por um momento. Sidra voltou a sentir o calor do olhar dele enquanto continuava a servir uma xícara atrás da outra.

— São quantos filhotes, Maisie?

— Cinco, papai.

— *Cinco?* Eu... acho que não dá para você ficar com todos, meu bem — disse Torin, e Maisie choramingou. — Me escuta, Maisie. E os outros sítios que precisam de um bom gato para proteger a horta? E as outras meninas que não têm nenhum gatinho para abraçar e amar? Que tal você dividir? Dar quatro gatinhos para outras meninas, e ficar com um?

Maisie murchou, fechando a cara.

Sidra resolveu opinar:

— Eu acho um ótimo plano, Maisie. E você pode ir visitar os outros gatinhos quando quiser.

— Promete, Sidra? — perguntou Maisie.

— Prometo.

Maisie voltou a sorrir e se desvencilhou do colo de Torin. Sentou-se numa cadeira, ávida para tomar café, e Sidra se voltou para o fogo, para pendurar a chaleira no gancho. Sentiu Torin se aproximar e ouviu seu sussurro junto aos cabelos:

— Como é que você vai arranjar um cão de guarda se o sítio estiver lotado de gatos?

Sidra se endireitou, sentindo o ar se tensionar entre eles.

A MELODIA DA ÁGUA 39

— Eu já falei, Torin. Não preciso de cão de guarda.

— Pela milésima vez, Sid... Eu *quero* que você tenha um cão. Para proteger você e Maisie à noite, quando eu não estiver.

Eles já vinham discutindo aquele assunto ao longo de toda a estação. Sidra sabia por que Torin vinha sendo tão insistente. A cada noite morna, a ansiedade dele quanto a uma possível incursão só fazia crescer. E quando não eram os Breccan atiçando sua preocupação, eram os feéricos malévolos. Ultimamente a ilha vinha sendo espreitada por problemas — no vento, na água, na terra e no fogo. Duas meninas tinham desaparecido, e por isso ela entendia a persistência dele. Nem ela, nem Torin queriam que Maisie corresse o risco de ser levada embora por um espírito feérico. Mas Sidra não acreditava que um cão de guarda fosse a solução.

Cães assustariam os espíritos do sítio, inclusive os bons. E a fé dela nos espíritos da terra era profunda. Era justamente por causa daquela devoção que Sidra curava as piores feridas e doenças do leste. Que suas ervas, flores e verduras floresciam, dando o poder de alimentar e curar a comunidade e a família. Se Sidra ousasse trazer um cão para a casa, poderia convencer os espíritos de que a fé neles depositada era fraca, e ela não sabia que tipo de consequência isso traria para sua vida.

Ela fora criada para acreditar na bondade dos espíritos. Já a fé de Torin vinha desmoronando continuamente ao longo dos anos e, ultimamente, ele mal fazia elogios aos feéricos, sempre disposto a condená-los por causa dos poucos maliciosos. Toda vez que Sidra mencionava os espíritos para ele, Torin se afastava, mal lhe dando atenção.

Ela se perguntava se ele culpava os espíritos pela morte prematura de Donella.

Sidra encontrou o olhar dele.

— Tenho toda a proteção de que preciso.

— E quer que eu responda como? — murmurou ele em tom grave, irritado.

Como ele raramente estava em casa, sabia bem que não era a ele que ela se referia.

— Você se ofende sem motivo — disse ela, gentil. — Seu pai mora logo ao lado. Se houver qualquer problema, eu o procurarei.

Torin respirou fundo, mas não disse mais nada. Ele apenas a fitou, e Sidra teve a sensação incômoda de que ele conseguia ler seu rosto, seus sentimentos enviesados. Passou-se um momento antes de ele se afastar, cedendo a vitória por enquanto.

Ele então se recostou na cadeira de palha à cabeceira da mesa e ficou escutando Maisie tagarelar sobre os gatos, mas a todo momento seu olhar se demorava em Sidra, como se procurasse um meio de convencê-la em relação ao cachorro.

Ela quase havia se esquecido de Jack quando a porta do cômodo anexo se abriu, rangendo, e Maisie, ao ver a visita, parou a frase no meio.

— Quem é você? — soltou ela.

Jack não pareceu incomodado pelo jeito direto da menina. Foi até a mesa, encontrou a cadeira com o instrumento e se sentou, duro feito tábua nas roupas de Torin. A flanela era pesada e estava meio capenga no ombro. Caberiam dois dele naquela túnica de tamanho generoso.

— Eu me chamo Jack. E você?

— Maisie. Esse é meu papai, e essa é a Sidra.

Sidra sentiu o olhar de Jack. "Sidra", não "mãe", nem "mamãe". Ela jamais tivera pretensões de se passar por mãe de Maisie, por mais jovem e tenra que fosse a menina. Era parte de seu acordo com Torin: ela criaria Maisie e a amaria com todo o seu coração, mas não mentiria, nem fingiria ser a mãe biológica da menina.

Toda primavera, Sidra ia com Maisie levar um ramalhete de flores ao túmulo de Donella, e contava para a menina sobre a mãe, que fora linda, corajosa e talentosa com a espada. E mesmo que às vezes fosse à custa de um nó em sua garganta, Sidra contava para Maisie como seus pais treinavam e lutavam na caserna do castelo, primeiro como rivais, e depois como amigos e amantes.

— E como *você* conheceu o papai? — Maisie sempre perguntava, se deleitando com as histórias.

Às vezes Sidra contava, sentada ao sol na grama alta, e às vezes guardava para si aquela saga particular, que não era tão bonita e emocionante quanto a balada de Torin e Donella. Essa era uma história para outro dia.

— O que é isso? — perguntou Maisie, apontando o instrumento de Jack.

— Uma harpa.

Sidra percebeu que Jack estava evitando usar a mão esquerda.

— Você está machucado, Jack?

— Não foi nada — respondeu Jack.

— Está machucado sim — disse Torin, ao mesmo tempo.

— Pode cuidar dele, Sid?

— Lógico — disse Sidra, pegando a cesta de primeiros-socorros. — Maisie, que tal mostrar os gatinhos para o seu pai?

Maisie ficou felicíssima. Pegou a mão de Torin e o puxou rumo à porta dos fundos. Quando eles saíram, a casa voltou ao silêncio. Sidra se aproximou de Jack com a cesta de unguentos e ataduras.

— Posso cuidar da sua mão?

Jack virou a palma da mão para cima.

— Sim. Obrigado.

Ela puxou uma cadeira para se sentar e começou os cuidados. Devagar, limpou a areia e a terra, e estava começando a besuntar o corte com seu unguento quando Jack perguntou:

— Há quanto tempo você e Torin estão juntos?

— Faz quase quatro anos — respondeu Sidra. — Nos casamos quando Maisie tinha um ano apenas.

Ela começou a enfaixar a mão dele com uma atadura, e ao mesmo tempo sentiu as perguntas brotarem nele. Ele era um viajante que acabara de voltar para casa, se esforçando para encaixar as peças da ilha. Para ajudá-lo, Sidra continuou:

— Antes, Torin foi casado com Donella Reid. Ela também era da guarda, e faleceu logo após dar à luz.

— Meus pêsames.

— Obrigada. Foi uma perda difícil.

Sidra pensou em Donella e percebeu que Jack estava na cadeira da fantasma, o sol inundando a janela na outra parede. Antes, a luz brilhava nas feições de Donella, mas neste momento dourava Jack. Ele era igualzinho a Mirin, pensou Sidra, então provavelmente não puxara em nada o pai misterioso. Um pai que ainda era alvo das especulações vorazes dos fofoqueiros.

— Pronto — disse Sidra, finalizando os cuidados. — Vou deixar você com este frasco de unguento e mel. Você deve limpar a ferida por três dias, de manhã e à noite.

— Obrigado — disse Jack, aceitando a oferta. — Como posso retribuir essa gentileza?

Sidra sorriu.

— Acho que uma canção bastaria, quando sua mão sarar. Maisie adoraria escutar. Faz muito tempo que não temos tamanho luxo.

Jack assentiu e flexionou os dedos com cuidado.

— Seria uma honra.

A porta dos fundos se abriu, e o redemoinho de Maisie e Torin voltou. Sidra notou que as mãos de Torin estavam um pouco arranhadas, sem dúvida por causa dos gatinhos, e que seus olhos brilhavam de irritação. Também por causa dos gatinhos.

— Vamos comer — disse ele bruscamente, como se tivesse pressa.

Sidra sentou-se, e eles começaram a passar os pratos pela mesa. Ela notou que Jack comia muito pouco, que suas mãos tremiam, que seus olhos estavam vermelhos. Ficou ouvindo enquanto Torin falava da ilha e percebeu que Jack não sabia de nenhuma notícia recente. Ele perguntou, tímido, pelo barão

Alastair, e queria saber das colheitas, da guarda e da tensão com o oeste.

— Eu me preocupo com minha mãe, que mora sozinha, tão perto da fronteira — disse ele. — É bom saber que as coisas andam tranquilas por aqui.

Sidra hesitou, e encontrou o olhar de Torin. *Será que Jack não sabe...?* Ela já ia falar, mas Torin pigarreou e mudou de assunto. Sidra desistiu, pois percebeu que, se Jack não soubesse, não era função dela informá-lo, ainda que ela se preocupasse com o fato de que em algum momento ele viria a descobrir.

Assim que acabou a refeição, Torin se levantou.

— Vamos, Jack — disse ele. — Vou ao centro, posso acompanhá-lo. É melhor visitar o barão primeiro, e depois sua mãe, antes que o vento carregue mais boatos a seu respeito.

Jack fez que sim com a cabeça.

Maisie começou a levar os talheres e copos à tina para lavar, e Sidra acompanhou os homens até a porta. Jack pegou a trilha da horta, que dava na estrada, mas Torin se demorou mais um pouco.

— Quando eu voltar, é bom que quatro desses gatos tenham encontrado novos lares — disse ele, com um toque de brincadeira.

Sidra se recostou no batente, o cabelo escuro embaraçado pelo vento.

— Eles ainda são muito novos para se separarem da mãe.

— Quando então?

— Mais um mês, no mínimo.

Ela cruzou os braços e retribuiu seu olhar firme. Ela o estava testando, era nítido. Para ver quando podia esperar que ele voltasse. Para ver quanto tempo tinha para preparar sua argumentação para manter Maisie em casa.

— É muito tempo — declarou ele.

— Nem tanto.

Ele a olhou como se fosse.

— Talvez você e Maisie possam começar a encontrar quem queira os gatos.

— Claro — disse Sidra, sorrindo. — Aproveitaremos bem esse tempo.

Torin olhou para os lábios dela, para a curva irônica que se formava ali. Porém, deu meia-volta sem dizer mais nada, e tomou a trilha entre as ervas até parar um momento no portão e passar a mão no cabelo. Embora ele não tivesse se virado para olhá-la, Sidra soube.

Ele voltaria para ela muito antes de passar o mês.

Jack se lembrava do caminho para Sloane, mesmo depois de dez anos afastado, mas aguardou educadamente que Torin o encontrasse na estrada, o cavalo batendo o casco logo atrás. Os dois homens seguiram num silêncio tranquilo, Jack desconfortável com as roupas de Torin, que o engoliam. Resmungava mentalmente, mas ao mesmo tempo estava grato: eram roupas resistentes ao vento, que soprava do leste, seco, frio e cheio de murmúrios. Jack fechou os ouvidos para os boatos, mas, vez ou outra, teve a impressão de ouvir comentários como *O bardo perdido voltou*.

Logo todos saberiam que ele estava na ilha. Inclusive sua mãe. Era esse o reencontro que Jack temia.

— Quanto tempo você pretende passar aqui? — perguntou Torin, olhando para ele de soslaio.

— O verão — respondeu Jack, e chutou uma pedrinha.

Sinceramente, ele não sabia quanto tempo seria obrigado a passar ali. Torin mencionara que duas meninas tinham desaparecido nas últimas semanas, e Jack ainda não entendia por que seria chamado para uma ocasião daquelas, por mais terrível que fosse. A não ser que o barão Alastair quisesse que Jack tocasse a harpa para o clã em luto, muito embora Torin tivesse dito ainda ter fé de que as meninas seriam encontradas vivas tão

A MELODIA DA ÁGUA 45

logo os espíritos se cansassem de aprontar e enfim as devolvessem ao reino mortal.

Qualquer que fosse a necessidade do barão, Jack cumpriria rapidamente, e voltaria à universidade, onde era seu lugar.

— Você tem responsabilidades no continente? — questionou Torin, como se pressentisse os pensamentos de Jack.

— Tenho. Estou no meio do percurso como professor assistente, e espero me tornar titular nos próximos cinco anos. Isto é, se seu período de afastamento ali em Cadence não atrapalhasse. Jack se empenhara com afinco e por muito tempo para chegar àquela posição, lecionando para cem alunos por semana e avaliando suas composições. Tirar um semestre de licença sem aviso prévio abriria a porta para outro assistente roubar suas turmas e, quem sabe, até mesmo substituí-lo.

Só de pensar, seu estômago ficava embrulhado.

Eles passaram pelo sítio do pai de Torin, Graeme Tamerlaine, irmão do barão. Jack notou que a horta estava repleta de espinheiros, e a casa, desolada. A porta estava emoldurada por teias de aranha. Trepadeiras lambiam os muros de pedra, e Jack se perguntou se o pai de Torin ainda morava ali, ou se falecera. Até que se lembrou de que Graeme Tamerlaine se tornou um velho recluso, mal saindo de casa. Ele não comparecia nem mesmo aos banquetes no salão do castelo, quando todo o leste de Cadence se reunia para comemorar.

— Seu pai...? — perguntou Jack, incerto.

— Está muito bem — disse Torin, com a voz firme, como se não quisesse tocar no assunto. Como se a deterioração do sítio de Graeme Tamerlaine fosse normal.

Eles seguiram caminhando pela estrada, que subia e descia ao sabor das colinas, verdejantes devido às chuvas primaveris. As dedaleiras cresciam livres ao sol, dançando ao vento, e estorninhos voavam e trinavam no céu de nuvens baixas. Ao longe, a bruma da manhã começava a se dissipar, revelando um vislumbre de mar, o infinito azul cintilando de luz.

Jack admirou a beleza, mas manteve-se resguardado. Não gostava de sentir-se vivo e pleno na ilha, como se fosse parte dali, quando queria ser apenas um observador distante. Um mortal que podia ir e vir à vontade, sem sofrer consequências. Ele voltou a pensar nas aulas. Nos alunos. Alguns deles caíram no choro quando ele informara que passaria o verão fora. Outros ficaram aliviados, pois ele era conhecido como um dos professores assistentes mais rígidos. Mas ora, se um pupilo era alocado para estudar com ele, Jack fazia questão de assegurar que o sujeito saísse melhor do que quando entrou.

Ele ainda estava pensando no continente quando chegou a Sloane com Torin. O centro da cidade era exatamente como Jack se lembrava. A estrada fora reformada com paralelepípedos lisos, e serpenteava entre as construções, casas apinhadas, de muros de pedra e argamassa, com telhados de palha. Fumaça escapava das forjas, o mercado era um rebuliço de atividade, e o castelo se erguia no coração da cidade, uma fortaleza de pedra escura decorada por estandartes. O brasão dos Tamerlaine fustigava os parapeitos, revelando o sopro do vento da tarde.

— Acho que tem gente feliz por ver você, Jack — disse Torin.

Pego de surpresa pelo comentário, Jack começou a prestar atenção.

As pessoas o notavam pelo caminho. Pescadores velhos, sentados debaixo das marquises, remendando as redes com mãos nodosas. Padeiros carregando cestos de broas quentes. Leiteiras com seus baldes, cambaleantes. Meninos com espadas de madeira, e meninas com livros e flechas. Os ferreiros entre golpes na bigorna.

Ele não diminuiu o passo, e ninguém ousou interpelá-lo. Mas basicamente ele não esperava ver aquele entusiasmo, os sorrisos que ladeavam sua passagem.

— Nem imagino o motivo — disse Jack para Torin, seco.

Quando menino, ele era desprezado e maltratado por causa de seu status social. Se Mirin o mandava comprar pão na cidade, o padeiro lhe dava a broa queimada. Se Mirin lhe pedia para negociar um par de botas novas no mercado, o sapateiro lhe dava um par gasto, com um couro velho que arrebentava antes mesmo da neve do inverno derreter. Se Mirin lhe dava um marco de prata para comprar um bolo de mel, ele recebia o doce só depois que a fatia caísse no chão.

Bastardo era a palavra que ecoava nos sussurros que o acompanhavam, mais do que o próprio nome. Algumas das mulheres do mercado estudavam o rosto de Jack para compará-lo a seus maridos, desconfiadas, embora Jack fosse um reflexo implacável da mãe e infidelidade fosse algo raro em Cadence.

Quando Mirin começara a tecer flanelas encantadas, as pessoas que desdenhavam de Jack se tornaram repentinamente um pouco mais gentis, pois o artesanato de Mirin era imbatível, e ela de repente passou a conhecer os segredos mais sombrios de todos, enquanto ninguém sabia os dela. Porém, naquela época, ele já carregava cada ofensa como um machucado na alma. Aí passara a comprar brigas na escola, a apedrejar janelas, a se recusar a negociar com certas pessoas quando Mirin o mandava ao mercado.

Era bizarro perceber o ânimo do clã por vê-lo, como se esperassem o dia em que ele voltaria como bardo.

— Vou deixá-lo aqui, Jack — disse Torin, quando chegaram ao pátio do castelo. — Mas imagino que nos vejamos em breve.

Jack concordou, tenso de nervoso.

— Obrigado mais uma vez pelo café. E pelas roupas. Vou devolvê-las assim que puder.

Torin gesticulou, dispensando a gratidão, e conduziu o cavalo para o estábulo. Os guardas permitiram o acesso de Jack ao castelo.

O salão estava quieto e vazio, um espaço para a reunião de fantasmas. Sombras pesadas caíam das vigas e pelos cantos; a única luz vinha das janelas arqueadas, lançando quadrados iluminados no piso. As mesas de cavalete estavam empoeiradas, e os bancos, encaixados. A lareira estava fria, as cinzas, varridas. Jack se lembrava de visitar o castelo com Mirin toda lua cheia, para jantar e escutar Lorna Tamerlaine, Barda do Leste e esposa do barão, tocar a harpa e cantar. Uma vez ao mês, aquele saguão se tornava um lugar animado, onde o clã encontrava companheirismo após um dia de labuta.

A tradição deveria ter cessado após a morte inesperada de Lorna, cinco anos antes, pensou Jack, com tristeza. Não havia bardos na ilha para substituí-la, para transmitir as canções e lendas do clã.

Ele caminhou o saguão inteiro até os degraus do estrado, sem perceber que o barão estava ali, de pé, observando sua chegada. Uma tapeçaria imensa com luas, cervos e montanhas revestia a parede em cores suntuosas e detalhes elaborados. Alastair parecia bordado na tapeçaria, até que se mexeu, pegando Jack de surpresa.

— Jack Tamerlaine — cumprimentou o barão. — Duvidei do vento hoje cedo, mas devo dizer que sua presença é muito bem-vinda.

Jack se ajoelhou em sinal de submissão.

A última vez que vira o barão fora na ocasião de sua partida. Alastair se postara ao seu lado na orla, a mão no ombro de Jack, que se preparava para embarcar com o marinheiro a caminho do continente. Jack não queria demonstrar medo na presença do barão — Alastair era um homem forte, em estatura e caráter, imponente mesmo em seus sorrisos fartos e risos soltos —, então esperou embarcar e ficou segurando as lágrimas até a ilha estar longínqua, embaçada contra o céu noturno.

Não era esse o homem que recebia Jack ali.

Alastair Tamerlaine estava fraco e esquálido, as roupas frouxas no corpo esmaecido. O cabelo, antes preto como as penas de um corvo, estava desgrenhado, de um tom baço de cinza, e os olhos tinham perdido o brilho, ainda que ele estivesse sorrindo para Jack. Sua voz de trovão estava rouca, constituída de

A MELODIA DA ÁGUA 49

pequenos arquejos. Ele parecia exausto, um homem que passara anos em batalha, sem trégua.

— Sua senhoria — cumprimentou Jack, com a voz vacilante.

Seria aquele o propósito de sua convocação? A morte que ameaçava o governante do leste?

Jack aguardou, de cabeça baixa, enquanto Alastair se aproximava. Sentiu a mão do barão em seu ombro e ergueu o olhar. O choque deve ter sido evidente, pois Alastair soltou uma gargalhada rouca.

— Eu sei, mudei muito desde que nos vimos, Jack. Os anos têm esse efeito. Mas o tempo no continente fez bem a você.

Jack sorriu, mas o humor não chegou aos olhos. Ele sentiu um lampejo de raiva de Torin, que deveria ter mencionado a saúde do barão durante o café da manhã, quando Jack lhe pedira notícias.

— Voltei, como o senhor pediu. Como posso servi-lo?

Alastair não disse nada. Só pestanejou, uma ruga de confusão na testa, e, naquele instante de silêncio, Jack foi invadido pelo pavor.

— Eu não esperava sua presença, Jack. Não pedi que voltasse.

A harpa nos braços de Jack se tornou um fardo. Ele continuou ajoelhado, olhando para o barão, os pensamentos confusos.

Não fora Alastair, embora seu selo marcasse a carta.

Quem me convocou?

Por mais tentado que estivesse a gritar de frustração ali mesmo, ele permaneceu em silêncio. E então um lampejo de movimento veio em resposta.

De soslaio, ele notou alguém surgindo no altar, como se viesse das montanhas enluaradas da tapeçaria. Alta e magra, usava um vestido da cor de nuvens tempestuosas, com os ombros envoltos por um xale de flanela vermelha. A roupa farfalhava com o movimento, se aproximando de onde ele estava ajoelhado.

Jack a olhava fixamente.

O rosto dela, sardento e anguloso, com maçãs proeminentes que desembocavam numa mandíbula fina, não evocava beleza, mas reverência. Ela estava corada, como se tivesse caminhado pelos parapeitos, desafiando os ventos. Seu cabelo tinha a cor da lua, preso em uma quantidade de tranças que formava uma coroa atrás da cabeça. Entre as mechas, havia pequenos brotos de cardo, como se estivessem salpicadas de estrelas. Como se ela não tivesse medo de se queimar.

Ele via ali uma sombra da menina que ela fora um dia. Da garota que ele perseguira colinas afora em uma noite caótica de primavera e desafiara por um punhado de cardos.

Adaira.

Ela o encarou, ainda ajoelhado, com a mesma intensidade com que ele a encarava. E agora o choque de Jack se dissipava, substituído por uma indignação que ardia tão feroz que lhe roubava o fôlego, pois ele só pensava no custo daquela convocação para voltar ao lar. Seu título, sua reputação, o ápice de anos de dedicação e trabalho árduo... tudo se fora como fumaça na brisa. Ele abrira mão de tudo, não pelo barão, o que seria justificado, mas por *ela* e seus caprichos.

E ela pressentiu toda a fúria dele — o coração do menino ousado que a perseguira, agora mais velho, mais duro. Sua ira crescente.

Adaira só fez reagir com um sorriso, frio e vitorioso.

Capítulo 3

— Jack Tamerlaine — cumprimentou Adaira. Sua voz não se assemelhava em nada com a que ele lembrava; se a ouvisse no escuro, ele iria tomá-la como uma desconhecida. — Que surpresa vê-lo aqui.

Jack não disse nada. Não confiava em suas pretensas palavras, mas mesmo assim se recusou a desviar o olhar, tal como ela parecia ansiar que ele fizesse.

— Ah, esqueci que vocês eram velhos amigos — disse Alastair, com prazer. Ele ofereceu o braço para a filha, e ela se aproximou ainda mais, tão perto que sua sombra quase cobriu Jack em sua postura obsequiosa.

— Somos — disse Adaira, finalmente desviando o olhar de Jack para dirigir um sorriso mais brando e genuíno ao pai. — Devo reapresentá-lo à ilha, já que passou tanto tempo fora.

— Acho que não... — Jack começou a protestar, em desafio, até Alastair fitá-lo com a sobrancelha arqueada.

— Acho uma ideia maravilhosa — disse o barão. — A não ser que se oponha, Jack.

Jack se opunha, sim, mas balançou a cabeça e engoliu as palavras, que feriam sua garganta como espinhos.

— Excelente.

Adaira mirou seu sorriso contundente para Jack outra vez. Ela notara a tensão na voz dele, o desconforto que ela lhe inspirava. Não parecia se incomodar. Não, na verdade, parecia até estar gostando, e fez sinal para ele se levantar, como se tivesse o poder de comandá-lo. E não tinha? Ela o fizera abandonar todos os compromissos para voltar correndo para casa.

Ele podia até ter passado uma década no continente, se conformando ao molde de bardo e ignorando os laços com Cadence. Porém, naquele instante, ao olhar para Adaira, ele se lembrou do cenário onde crescera. Sentiu o sobrenome que vestia como uma capa — o único nome que o assumiria, mesmo em seus piores momentos —, e soube que sua lealdade mais profunda era para com Adaira e a família dela.

Ele se aprumou.

— Espero que em breve possa agraciar meu salão com sua música, Jack — disse Alastair, contendo uma tosse intensa e úmida.

— Seria uma honra — respondeu Jack. Sua preocupação aumentou quando Alastair levou o punho à boca, de olhos fechados como se o peito doesse.

— Vá descansar, pai — disse Adaira, tocando seu braço.

Alastair se recompôs e baixou a mão para sorrir para a filha. Era um sorriso cansado, fingido, e ele beijou a testa de Adaira antes de partir.

— Venha comigo, Jack — chamou Adaira, e se virou para passar por uma porta secreta, que ele jamais teria notado.

Furioso, ele não teve opção senão ir atrás dela pelos corredores bifurcados, fulminando com os olhos aquelas tranças loiras e os cardos que usava como joias.

Eu devia ter imaginado que era ela.

Jack quase soltou uma gargalhada cruel, mas a engoliu bem quando Adaira o levou ao jardim do pátio interno. Ele parou abruptamente nas lajes cobertas de musgo, quase trombando nela. Um dia, ela fora mais alta que ele. Jack ficou satisfeito ao descobrir que agora estava um bom palmo maior do que ela.

Com o olhar pesado, ele ficou observando enquanto ela se virava. Eles se encararam em silêncio, o ar tenso.

— Você não sabia que era eu — disse ela, por fim, bem-humorada.

— Sua pessoa sequer me ocorreu — respondeu ele rispidamente. — Mas eu deveria imaginar que você não teria o menor pudor em falsificar a assinatura de seu pai. Imagino que também tenha roubado o anel do selo da mão dele. Aproveitou enquanto ele dormia? Ou o dopou para isso? Admito que você foi astuta em seu crime, caso contrário eu não estaria aqui.

— Então que alívio eu ter me esforçado tanto — disse ela, tão calma que o desconcertou. Jack percebeu que ela atiçava o pior nele; ele estava agindo como se ainda tivesse onze anos, e o choque o fez cair num silêncio furioso, com medo de se arrepender do que diria. Isto é, até ela acrescentar: — Eu não o teria convocado se não houvesse um propósito.

— Quer mesmo falar sobre propósito? — retrucou ele, avançando um passo. Ele sentia o perfume suave de lavanda na pele dela, via o halo cor de mel nos olhos azuis. — Como você ousa me dizer algo assim, se me arrancou das minhas obrigações, dos meus deveres? Se interrompeu minha vida sem o menor remorso? O que você quer comigo, Adaira? O que você *quer*? Me diga, para eu poder ir embora daqui logo.

Ela manteve a compostura, olhando-o fixamente. Parecia até que conseguia enxergar através dele, através da pele, dos ossos e das veias, parecia enxergar sua essência. Parecia mensurar seu valor. Jack recuou, desconfortável com a atenção e o silêncio dela. Com tamanha frieza e placidez diante de sua ira fulminante, como se sua reação estivesse sendo conforme ela planejara.

— Tenho muito a dizer para você, Jack, mas não posso falar nada a céu aberto, onde o vento possa roubar as palavras de minha boca — disse ela, convidando-o a seguir caminho pela trilha sinuosa do jardim. — Faz um tempo que não nos vemos.

Ele não queria pensar naquele último momento entre os dois, mas era inevitável, pois ela o encarava e o desafiava a desenterrá-lo. E ela o conduzira até *ali*, ao jardim, onde tudo acontecera.

A última vez que Jack vira Adaira, foi na véspera de ir embora de Cadence, à noite. Mirin estava conversando com Alastair e Lorna no castelo, e Jack tinha saído para caminhar, triste e zangado, pelo jardim à luz das estrelas. Adaira também estava lá, lógico, e Jack se divertira jogando pedrinhas nela, em meio às roseiras, deixando-a assustada e irritada, até ela enfim encontrar o esconderijo dele.

Porém, a reação dela fora o oposto do que ele esperava; ele pensava que ela fosse fugir para dedurá-lo. Na verdade ela agarrara a túnica dele e o desafiara, e assim eles acabaram brigando entre as flores e trepadeiras, esmagando os brotos e sujando as roupas. Jack ficara surpreso com a força dela, com a ferocidade da briga, como se ela há tempos estivesse só aguardando alguém à sua altura. Ela o arranhara até tirar sangue, o acotovelara até machucar as costelas. O cabelo dela fustigara o rosto dele.

A briga atiçara sensações estranhas nele. Adaira brigara como se soubesse exatamente o que ele sentia, como se fossem espelhos. Mas era ridículo, porque ela possuía tudo que ele não tinha. Ela era adorada, e ele, desprezado. Ela era a alegria do clã, e ele, o incômodo. E, ao lembrar-se disso, ele se esforçara para triunfar na luta, e a prendera sob seu corpo na trilha do jardim. Porém, ele acabou recuando ao ver a própria fúria refletida nos olhos dela. Foi então que ela lhe disse o seguinte...

— As últimas palavras que você me disse foram que detestava minha existência, que eu sujava o nome dos Tamerlaine, e que esperava que eu nunca voltasse à ilha — disse Jack, com a voz arrastada, como se o discurso tivesse sido totalmente inócuo na época.

Por algum motivo estranho, pensar em tudo aquilo de novo doeu, como se a despedida de Adaira o tivesse marcado até os ossos. Afinal, ele nunca fora lá muito indulgente.

Adaira passeava em silêncio pela trilha, só escutando.

— Peço perdão pelo que disse naquela noite — disse ela, pegando Jack de surpresa. — E agora você sabe por que precisei

A MELODIA DA ÁGUA 55

falsificar a convocação de meu pai, pois você nunca teria voltado por mim.

— Você está certa — disse ele, e ela franziu o cenho. Ele não sabia se a desconfiança dela vinha de sua honestidade, ou devido à sua concordância. — Eu nunca teria voltado apenas por você, Adaira.

— Foi o que eu disse — retrucou ela, rangendo os dentes.

Finalmente, pensou Jack, diminuindo o passo. Finalmente ele a incomodara. Ele continuou, em tom arrogante:

— Mas só porque construí uma boa vida no continente.

Adaira parou de andar.

— Uma vida de bardo?

— Sim, mas vai além disso. Estou em vias de me tornar professor titular na universidade.

— Você dá aulas?

— Para centenas de alunos por semestre — respondeu ele.

— Um sem-fim de músicas passou pelas minhas mãos na última década, a maior parte de minha autoria.

— É um feito e tanto — disse ela, mas ele notou que a luz baixara em seu olhar. — Você gosta de dar aulas?

— Lógico que gosto — disse ele, embora às vezes também pensasse odiar.

Jack não era um dos assistentes adorados, e, vez ou outra, sonhava em abrir mão de todas as expectativas que pesavam em seus ombros. Às vezes, ele se imaginava como um bardo itinerante, sorvendo histórias e tecendo-as na forma de canções. Imaginava-se coletando relatos e despertando lugares quase mortos e esquecidos. E se perguntava se a vida na universidade, aquela estrutura de vidro e rocha, se assemelhava mais à vida de um pássaro aprisionado em uma gaiola de ferro.

Mas eram pensamentos perigosos.

Provavelmente obra do sangue da ilha que corria em suas veias. Essa ânsia por uma vida de riscos e poucas responsabilidades. A permissão para se deixar levar ao sabor do vento.

Jack esmagou tais devaneios bruscamente, temendo que Adaira os notasse em sua expressão.

— Agora você entende por que foi tão difícil abandonar o trabalho da minha vida inteira por um propósito misterioso. E quero saber por que você me chamou de volta para casa. O que deseja comigo, herdeira?

— Primeiro, permita-me dizer o seguinte — recomeçou ela, e Jack se preparou para escutar. — Você é um bardo, e eu não sou sua dona. Você não está atado a mim. É livre para ir e vir e, se quiser deixar esta ilha hoje e voltar ao continente, então vá, Jack. Encontrarei outra pessoa para fazer o que peço.

Ela se calou, mas Jack pressentiu que viria mais. Esperou pacientemente.

— Mas, para ser sincera — continuou Adaira, sustentando o olhar dele —, preciso de *você*. O clã precisa de você. Esperamos dez longos anos pela sua volta, então eu gostaria que você ficasse aqui e nos auxiliasse neste momento de dificuldade.

Jack ficou espantado com aquelas palavras. Paralisado, a encarou. Uma voz horrível dentro dele sussurrava: *Vá embora.* Ele pensou nos corredores sinuosos da universidade, repletos de luz e música. Pensou nos alunos, em seus sorrisos e em sua determinação para dominar os instrumentos que ele lhes oferecia. *Vá embora.*

Era tentador, mas as palavras dela eram muito mais atraentes. Ela alegava precisar dele, especificamente, e ele ficou curioso. Queria saber o porquê, e avançou um passo para segui-la outra vez.

Ela o conduziu a uma saleta no interior do castelo, que não tinha janelas. Uma sala para discutir temas sensíveis, ele sabia bem, pois não havia a menor chance de o vento roubar as palavras ditas ali. Um aglomerado de velas ardiam na mesa, e as chamas crepitavam na lareira, emanando luz. Jack parou perto da porta fechada enquanto Adaira se aproximava da mesa para servir um copo de uísque para cada um. Quando ela veio com a bebida, ele hesitou, mesmo quando a luz do fogo encontrou o vidro, pintando a mão dela de âmbar.

— É uma oferta de paz ou um suborno? — perguntou ele, arqueando a sobrancelha.

Adaira sorriu. Foi um sorriso genuíno, que enrugou os cantinhos dos olhos.

— Um pouco de ambos, talvez? Achei que você fosse gostar de um gostinho da ilha. Soube que as ofertas do continente são insossas.

Jack aceitou, mas logo percebeu que ela esperava que ele fizesse um brinde.

Ele pigarreou e, um pouco rispidamente, disse:

— Ao leste.

— Ao leste — ecoou ela, brindando.

Ela esperou ele tomar o primeiro gole de uísque, que se enroscou garganta abaixo como uma labareda de fogo antigo, para acrescentar:

— Bem-vindo de volta ao lar, minha velha ameaça.

Jack tossiu, lacrimejou e sentiu o nariz arder, mas se conteve e limitou-se a fazer uma careta.

Não é mais meu lar, quase disse, mas as palavras derreteram quando ela voltou a sorrir para ele.

Adaira foi sentar em uma cadeira de couro e apontou para outra, vazia, à sua frente.

— Sente-se, Jack.

O que quer que ela fosse pedir a ele, devia ser um tormento, visto que foi preciso relaxá-lo com uísque e ordenar que se sentasse. Jack cedeu e se acomodou na beira da cadeira acolchoada, como se pudesse precisar sair correndo a qualquer momento. Ele apoiou a harpa no colo, cansado de carregá-la pra lá e pra cá.

Ela voltara a olhá-lo, passando o dedo na borda do copo. Ele aproveitou o momento de silêncio para observá-la também. Especialmente as mãos. Ela não usava anéis. Porém, nem sempre os parceiros usavam alianças como símbolo de seus votos matrimoniais. Às vezes, partiam uma moeda de ouro, e cada um usava metade como pingente, então Jack ergueu o olhar. O vestido tinha decote quadrado e expunha os vales de suas clavículas. O pescoço estava nu, sem colar algum. Ele então presumiu que Adaira ainda estivesse solteira, o que o surpreendeu.

— Você está exatamente como imaginei, Jack — disse ela, e ele encontrou seu olhar de repente.

— Não mudei? — perguntou.

— Em certos aspectos, mudou. Mas em outros... Acho que eu seria capaz de reconhecer você em qualquer lugar.

Ela virou o uísque, como se a confissão a deixasse vulnerável. Jack a observou engolir, sem saber o que responder. Ele manteve a expressão serena ao beber o resto do copo.

— Quer mais? — perguntou ela.

— Não.

— Sua mão está enfaixada. Você se machucou?

Jack flexionou a mão. A dor do corte diminuíra consideravelmente, graças aos cuidados de Sidra.

— Foi só um arranhão. Os feéricos marinhos não me receberam muito bem.

Adaira comprimiu os lábios, como se quisesse fazer um comentário mas tivesse mudado de ideia.

— Quer me contar agora, herdeira? — perguntou Jack.

Ele estava começando a ficar enjoado de tanto se perguntar do que Adaira precisava.

Queria acabar com aquilo logo e ir embora.

— Pois não — disse Adaira, cruzando as pernas, e ele vislumbrou sua panturrilha, a lama em suas botas. — Desconfiei de que você gostasse da vida no continente, já que nunca nos visitou, e, como tem responsabilidades na universidade... serei sincera. Não sei por quanto tempo precisarei de você.

— Mas decerto você deve fazer *alguma* ideia desse prazo — disse ele, engolindo a irritação, pois vivia seguindo um cronograma e odiava imaginar flutuar pelo tempo assim. — Uma semana? Um mês? Se eu não voltar a tempo do semestre de outono, perderei minha vaga na universidade.

— Não sei, Jack, honestamente — respondeu Adaira. — Há muitos fatores em jogo, muito além do meu controle.

A primeira suposição de Jack era de que ela o chamara para tocar para o pai, visto que o barão parecia gravemente doente. O que indicava que Adaira estava prestes a ascender ao baronato. Jack sentiu uma pontada de fascínio ao imaginá-la coroada.

Seu olhar percorreu as flores de cardo que decoravam a trança de Adaira.

— Você encontrou Torin, não foi? — perguntou ela.

Jack franziu o cenho.

— Encontrei. Como...?

— O vento — disse ela, como se ele devesse estar ciente das fofocas que vinham junto ao sopro. — Meu primo contou das duas meninas que desapareceram?

— Sim. Mas não me deu muitos detalhes, afora o fato de que ele acredita que os espíritos são os culpados por isso.

Adaira olhou rapidamente para o outro lado da sala, a expressão solene.

— Há duas semanas, Eliza Elliott, de oito anos, desapareceu quando voltava da escola para casa. Vasculhamos quilômetros de terra, entre a escola e o sítio da família, mas não encontramos muita coisa. Só algumas marcas na grama e na urze, onde ela parecia estar caminhando antes de sumir de repente — disse ela, e parou um instante, voltando a olhar para ele. — Você certamente se lembra dos hábitos da ilha, Jack.

Ele se lembrava.

Lembrava-se das benesses e dos perigos de se afastar das estradas de Cadence. As estradas eram vias resistentes aos encantos. Os espíritos não conseguiam influenciar as estradas, mas podiam brincar com a grama, com as rochas, com o vento, com a água e com as árvores da ilha. Podiam transformar três colinas em uma, e uma em quatro, mas, ainda assim, havia como entender os percursos da ilha, saber que partes tendiam a mudar, e que referências eram fixas. Muitas crianças que não conheciam esse mapa secreto se perdiam por horas caso saíssem da estrada.

— Você acredita que os feéricos a enganaram? — questionou Jack.

Adaira confirmou.

— Menos de uma semana depois de seu desaparecimento, foi a vez de outra menina. Annabel Ranald. A mãe diz que ela foi cuidar das ovelhas certa tarde e nunca mais voltou. Tem apenas dez anos. E a procuramos por todo canto, até a costa norte. Vasculhamos o sítio, as cavernas e os lagos, as colinas e os vales, e nem sinal dela, exceto por um rastro na urze interrompido abruptamente. Assim como no desaparecimento de Eliza, como se um portal tivesse se aberto para elas.

Jack passou a mão pelo cabelo.

— É assustador, e lamento muito. Mas não sei como ajudar nessa questão.

Adaira hesitou.

— O que estou prestes a dizer deve ficar entre nós, Jack. Você aceita manter sigilo?

— Aceito.

Ainda assim, ela titubeou, em dúvida. Ele se incomodou, e perguntou:

— Você não confia em mim?

— Se não confiasse, não o teria convocado para isso — retrucou ela.

Ele esperou, com toda a atenção voltada para ela, e Adaira soltou um longo suspiro.

— Quando ainda estava viva, minha mãe me contava as histórias mais distintas — começou Adaira. — Histórias de espíritos, e dos feéricos da terra e da água. Eu gostava desses contos, e os guardei no coração, mas nunca dei verdadeira atenção a eles. Só comecei a pensar neles com afinco depois que ela faleceu, e depois que meu pai ficou doente, quando então

A MELODIA DA ÁGUA 61

percebi que estava prestes a me encontrar sozinha, a última de meu sangue. Só depois de Eliza Elliott desaparecer.

"Torin e eu procuramos meu pai, para pedir seu conselho. Pois nos era evidente que alguém no clã provavelmente tinha feito algo para incomodar os espíritos, e que os feéricos capturaram uma de nossas meninas para nos castigar. Meu pai instruiu Torin a continuar a investigação do leste com sua força mortal, seus olhos, ouvidos e mãos, e que ficasse pronto para, a qualquer momento, um portal dos espíritos se abrir e conduzi-lo ao outro lado. Mas depois de dispensar Torin, meu pai falou só comigo. Ele me pediu para contar uma das histórias de minha mãe, a lenda da dama Ream do Mar, que ela frequentemente cantava para nós no salão.

"Então relatei a história a ele, muito embora há anos evitasse pensar nas coisas que minha mãe contava, pois é algo que me causa muita dor. Ainda assim, mesmo ao descrever como Ream se erguia da espuma da maré, não entendi o que meu pai esperava que eu compreendesse. Precisei de mais umas histórias para chegar lá."

Ela parou. Jack estava hipnotizado.

— E o que era, Adaira?

— Que nas histórias e nas canções de minha mãe... ela descrevia os espíritos em detalhes perfeitos. A aparência deles. O som das vozes deles. Os movimentos e as danças. Como se os tivesse *visto* manifestados.

Jack pensou imediatamente na mulher no mar, do cabelo que fizera cócegas em seu rosto. Ele estremeceu.

— E elas os viu?

— Viu — sussurrou Adaira. — Só ela e meu pai sabiam. Um bardo é capaz de atrair espíritos manifestados, mas apenas com uma harpa e voz mortal. Conhecimento antigo, transmitido pela ilha por muitos anos, protegido e mantido em segredo pelo barão e pelo bardo por respeito aos feéricos.

— Por que sua mãe precisaria cantar para eles? — perguntou Jack, cujas mãos começavam a suar.
— Perguntei exatamente isso ao meu pai, e ele me disse que era um modo de garantir nossa sobrevivência no leste. Segundo ele, mantínhamos o favorecimento dos espíritos porque a adoração dela os agradava, e, em troca, eles garantiam que nossa colheita fosse duas vezes maior, que a água das montanhas descesse limpa até os lagos, que o fogo ardesse sempre nas noites mais escuras e frias, e que o vento não levasse nossas palavras até nossos inimigos do outro lado da fronteira.

Jack se remexeu. Sentiu o peso daquelas palavras. Ele finalmente entendia por que ela o convocara, mas queria que ela verbalizasse.

— Por que você me chamou de volta, Adaira?

Ela sustentou seu olhar, corada.

— Preciso que você toque uma das baladas da minha mãe na harpa. Preciso que convide os espíritos do mar a manifestarem-se, para que eu converse com eles sobre as meninas desaparecidas. Acredito que eles possam me ajudar a encontrar Annabel e Eliza.

Ele ficou em silêncio, mas seu coração ressoava como um trovão e seus pensamentos rodopiavam como folhas carregadas por um redemoinho.

— Tenho algumas ressalvas, Adaira — disse Jack.

— Diga.

— E se os espíritos responderem à música, mas forem malévolos? — perguntou. Ao passo que se preocupava com o próprio bem-estar, temia ainda mais pelo dela. Adaira era a única herdeira, a única filha do barão. Se algo a acometesse, o leste se veria perdido. Jack não queria tal responsabilidade nas mãos, não queria testemunhar o afogamento dela pelos espíritos do mar.

— Tocaremos à noite. Quando a lua e as estrelas estiverem refletindo na água — disse Adaira, como se antevisse que ele fosse perguntar aquilo.

Quando os espíritos do mar estiverem mais maleáveis.

O temor de Jack não diminuiu; ele se lembrou do som das unhas tamborilando no casco do barco do pescador, em busca de um ponto mais fraco. Da silhueta escura da mulher na água, rindo dele, que nadava desesperado até a orla. Ele desejava mesmo fisgar aquele espírito como um peixe no anzol? Convocar com o canto aquele ser perigoso?

Então ele tentou outra pergunta:

— E se eles não vierem ao ouvir minha música, minha voz? E se eles se lembrarem do carinho e do respeito por sua mãe e se recusarem a responder a mim, um bardo expulso pelo clã?

— Você nunca foi expulso — disse Adaira, o observando atentamente. Então ela sussurrou: — Está com medo, Jack?

Estou, sim, pensou ele, desesperado.

— Não — foi o que respondeu.

— Porque eu estarei com você, ao seu lado. Meu pai sempre acompanhava minha mãe quando ela tocava. Não deixarei que nada o afete.

Era estranho que ele acreditasse tanto nela, considerando o histórico complicado entre eles. Porém, a confiança de Adaira era como vinho, e o amolecia. Ele via por que o clã a adorava, a seguia, a idolatrava.

— Talvez isso lhe dê clareza — continuou Adaira. — Meu pai me explicou o seguinte: minha mãe não podia tocar com o coração cético. Os feéricos não vinham apenas ouvir a música, mas também ser cultuados por ela. Porque é isso que desejam de nós. Nosso louvor, nossa fé. Nossa confiança neles.

A reação inicial de Jack foi de desdém. Como louvar seres que sequestravam meninas? Porém, ele engoliu a resposta, lembrando-se das histórias antigas de Mirin. Nem todo espírito era ruim. Nem todo espírito era bom. Por garantia, era mais sábio temê-los.

Ele não queria crer no que Adaira dizia, e as opiniões do continente lhe voltaram à mente. Até que ele pensou: *Se ela estiver certa, e os espíritos devolverem as meninas, posso voltar à universidade em menos de uma semana.*

— Muito bem — disse ele. — Tocarei por você e pelo clã. Pelas duas meninas desaparecidas. Onde estão as partituras de sua mãe?

Adaira se levantou e o conduziu a uma torre no sul do castelo, escadaria acima, até uma sala espaçosa que Jack não conhecia. Havia estantes fundas entalhadas nas paredes, lotadas de livros ilustrados, e o piso era de mármore quadriculado, preto e branco, tão polido que o refletia como se ele andasse na água. Três janelas amplas deixavam entrar rios de sol, e uma mesa de carvalho estava coberta de pergaminhos, tinteiros e penas. No centro da sala se encontrava uma harpa grandiosa, de uma artesania maravilhosa. As cordas reluziam, implorando para serem tocadas.

Jack andou até lá, sem conseguir desviar os olhos do instrumento. Ele sabia a quem a harpa pertencera. Quando menino, ele a escutava tocá-la no salão. Com reverência, ele acariciou o instrumento e pensou em Lorna.

— Esta harpa foi bem conservada — disse ele, que esperava encontrá-la empoeirada, rachando sob o peso das cordas paradas. — Você toca?

Ele não sabia explicar por que a mera ideia de Adaira sentada diante da harpa, de seus dedos formando música, o deixava sem fôlego.

— Muito pouco — confessou Adaira. — Anos atrás, minha mãe me ensinou a cuidar do instrumento e a dedilhar algumas escalas. Infelizmente, minhas mãos nunca se adaptaram à música.

Jack a viu folhear os montes de pergaminhos na mesa e enfim trazer a ele algumas folhas.

Era uma balada, "Canção das marés". E, embora as notas e a letra no pergaminho fossem silenciosas, esperando que o fôlego e os dedos lhes dessem vida, uma advertência o preenchia conforme ele tocava mentalmente a composição.

Algo ali parecia perigoso. Ele não sabia descrever, mas seu sangue reconheceu a ameaça rapidamente, sentiu a ardência do poder implícito. Calafrios percorreram o corpo dele.

— Vou precisar de tempo para me preparar — disse ele.

— Quanto tempo? — perguntou Adaira.

— Me dê dois dias para estudar. Assim minha mão tem tempo de sarar, e devo estar pronto para tocar.

Ela assentiu. Ele não soube dizer se ela estava satisfeita ou decepcionada com a resposta, mas sentiu uma fração do fardo que ela carregava, na posição de Herdeira do Leste.

Ele não invejava mais seu cargo ou seu poder, como antes.

— E onde tocarei? — perguntou ele.

— Na praia — respondeu Adaira. — Podemos nos encontrar à meia-noite, daqui a dois dias, na rocha Kelpie. Lembra-se de onde é?

Era o lugar onde nadavam por horas infindáveis na infância. Jack se perguntou se Adaira o escolhera porque o rochedo evocava lembranças fortes para os dois. Ele se lembrou, de repente, de boiar nas ondas quando menino, de apostar corrida com ela até a praia, ávido para ganhar.

— Lógico — respondeu ele. — Não esqueci os caminhos da ilha.

Ela apenas sorriu.

Jack estava guardando com cuidado as partituras de Lorna na caixa de sua harpa quando Adaira disse:

— Imagino que você esteja ansioso para ver Mirin.

Ele engoliu uma resposta sarcástica.

— É. Já que você não precisa mais de mim, vou lá visitá-la.

— Ela vai morrer de alegria ao ver você — declarou Adaira.

Jack não disse nada, mas seu coração parecia feito de pedra. Quando ele chegara à escola no continente, sua mãe costumava lhe escrever todos os meses. Ele se escondia no almoxarifado para chorar sempre que as palavras dela chegavam. Ler notícias da ilha atiçava sua saudade de casa, e ele frequentemente matava as aulas de música na esperança de os professores o mandarem embora. Obviamente isso não acontecera, pois eles estavam determinados a vê-lo florescer lá. O moleque perdido da ilha, que nem teria sobrenome se não fosse pela generosidade do barão.

Com o passar dos anos, Jack finalmente resolveu se entregar à música, mergulhando cada vez mais fundo nesse mundo, e as cartas de Mirin foram se tornando cada vez menos frequentes, até passarem a chegar apenas uma vez ao ano, quando as folhas douravam, a geada caía e ele envelhecia um ano mais.

— Sem dúvida — disse Jack, e, desta vez, o sarcasmo tocou sua voz.

Adaira devia ter notado, mas não comentou.

— Obrigada pela ajuda, Jack — disse ela. — Você poderia também me encontrar amanhã ao meio-dia?

— Não vejo por que não.

Adaira inclinou a cabeça e o fitou.

— Você está *louco* de felicidade por voltar para casa, não está, minha velha ameaça?

— Este lugar nunca foi minha casa — disse ele.

Ela não respondeu ao comentário, mas seu olhar ficou mais brando.

— Até amanhã.

Ele a viu ir embora e passou mais alguns minutos na sala de música, para aproveitar a solidão.

A luz estava começando a baixar. Ele sentiu a hora avançada e soube que não podia mais adiar o inevitável.

Era hora de encontrar Mirin.

Antigamente, Jack adorava a rapidez dos trajetos das colinas. Quando menino, logo aprendera quais picos se achatavam e quais se multiplicavam, quais rios mudavam de curso e quais lagos sumiam, quais árvores se deslocavam e quais ficavam firmes.

A MELODIA DA ÁGUA 67

Ele sabia encontrar o caminho de volta à estrada, caso os feéricos conseguissem enganá-lo. Porém, talvez fosse tolice achar que ele permaneceria o mesmo uma década depois.

A ilha estava totalmente diferente do que ele lembrava. Ele caminhou pelas colinas para o leste, as botas de Torin formando bolhas nos calcanhares, e de repente o terreno ao seu redor tornou-se bravio e infinito. Ele um dia podia até ter amado aquele lugar e suas mil faces, mas agora tudo havia se tornado estranho a ele.

Um quilômetro virou dois. As ladeiras ficaram íngremes, implacáveis. Ele escorregou em xisto e ralou os joelhos. Caminhou pelo que pareceram horas em busca de uma estrada, até a tarde dar lugar ao anoitecer, e as sombras ao seu redor ficarem frias e tristonhas.

Ele não fazia ideia de onde estava quando as estrelas começaram a incandescer.

O vento do sul soprou, carregando um emaranhado de sussurros. Jack estava distraído demais para escutar com atenção, o coração na boca enquanto a tempestade irrompia do céu. Ele insistiu no caminho, passando por poças e córregos de lama.

Seria tão simples uma menina se perder aqui, pensou.

Ele se lembrou de como aprendera a odiar aquele lugar imprevisível, e acabou parando bruscamente, encharcado e furioso.

— Me levem! — desafiou os espíritos que brincavam com ele.

O vento, a terra, a água e o fogo. Desafiou os vales, as montanhas e as piscinas sem fundo, cada canto da ilha que se estendia adiante, reluzente de chuva. O fogo das estrelas, o sussurro do vento.

Se tinham levado as meninas embora por pura diversão, por que hesitavam com ele? Jack esperou, mas nada aconteceu.

O vento arrastou as nuvens, e o céu voltou a cintilar de constelações, como se nem tivesse chovido.

Jack seguiu, arrastando os pés. Aos poucos, começou a reconhecer seus arredores, e encontrou a estrada do oeste. Estava quase na casa de Mirin.

A mãe morava no limite da comunidade, onde havia ameaça constante de incursão, mesmo no verão. Apesar do risco dos Breccan, Mirin insistia em continuar ali. Tinha crescido órfã, até uma viúva adotá-la como aprendiz para lhe ensinar o ofício de tecelã. A casa e as terras tinham se tornado dela depois que a viúva falecera havia muito tempo, a única herança.

Jack logo enxergou a luz do fogo ao longe, escapulindo pelas janelas fechadas.

O brilho o afastou da estrada, até encontrar a trilha estreita e sinuosa que levava à horta de Mirin, tão fácil como se ele tivesse passado ali ontem mesmo, a grama roçando os joelhos. O ar tinha um cheiro doce de samouco e ácido de fumaça, que subia da chaminé, embaçando as estrelas.

Rápido até demais, chegou ao portão. Adentrou na horta, olhando o chão sob a luz fraca. Via fileiras e mais fileiras de verduras, amadurecidas pelos dias quentes. Lembrou-se de todas as horas que passara ajoelhado naquela terra quando menino, arando, plantando e colhendo. Das reclamações e oposições a tudo o que Mirin pedia.

Ao se aproximar da porta, foi acometido pelo nervosismo.

Havia uma oferenda para os feéricos da terra na porta — uma pequena broa, agora encharcada de chuva, e dois potes de geleia e manteiga. Jack tomou o cuidado de não esbarrar na comida, e não se surpreendeu por Mirin, tão devota, ter deixado ali aquele presente.

Ele bateu à porta, trêmulo.

Passou-se um momento, e ele começou a cogitar dormir no curral ao lado da casa. Ou até no depósito, com os mantimentos do inverno. Estava prestes a recuar quando a mãe abriu a porta.

Eles se entreolharam.

Naquele segundo congelado, mil coisas revoaram pela cabeça de Jack. Era evidente que ela não ficaria feliz em vê-lo. Toda a dor que ele lhe causara quando era jovem e rebelde, todos os problemas, todos os...

— Jack — suspirou Mirin, como se tivesse passado o dia esperando que ele batesse à porta.

Ela provavelmente ouvira as notícias do vento. Jack sentiu uma onda de culpa por não ter ido visitá-la primeiro.

Ele ficou parado ali, sem jeito, sem saber o que dizer, e sem entender por que sentia aquele nó na garganta. Ela continuava magra como antigamente, mas seu rosto parecia esmaecido, com as bochechas cavadas. O cabelo, que era da mesma cor do dele, estava mais grisalho nas têmporas.

— É você mesmo, Jack? — perguntou ela.

— Sou eu, sim, mãe.

Ela escancarou a porta até a luz se derramar em cima dele. Aí o abraçou com tanta força que ele achou que fosse partir ao meio, e viu-se sufocado por tanta alegria.

Ele passara um sem-fim de anos ressentido com ela pelos segredos guardados. Por nunca lhe contar quem era seu pai. Porém, quanto mais ela o abraçava, mais o nó no peito dele desatava. Ele relaxou num alívio esmagador ante aquela reação calorosa, mas a harpa continuava entre eles, como um escudo.

Mirin recuou, de olhos marejados.

— Ah, deixe-me olhar para você.

Radiante, ela o analisou, e ele se perguntou o quanto teria mudado. Se ela estaria se vendo nele, ou talvez um indício do pai sem nome.

— Já sei, estou magro demais — disse ele, corado.

— Não, Jack. Está perfeito. Mas preciso vesti-lo em roupas melhores! — exclamou ela, e riu de prazer. — Estou tão surpresa por vê-lo. Não esperava uma visita antes do fim da sua formação. Por que voltou para casa?

— Fui convocado pelo barão — respondeu Jack.

Não chegava a ser mentira, mas ele ainda não queria mencionar Adaira.

— Que bondade sua vir, Jack. Entre, entre — chamou ela.

— Parece que a tempestade pegou você.

— Pegou — disse ele. — Me perdi no caminho, senão teria chegado antes.

— Talvez você deva passar um tempo sem viajar pelas colinas — disse Mirin, fechando a porta.

Jack apenas bufou.

Era estranho ver como a casa da mãe não mudara em nada. Estava exatamente igual ao dia em que ele partira. O tear ainda dominava a sala principal. Estava ali antes mesmo da casa, o tear construído com madeira colhida no bosque Aithwood, ali por perto. Jack desviou a atenção dele, passando pelo tapete de capim trançado, pelo aglomerado de móveis descombinados, pelos cestos de lã tingida e flanelas e lenços recém-tecidos e dobrados. A lareira era adornada por uma corrente de flores secas e uma família de castiçais de prata. Um caldeirão de sopa borbulhava no fogo. As vigas do teto tinham marcas do estilingue de Jack; ele olhou para os pedacinhos amassados de madeira e se lembrou carinhosamente dos momentos em se deitava no escabelo e atirava pedrinhas do rio no teto.

— Jack — disse Mirin, tentando conter a tosse.

O som da tosse úmida trazia lembranças ruins para Jack, e ele a olhou. Ela estava torcendo as mãos, de repente pálida à luz do fogo.

— O que houve, mãe?

Ele a viu engolir em seco.

— Quero apresentar alguém — disse Mirin, e hesitou ao olhar para a antiga porta do quarto dele, que estava fechada. — Pode vir, Frae.

Jack ficou paralisado ao ver a porta do quarto se abrir. Dali saiu uma menina descalça, com um sorriso tímido e o cabelo comprido e castanho-arruivado preso em duas tranças.

A MELODIA DA ÁGUA 71

A primeira ideia de Jack foi de que se tratava da aprendiz de Mirin. Porém, a menina foi até Mirin imediatamente, e abraçou a mãe dele de um modo terrivelmente familiar. A pequena desconhecida sorriu para Jack, com olhos brilhantes e curiosos. *Não. Não, não pode ser...* O coração dele batia cada vez mais rápido de choque conforme ele fitava a menina.

Ele voltou o olhar para Mirin. A mãe não foi capaz de olhá-lo de volta; com a mão trêmula, pôs-se a acariciar as tranças de cobre da menina.

E então vieram as palavras, palavras que atravessaram Jack como uma espada, e ele precisou de todas as forças para não se encolher quando Mirin declarou:

— Jack? Esta é sua irmã mais nova, Fraedah.

Capítulo 4

Os ossos de Jack pesavam como chumbo enquanto ele encarava a menina, sua irmã — *sua irmã* — e dava um jeito de dizer:
— Prazer, Fraedah. Eu sou o Jack.
— Olá — disse Frae, sorrindo, com covinhas nas bochechas. — Pode me chamar de Frae. É como meus amigos me chamam.
Jack fez que sim com a cabeça. O rosto dele estava ardendo; até engolir era difícil.
— A mamãe me contou que tenho um irmão mais velho que é bardo — continuou a menina. — Ela disse que você logo voltaria, mas não sabíamos exatamente quando. Era meu sonho conhecer você!
Jack forçou um sorriso, que acabou se assemelhando mais a uma careta, e aí franziu as sobrancelhas para Mirin, que finalmente conseguia encará-lo, também com uma expressão incômoda.
— Frae? — disse ela, e pigarreou. — Que tal dormir no meu quarto hoje? Você pode ver o Jack de novo no café da manhã.
— Está bem, mãe — respondeu Frae, em tom obediente, e soltou a cintura de Mirin. — Boa noite, Jack.
Ele não respondeu. Não encontrou as palavras a tempo, mesmo quando ela sorriu para ele outra vez, como se ele fosse o herói de uma história que ela vinha escutando há anos.
Frae entrou no quarto de Mirin e fechou a porta.

A MELODIA DA ÁGUA 73

Jack ficou parado, imóvel como pedra, olhando para o ponto exato onde Frae estivera.

— Está com fome? — perguntou Mirin, hesitante. — Botei sopa no fogo para você.

— Não.

Até instantes atrás, ele estava *faminto*. Mas agora seu estômago revirava, e o apetite tinha ido embora. Ele jamais se sentira tão desconfortável e deslocado, e olhou para a porta da casa, em busca de uma saída.

— Posso dormir no curral hoje.

— O quê? Não, Jack — disse Mirin, firme, se posicionando no caminho. — Pode ficar no seu antigo quarto.

— Mas agora é da Frae.

Frae. Sua irmã, cuja existência Mirin escondera dele. Jack rangeu os dentes e sentiu a mão arder ao flexionar os dedos.

Antes que a mãe pudesse falar outra coisa, Jack sibilou:

— Por que você não me contou sobre ela?

— Eu queria contar, Jack — respondeu Mirin, em voz alta, parecendo preocupada que Frae pudesse escutá-los. — Queria mesmo. Eu só... não sabia como.

Ele continuou a fitá-la, frio. Queria ir embora, o que Mirin devia pressentir.

Ela esticou a mão e tocou o rosto dele de leve.

Ele recuou, ainda que desejasse ver e sentir o amor dela. O amor que ele vira nas mãos dela quando tocaram o cabelo de Frae. Natural, sem esforço.

Ele sentiu os anos perdidos entre eles, como um braço arrancado. Tempo irrecuperável, tempo que incentivara a alienação entre eles. Mirin podia até ter dado à luz a ele, criando-o então por onze anos, mas, no fim das contas, foram os professores e a música do continente que o moldaram para ser o homem que tinha se tornado.

Mirin baixou a mão. Os olhos escuros dela reluziam de tristeza, e ele temeu que ela fosse começar a chorar.

Mesmo com a garganta dolorida, ele conseguiu dizer:
— Eu agradeceria se você tivesse roupas secas.
— Lógico — disse Mirin, relaxando a postura em alívio visível, como se estivesse prendendo a respiração. — Tenho roupas para você, *sim*. Sempre esperei que você voltasse, então... Aqui, Jack...

Ela foi ao antigo quarto dele.

Jack a seguiu a passos rígidos.

Ele ficou observando enquanto Mirin abria o baú de madeira ao pé da cama. Dali tirou uma pilha de roupas perfeitamente dobradas. Uma túnica marrom-clara e uma flanela verde.

— Fiz para você — disse ela, olhando para as peças. — Tive que adivinhar sua altura, mas acho que imaginei corretamente.

Jack aceitou as roupas.

— Obrigado — disse, seco.

Ele estava atordoado de choque, irritado por ter passado o dia usando as roupas frouxas e encharcadas de Torin. Estava com fome, cansado, e sobrecarregado pela descoberta de Frae e pelo pedido de Adaira.

Precisava de um momento a sós.

Mirin deve ter percebido, pois saiu do quarto sem dizer mais nada, fechando a porta ao passar.

Jack suspirou e abandonou a pose. Seu rosto se contorceu de dor, e ele fechou os olhos, respirando fundo e devagar até sentir-se forte o suficiente para analisar o antigo quarto.

Uma vela queimava na escrivaninha, derramando luz fraca nas paredes de pedra. Os livros de infância estavam enfileirados, e ele se perguntou se Frae já os teria lido. Ficou surpreso ao flagrar seu estilingue ainda pendurado no prego na parede, ao lado de uma pequena tapeçaria que devia pertencer à irmã. Um tapete de palha cobria o chão, e a cama estava posicionada no canto, coberta pela manta que ele usava quando pequeno. Mirin tecera a coberta para ele, uma proteção aconchegante contra as noites frias da ilha.

Ele examinou a trama e notou algo inusitado perto do travesseiro. Franziu a testa e se aproximou, notando que era um buquê de flores silvestres. Será que Frae as colhera para *ele*? De jeito nenhum, pensou. Porém, não conseguiu evitar supor que a mãe e a irmã tinham passado o dia esperando sua chegada. Desde que souberam de sua presença por meio da voz do vento. Ele enfim largou a harpa. Tirou as roupas e vestiu as peças que Mirin fizera para ele. Para seu choque, cabiam perfeitamente. A lã era quente e macia ao toque, e a flanela o envolveu como um abraço.

Jack se demorou mais um momento no quarto, com dificuldade para conter a emoção. Quando se recompôs e voltou à sala de estar, Mirin já estava com uma tigela de janta à sua espera.

Desta vez, ele aceitou, e sentou-se na cadeira de encosto de palha perto do fogo. A sopa cheirava a tutano, cebola e pimenta, a todas as verduras que Mirin cultivava no quintal. Ele deixou o vapor se dissipar antes de começar a comer, saboreando o gosto forte da refeição. O gosto de infância. Por um momento, podia jurar que o tempo tremulou ao seu redor e ofereceu um vislumbre do passado.

— Você voltou de vez, Jack? — perguntou Mirin, sentada na cadeira à frente dele.

Jack hesitou. Ele ainda estava zonzo de dúvidas por causa de Frae, ávido por respostas. Porém, resolveu aguardar. Era quase possível se iludir e acreditar que tinha voltado à antigamente. Que retornara à época em que Mirin contava histórias para ele diante da lareira.

— Vou voltar para o continente a tempo do semestre de outono — disse ele, apesar da advertência de Adaira.

— Fico feliz que você esteja em casa, mesmo que por pouco tempo — disse Mirin, e entrelaçou os dedos. — Estou curiosa para saber mais sobre a sua universidade. Como é? Está gostando?

Ele poderia dizer muitas coisas. Poderia começar do início, contar que, no começo, odiava a universidade. Que aprender música fora um processo lento. Que ele quisera destruir o instrumento e voltar para casa. Mas talvez ela já soubesse disso, caso tivesse lido nas entrelinhas das cartas que ele mandava.

Ele poderia contar do momento em que tudo mudara, no terceiro ano, quando o professor mais paciente começara a ensiná-lo a harpa e Jack finalmente encontrara seu propósito. Ele fora ensinado a cuidar muito bem das mãos, e a deixar as unhas crescerem, como se virasse uma nova criatura.

— Estou gostando, sim — disse ele. — O clima é agradável. A comida é mediana. A companhia é boa.

— Está feliz lá?

— Estou.

A resposta foi ágil, puro reflexo.

— Que bom — disse Mirin. — Eu não quis acreditar em Lorna quando ela me disse que você prosperaria no continente. Mas ela estava certa.

Jack sabia que os Tamerlaine tinham financiado sua educação. A universidade era cara, e Mirin não teria como pagar sozinha. Ele às vezes ainda se perguntava por que fora escolhido, dentre todas as crianças da ilha. Na maior parte do tempo, supunha que fora selecionado por não ter pai, por dar trabalho, por ser rebelde, e devido ao fato de o barão acreditar que estudar longe de casa o controlaria.

Mas talvez Lorna esperasse que Jack voltasse como bardo, pronto para tocar pelo leste. Como ela mesma fizera.

Ele não queria refletir sobre aquilo tudo. E era hora de se dirigir diretamente a Mirin. Deixou a tigela de lado e desviou o olhar do fogo para ela.

— Quantos anos tem Frae?

Mirin respirou fundo.

— Oito.

Oito. Jack sentiu a verdade como um soco ao pensar na situação. Todos os anos que ele passara no continente, perdido na música, enquanto tinha uma irmãzinha em casa.

— Imagino que ela seja minha meia-irmã — disse ele.

Mirin estava torcendo as mãos pálidas outra vez. Ela olhou para as chamas.

— Não. Frae é sua irmã completa.

A revelação trouxe ao mesmo tempo dor e alívio. Jack não sabia o que sentir, e acabou por pronunciar exatamente aquilo que o afastara da mãe.

— Suponho que Frae saiba, então, quem é nosso pai.

— Não, ela não sabe — sussurrou Mirin. — Perdão, Jack, mas você sabe que não posso falar disso.

Ela nunca se desculpara por nada antes. Jack ficou tão pasmado que decidiu deixar a velha discussão de lado, e reconheceu o que realmente o incomodava no momento.

Ele tinha uma irmãzinha, na ilha onde meninas estavam desaparecendo.

Era uma complicação séria em seus planos de tocar para os feéricos da água e ir embora logo em seguida. Ele não via meios de partir sem a garantia de que Mirin e Frae estariam em segurança depois.

— Soube dos problemas na ilha — comentou ele. — Das duas meninas que sumiram.

— Sim. A última quinzena foi trágica — disse Mirin, e fez uma pausa, tocando o arco do cupido em seus lábios. — Lembra-se daquelas histórias antigas que eu contava para você? Os contos de ninar, antigos como esta terra?

— Lembro.

— Era meu maior medo. Que você vagasse pelas colinas e fosse enganado por um espírito. Que, um dia, não voltasse para casa, e não restasse o menor rastro de você. Então eu contava aquelas histórias, com conselhos para se ater às estradas, usar flores no cabelo, respeitar o fogo, o vento, a terra e o mar, por acreditar que assim você ficaria protegido.

As histórias eram assustadoras, e também interessantes. Porém, história alguma era feita de aço.

— Soube que uma das meninas desaparecidas é Eliza Elliott — continuou ele, atento à reação da mãe. — O sítio dos Elliott fica a menos seis quilômetros daqui, mãe.

— Eu sei, Jack.

— Que medidas você está tomando para garantir que Frae não seja a próxima?

— Frae está a salvo aqui, comigo.

— Mas como você pode ter *certeza* disso? — insistiu ele. — Os feéricos são volúveis, mesmo na melhor das circunstâncias. Não são confiáveis.

Mirin riu, mas o som era repleto de desdém.

— Você realmente quer *me* instruir sobre os espíritos, Jack? Quando sempre foi irreverente diante da magia deles? Quando passou uma década longe daqui?

— Passei esse tempo longe porque você me mandou embora — lembrou ele, duro.

Ela reduziu a ofensiva. De repente, pareceu mais velha aos olhos dele. Pareceu frágil, como se as sombras na sala pudessem parti-la. Então ele olhou para o tear.

— Você ainda tece flanelas encantadas, mãe — disse ele. Mesmo tentando suavizar a voz, soou acusatório.

Mirin não disse nada, mas sustentou seu olhar.

O dom dela para tecer flanelas encantadas era simplesmente a magia dos espíritos da terra e da água: começava na grama e nos lagos, que nutriam as ovelhas, e por sua vez chegava à maciez da lã, tosquiada, fiada e tingida, que Mirin pegava nas mãos e tecia no tear, transformando um segredo em aço. Ela era um veículo, a condutora da magia, que passava por ela porque ela era devota. Os espíritos a consideravam digna de tal poder.

O poder, contudo, tinha seu preço. Tecer magia drenava sua vitalidade. Quando era mais jovem, Jack sentia essa verdade em seu peito na forma de um medo gélido, e aí a imaginava morrendo, abandonando-o. Ele percebeu que aquele calafrio era ainda pior agora que estava mais velho.

— O clã precisa delas, Jack — sussurrou ela. — É meu ofício e meu dom.

— Mas está *adoecendo* você. Pelos deuses, você agora tem Frae! O que aconteceria com ela se você falecesse? A guarda da irmã seria passada para ele? Ou ela iria para o orfanato em Sloane, exatamente onde começara a vida de Mirin?

Mirin massageou a testa.

— Estou bem. Sidra tem fornecido um tônico para aliviar minha tosse.

— Você deveria cogitar seriamente interromper esse encanto, mãe. Além disso, acho que também deveria sair deste sítio, porque é perto demais da fronteira, e se mudar para a cidade, onde é mais segu...

— Não vou sair deste sítio — disse ela, com a voz metálica, fatiando as palavras dele. — Eu conquistei este lugar. É meu, e um dia será de Frae.

Jack suspirou. Então Mirin estava ensinando a Frae o ofício de tecelã. O dia só fazia piorar, e ele sentia se emaranhando em seus dedos mais tramas do que era capaz de desembolar.

— Você não ensinou Frae a tecer encantos, ensinou?

— Quando ela estiver na idade — retrucou Mirin.

Ele se deu conta de que ela estava com raiva quando a viu se levantar e começar a apagar as velas acima da lareira. A conversa tinha acabado, e ele ficou observando as chamas morrerem sob seus dedos, uma atrás da outra. Perguntou-se se Mirin estaria arrependida da visita.

Eu deveria ter ficado no continente, pensou ele, resmungando. Porém, se não tivesse vindo, ele não saberia da existência de Frae, das meninas desaparecidas, nem do quanto o clã que tanto o desprezara como bastardo precisava dele agora.

Mirin apagou a última vela. Faltava apenas apagar o fogo da lareira, e ela lançou a Jack um olhar frio.

— Sua irmã estava muito animada para conhecê-lo. Por favor, seja gentil com ela.

Jack ficou boquiaberto. Mirin achava que ele era um monstro, por acaso?

Ela não esperou-o responder. Simplesmente se retirou para o quarto, e o deixou sozinho e atônito diante das chamas fracas.

Jack acordou num sobressalto. A lareira estava apagada, e as brasas ardiam com a memória do fogo, chiando ao soltar um fiapo de fumaça. Por um momento, Jack não lembrou onde estava, até os olhos se ajustarem e reconhecerem a familiar casa da mãe. Algo o despertara. Um sonho estranho, talvez.

Ele encostou a cabeça na cadeira, o olhar mirando a escuridão. A noite estava quieta, exceto pela repetição daquele som estranho. O som lembrava uma janela sendo sacudida. E vinha de seu antigo quarto.

Jack se levantou. Sentiu os braços arrepiados ao entrar no cômodo. Escutou o movimento da janela, como se alguém estivesse tentando abri-la para invadir o quarto. O quarto que agora era de sua irmãzinha.

O sangue dele começou a martelar as veias quando ele se aproximou da janela. Ele encarou os postigos até eles parecerem se mesclar à parede e às sombras. Correndo para o outro lado do cômodo, ele esqueceu que deixara as roupas largadas no chão. O tecido se enroscou em seus pés como uma armadilha, e ele tropeçou e caiu com um baque na escrivaninha.

Imediatamente, fez-se silêncio na janela, até Jack enfim escancará-la, furioso e apavorado. Não flagrou nada ali, perpassando o olhar pelo quintal enluarado. Uma sombra ondulante chamou sua atenção, mas quando ele retomou o foco, já tinha sumido, misturando-se à escuridão. Jack se perguntou se estaria alucinando, e tremeu, contemplando sair em perseguição. Mas que tipo de arma feriria um espírito? O aço seria capaz de cortar o coração do vento? De dividir as marés? De fazer os espíritos se renderem perante os mortais?

Ele estava prestes a pular a janela quando um sopro forte do vento do norte atingiu seu rosto e adentrou o quarto, uivando. Ele fez uma careta ao sentir o hálito seco, ainda que estivesse emudecido.

— Jack?

Ele se sobressaltou e, ao se virar, viu Mirin parada à porta, com uma vela na mão.

— Está tudo bem? — perguntou ela, olhando a janela aberta.

O vento ainda entrava, sibilante, no quarto, agitando a tapeçaria na parede, derrubando os livros na escrivaninha. Jack foi obrigado a fechar a janela, que voltou a balançar.

Talvez ele tivesse apenas imaginado a invasão. Mas ora, pouco antes a noite era silêncio e tranquilidade.

Jack teve dificuldade de acalmar a respiração, de piscar até o brilho desvairado sumir dos olhos.

— Escutei um barulho na janela.

Mirin olhou de relance para o batente. Um lampejo prateado refletiu a luz da vela na altura de seu quadril, e Jack viu que ela portava a adaga encantada, embainhada na cintura.

— Você viu alguma coisa? — perguntou ela, desconfiada.

— Uma sombra — respondeu Jack. — Mas não consegui discernir o que era. A Frae...? — começou ele, mas deixou a frase no ar.

— Está na cama — respondeu Mirin, trocando um olhar de preocupação com Jack.

Eles foram rápida porém silenciosamente até o quarto principal. A vela de Mirin jogou no cômodo um círculo de luz fraca, dourando os nós no cabelo arruivado de uma Frae adormecida.

Jack sentiu uma pontada de alívio e voltou à porta. Mirin o acompanhou e sussurrou:

— Deve ter sido o vento.

— Sim, deve — disse ele, mas a dúvida azedou sua boca.

— Boa noite, mãe.

— Boa noite, Jack — disse Mirin, e fechou a porta.

Jack se deitou em sua cama de infância. A manta amarrotou sob seu peso. Ele se esqueceu das flores de Frae, até senti-las farfalhando perto do rosto. Pegou o ramalhete com delicadeza e fechou os olhos, tentando se convencer de que a noite era serena, pacata. Porém, havia algo ali, espreitando ao longe. Algo sinistro, esperando para se erguer.

O pensamento lhe tirava o sono.

Um espírito tinha vindo atrás de sua irmã.

Capítulo 5

Jack acordou ao alvorecer, ansioso para encontrar Torin e contar ao capitão sobre o barulho estranho na janela. Ele tinha completa intenção de sair de fininho antes de Mirin despertar, mas a mãe parecera adivinhar sua tentativa. Ela já o aguardava na sala, trabalhando no tear, e com uma panela de aveia borbulhando no fogo.

— Vai tomar café com a gente? — perguntou ela, mantendo o foco no tear.

Jack hesitou. Já ia resmungar uma desculpa qualquer quando a porta da casa se abriu e Frae entrou com um sopro do frio ar matinal. Ela trazia uma cesta de ovos pendurada no braço, e se alegrou ao vê-lo.

— Bom dia — disse a irmã, e pareceu ficar tímida de repente. Foi até a mesa e mexeu nas xícaras, se esforçando para não olhá-lo.

Jack não podia escapar. Não com o olhar encabulado de Frae e a postura rígida de Mirin, como se as duas já estivessem esperando que ele fosse fugir e desejassem profundamente que ele não fosse embora.

Ele sentou-se à mesa e viu o sorriso de Frae se alargar.

— Fiz chá para você — disse ela. — Você gosta de chá, né? — sussurrou em seguida.

— Gosto — respondeu Jack.

—Ah, que bom! A mamãe disse que agora você provavelmente gostava, visto que mora no continente, mas não tinha certeza.

Frae pegou uma luva, soltou a chaleira do gancho acima do fogo e serviu cuidadosamente uma xícara de chá para Jack. Ele ficou desconcertado, pego de surpresa por ela se mostrar tão solícita. Por toda a demonstração de confiança, pela tranquilidade com que circulava na cozinha e no sítio. Ele se lembrava nitidamente de seus oito anos, e de se ressentir de todas as tarefas que Mirin lhe atribuía, de bater o pé e resmungar quando precisava buscar ovos, botar a mesa e lavar a louça. Não era de se surpreender que ela tivesse ficado tão feliz por mandá-lo embora para o continente.

— Obrigado, Frae — disse ele, pegando a xícara quente.

Frae apoiou a chaleira e trouxe para ele um jarro de creme e um pote de mel, apressando-se então para arrumar o restante da mesa, cantarolando baixinho. Mirin acabou por se juntar a eles, trazendo o caldeirão de aveia. Encheu as tigelas de mingau, e Frae acabou de servir o café, com bacon, cogumelos, ovos cozidos, fruta, pão fatiado e um caneco de manteiga.

Era um banquete. Jack temia que tivesse sido feito especialmente para ele.

A primeira refeição dos três juntos foi esquisita. Mirin estava quieta, e Jack, também. Frae a toda hora ficava abrindo a boca, como se quisesse falar, todavia, tensa demais, acabava só se enchendo de aveia em vez de pronunciar uma palavra.

— Você vai todo dia à escola na cidade? — perguntou Jack à irmã.

— Não, só três vezes por semana — respondeu ela. — Nos outros dias, fico aqui com a mamãe para aprender o ofício dela.

Jack olhou para Mirin. Ela encontrou seu olhar, de pálpebras levemente cerradas, com uma expressão resguardada. A discussão da véspera se estendia entre eles como teias de aranha.

— Você já encontrou Adaira? — perguntou Frae.

Jack quase engasgou com o chá. Ele pigarreou e tentou sorrir.

— Encontrei, sim.

A MELODIA DA ÁGUA 85

— Quando você viu a herdeira? — Foi a vez de Mirin olhá-lo com curiosidade, e Jack a ignorou, pegando uma fatia de pão.
— Ontem de manhã.
— Vocês eram amigos? — continuou Frae, como se Adaira fosse também um espírito digno de adoração. — Antes de você ir para a escola.

Jack espalhou um naco de manteiga no pão. Mirin fez cara feia para seu excesso.

— Acho que éramos.

Ele deu uma mordida grande, na esperança de pararem de falar de Adaira.

A mãe, contudo, continuou a observá-lo atentamente, parecendo entender quem, na realidade, o chamara de volta. Ele não tinha estudado nada da balada de Lorna na véspera, como deveria ter feito, e ainda sentia uma pontada de preocupação ao se imaginar tocando aquela música sinistra.

— Você vai jantar conosco hoje? — perguntou Mirin, interrompendo seus pensamentos tempestuosos.

Ela envolveu a xícara com os dedos compridos e inspirou o vapor.

Jack confirmou e notou que a mãe mal comera uma colherada de mingau.

— Você provavelmente está muito ocupado hoje, né? — perguntou Frae, a voz subindo uma oitava e revelando como ela ainda ficava ansiosa ao falar com ele.

Jack olhou para ela.

— Tenho algumas coisas para fazer hoje, sim. Por que a pergunta, Frae?

— Por nada — soltou a irmã, e meteu na boca outra colherada de mingau, corada.

Estava evidente que ela queria perguntar algo, mas tinha medo de dizê-lo. Mentalmente, Jack era irmão fazia menos de um dia, mas ele queria que ela se sentisse confortável para lhe dirigir a palavra, que não ficasse assim tímida em sua presença. Ele percebeu que estava franzindo a testa. Ele suavizou a expressão, olhando para Frae.

— Precisa de ajuda com alguma coisa?

Frae olhou de relance para Mirin, que estava encarando o mingau, até ela por fim suspirar e olhar para Jack.

— Não, Jack. Mas obrigada por oferecer.

Os ombros de Frae murcharam. Jack pressentiu que a mãe e a irmã estavam relutantes em pedir qualquer coisa a ele. Entristecido, ele concluiu então que teria que desenterrar as necessidades delas de outro modo. Sem perguntar, nem fazê-las pedir. Frae foi a primeira a se levantar. Aí recolheu os pratos vazios e os levou à tina. Quando Mirin fez o movimento de se levantar para acompanhá-la, Jack tomou a tigela das mãos dela, para a própria surpresa.

— Deixa comigo — disse ele, e Mirin, chocada, cedeu.

Ela parecia tão cansada, tão exaurida, e a tigela ainda estava cheia de mingau.

Ele estava preocupado.

Ele se juntou a Frae na cuba, e ela soltou um arquejo de susto quando ele começou a mergulhar as tigelas na água.

— Esta tarefa é *minha* — disse ela, como se disposta a brigar com ele pelo trabalho.

— Quer saber de uma coisa, Frae?

Ela hesitou, mas respondeu:

— O quê?

— Esta tarefa era minha na sua idade. Eu lavo, e você seca, que tal?

Ela continuava perplexa, mas quando Jack a entregou uma tigela recém-lavada, ela pegou de bom grado e começou a secá-la com um pano. Eles trabalharam em um bom ritmo juntos e, quando a mesa estava limpa, Jack disse:

— Você quer me mostrar o quintal, irmã? Faz tanto tempo que não venho, que não lembro onde fica tudo.

A MELODIA DA ÁGUA 87

Frae ficou em êxtase. Ela escancarou a porta, pegou o xale quando Mirin ordenou que ela se agasalhasse e conduziu Jack pela horta. Lá, apontou todas as verduras, ervas e frutas que tinham plantado, a voz doce como a de um sino que nunca parava de tilintar. Jack escutou tudo, paciente, e os foi conduzindo devagarzinho rumo ao sentido do lado norte da casa, onde a janela do quarto dele, aberta, acolhia o sol.

Ele analisou a janela, assim como a faixa de grama que ia dali até a cerca. Nada indicava que algo ou alguém tivesse estado naquele trecho na véspera. Mais uma vez, ele se perguntou se teria sonhado com aquilo, mas se demorou à janela, sem conseguir ignorar a reflexão desconcertada.

— Frae, alguém já bateu na janela do seu quarto alguma vez? De madrugada?

Frae parou de andar.

— Não. Por quê?

Então ela soltou uma exclamação e acrescentou, apressada:

— Ah! Me desculpa por ter roubado seu quarto! Espero que você não esteja com raiva!

Jack pestanejou, surpreso.

— Não estou com raiva, Frae. Para ser sincero, não preciso mais de quarto aqui.

Ela arqueou as sobrancelhas cor de cobre e remexeu na ponta das tranças.

— Mas por quê? Não quer ficar aqui com a gente?

Por que a pergunta o atingiu como uma lança? De repente, ele percebeu não querer decepcioná-la, embora jamais tivesse se preocupado com nada assim até então.

— Não me incomoda dividir o quarto com a mamãe — acrescentou ela, como se isso fosse convencê-lo a ficar. — De verdade.

— Bom... É que eu *preciso* voltar para a faculdade — disse ele, e viu a expressão esperançosa dela murchar. — Mas vou passar o verão todo aqui.

A promessa escapou de sua boca antes que ele pudesse pensar melhor. Antes que ele pudesse lembrar que parte dele ainda esperava ir embora naquela semana mesmo. Agora não podia mais descumprir a promessa, não quando estava fazendo-a para sua única irmã.

Para uma criança, o verão era bastante tempo. Frae sorriu e se abaixou para colher algumas violetas na grama. Jack viu os dedos delicados dela tocarem as pétalas, o pólen parecendo ouro na pele dela.

— Encontrei umas flores ontem na cama — disse Jack. — Você que colheu para mim, Frae?

Ela fez que sim, as covinhas surgindo nas bochechas outra vez.

— Obrigado. Foi um presente carinhoso.

— Posso mostrar onde colhi! — exclamou ela, e ele se chocou quando ela pegou sua mão, como se já a tivesse segurado inúmeras outras vezes. — É por aqui, Jack. Eu sei onde crescem todas as melhores flores.

Ela puxou o braço dele, sem a menor ideia de que parte dele derretera ao gesto.

— Espere um pouco, Frae — disse ele, e se ajoelhou para olhá-la cara a cara. — Me promete uma coisa?

Ela fez que sim, a confiança como um soco no estômago dele.

— Isso provavelmente nunca vai acontecer, mas, se você um dia escutar a janela tremer como se algo tentasse abri-la, ou batesse nela, prometa que não vai abrir — pediu Jack. — Vá acordar a mamãe e fique com ela.

— Ou posso te acordar, né, Jack?

— Sim — disse ele. — Você sempre pode me procurar se estiver com medo, ou insegura com alguma coisa. E mesmo quando estiver na horta, quero que você conte à mamãe onde está, e que fique sempre perto dela, à vista da casa. Sempre leve alguém com você para colher flores. Pode prometer isso também?

— Prometo. Mas a mamãe já me disse tudo isso.

A MELODIA DA ÁGUA 89

— Que bom — disse ele. Mas, por dentro, pensou: *Tenho que ficar aqui até o mistério das meninas desaparecidas ser resolvido. Tenho que chegar ao fim disso, mesmo que passe do verão.*

— Foi isso que aconteceu com Eliza e Annabel? — perguntou Frae, a expressão séria. — Um espírito bateu na janela delas?

Jack hesitou. Não queria assustá-la mais do que era necessário, mas se lembrou do que Adaira dissera na véspera. Uma menina tinha desaparecido na volta da escola para casa. A outra, enquanto cuidava das ovelhas no pasto. Ele pensou nas histórias que Mirin contava. Lendas em que espíritos — frequentemente benévolos — prosperavam na horta e eram até recebidos dentro de casa, sendo evocados ao acender o fogo na lareira, por exemplo. Porém, ele nunca ouvira falar de um espírito chegar a uma casa e entrar à força. Não que fosse impossível, já que espíritos frequentemente aceitavam as oferendas deixadas para eles nas portas e varandas, mas parecia que até os seres mais perigosos preferiam ficar livres, onde seus poderes eram mais fortes.

— Não tenho certeza, Frae — disse Jack.

— A mamãe disse que os espíritos da nossa horta são bons. Que se eu ficar em casa, nas estradas ou na escola, os feéricos não têm como me enganar. Eles cuidam de mim, especialmente quando uso minha flanela.

Jack olhou para o xale de Frae, que ela amarrara com um nó torto nas clavículas. Ele notou o brilho do encanto. O xale era do verde das samambaias e urtigas do verão, com um veio de vermelho-garança e dourado-líquen. Cores dos espíritos da terra, colhidas, maceradas e infundidas para fabricar tinta. Ele se perguntou que segredo estaria tecido na estampa, e, pela primeira vez, ficou agradecido pelo talento de Mirin.

Ele sorriu para a irmã, na expectativa de tranquilizá-la.

— A mamãe está certa. Agora me mostre onde crescem as melhores flores.

Torin estava caminhando pelos recantos do brejo, em busca das meninas desaparecidas, quando notou Jack parado ao lado de um afloramento de rochas, esperando para falar com ele. Torin se demorou. Mesmo metido em roupas amarrotadas e duras de chuva e com os olhos embaçados pela noite comprida, continuou a fazer a varredura pela grama úmida. As botas chapinhavam, assustando as petinhas-dos-prados no passeio matinal, e os guardas iam se espalhando atrás dele. Finalmente, ele chegou a Jack à sombra das rochas. Torin notou uma flor no cabelo escuro de Jack, mas não fez comentários.

Ele finalmente conhecera Frae, então.

— Nem sinal das meninas? — perguntou Jack.

Torin balançou a cabeça.

— Nenhum rastro.

—Acho que você deveria vasculhar as colinas a oeste, perto do sítio da minha mãe.

— Por quê?

Torin sabia que soava incrédulo, mas só conseguia pensar nos espíritos que não paravam de frustrá-lo. O vento levara embora qualquer marca na grama. A tempestade tinha caído, obstruindo todo o seu caminho, e mesmo agora havia poças por todos os lados, destruindo qualquer evidência de um suposto trajeto das meninas.

Ele temia o pior — que não conseguiria encontrar nenhuma delas. A conversa que tivera com a mãe de Eliza na semana anterior ainda chacoalhava em sua cabeça, como ossos quebrados.

Por que os feéricos roubariam minha filha? Posso fazer uma barganha para eles a devolverem?

Torin ficara sem palavras, sem saber o que dizer à mulher desesperada. Porém, a conversa conduzira seus pensamentos a contemplações mais perigosas e arriscadas.

Jack estava quieto, esperando a atenção de Torin. O vento abria caminho entre eles, mas não trazia nenhum cochicho naquela manhã.

A MELODIA DA ÁGUA 91

— Ontem escutei algo estranho — começou Jack, e o foco de Torin se aprumou. Ele ouviu Jack contar do ruído na janela, da sombra que fugira para a colina.

— Você viu um espírito? — questionou Torin. — Como ele era? De que tipo era? Da terra? Da água?

— Vi o movimento de uma *sombra* — corrigiu Jack, e hesitou. — Não consegui identificar a aparência dele. Mas fiquei pensando... os espíritos estariam mais ousados? Teriam começado a se aproximar de casas com a intenção de invadir, sem convite?

— É raro, mas já ouvi histórias assim — respondeu Torin.

— E se foi mesmo um espírito que bateu na sua janela ontem... é sinal de que estão ficando mais frios e cruéis. Para sequestrar uma menina da própria casa.

Jack franziu o cenho.

— Isso pode indicar que há problemas no reino dos espíritos?

— Pode ser — disse Torin. — Mas não temos como saber, não é? Se eles se recusarem a se manifestar e a falar diretamente conosco, só nos resta especular. — Ele suspirou, e fez sinal para os guardas se reunirem. — Se você acha que pode haver algo escondido nas colinas do oeste, é lá que vamos procurar.

Torin começou a traçar um trajeto até o sítio de Mirin, guiado pelo sol nascente, mas Jack o interrompeu.

— Você não acha que foi um batedor Breccan, acha, Torin?

Torin pausou e deixou os guardas passarem antes de responder.

— Se fosse um Breccan, eu saberia. Ninguém atravessa a fronteira sem meu conhecimento.

Ele flexionou a mão esquerda, a mão da cicatriz.

Três anos antes, Alastair nomeara Torin como capitão da Guarda do Leste. Após a cerimônia, Torin estendera a mão, e o barão cortara a palma com a espada: aço encantado com percepção. A dor fora profunda, mais do que de qualquer outra lâmina que Torin já tocara. Penetrou seus ossos, com um incômodo implacável, como se a mão tivesse sido partida ao meio.

Ele carregara aquela dor para caminhar pelos limites do leste de Cadence — a costa acidentada, a fronteira entre oeste e leste —, deixando o sangue pingar na terra e na água. Assim como o outro capitão da Guarda do Leste fizera antes dele. Ninguém podia pisar na região sem que ele pressentisse. O sangue dele estava ligado à terra.

Ele poderia contar a Jack que o último batedor interceptado fora encontrado na orla sul de Cadence, perto de onde Roban confrontara Jack na outra noite. Mas Torin não disse nada disso. Também não contou para Jack que um guerreiro Breccan tentara chegar a nado, acreditando tolamente que Torin não sentiria a invasão na maré leste. Nem contou que o Breccan estava armado e que iniciara uma luta feroz na areia com Torin, ou que Torin interrogara o batedor na mesma caverna em que acolhera Jack com sua flanela e cerveja de urze. E não contou que, como o Breccan insistira em guardar silêncio, jamais revelando seus planos, Torin o matara e jogara seu corpo no mar.

Não, ele não contara daquela noite para ninguém. Nem mesmo para Sidra.

Ele se despediu de Jack e seguiu a rota que os guardas abriram colina acima. E foi então que enfim Torin se perguntou... *O quê?* O que estava procurando? Uma fita, um sapato, um farrapo de roupa? Um rastro físico que o levasse a algum lugar? Uma porta aberta para outro reino? Um espírito manifestado que seria solícito e o conduziria às meninas? Um corpo? A busca inicial por Eliza e Annabel não tivera sucesso, mas talvez por que ele só estivesse se fiando nas limitações físicas.

Quando encontrou os guardas na estrada, Torin os mandou irem à frente, ao sítio de Mirin, com ordens para vasculhar o terreno. Daí ele seguiu atrás deles, varrendo com o olhar a grama espessa e as trilhas, e estava quase no sítio de Mirin quando encontrou um vale nunca visto até então: uma área estreita e funda, com um rio fluindo pelo solo, escorrendo pelas pedras.

Ele parou, se perguntando se o rio levaria a um portal. Desde menino, Torin desejava encontrar uma passagem, atravessar uma porta que o levasse ao reino dos espíritos.

Sentindo-se compelido a explorar o vale, Torin desceu a margem íngreme e caminhou pela correnteza rasa. Seguiu pelo caminho sinuoso, procurando uma porta escondida em meio às rochas e raízes penduradas. Suas botas chapinhavam quando ele esbarrou, inesperadamente, em uma choupana construída na margem de pedra. Era pequena e rústica, quase imperceptível se não se olhasse com atenção, feita de galhos e cipós entrelaçados. Um buraco no telhado de musgo deixava escapar baforadas de fumaça.

Ele parou no rio, sem saber quem morava ali. Quanto mais olhava para a choupana, mais sentia os pelos do braço se eriçarem, como se o lugar fosse uma terra sacra onde os espíritos se reuniam. Cauteloso, avançou, a mão no punho da espada, e bateu à porta de madeira.

— Entre — disse uma voz, suave e melódica.

A voz de uma moça.

Torin empurrou a porta, que se abriu com um rangido, mas ele esperou do lado de fora. Nunca tinha visto um espírito manifestado. Apenas ouvira seus sussurros no vento, sentira seu calor no fogo, inspirara seu perfume na grama, e bebera sua generosidade na água do lago. Então não sabia o que esperar enquanto os olhos se adaptavam à luz fraca.

— Está com medo? — perguntou, rindo, a moça, que ele ainda não enxergava nas sombras. — Entre. Não sou um espírito, se é esse o seu medo.

Cauteloso, ele adentrou a choupana, se abaixando para não bater com a cabeça no batente coberto de musgo.

Uma fogueirinha de turfa queimava entre um círculo de pedras. Uma mesa minúscula continha uma coleção de livros, um caldeirão de mingau e uma tigela de amoras. Uma prateleira estava repleta de miniaturas entalhadas em madeira. Havia também um cesto de galhos ao lado da cadeira de balanço, e nesta cadeira estava uma mulher, de idade avançada e grisalha, talhando um pedaço fino de madeira com as mãos nodosas.

Torin a encarou, confuso, mas ela continuava atenta ao próprio trabalho. O movimento confiante da faca e as lascas de madeira que caíam a cada gesto. Parecia até que estava esculpindo um reflexo dele...

— Ah, é o estimado capitão da Guarda do Leste — disse a mulher, olhando para ele e reconhecendo a flanela e o brasão, ainda com aquela voz jovem e vibrante. — Você não esperava esta minha aparência, não é?

Ele ficou quieto, perturbado.

— Velha e abatida, é como me chamaria — continuou ela —, com uma voz que não combina com meu rosto.

— Quem é a senhora? — perguntou Torin.

Ela finalmente parou de talhar, e o fulminou com os olhos azuis marejados.

— Você não me conhece. Não sou da sua época, capitão. Por isso meu corpo envelheceu, e minha voz, não.

— Então de que época é? Como veio morar neste rio?

Ela fez um gesto de cabeça para a prateleira de miniaturas.

— Escolha uma, e eu contarei. Este é meu preço a se pagar por uma promessa há muito quebrada; devo contar aos visitantes minha história antes de poder responder a qualquer pergunta deles, pois este vale é amaldiçoado, e atrai apenas aqueles em grandes necessidades. Mas escolha bem, capitão. A miniatura, e a pergunta, pois minha voz só durará determinado tempo antes de se calar.

Torin queria perguntar das meninas desaparecidas, mas conteve as palavras, atento ao alerta. Voltou-se para a prateleira, para admirar a coleção. Eram tantas as miniaturas que ele perdera a conta, uma variedade de mulheres, homens e animais entalhados em todo tipo de madeira. Seu olhar foi atraído por uma em particular. O cabelo dela era comprido, solto, decorado por flores, e uma das mãos estava apoiada no peito, a outra estendida em convite.

Torin a pegou delicadamente, se lembrando com nitidez do dia do casamento com Sidra. Das flores silvestres que a coroavam. De encontrar pétalas no cabelo dela horas a fio após a cerimônia, quando ela sentara-se na cama dele para beberem vinho e conversarem noite adentro.

Ele inspirou fundo, bruscamente.

— Minha esposa já esteve aqui?

Ele se virou para mostrar a linda miniatura para a mulher. Ela gargalhou.

— Você por acaso é casado com a dama Whin das Flores?

— É um espírito? — perguntou Torin, e, ao analisar a miniatura com mais atenção, viu que flores brotavam de seus dedos.

— Não sabia que os feéricos eram tão parecidos conosco.

— Alguns são, capitão. Outros, nem tanto. E lembre-se... cuidado com as perguntas. Só sou obrigada a responder a uma, depois de narrar minha história.

— Então me conte seu relato — disse ele.

Ela ficou quieta por um bom tempo. Torin pôs-se a observar enquanto ela continuava a cortar a madeira, mais uma miniatura ganhando vida em suas mãos.

— Fui criada de Joan — começou ela, por fim. — Eu a acompanhei quando ela se casou com Fingal Breccan. Eu fui com ela ao oeste.

Torin arregalou os olhos. Ele conhecia a lenda da ancestral que buscara trazer a paz à ilha. Joan Tamerlaine vivera dois séculos antes.

— Na época antes de haver a fronteira, era lindo — disse a mulher. — As colinas eram revestidas de urze e flores. Os riachos fluíam, frios e puros, das montanhas. O mar transbordava de vida e abundância. Ainda assim, uma sombra cobria tudo. Os Breccan frequentemente brigavam entre si, ávidos para provar qual família era mais forte. Era preciso dormir de olho aberto, e a confiança era rara, mesmo entre irmãos. Testemunhei mais derramamento de sangue do que jamais vira, e, por fim, não suportava mais morar lá. Pedi para Joan me liberar de minha jura em servi-la, e ela o fez, porque entendia. Toda noite, com saudade, sonhávamos com o leste.

"Fui embora, e ela, não. Mas quando voltei para casa, não fui acolhida pela minha família. Eles me rejeitaram por quebrar minha promessa a Joan, e eu vaguei como indigente até encontrar um lago em um vale. Eu me ajoelhei e bebi, e logo notei outra coisa, no fundo da água. Um lampejo de ouro.

"Eu estava cansada e faminta; precisava do ouro para sobreviver. Mergulhei na água e comecei a nadar até o fundo. Porém, sempre que pensava estar chegando, ao estender a mão para capturar o ouro, ele escapava de mim, afundando um pouco mais. Logo senti meu peito arder, quase sem ar. E pouco antes de mudar de curso, o espírito do lago me encontrou. Ela beijou minha boca e, de repente, eu fui capaz de respirar na água, e continuei a nadar, desafiando a mortalidade, às profundezas do coração do lago. Gananciosa e desesperada pela promessa do ouro."

Ela se calou, cessando o trabalho manual. Torin estava hipnotizado pela história, segurando com cuidado a miniatura da dama Whin.

— Mas a senhora nunca alcançou o ouro — murmurou ele.

A mulher encontrou seu olhar. A voz dela mudava, cada vez mais frágil e rouca, como se a confissão a envelhecesse.

— Não. Eu caí em mim e percebi que o lago não tinha fundo, e que eu logo me perderia lá dentro, nos jogos do espírito do lago. Eu me virei e voltei nadando pelo mesmo caminho, tão exausta que quase não alcancei a luz. Quando emergi, percebi que cem anos tinham se passado enquanto eu nadava nas profundezas — disse ela, e continuou a talhar, sem emoção. — A família que eu conhecia já tinha morrido, estava há muito enterrada. Joan também falecera. Ela morrera abraçada ao barão Breccan, o sangue de ambos manchando a terra. E assim ela amaldiçoara

A MELODIA DA ÁGUA 97

o oeste, e Fingal, o leste. A magia dos espíritos estava desequilibrada por causa da rivalidade e da fronteira.

"A magia, dali em diante, fluiria, reluzente, das mãos dos Breccan. Eles seriam capazes de explorar os encantos sem consequências para a saúde, tecer a magia nas flanelas, martelar sortilégios no aço. Mas os feéricos iriam sofrer. As colheitas tornar-se-iam mais esparsas no oeste. A água turvaria. O fogo queimaria fraco, e o vento sopraria árido. O clã Breccan seria forte, porém faminto, pertencente a uma terra austera.

"Por outro lado, a magia fluiria, brilhante, dos espíritos do leste. E, ao passo que os Tamerlaine sofreriam para empunhá-la, seus jardins floresceriam, sua água seria pura, seu vento sopraria equilibrado, e seu fogo arderia intenso. O clã Tamerlaine seria um povo próspero, porém vulnerável, pertencente a uma terra verdejante."

Torin continuava em silêncio, absorvendo a história. Conhecia a maldição. Era por isso que os Breccan não tinham recursos no inverno, e por isso tantos Tamerlaine careciam dos cuidados médicos de sua esposa.

Ele olhou a mulher, pensando em quantas perguntas poderia fazer antes de a voz dela se esvair de vez.

— Os espíritos da ilha vêm visitá-la aqui? — perguntou ele.

— Ocasionalmente. Quando têm necessidade.

— A senhora não viu nenhum acompanhado de duas meninas, viu?

— O que um espírito quereria fazer com uma guria mortal? — retrucou ela.

Torin sentiu a impaciência crescer.

— Há algum modo de invocar os espíritos? De fazê-los se manifestarem?

— Se há — disse a mulher, as palavras quase indecifráveis —, desconheço, capitão.

Ele pressentiu que o tempo tinha acabado; a voz dela estava gasta. Queria perguntar mais sobre os espíritos, mas precisaria fazê-lo em outra ocasião, depois que a voz dela se recompusesse.

Como encontrarei o caminho de volta para cá?, perguntou-se, sabendo que a maldição do vale o fazia mudar e se transformar. Ele voltou a analisar a miniatura da dama Whin. Talvez ela lhe servisse de guia. Era impressionante como o lembrava de Sidra.

— Posso ficar com isto? — pediu ele.

A mulher respondeu com um gesto afirmativo e seco, concentrada no trabalho, como se ele nem mesmo estivesse presente mais.

Torin saiu da choupana e a porta se fechou atrás dele por conta própria. Ele guardou a miniatura no bolso, pensando em como Maisie iria adorar o presente, e começou o caminho de volta, seguindo pelo rio até parar, escutando a mudança no burburinho da água.

Torin olhou para trás e ficou paralisado. Era exatamente o que ele temia.

O rio mudara de curso em um palmo, e a choupana da mulher eterna não estava mais à vista.

Torin tinha acabado de emergir do vale e tomar o caminho do norte quando avistou Roban, que vinha correndo pela urze.

Torin percebeu haver algo errado. Sentiu um nó no estômago ao correr de encontro ao guarda.

— O que houve, Roban? — perguntou Torin, mas já sabia a resposta.

Ele notou o suor pingando da testa de Roban, o brilho do pânico nos olhos. A gastura das buscas dia a dia, noite a noite, sem resultado algum.

— Temo que tenha acontecido outra vez, capitão — arfou o rapaz. — Sumiu mais uma menina.

A MELODIA DA ÁGUA 99

Capítulo 6

Sidra caminhava pelas ruas de Sloane com uma cesta de materiais de tratamento pendurada no braço. Toda casa por onde passava tinha na porta uma oferenda aos espíritos. Preces ou agradecimentos na forma de miniaturas de madeira e saquinhos de turfa, para o fogo dançar e arder, e sinos de linha de pescar e continhas de vidro, para o vento escutar o próprio sopro ao passar. Havia pãezinhos e copos de leite para os espíritos da terra, e arenque salgado e colares de conchas para os da água.

O desespero era pesado como a névoa, e Sidra deixou os pensamentos vagarem pelos recantos sombrios.

Ela pensou nas duas meninas, Eliza e Annabel. Duas meninas perdidas, e Sidra as imaginou sendo capturadas pelos feéricos. Ela se perguntou se uma menina poderia se transformar em árvore, passar a envelhecer em estações, e não no ritmo mortal. Será que uma menina poderia virar um campo de flores, ressuscitar em toda primavera e verão antes de murchar e sumir quando queimada pelas geadas? Poderia virar a espuma do mar que se espalhava pela orla ao longo da eternidade, ou a chama que dançava na lareira? Um ser alado eólico, suspirando pelas colinas? Poderia voltar à família humana depois de tal vida, e, em caso positivo, chegaria a se lembrar dos pais, da memória humana, do nome mortal?

A dor do luto cresceu em Sidra quando ela voltou a atenção à via principal da cidade. Ela ia a Sloane duas vezes por semana,

para visitar seus pacientes ali. A primeira consulta seria com Una Carlow, então Sidra seguiu o som do martelo e da bigorna.
Ela chegou à forja de Una e parou um momento ao sol, vendo a ferreira trabalhar na oficina. O ar estava carregado do cheiro ácido de metal quente, e faíscas voavam enquanto Una martelava uma espada de aço comprida. Sidra sentia cada golpe nos dentes, até que Una por fim mergulhou a lâmina em uma bacia d'água, fazendo o vapor subir sibilante.
Una puxou a espada de volta e a entregou à aprendiz, que estava com a cara vermelha, suando de tanto esforço no fole. Sidra pensou no fogo perene da forja, cujas brasas jamais esfriavam ou demonstravam submissão. Se havia alguém que conhecia o fogo de Cadence intimamente, que conhecia seu temperamento, poder e segredos, essa pessoa era Una.
Assim, Una era uma das únicas ferreiras do leste que não tinha medo de martelar encantos no aço. Ela era capaz de tomar nas mãos um segredo e um lingote, derretê-los juntos no fogo ardente, e moldá-los em um só. Quando concluía uma arma encantada, sempre adoecia de febre, e às vezes passava dias sem conseguir sair da cama.

— Sidra — cumprimentou a ferreira, e tirou as luvas de couro grosso. — Como vão você e Maisie?

— Vamos bem — respondeu Sidra, mas captou o sentido implícito na pergunta de Una. — Ela está com Graeme agora. Sou grata por ele ficar cuidando dela quando saio para as minhas visitas.

— Que bom — disse Una, indo encontrá-la à beira da forja.

— E seus filhos, como vão? — perguntou Sidra, tirando da cesta o tônico que fizera para aumentar a vitalidade de Una. — Faz um tempo que não os vejo.

— Estão crescendo rápido demais — respondeu Una, sorrindo. — Mas contentes. Quando não estão na escola, em geral ficam aqui comigo, ou no estábulo com Ailsa, ávidos para aprender todos os segredos dos cavalos de minha esposa.

Sidra assentiu, compreendendo perfeitamente a cautela, muito embora o filho e a filha de Una e Ailsa já fossem adolescentes e já tivessem idade para obedecer às regras rígidas subitamente impostas por suas mães devido aos desaparecimentos.

Tão logo pôs o frasco do tônico na mão estendida de Una, ficou surpresa com as palavras que ouviu a seguir:

— Você já se perguntou se somos participantes forçados do jogo de algum espírito? Se eles nos movimentam como peões no tabuleiro, e sentem prazer ao provocar nossas dores?

Sidra hesitou. Olhou bem fundo dentro de si e soube que a resposta era *sim*. Aquele pensamento já havia lhe ocorrido. Porém, sua natureza devota não permitia dar vazão a tais dúvidas perigosas; ela temia que a terra pressentisse sua descrença durante a labuta na horta, ou quando estivesse macerando as ervas para os bálsamos de cura.

— É uma ideia assustadora — disse Sidra. — Achar que eles podem ter prazer em nos atormentar.

— Às vezes, quando vejo o fogo ardendo na forja — continuou Una —, imagino o que seria ser imortal, não ter medo da morte. Dançar e arder por uma era eterna. E penso que uma existência assim seria entediante. Que se faria de tudo para sentir de novo a pontada distinta da vida.

— Sim — murmurou Sidra. Era paranoica demais para dizer qualquer outra coisa, fato que Una percebeu.

— Não quero atrasar seus afazeres — continuou Una. — Obrigada pelo tônico. Amanhã tenho que fazer uma espada encantada que me encomendaram, então vai ajudar a tolerar o efeito.

Sidra se despediu de Una e continuou sua rota. O dia se desenrolou bem como ela esperava até um sopro frio do vento do norte atravessar a cidade. Daí ela parou, vendo o ar se misturar à fumaça, derrubar cestas na feira, sacudir janelas e portas.

O cabelo preto de Sidra formou nós junto ao rosto enquanto ela permanecia parada no meio da rua.

Foi então que escutou o sussurro suave, como o farfalhar de asas.

O vento trazia notícias.

Jack aguardava Adaira no castelo. Era meio-dia, o horário do encontro que ela mesma solicitara, e assim um criado o levara ao torreão da música e informara que a herdeira logo chegaria. Impaciente, Jack passou o tempo andando de um lado a outro diante da estante, selecionando alguns exemplares para folhear. Encontrou um livro transbordando de música que logo reconheceu. Eram as baladas do clã, as canções que Lorna entoava nos banquetes.

Jack sorriu ao ler as notas. Lembrava-se com carinho daquelas músicas, as quais moldaram sua infância, dos dias rebeldes vagando pela urze e explorando as cavernas. Foi bom descobrir que, mesmo anos depois, a música acendia nele uma saudade calorosa. Transportava-o de volta àqueles momentos no salão, quando ele saboreava as canções. Muito antes de sequer sonhar se tornar bardo, ou ousar imaginar que um dia aprenderia os segredos dos instrumentos.

Por fim, ele acabou fechando o livro de partituras e o guardando na estante. Estava todo empoeirado. Ao perceber que provavelmente era a primeira pessoa a mexer naquele exemplar nos últimos anos, ele sentiu uma tristeza repentina, pensando no silêncio que recaíra sobre o leste após a morte de Lorna.

Foi até a harpa no centro da sala, mas conteve a vontade de tocá-la. Notou que a mesa tinha sido arrumada; os papéis e livros empilhados ali na véspera já não estavam mais presentes, exceto por uma carta selada.

Curioso, Jack deu uma olhada no pergaminho. A carta estava endereçada a Adaira, marcada com o brasão de duas espadas em um círculo de zimbro. O emblema dos Breccan.

Ele recuou, assustado. Por que o clã do oeste escreveria para ela? Começou a andar em círculos pela sala, tentando afastar os pensamentos sobre a carta, mas a preocupação perdurava. O que os Breccan poderiam querer com ela? Era estranho que a primeira coisa a lhe ocorrer fosse algo relacionado a uma proposta de casamento.

Jack parou diante da porta da varanda, desconcertado ao se lembrar da lenda de Joan Tamerlaine, que morrera nos braços de Fingal Breccan. Será que os Breccan tinham voltado a sonhar com a paz, depois de tantos anos de rivalidade?

Ele se perguntou se a ilha poderia ser unida outra vez, mas achava impossível.

Passara-se uma hora no relógio de sol. Onde estaria Adaira?

A vista dava para a avenida de Sloane, e, ao passear o olhar pela rua, Jack notou certa comoção ocorrendo lá embaixo. As pessoas estavam se aglomerando na feira. Alguns homens começaram a correr, e os feirantes começaram a fechar as barracas antes da hora. Aparentemente até o dia na escola tinha findado abruptamente, e meninos e meninas estavam sendo levados para suas respectivas casas.

Jack procurou Frae entre os alunos que se dispersavam, mas nem sinal do cabelo arruivado e brilhante. *Hoje ela está com Mirin*, lembrou, relaxando a tensão dos ombros. *Está segura, em casa.*

Ele continuou a observar a atividade na rua. Decidiu ir embora — afinal, Adaira não tinha aparecido —, e aí atravessou correndo o pátio, a caminho da feira.

— O que houve? — perguntou a uma das mulheres, que estava fechando a padaria.

— Não soube da notícia? — retrucou ela. — Outra menina desapareceu.

— Quem? — questionou Jack.

— Ainda não sei. Mencionaram vários nomes, mas estamos esperando confirmação do capitão Torin.

De uma vez só, o estômago de Jack se revirou, o sangue congelou, e os pensamentos se estilhaçaram como vidro. No continente, seu único medo era o fracasso. Temia reprovar em uma matéria, ser jubilado, não conseguir satisfazer uma amante. Seus temores diziam respeito apenas a si e ao próprio desempenho. De repente, percebeu como fora egocêntrico naqueles anos todos. Desde que voltara para casa, andava aprendendo rápido que não podia viver apenas de música, que tinha outros interesses e necessidades, mesmo que o surgimento destes em sua vida tivesse vindo tal qual choque absoluto, como os bulbos que florescem após o longo inverno. Ali sentiu seu maior medo ganhar vida dentro do corpo, um medo que nascera meros dias antes.

Frae podia ser a menina desaparecida.

Jack não perdeu mais um segundo sequer.

Saiu correndo pela estrada. Recusou-se a parar, mesmo quando o vento virou fogo nos pulmões e ele sentiu uma pontada no baço. Correu até o sítio de Mirin e pulou a cerca da horta, e ao irromper pela porta da mãe, achou que seu coração fosse derreter.

E então parou abruptamente, deixando um rastro de lama das botas no chão. Mirin estava de pé junto ao tear, assustada, e se virou de olhos arregalados para absorver aquela entrada dramática. E ali estava Frae, largada no divã, lendo um livro com flores trançadas no cabelo.

Ele olhou para a irmã, como se não confiasse nos próprios olhos, e fechou a porta com a mão trêmula. Sentiu uma onda de alívio, seguida por uma pontada de culpa, por saber que não era Frae, mas outra menina ainda sem nome.

— Jack? — perguntou Mirin. — O que houve, Jack?

— Eu achei que...

Ele não conseguia falar. Engoliu em seco e tentou controlar a respiração.

— Soube que outra menina desapareceu — falou.

— Que menina?! — exclamou Frae, fechando o livro.

— Ainda não sei. Não se sabe o nome — disse Jack, odiando o medo que surgiu na expressão de Frae. — Talvez seja apenas um boato, e nem seja verdade. Você sabe como o vento gosta de uma fofoca.

Mirin olhou para a filha.

— Vai ficar tudo bem, Frae.

Jack se espantou quando Frae contorceu o rosto, à beira das lágrimas. Não sabia o que faria caso ela chorasse, mas a cena fez algo doer dentro dele. Na universidade, ele aprendera que, em certos momentos, palavras não bastavam, e assim foi até o quarto. A harpa ainda estava guardada, esperando a liberdade.

Ele carregou o instrumento de volta à sala e se acomodou em uma cadeira, bem de frente para Frae. Algumas lágrimas já manchavam o rosto dela, mas a menina as secou ao notar o que ele trazia.

— Quer ouvir uma música, Frae?

Ela confirmou com um gesto veemente e afastou o cabelo dos olhos.

— Seria uma honra tocar para você e para a mamãe — disse Jack, resistindo à tentação de olhar para Mirin, que estava abaixando a lançadeira do tear. — Mas devo avisar, Frae... é minha primeira vez tocando na ilha. Posso soar muito pior do que no continente.

O que ele queria mesmo expressar era que seria a primeira vez tocando na presença de *Mirin*. Temia não ser capaz de impressioná-la com o ofício que ele passara anos aprendendo a dominar. Porém, Mirin, que nunca, por nada, deixava o tear no meio de um entrelace, logo juntou-se a eles, sentando-se com Frae no divã.

— Então vamos ver se é isso mesmo — respondeu Frae, fungando.

As pestanas dela estavam úmidas, mas as lágrimas tinham parado de cair. Com plena atenção, ela observou Jack tirar a harpa do invólucro. A primeira vez do instrumento respirando o ar da ilha.

Ele ganhara aquela harpa no quinto ano de estudo. Construída a partir de um salgueiro que crescera ao lado do túmulo de uma donzela, sua madeira era leve e resiliente, e o som era doce, arrepiante e ressonante. Entalhes de cipós e folhas decoravam sua lateral, adornos simples se comparados às harpas de seus colegas de estudo. Porém, aquela harpa o atraíra fazia muito tempo.

Afinando as cravelhas, ele examinou as trinta cordas de latão e pensou em todas as horas passadas no continente tocando o instrumento, arrancando do coração baladas tristes e melancólicas. Das três classes de música que uma harpa podia fazer, Jack preferia o lamento. Contudo, não queria aumentar o sofrimento de Frae. Deveria tocar algo para a alegria, ou para o sono. Talvez uma mescla dos dois. Uma canção estruturada pela esperança.

Ele pousou a antiga flanela no colo enquanto afinava a harpa, e o tecido chamou a atenção de Mirin.

Jack apoiou a harpa no ombro esquerdo.

— O que toco para vocês? — perguntou.

Elas não tinham palavras.

— Qualquer coisa — disse Frae, por fim.

Jack sentiu um eco de dor ao perceber que a irmã não conhecia balada antiga alguma. Afinal de contas tinha apenas três anos quando Lorna falecera, idade insuficiente para se lembrar da música da barda. Jack inevitavelmente pensou nas baladas que lera mais cedo, nas diversas canções que escutara ao crescer. A infância de Frae não tivera o privilégio daquela música.

Ele começou a tocar e a cantar uma de suas preferidas: "Balada das estações". Uma melodia animada e feliz de primavera, que se embrenhava num verso de verão, suave e lento. Este, por sua vez, dava lugar ao fogo *staccato* do outono, que por fim descendia para o verso tristonho, porém elegante, do inverno, pois a melancolia lhe era irresistível. Quando acabou, a última nota se dissipando no ar, Frae irrompeu em aplausos entusiasmados e Mirin secou as lágrimas.

Jack percebeu ali que nunca se sentira tão pleno e contente.

— Outra, outra! — implorou Frae.

Mirin passou a mão no cabelo da filha.

— É hora de tecer, Frae. Temos que trabalhar.

Frae murchou, mas não reclamou. Acompanhou Mirin até o tear, ainda que continuasse a espiar, desejosa, a harpa nas mãos de Jack.

Ele percebeu que não precisava parar. Podia tocar enquanto elas teciam.

Jack então emendou uma canção atrás da outra enquanto Mirin e Frae trabalhavam no tear. Todas as baladas que queria apresentar à irmã. Algumas vezes, Frae se distraiu, deixando o olhar vagar até a música. Mirin não a repreendeu.

Já era tarde quando Jack deixou a harpa de lado. Trovões ribombavam ao longe, e o vento sacudia as janelas. O cheiro da chuva pesava quando Jack tirou da bolsa da harpa o pergaminho que Adaira lhe entregara na véspera.

Não conhecia as meninas desaparecidas. Não sabia o que aconteceria quando tocasse aquela música hipnotizante, se os espíritos responderiam ou não. Porém, ele sempre desejara se mostrar digno dos Tamerlaine. Ser desejado, sentir que pertencia àquele lugar.

E um dia, a música lhe dera tudo aquilo: um lar, um propósito.

Enquanto Mirin e Frae teciam, Jack começou a estudar "Canção das marés" com fervor.

Era Catriona Mitchell, que tinha apenas cinco anos.

Filha caçula de um pescador e uma alfaiate, ela estava ajudando o pai a remendar redes perto do cais quando foi brincar com os irmãos mais velhos na costa norte. Nenhuma das crianças se lembrava de tê-la visto se afastando, mas Torin encontrara um rastro de pegadas dela na areia, logo antes da maré subir.

Seguiu seu rastro. Ela estava sozinha na orla antes de decidir subir uma ladeira, onde ficou mais difícil acompanhar o percurso. Ele pôs-se a examinar a grama e as rochas, perguntando-se o que levara a menina a deixar os irmãos para trás na praia.

Um lampejo vermelho chamou sua atenção.

Torin se agachou, primeiro temendo que fosse sangue, até afastar a grama e ver que era apenas uma flor. Quatro pétalas carmesins, com veios dourados. Era linda, e ele nunca vira nada igual.

Franziu a testa, analisando a flor. Conhecia bem a paisagem do leste, as plantas que nasciam naquele lado da ilha. Aquela flor, entretanto, era estranha e deslocada, como se um espírito a tivesse deixado ali de propósito, com intenção de que fosse descoberta.

Ele se perguntou se seria indício de um portal para o outro lado.

Com cuidado, pegou a flor na mão. Já tinha sido arrancada, estava simplesmente caída no chão, então ele se perguntou se Catriona a teria visto, se aquilo a motivara a subir naquela colina.

Torin voltou a vasculhar a área, em busca de evidências dos pretensos rumos da menina. Conseguiu encontrar alguns passinhos em direção às colinas da ilha. Os pés descalços tinham amassado a grama, até aparentemente sumir, não deixando mais sinal, nenhum indício de pegada, exceto por outra flor vermelha caída como uma gota de sangue no chão.

Torin a pegou também, com o cuidado de não esmagar as pétalas. Passou a vasculhar na terra, nas rochas, nos tufos de grama, em busca de uma pequena passagem. Os espíritos certamente teriam aberto um portal, a convidado a entrar em seu reino. Aonde mais ela teria ido?

De repente sentiu um puxão estranho na barriga. Era medo, o qual ele aprendera a controlar muito tempo atrás, mas concluiu então que precisava ver Maisie.

Assim ordenou que os guardas marcassem aquela trilha e continuassem a investigar a área em busca de mais pegadas e portais, e voltou cavalgando para casa.

Ficou aliviado quando encontrou Sidra à mesa da cozinha, com as ervas espalhadas à sua frente como um mapa que ele nunca soubera ler. Ela estava preparando tônicos para os pacientes, e tinha prendido o cabelo escuríssimo em uma trança desleixada.

Ela ergueu o rosto assim que ele entrou.

— Torin — suspirou. — Tem notícias?

Ele odiou a esperança nos olhos dela, e fechou a porta de casa.

— Foi Catriona Mitchell. Ela desapareceu hoje pela manhã. Encontrei um rastro parcial, assim como uma outra coisa, sobre a qual você pode me auxiliar.

De pronto, Sidra largou o pilão e foi ao encontro dele no centro do cômodo. Com cuidado, ele sacou as duas flores vermelhas da bolsinha de couro e as entregou à mão estendida dela.

— Você sabe identificar esta flor para mim? — perguntou, esperançoso.

Sidra analisou as flores. Um vinco se formou entre as sobrancelhas.

— Não. Nunca vi flores assim, Torin. Onde você as encontrou?

Ele explicou, tomado por uma repentina sensação de exaustão e derrota. Outra menina desaparecida, sob guarda dele. Outra menina sumida, deixando para trás uma flor estranha.

Catriona Mitchell tinha apenas cinco anos. Era a idade de Maisie.

Torin ergueu o olhar. Dava para ver o quarto dali, porque Sidra deixara a porta aberta. Maisie estava dormindo profundamente na cama.

Torin então se aproximou, até se recostar no batente, para ver a filha dormir. Sentiu um aperto no peito.

— Torin? Quer descansar um pouco? — perguntou Sidra, em voz baixa.

Ele suspirou e se voltou para a esposa. Ela estava pegando a chaleira, e servira um prato de biscoitos de melaço. A última vez que comera direito fora naquela mesa, ao levar Jack para casa.

— Não, não tenho tempo — sussurrou ele, com medo de acordar Maisie e não conseguir mais ir embora.

Sidra abaixou a chaleira, fitando-o com preocupação. Ele fez menção de tomar a porta de saída, mas parou e olhou as flores vermelhas que ela deixara na tábua. Elas se destacavam junto à coleção de outras ervas, clamando por atenção.

— Não sei o que fazer, Sid — disse ele, uma confissão com gosto de cinzas. — Não sei como encontrar essas meninas. Não sei como fazer os espíritos as devolverem. Não sei como confortar essas famílias.

Sidra foi até ele. Aí o abraçou pela cintura, e Torin se apoiou nela, por um instante ao menos. Ele fechou os olhos e inspirou o perfume do cabelo dela.

— Vou ver o que consigo descobrir sobre essas flores, Torin — disse ela, recuando para encontrar seu olhar cansado. — Não desista. Vamos encontrar as meninas.

Ele fez que sim com a cabeça, mas sua já pouca fé desmoronara por completo nas últimas semanas.

Sem saber no que acreditar, ele beijou a mão de Sidra e foi embora.

O sol estava intenso, mas as nuvens a oeste estavam começando a escurecer. Uma tempestade se formava, o que dificultaria muito mais para encontrar qualquer outro sinal do paradeiro de Catriona.

Torin estava prestes a montar no cavalo quando seu olhar parou na colina à esquerda. Era coberta de urze, com uma trilha cortada no meio. Levava ao sítio do pai, vizinho ao dele, e Torin concluiu que vinha devendo uma visita a Graeme.

Já fazia uns anos que Torin não visitava seu pai direito. Ele raramente ia lá, porque as lembranças da casa em que crescera pululavam como fantasmas, e ele e o pai sempre tiveram opiniões divergentes. A distância entre eles chegou ao auge quando Torin e Donella noivaram em segredo.

Você está fazendo uma tolice, Torin, dissera Graeme ao entender os planos do filho. *Precisa pedir a mão de Donella aos pais antes de fazer a ela suas juras.*

Torin, aos vinte anos, apaixonado, ignorara o conselho de Graeme. Ele e Donella fizeram o que queriam, o que, de fato, causara um alvoroço no clã. Na verdade, quase destruíra a chance de Torin ser promovido a capitão.

Depois do falecimento de Donella, os dias de Torin se tornaram lúgubres, como um inverno aparentemente sem fim. Maisie era bebê, e não parava de gritar em seu colo, até que Torin, desesperado, enfim levou a filha a Graeme.

Me ajude, pai. O que eu faço? Ela só faz chorar. Não sei o que fazer.

As palavras jorraram da boca de Torin, e ele finalmente também se deu o direito de chorar, como se uma represa tivesse rebentado. Ele não chorara quando Donella morrera de hemorragia após o parto. Não chorara ao ver seu corpo, envolto na mortalha, encontrando o repouso final no túmulo. Não chorara ao pegar Maisie no colo pela primeira vez. Todas as lágrimas, contudo, explodiram assim que ele pôs a filha no colo do pai e confessou sua incompetência.

Como ele chegara a tal ponto? Donella se fora, ele tinha uma filha, e nenhuma ideia de como cria-la, e estava sozinho. Era o futuro que jamais imaginara para si.

Graeme então pegou Maisie no colo, tão chocado com o choro de Torin quanto o próprio Torin. Trôpego e sofrendo, Torin jogou-se na poltrona do pai na sala. Graeme então disse as palavras que Torin não queria ouvir, palavras que o deixaram rígido.

Sua filha precisa de um toque mais delicado, Torin. Encontre uma mãe para ela. Uma mulher da ilha que possa ajudá-lo.

Encontre uma mulher. Como se essas mulheres crescessem em árvore. Como se fossem frutas, que ele só precisasse colher.

Sendo que Donella estava morta e enterrada havia meros três meses.

Furioso com a sugestão, Torin arrancara Maisie do colo de Graeme e partira, jurando nunca mais procurar o pai para pedir ajuda.

Naquela mesma noite, um corvo levara um bilhete à porta de Torin. Ele sabia que era coisa do pai; Graeme se recusava a sair do sítio desde que a mãe de Torin os abandonara. *Esquente o leite de cabra. Teste no seu pulso para garantir que não está quente demais antes de dar para ela mamar. Caminhe e cante para ela quando ela chorar. Faça ela dormir de barriga para cima à noite.*

Torin rasgara o bilhete de Graeme e queimara os pedaços na lareira. Porém, não deixara de seguir as instruções do pai. Aos poucos, Maisie passou a chorar menos, mas ainda tinha muito mais fôlego do que Torin aguentava. E então, alguns meses depois, ele conhecera Sidra no vale.

Ele subiu a colina, mais uma vez desesperado. Chegou ao cume e à horta do pai. A área estava tomada de erva daninha, mesmo com Sidra frequentando o local uma vez por semana para cuidar do jardim. Torin notou que o telhado precisava de reparos, que as janelas estavam tortas, que um pássaro fizera ninho na calha, e que a caixa d'água estava embaçada. Tudo parecia quebrado e descuidado — isto é, até Torin chegar à porta do pai.

Ali, o mato recuava em um sussurro, expondo a trilha de pedras. A hera murcha que crescia nos muros da casa virava madressilva trepando na treliça. Flores campestres brotavam entre a couve e as ervas. As teias de aranha se dissipavam, e as janelas estavam alinhadas, recém-pintadas.

Ver a casa e o quintal mudarem com sua presença fez Torin hesitar. Ele se assombrou com a realidade, pensando em todas as vezes que julgara o sítio e as decisões do pai ao andar pela estrada. A decadência, a bagunça. Por que o pai não cuidava de nada? Porém, durante aquele tempo todo, o lugar estivera lindo e arrumado; Torin simplesmente não era capaz de ver.

Ele se perguntou se Sidra enxergava para além do feitiço e, ao notar as fileiras organizadas de verduras, soube que sim. Ela provavelmente vira o coração do lugar desde o início.

Os feéricos da terra que protegiam aquele sítio deviam ser muito astutos.

— Sidra? Sidra, você voltou? — chamou Graeme, lá de dentro, antes mesmo de Torin bater; o quintal provavelmente avisara de sua presença. — Diga para Maisie que o barquinho que fiz para ela está pronto. Entre, entre! Eu estava prestes a fazer uns biscoitos de aveia...

Torin entrou. A sala estava bagunçada e, desta vez, não era feitiço. Graeme tinha uma quantidade atordoante de coisas: pilhas de livros, montes de papel, pergaminhos manchados de água de outras eras dispostos em montinhos aleatórios. Cinco pares de botas chiques do continente, de cadarço, praticamente novas, e uma jaqueta da cor do fogo, forrada de flanela. Potes de alfinetes dourados, um porta-joias adornado com pérolas esquecido por sua mãe. Um mapa do reino colado no chão, porque as paredes já estavam lotadas de desenhos, tapeçarias mofadas e um mapa das constelações do norte. Todos pertences da antiga vida de Graeme, quando ele era embaixador do continente.

Torin abriu caminho pelo labirinto até chegar à mesa grande perto da lareira, onde Graeme esperava, sentado. Nas mãos dele havia uma garrafa transparente e, dentro dela, um pequeno navio detalhado.

— *Torin!* — exclamou Graeme, quase derrubando o vidro, e, boquiaberto e pasmado, se levantou. — Sidra e Maisie vieram com você? Acabei o barco dela. Viu? Ela e eu estávamos trabalhando juntos nele, nas vezes em que Sidra a trouxe aqui.

— Vim sozinho — disse Torin, e não conseguiu se conter: absorveu a imagem do pai.

Graeme estava mais frágil, mais velho do que cinco anos antes. Ele sempre fora alto e largo, assim como o irmão, Alastair. Porém, enquanto Alastair era moreno, vibrante e dado às espadas, Graeme era loiro, reservado e interessado pelos livros. Um irmão chegara ao posto de barão, e o outro lhe servia apoio, seu representante no sul.

A barba de Graeme estava grisalha. O cabelo, preso em uma trança desordenada. As roupas, amarrotadas, mas limpas. Os pés-de-galinha indicavam que ele vinha sorrindo com mais frequência, provavelmente nas visitas de Sidra e Maisie.

Ele era um contraste impressionante com o irmão. Alastair se tornara tão magro e esmaecido ao longo dos anos que Torin não sabia se Graeme sequer o reconheceria caso o visse.

— Por que você veio? — perguntou Graeme, com a maior educação possível.

— Para pedir um conselho.

— Ah.

Graeme apoiou cuidadosamente o navio de Maisie na mesa, e passou as mãos pelo mar de bagunça sobre o móvel. Garrafas esperando para serem preenchidas, minúsculos instrumentos de ferro, lascas de madeira, latas de tinta, retalhos de pano. *É assim, então, que ele ocupa os dias*, pensou Torin.

— Aqui, sente-se... sente-se aqui — disse Graeme. — Quer chá?

— Não.

— Certo. Então como posso aconselhá-lo?

— Outra menina desapareceu — disse Torin. Ele sentiu aquele ritmo outra vez, vibrando nas veias. O tempo estava se esgotando. — Foi a terceira em três semanas — continuou. — Encontrei um pequeno rastro de pegadas, mas nada além, exceto por duas flores vermelhas, como se o sangue dela tivesse se transformado em pétalas. Faz dias e noites que investigo. Vasculhei as cavernas e os redemoinhos, os vales, as montanhas e as sombras entre os desfiladeiros. As meninas desapareceram, e eu preciso saber como obrigar os feéricos a devolvê-las.

— Os espíritos? — Graeme franziu a testa. — Por que você quer se meter com isso?

— Porque os espíritos levaram essa menina, assim como as outras duas. Eles estão sequestrando as meninas por portais que não enxergo.

Graeme ficou pensativo. Aí soltou um suspiro lento e disse:

— Você culpa os espíritos.

Torin se ajeitou na cadeira, impaciente.

— Isso. É a única explicação.

— É?

— Como mais uma criança sumiria assim?

— Pois é, como...

— Vai me responder ou não vai? Certamente você tem algum conhecimento que seja sobre os espíritos no meio de... *disso* tudo. — Torin gesticulou, apontando as pilhas de livros e papéis. A maioria era besteira do continente, mas, ainda assim, um dia Graeme Tamerlaine fora o detentor de todo o conhecimento. Ele era repleto de histórias emocionantes, sobre espíritos e mortais. Poderia ter sido druida caso assim quisesse.

Graeme passou os dedos na barba, ainda perdido em suas reflexões.

— Vemos o que queremos ver, de acordo com nossa fé, Torin. Espíritos ou não.

Torin sentiu seu orgulho arder. O pai sempre sabia o que dizer para irritá-lo, para diminuí-lo. Para fazê-lo sentir que tinha oito anos outra vez.

— Com ou sem fé, sei que os espíritos podem causar desastres, se assim o quiserem — disse Torin. — Hoje mesmo, conversei com uma mulher que parecia ter noventa anos, mas cuja voz era de uma jovem. Quando menina, ela viu um lampejo de ouro no fundo de um lago e nadou para pegá-lo, mas o lago não tinha fundo, era uma farsa de um espírito da água. Quando ela voltou à superfície, cem anos tinham se passado. Todos que ela conhecia e amava estavam mortos, e ela não tinha mais lugar aqui.

— É mesmo uma história triste — disse Graeme, pesaroso.

— E que deve ensiná-lo a se precaver, pois sua resposta se encontra na lição que ela aprendeu.

— Como assim? Que os espíritos se divertem nos enganando?

— Não, lógico que não. Muitos feéricos são bons, nos dão a vida e o equilíbrio na ilha.

— Então qual é a minha resposta, senhor?

Fale direito, Torin queria insistir, mas ele conteve a raiva entredentes, à espera da explicação do pai.

— Para encontrar um portal, uma passagem que leve ao reino dos espíritos — começou Graeme —, é preciso ter uma de duas coisas: um convite, ou os olhos abertos.

Torin refletiu antes de responder:

— Mas meus olhos *estão* abertos. Eu conheço esta terra, mesmo com sua natureza caprichosa. Eu revistei todo vale, toda caverna, toda...

— Sim, sim, você viu com os olhos — interrompeu Graeme. — Mas há outros modos de ver, Torin. Há outros modos de entender esta ilha e os segredos feéricos.

Torin se calou. Sentiu um rubor subir pelo rosto, e a respiração saiu num sibilar.

— Então como é para eu abrir os olhos? Já que duvido que me façam qualquer convite.

Graeme não disse nada, mas começou a revirar uma pilha de livros antigos. Finalmente encontrou o que procurava e entregou a Torin.

Por dentro, Torin esperava que contivesse algum tipo de mapa. Um desenho de falhas geológicas e portais escondidos no leste. Sua decepção foi profunda. O livro era escrito à mão, estava incompleto, faltando metade, e as páginas estavam gastas e amassadas, algumas salpicadas de manchas de cinzas, outras borradas por água, como se tivesse passado por muitas mãos.

Teve que se esforçar para ler uma das páginas, mas a irritação diminuiu ao reconhecer um nome. A dama Whin das Flores. Ao ler sobre o espírito da terra, ficou tentado a pegar a miniatura de madeira ainda escondida no bolso.

A dama Whin das Flores nunca gostou de se gabar
Mas quando Rime do Brejo acordou tarde do frio do inverno
Ela o desafiou de frente pelo vale perto do mar
E Rime, firme e orgulhoso, viu justiça na toada
Acreditando que a derrotaria com a última lua de Yore
Quando o ar batesse forte com o coração da geada

— São histórias de ninar — disse Torin, virando a página borrada, mas confiante de que Whin fora mais esperta do que Rime. — Cadê o restante do livro?

— Sumiu — disse Graeme, servindo-se de chá.

— O senhor não faz ideia de onde está?

— Se fizesse, não acha que eu teria recuperado, meu filho? — questionou Graeme, e acrescentou uma boa dose de leite ao chá, encontrando o olhar de Torin enquanto bebericava da xícara. — Leve o livro, Torin. Leia. Talvez a resposta que busca esteja entre essas páginas. Mas espero que me devolva com prontidão. A não ser que Sidra e Maisie queiram ficar com ele. Se for o caso, já é delas.

Torin arqueou a sobrancelha, apenas levemente ofendido. Notou a inclinação do sol no piso e percebeu que tinha passado muito mais tempo ali do que pretendia.

— Então Sidra e Maisie agradecem pelo livro.

Ele levantou o exemplar em um brinde, embora a visita tivesse sido um grande desperdício de tempo. Ao abrir caminho em meio à bagunça, Torin se surpreendeu por Graeme acompanhá-lo até a porta.

— Era de Joan Tamerlaine — disse Graeme. — Foi escrito antes de a fronteira ser criada.

Torin parou à porta e franziu a testa.

— Do que está falando?

— Do livro na sua mão, meu filho.

Torin voltou a olhar a encadernação.

— Este livro foi de *Joan*?

— Foi. E está no oeste.

— O que está no oeste?

— O restante do livro.

Sem mais uma palavra, Graeme fechou a porta.

Jack estava sentado à escrivaninha, à noite, estudando a balada de Lorna à luz do fogo. Estava começando a decorar as notas. Elas murmuravam em seu pensamento, desejando ganhar vida no instrumento, e ele estava prestes a apagar a vela quando a janela sacolejou.

Ele ficou paralisado.

Não tinha faca para se defender. Olhou rapidamente ao redor do quarto e viu o velho estilingue. Levantou-se e pegou o brinquedo, embora não tivesse mais nenhuma pedrinha para atirar, e empurrou a janela para abri-la, em um arroubo de raiva.

Houve um grasnado, um farfalhar de asas escuras.

Jack relaxou o fôlego ao perceber que era apenas um corvo. O pássaro recuou antes de dar a volta e pousar na escrivaninha com um guincho de indignação.

— O que você quer? — perguntou ele, notando o rolo de pergaminho amarrado no pé do animal. Pegou o papelzinho devagar, mas o pássaro continuou a esperar enquanto Jack lia o recado.

Perdão por perder nossa reunião de hoje. Como você deve imaginar, fui ocupada pelo desaparecimento de Catriona. Mas ainda desejo conversar com você, minha velha ameaça. Deixe que irei visitá-lo desta vez. Amanhã à noite, na casa de Mirin, antes de você tocar para os espíritos.

Não tinha assinatura, mas apenas uma pessoa o chamaria de "velha ameaça". Adaira devia estar esperando resposta, pois o corvo seguia aguardando, fitando-o com os olhinhos miúdos.

Jack sentou-se à mesa e escreveu.

Está perdoada, herdeira. Minha irmã ficará muito feliz por vê--la amanhã. Minha mãe insistirá em alimentá-la. Venha com fome.

Ele começou a assinar o nome, mas então pensou melhor. Com um sorriso irônico, escreveu:

— *Sua única e especial* V.A.

Aí enrolou a carta e amarrou o pergaminho com barbante na pata do corvo. O pássaro voou, abanando as asas azul-escuras.

Naquela noite, Jack sonhou com os espíritos da água. Sonhou que abria a boca para cantar para eles, mas acabava se afogando.

Capítulo 7

— Segure o estilingue assim — explicava Jack a Frae. Eles estavam em um dos pastos do sítio, na curva do rio. O ar estava ameno ao anoitecer, e perfumado pelo bosque Aithwood ali perto — seiva doce, pinheiro fresco e carvalho úmido. O vento vinha tranquilo, e a colina estava salpicada de orquídeas.

Adaira ia chegar a qualquer momento.

— Assim? — perguntou Frae.

— Isso, bem assim. Pegue um seixo e coloque no bolso.

Ele observou enquanto Frae procurava um seixo e colocava no bolsinho, mirando no alvo que ele construíra com madeira velha do curral. Ela pareceu levar uma eternidade para atirar a pedrinha, que passou voando pelo alvo, o que a decepcionou.

— Errei — resmungou ela.

— Eu também errava no começo — garantiu Jack. — Se treinar todo dia, logo você vai estar acertando o alvo.

Frae pegou um seixo e atirou de novo. Errou também, mas Jack a incentivou a tentar outra vez, a atirar até acabar com todos os seixos que eles tinham catado, até estarem todos perdidos na grama alta do pasto. Enquanto vagavam pelo terreno para recuperá-los, Jack ficou olhando o rio, que corria pelo lado oeste do terreno de Mirin, largo, porém raso, melodioso e transbordando de pedras perfeitas para atirar com o estilingue.

— A mamãe provavelmente já lhe ensinou isso — começou ele —, mas você sabe que nunca deve beber água desse rio, não sabe?

Frae olhou a correnteza aparentemente inofensiva que refletia os tons do pôr do sol.

— Sei.

— Você sabe o motivo, Frae?

— Porque vem das terras dos Breccan. Mas posso pegar seixos, né? Para o seu estilingue?

Ele encontrou o olhar dela e confirmou.

— Pode. Mas só os seixos.

— Os Breccan já envenenaram o rio alguma vez, Jack? — perguntou Frae, se abaixando para recolher mais pedrinhas.

Ele hesitou até ela voltar a olhá-lo. Os olhos dela eram espelhos dos dele — afastados e escuros como a lua nova. Mas os dela brilhavam de inocência, e ele desejou, acima de tudo, que ela continuasse daquele jeito. Cheia de esperança, fascínio e bondade. Que nunca conhecesse os lados cortantes e amargos do mundo.

— Não — respondeu. — Mas sempre é possível que envenenem.

— Por que eles fariam isso, Jack?

Ele fez silêncio, repuxando os lábios, enquanto organizava os pensamentos.

— Sei que é difícil entender, irmã. Mas os Breccan não gostam de nós, e nós não gostamos deles. Faz séculos que estamos em desacordo.

— Queria que fosse diferente — disse Frae, com um suspiro. — A mamãe diz que os Breccan passam fome no inverno. A gente não pode simplesmente dividir a comida com eles?

As palavras dela paralisaram Jack, que agora imaginava uma ilha unida. Ele mal conseguia conceber tal ideia.

Frae fez uma pausa em seu movimento e o fitou. Em uma das mãos segurava o estilingue e na outra, as pedras. Algumas flores secas estavam trançadas em seus cabelos.

— Eu também queria que fosse diferente — disse ele. — Talvez um dia seja, Frae.

— Espero que sim.

Eles voltaram ao ponto de partida para mais uma rodada de treino. Jack queria que Frae tivesse uma arma e soubesse usá-la. Queria que ela andasse sempre com o estilingue.

Ela mirou e atirou, acertando o cantinho do alvo.

— Consegui! — exclamou ela, e Jack estava aplaudindo quando ouviram uma voz.

— Que tiro excelente, Frae.

Jack e Frae se viraram e avistaram Adaira a poucos metros dali, observando a cena e sorrindo. Ela usava um vestido vermelho-escuro, com as costas protegidas por uma capa da cor da ferrugem. O cabelo estava solto, sedoso, e as ondas compridas batiam na cintura.

Jack quase não a reconheceu. De relance, ela parecia transcendental sob o sol poente que a delineava em ouro.

— Herdeira — disse Frae, a voz deslumbrada. — Nem acredito que está aqui! Achei que fosse brincadeira do Jack.

Adaira riu.

— Não é brincadeira nenhuma. É uma honra jantar esta noite com você, Frae.

— Quer atirar de estilingue? — perguntou Frae. Ela soava deslumbrada, e Jack sentiu um calorzinho no peito.

— Eu adoraria — disse Adaira, se aproximando.

Frae entregou o estilingue e escolheu o seixo perfeito para ela.

— Na verdade, é do Jack. Ele me emprestou por enquanto.

— Ah, reconheço este estilingue — disse Adaira, e o olhou de soslaio.

Imagino, pensou ele, sustentando o olhar dela por um instante. Nos velhos tempos, ele era um verdadeiro terror com aquele estilingue.

Adaira voltou a atenção para Frae.

— Me ensina a usar?

Jack, de braços cruzados, ficou vendo a irmãzinha ensinar Adaira a segurar o estilingue, a mirar, a encaixar o seixo no bolso. Adaira deu o primeiro tiro e acertou o alvo em cheio. Jack arqueou a sobrancelha, impressionado. Frae deu pulinhos de tanta alegria. Um sorriso lento e satisfeito se abriu no rosto de Adaira.

— Foi bem divertido — disse ela, e devolveu o estilingue a Frae. — Agora entendi por que seu irmão amava tanto atirar.

Jack só fez rir.

— Frae! — chamou Mirin, do topo da colina. — Vem me ajudar com o jantar.

Frae encolheu os ombros, desanimada, e foi entregar o estilingue para Jack.

— Que tal você ficar com ele por enquanto? — propôs ele. — Assim pode treinar quando quiser.

Frae pareceu chocada.

— Tem certeza?

— Absoluta. Hoje em dia, não tenho precisado dele mais.

Isso restaurou a empolgação de Frae. Ela subiu a colina, saltitante, e mostrou o estilingue com orgulho para Mirin na volta para casa.

Jack continuou ao lado de Adaira na curva do rio. As estrelas estavam começando a sarapintar o céu quando ela falou:

— Ela parece gostar muito de você, Jack.

— Isso por acaso lhe é surpreendente? — retrucou ele, ofendido.

— Não, não chega a ser. Mas confesso certa inveja.

Jack fitou o perfil dela. Adaira estava olhando o rio, como se hipnotizada por sua dança. Ela sorriu, mas a expressão veio inspirada pela tristeza.

— Eu sempre quis uma irmã. Ou irmão. Nunca quis ser filha única. Eu abriria mão do meu direito ao trono em troca de uma horda de irmãos.

Jack se calou, mas sabia exatamente no que ela estava pensando: no cemitério do castelo. Nos três pequenos túmulos ao lado do da mãe. Um irmão e duas irmãs, nascidos anos antes dela. Os três natimortos.

Adaira, a última filha de Lorna e Alastair, e também a única sobrevivente.

— Sabe o que o clã fala de você, Adaira? — começou Jack, a voz baixa. — Dizem que você é nossa luz. Nossa esperança. Alegam que até os espíritos fazem reverência quando você passa. Fico surpreso por não brotarem flores de suas pegadas.

Isso a fez soltar uma gargalhada suave, mas ele ainda via sua melancolia, como se mil dores pesassem em seu peito.

— Então eu enganei a todos. Temo que eu seja repleta de defeitos, e que haja muito mais sombra do que luz em mim hoje em dia.

Ela voltou a encontrar o olhar dele. O vento começou a soprar do leste, frio e seco. O cabelo de Adaira se erguia e embaraçava como uma rede de prata, e Jack sentiu o cheiro da fragrância contida em seu brilho. De lavanda e mel.

Ele pensou no quanto adoraria ver aquelas sombras dela. Porque sentia as próprias sombras, se acumulando nos ossos e dançando num isolamento voluntário por tempo demais.

— Há algum lugar particular onde possamos conversar? — perguntou ela.

Ele sabia que ela se referia à presença do vento. Não queria que a brisa carregasse as palavras que ela lhe diria, sendo assim Jack olhou para a casa de Mirin, ladeira acima. Ele poderia levar Adaira para o quarto, mas achou que não cairia bem, com Mirin e Frae na cozinha. Foi então que teve uma ideia melhor, e fez sinal para Adaira acompanhá-lo na subida.

Ele a levou ao depósito, uma construção redonda de pedra com telhado de palha onde Mirin guardava os mantimentos para o inverno. O espaço cheirava a poeira, a grãos dourados e a ervas secas, e ele e Adaira ficaram cara a cara à luz fraca.

A MELODIA DA ÁGUA 125

— Você tem procurado a menina — disse Jack.

Adaira suspirou e fechou os olhos por um instante.

— Tenho.

— Algum sinal de onde ela pode ter ido?

— Não, Jack.

— Estou preocupado com Frae — disse ele, antes de conseguir engolir as palavras.

A expressão de Adaira se suavizou.

— Eu também. Está preparado para tocar hoje, como planejamos?

Jack confirmou, ainda que o coração já estivesse martelando o peito de ansiedade. Os sonhos da noite anterior vieram à mente de uma só vez. Ele olhou para Adaira e pensou: *Sonhei que me afogava sob as mãos dos espíritos, e se seu destino agora estiver atado ao meu?*

— O que foi? — sussurrou ela, com a voz rouca.

Ele se perguntou o que ela estaria vendo em seus olhos, daí desviou o rosto e fez que não com a cabeça.

— Nada. Estou o mais preparado possível, visto que hoje em dia sou mais do continente do que da ilha.

Adaira mordeu o lábio. Jack pressentia que ela tivesse uma réplica àquele comentário.

— O que foi, herdeira?

— Outro dia, você me disse uma coisa, Jack — começou ela. — Disse "Este lugar nunca foi minha casa".

Jack engoliu um resmungo. Ele não queria falar daquilo, e passou a mão pelo cabelo.

— Sim. O que tem, Adaira?

Ela ficou quieta, fitando seu rosto como se nunca o tivesse visto.

— Você acredita mesmo no que disse? Diria, com toda a sinceridade, que sua casa é no continente?

— Não tive opção, fui forçado a torná-lo meu lar — disse ele. — Você sabe disso, assim como o restante do clã. Meu pai não tem nome e nunca me assumiu. E eu queria, mais do que tudo, pertencer a algum lugar.

— Já lhe ocorreu que estávamos esperando por sua volta, Jack? Chegou a pensar em nós, e no fato de que talvez estivéssemos doidos para que você retornasse e enchesse o salão de música outra vez?

As palavras dela agitaram o sangue dele, fato que o assustou. Ele fechou a cara, sentiu o frio tomar seu rosto ao encará-la.

— *Não*. Nunca pensei nisso. Sempre acreditei que o clã ficou feliz por se livrar de mim.

— Então foi falha nossa para com você — disse Adaira. — E por isso, peço perdão.

Jack revezou o peso entre os pés. Uma pergunta cutucava seus pensamentos. Ele não queria verbalizá-la, mas sua contenção foi ficando cada vez mais insuportável.

— Você sabe por que seus pais me mandaram para o continente? Dentre todas as outras crianças para as quais dariam tal oportunidade... por que eu?

— Sei, sim. Você acha que não sei de todos os segredos do leste?

Jack esperou. Não queria suplicar, mas Adaira estava deixando o silêncio se arrastar demais para o gosto dele.

— Então por quê, herdeira?

— Posso contar, Jack. Mas para isso, vou precisar levar você de volta ao passado — disse ela, ajeitando mechas de cabelo atrás da orelha.

Mais uma vez ela se calou, vendo a impaciência crescente dele.

— Então me leve — pediu ele, tenso.

— Você certamente se lembra daquela noite — começou ela. — Da noite em que brigamos em um campo de cardos. Da noite em que você me perseguiu pelas colinas.

— Da noite em que você enfiou um monte de cardos na minha cara — corrigiu ele, seco.

A MELODIA DA ÁGUA **127**

Era evidente que veriam a história por perspectivas diferentes. Porém, ali tão perto de Adaira, inspirando a luz poente do anoitecer estival e escutando o vento da ilha uivar do outro lado da porta... ele se lembrou da noite com lividez.

Jack tinha dez anos à época, e estava ávido para se provar digno da Guarda do Leste. O desafio do cardo lunar acontecia de três em três anos, para que os aspirantes a recruta comprovassem que conheciam o terreno da ilha, bem como o perigo das plantas mágicas.

Ele tirara um tempo para investigar as colinas na véspera, até encontrar o campo perfeito de cardos lunares. Quando Torin soara o berrante à meia-noite, dando início ao desafio, Jack saíra correndo até o campo secreto, mas uma vez lá, descobrira que Adaira chegara antes. Ela tinha colhido quase todos os cardos e, quando ela saiu em disparada, ele a perseguiu, acreditando que poderiam dividir a colheita. Em vez disso, Adaira deu meia-volta e enfiou todos os cardos no rosto dele.

A dor foi insuportável. Foi como encurralar o fogo sob a pele. Jack caiu na grama imediatamente, se debatendo, uivando, até Torin encontrá-lo e arrastá-lo de volta para Mirin em casa. Porém, o pior ainda estava por vir. Os cardos lunares eram plantas encantadas. Cada farpa espetada prometia um pesadelo durante o sono. Jack sofrera por treze terríveis noites depois de Mirin conseguir arrancar todos os espinhos de seu rosto inchado.

Um arremedo de sorriso brincou nas feições de Adaira. Jack notou os cantinhos dos lábios dela se curvando.

— Ainda me lembro dos pesadelos que você me deu, herdeira — disse ele.

— E você acha que foi o *único* enfeitiçado pelos cardos lunares, minha velha ameaça? — retrucou ela. — É este o outro lado da história, um que você ainda não ouviu: eu voltei correndo para casa, pois você não me dera opção. Você estragou minhas chances de entrar para a guarda. E quando cheguei aos meus aposentos, percebi que minhas palmas estavam reluzindo de espinhos de cardo.

Adaira levantou as mãos, as estudando como se ainda sentisse a ardência, e continuou:

— Eram tantos que nem consegui contar, muito menos extraí-los sozinha. Procurei minha mãe, pois ela frequentemente ficava acordada até a madrugada. Quando mostrei minhas mãos, ela me perguntou: "Quem fez isso com você, Adi?". E eu respondi: "Aquele menino Jack."

"Ela então começou a extrair os espinhos, um a um, e disse: 'O menino que fica bem quieto quando minha música inunda o salão.' Não entendi o que ela queria dizer. Porém, no banquete da lua cheia seguinte, fiquei observando você enquanto minha mãe, sentada no estrado, tocava a harpa. Bem, observei você, mas não vi nada de notável. Porque não era só você que ficava quieto quando ela tocava. Não era só você que ansiava pelas canções dela. Isso valia para todos nós. Ainda assim, ela viu a chama em *você*. A luz que ela vinha esperando. Ela sabia o que você viria a se tornar antes até de você mesmo se dar conta disso.

"São poucos na ilha que conseguem dominar a música; ela aqui é dona de si, e escolhe a quem amar. Mas minha mãe viu a marca das suas mãos, escutou as canções que você estava destinado a tocar antes de você encontrar sua primeira nota. E você pode até dizer que foi rejeitado aqui, mas nada mais longe da verdade do que isso, John Tamerlaine. Quando você foi para a universidade, minha mãe ficou contente. Como se soubesse que você voltaria como bardo quando chegasse a hora."

Jack escutou tudo que ela dizia, mas se retesou quando Adaira falou das marcas e da luz, e principalmente quando se dirigiu a ele pelo nome de batismo: John. Ele sempre odiara o nome com que Mirin abençoara seu nascimento, e logo escolhera o apelido Jack para si, se recusando a responder por qualquer outra alcunha.

— O que você está dizendo, Adaira? — perguntou ele, odiando a falha em sua voz.

— Estou dizendo que minha mãe o escolheu como seu substituto. Ela viu em você o futuro Bardo do Leste — disse Adaira. — Ela morreu antes de vê-lo voltar em toda a sua glória, mas sei que ela ficaria orgulhosa de você, Jack.

Jack não gostou nada daquilo, daquele ângulo diferente da própria história. Não gostou das palavras de Adaira, tão suaves, que o cortaram com o fio de uma faca até abri-lo.

— Então meu futuro nunca foi meu? — perguntou ele. — Não podia escolher onde *eu* gostaria de residir ao fim dos meus estudos?

Adaira corou à meia-luz.

— Não, é lógico que você tem poder de escolha. Mas posso tentá-lo, Jack? Posso tentá-lo a permanecer com o clã para além do verão? Talvez por um ano inteiro? Faz tanto tempo que o silêncio tomou o salão, e estamos passando por semanas de luto e dor. Acho que sua música nos reviveria, restauraria nossa esperança.

Ela estava pedindo para ele deixar a música escorrer pela ilha como um riacho renascendo após um período de seca. Para tocar nos banquetes, nos enterros, nos feriados e nas núpcias. Para tocar para as gerações mais jovens, como Frae, que não conheciam as baladas antigas.

Jack não sabia o que responder.

Seu choque provavelmente ficou evidente, porque Adaira acrescentou, com pressa:

— Não precisa responder agora. Nem amanhã. Mas espero que pense no assunto, Jack.

— Vou pensar — disse ele, mal-humorado, como se não fosse pensar nunca. Ainda assim, sua cabeça estava a mil. Estava pensando no torreão de música de Lorna, com as estantes, a harpa sinfônica e as partituras do clã escondidas em um livro empoeirado. Lembrou-se, então, da carta que vira na mesa, endereçada a Adaira.

— Ontem, vi uma coisa sobre a qual preciso falar com você — disse ele.
— O que você viu, Jack?
— Os Breccan escreveram para você. Por quê?
Ela hesitou.
Ocorreu a ele, então, que ele não tinha direito algum de saber o que se passava pela cabeça de Adaira, os planos que arquitetava. De participar de sua intimidade. Porém, ele sentiu uma pontada no estômago e, mesmo sem saber de onde vinha, percebeu que desejava ser alvo da fé de alguém que fora capaz de passar horas caminhando em busca de meninas desaparecidas. Que lhe contara planos secretos e confiara a música da mãe falecida a ele. Que lhe dera a oportunidade de se tornar algo muito maior do que ele jamais imaginara para si.
— Você parece incomodado — disse Adaira.
— É lógico que estou *incomodado*! — exclamou Jack, exasperado. — O que nosso inimigo deseja?
— Talvez eu tenha entrado em contato primeiro.
Aquilo fez Jack se empertigar.
— Por quê?
— Se eu compartilhar a resposta, espero que você guarde segredo, pelo bem do clã. Entendeu, Jack?
Ele sustentou o olhar dela, pensando nos outros segredos que compartilhavam.
— Posso ser sua velha ameaça predileta, mas você sabe que não direi palavra.
Adaira ficou pensativa, e ele achou que ela fosse esconder a resposta, até dizer:
— Quero estabelecer um acordo comercial entre nossos clãs.
Jack ficou boquiaberto por um momento.
— Um acordo?
— Sim. Tenho fé que esse acordo vá impedir as incursões no inverno, caso sejamos capazes de ceder pacificamente aos Breccan o necessário para suportar os meses de fome.

As palavras de Frae voltaram a Jack, a voz inocente ecoando dentro dele. *A mamãe diz que os Breccan passam fome no inverno. A gente não pode simplesmente dividir a comida com eles?*

— E o que eles nos darão em troca? — retrucou Jack, com medo de que o acordo drenasse os recursos dos Tamerlaine caso não tomassem cuidado. — Não precisamos de nada deles.

— A única coisa que eles têm em abundância: objetos encantados — respondeu Adaira. — Eles podem tecer, forjar e criar artesania mágica sem consequência. Sei que não faz sentido pedirmos espadas e flanelas encantadas se quisermos paz, mas também sei que nossa gente, aqui, sofre para fabricar essas coisas. E quero aliviar esse fardo.

Ela falava de gente como a mãe dele. Como Una.

Jack ficou quieto, mas sonhava com as mesmas coisas. Ele sempre odiara que sua mãe tivesse que sacrificar a saúde para fabricar aquelas flanelas impressionantes. Um dia, ela levaria seus esforços ao extremo, acabaria exagerando, e a tosse que tanto tentava esconder transformar-se-ia em uma garra que a rasgaria por dentro.

Além disso, se um acordo de troca fosse estabelecido entre os clãs, Jack não precisaria mais ter medo de incursões no sítio da mãe. Aquele depósito mesmo onde se encontravam no momento, que atraía os Breccan como frutas nos galhos baixos no inverno, poderia estar seguro.

Adaira entendeu mal seu silêncio.

— Você desaprova, bardo?

Ele franziu o cenho.

— Não. Acho boa ideia, Adaira. Mas temo que os Breccan não queiram a mesma paz que desejamos, e que por fim acabem nos ludibriando.

— Você está soando igual ao Torin.

Jack ficou sem entender se tinha sido um elogio. Antigamente, ele queria *ser* Torin, e por isso quase riu ao pensar no quanto estava distante disso agora.

— Seu primo é contra essa ideia?
— Ele acha que estabelecer o comércio será um pesadelo — respondeu Adaira.
— A fronteira é o maior obstáculo: vamos nós ao território deles, ou permitimos que venham ao nosso? De qualquer modo, Torin diz que é algo "fadado a dar errado e a só render derramamento de sangue".
— Ele não está errado, Adaira.
Ela franziu as sobrancelhas. Jack a fitou, praticamente enxergando os pensamentos em redemoinho dentro dela. Adaira já ia dizer mais alguma coisa quando ambos ouviram Frae chamá-los. Jack olhou pela única janela do cômodo. Discernia a irmã andando no quintal, gritando o nome deles.

Ele não queria que Frae o visse sair do depósito com Adaira. Esperou que a pequena se voltasse para o rio, e então aproveitou a deixa para abrir a porta. Adaira saiu noite adentro, seguida por Jack, e eles se aproximaram do portão da horta, lado a lado, como se estivessem só passeando pelo terreno.

— Estamos aqui, Frae — disse Adaira.
Frae se virou para eles.
— É hora do jantar — disse ela, mexendo nas pontas das tranças. — Espero que goste de sopa de borrelho, herdeira.
— É a minha preferida — respondeu Adaira, e pegou a mão de Frae.

Jack viu um sorriso invadir o rosto da irmã. Ela estava maravilhada por segurar a mão da herdeira.

Aconchegado pelo sentimento, ele seguiu o caminho que Frae abria até a luz do fogo.

Mirin servira uma bela refeição para Adaira. Os melhores pratos e copos, o vinho mais antigo, e talheres polidos que cintilavam feito orvalho. Todos tinham passado a maior parte do dia cozinhando, preparando comida para auxiliar a família Mitchell em seu processo de luto, e a casa ainda guardava o calor da atividade,

A MELODIA DA ÁGUA **133**

o ar tomado por um toque de frutas vermelhas e pelo odor salgado dos borrelhos que Jack catara na orla durante a maré baixa. Frae tinha colhido flores frescas e acendido velas, e Jack se acomodou na cadeira de sempre. Adaira sentou-se bem na frente dele. Mirin falava sem parar enquanto enchia as tigelas de sopa, mas os pensamentos de Jack estavam longe dali. Ele estava avaliando as coisas que Adaira acabara de dizer. O pedido para tocar pelo leste. Para ficar até a virada de ano.

Para negociar com os inimigos.

— Nem acredito que a senhora está aqui, na nossa casa — disse Frae.

O devaneio de Jack se dissipou quando viu o sorriso tímido da irmã para a herdeira.

— Eu sei, faz muito tempo que não visito — disse Adaira.

— Mas eu me lembro de quando você nasceu, Frae. Meus pais e eu fomos os primeiros a visitar você.

— A senhora me pegou no colo?

— Peguei — respondeu Adaira. — Você foi a melhor guria que já segurei. A maioria das crianças chora no meu colo, mas você, não.

De repente Mirin começou a tossir. Um som profundo e úmido, que ela tentou abafar com a mão. O sorriso de Adaira murchou, assim como o de Frae. Jack ficou paralisado ao ver a mãe naquele frenesi que sacolejava seus ombros magros.

— Mãe? — chamou ele, e se levantou, com medo.

Mirin se acalmou e fez sinal para ele sentar. Porém, ele viu de relance o sangue na palma dela, muito embora ela tivesse tentado limpá-lo rapidamente no verso do avental. Ele nunca a vira sangrar por causa da tosse, por isso se assustou. Era nítido que a saúde dela piorara a passos constantes durante sua ausência.

— Estou bem, Jack — disse Mirin, e pigarreou.

E aí foi como se nada tivesse acontecido. Ela tomou um gole de vinho e levou a conversa para outros assuntos, entretendo

Adaira. Jack soltou um suspiro demorado e voltou à sua cadeira, mas, novamente, notou que a mãe mal degustava a comida.

Depois do jantar, ele tirou a mesa e lavou a louça, insistindo para que Frae e Mirin fizessem companhia a Adaira diante da lareira. Ficou escutando a conversa das mulheres enquanto afundava os pratos na tina. Mais uma vez, Frae exibiu, orgulhosa, o estilingue para Adaira, então apontou para cima e disse:

— Está vendo aqueles furos todos na viga do teto? Foi Jack quem fez.

Ele considerou o comentário uma bela deixa para servir a torta e ferver a água para o chá.

— Eles te ensinaram a servir chá e a cozinhar na universidade? — perguntou Mirin, achando graça ao ver Jack com a chaleira.

— Não — respondeu ele, servindo a bebida para Frae, Mirin e Adaira. — Mas a comida no continente é muito seca. Então um dia perguntei ao cozinheiro se eu podia usar a cozinha à noite, para preparar a comida do dia seguinte. Ele aceitou, e eu comecei a cozinhar em todas as minhas folgas. Lembrei-me de tudo o que você me ensinou, mãe, muito embora antes eu não fosse muito afeito à cozinha. Querem creme e mel? — perguntou, casual, ao entregar a xícara de Adaira.

Ela estava sentada ao lado de Frae no divã. Os dedos de ambos roçaram quando ela pegou o chá. Os olhos de Adaira estavam arregalados, como se tentasse conter o choque por vê-lo servir o chá.

— Só creme — disse ela.

Ele foi até a despensa no canto da cozinha, para buscar o pote de creme, trazendo-o para ela.

— Jack? Jack, a *torta*! — cochichou Frae entre os dedinhos.

Ele deu uma piscadela e voltou à cozinha para pegar uma das duas tortas que tinha assado com Frae à tarde. Uma para eles, e outra para a família Mitchell. De início, tinha sido estranho cozinhar para pessoas que ele sequer conhecia, até que Jack se lembrou das tradições da ilha. Em qualquer evento, fos-

A MELODIA DA ÁGUA 135

se alegre ou triste — uma morte, um casamento, um divórcio, uma doença, um parto —, o clã se unia e preparava comida para expressar seu amor pelos envolvidos. Casas se tornavam lugares de acolhimento, de comida reconfortante e nutritiva, fosse no correr de lágrimas ou de riso. Jack tinha se esquecido do quanto gostava daquele hábito.

Ele serviu a primeira fatia para Adaira, e sorriu quando ela o olhou com desconfiança.

— Foi *você* quem fez isso?
— Foi — respondeu ele, de pé perto dela, à espera.

Adaira pegou a colher e cutucou a torta.

— É de quê, Jack?
— Ah, o que a gente jogou aí, Frae? Amoras, morangos, espinhoras...
— *Espinhoras!* — exclamou Frae, assustada. — O que é uma espinho...
— Mel, manteiga e uma pitadinha de sorte — concluiu ele, mantendo o olhar fixo em Adaira. — Tudo o que você mais ama, se me lembro bem, herdeira.

Adaira o encarou, com a expressão contida, exceto pelo lábios franzidos. Ele percebeu que ela estava tentando segurar o riso. De repente, ele ruborizou.

— Herdeira, eu *não* botei espinhora nenhuma aí — disse Frae, frenética.

— Ah, querida, eu sei que não — disse Adaira, sorrindo para a menina. — Seu irmão está brincando comigo. Veja bem, quando tínhamos a sua idade, certa noite houve um banquete no salão. Jack levou para mim uma fatia de torta, para se desculpar por algo que fizera mais cedo. Ele fez uma cara tão arrependida que eu, por tolice, acreditei e mordi um pedaço, mas logo senti um gosto muito esquisito.

— O que era? — perguntou Frae, como se não conseguisse imaginar que Jack fosse capaz de algo tão horrível.

— Ele chamou de "espinhora", mas, na realidade, era uma bolsinha de tinta — respondeu Adaira. — Fiquei com os dentes machados por uma semana, e passei muito mal.

— É verdade, Jack?! — exclamou Mirin, abaixando a xícara com estrépito.

— É, sim — confessou ele, e antes que qualquer uma das mulheres pudesse dizer mais alguma coisa, pegou o prato e a colher de Adaira e comeu um bocado da torta. Estava uma delícia, mas só porque ele e Frae tinham encontrado e colhido as frutas, aberto a massa e conversado sobre espadas, livros e bezerros durante o feitio do prato.

Ele engoliu a doçura e disse:

— Esta aqui está excepcional, graças a Frae.

Mirin foi com pressa à cozinha para cortar mais uma fatia para Adaira e buscar um talher limpo, resmungando que o continente dera fim a todos os bons modos de Jack. Adaira não pareceu escutar. Limitou-se a pegar o prato e a colher das mãos dele, e aí comeu um pedaço também.

Ele ficou olhando enquanto ela engolia e, quando ela sorriu para Frae e disse que era a melhor torta que já tinha experimentado, Jack sentiu uma pontada de vulnerabilidade. Inquieto, desviou o rosto e, de testa franzida, buscou refúgio na cozinha. Mirin estava lá, fatiando a torta com violência.

— Nem acredito que você fez uma coisa dessas com a filha do barão — murmurou ela, morta de vergonha. — O pessoal deve achar que criei você de qualquer jeito!

A verdade era que Adaira nunca o expusera como culpado pela espinhora, então ele não fora castigado. Mirin nunca tomara conhecimento do episódio, pois Alastair e Lorna também não o fizeram. Era uma coisinha só entre ele e Adaira.

— Vá aproveitar sua companhia, mãe — disse Jack, pegando a faca das mãos dela com cuidado. — E se não estiver totalmente envergonhada da pessoa que fui um dia, aproveite para saborear um pedaço de torta.

Mirin bufou, mas se acalmou um pouco ao vê-lo preparar dois pratos, um para ela e outro para Frae.

Ele permaneceu na cozinha, lavando de novo alguns dos pratos, como se não tivessem ficado bons da primeira vez. Dali, ficou escutando as risadas de Adaira e Frae; ouviu quando Mirin começou a contar uma história. Eram assim as noites na ilha — reunidos em frente à lareira, compartilhando relatos, chá e risadas.

Por fim, quando não dava mais para fingir que havia tantos pratos sujos, ele começou a limpar a mesa.

— Jack?! — exclamou Frae de repente. — Você devia tocar a harpa para Adaira!

Ele hesitou antes de olhar para Adaira, e notou que ela já o encarava fixamente.

— É uma ótima ideia, Frae — disse ela —, mas é melhor eu voltar para casa antes que a lua suba mais. — Ela se levantou e agradeceu Mirin pelo jantar e Frae pela torta. — Voltarei em breve para comer mais uma fatia — prometeu Adaira, e Frae corou de orgulho.

— Eu a acompanho — disse Jack.

Ele abriu a porta e saiu rumo à paz da horta. A noite estava fresca. Ele absorveu o momento de silêncio antes de Adaira chegar.

Eles seguiram caminhando até o portão, onde ela amarrara o cavalo. Adaira se virou para Jack, que subitamente, à luz das estrelas, notou a exaustão dela, como se ela tivesse passado a noite toda escondendo o rosto sob uma máscara.

— Meia-noite? — perguntou ela.

— Sim — confirmou ele. — Na rocha Kelpie, da qual me lembro exatamente como encontrar.

Adaira sorriu antes de sair e montar seu cavalo.

Jack ficou ali entre as ervas e a observou cavalgar até sumir nas sombras da noite. Ele fitou o espaço escuro entre as estrelas, medindo a lua. Tinha mais algumas horas até dar meia-noite.

Mais algumas horas até seu momento de tocar para os feéricos da maré.
Ele voltou para dentro de casa, e pediu para Mirin lhe contar uma história do mar.

— Outra! — pediu Maisie.
Os olhos de Sidra estavam pesados. Ela estava deitada na cama, debaixo da colcha, lendo em voz alta à luz de velas. Maisie estava aninhada junto a ela, que bocejou, tentando fechar o livro esfarrapado que Torin trouxera da casa de Graeme.
— Acho que é hora de dormir, Maisie.
— Não, quero outra história!
Às vezes, Maisie mimetizava o temperamento de Torin. Danava a dar ordens, e com o tempo Sidra foi aprendendo que era melhor responder com tranquilidade. Fez cafuné nos cachos castanho-dourados de Maisie.
— Amanhã poderemos fazer de novo — disse ela.
Maisie torceu a cara e virou a cabeça, fixando em Sidra um olhar triste de súplica.
— Só mais uma, Sidra. Por favor?
Sidra suspirou.
— Tudo bem. *Uma* só, e depois vou apagar a vela.
Maisie sorriu e voltou a se aconchegar, apoiando a cabeça no ombro de Sidra.
Sidra virou a página com cuidado. A lombada do livro era frágil, e algumas folhas estavam soltas e borradas.
— Quero esta! — disse Maisie, batendo o dedo na página.
— Cuidado, Maisie. É um livro antigo.
Porém, o olhar de Sidra foi atraído pela mesma história. Iluminuras floridas, algumas em tinta dourada, ilustravam as margens do texto.
— Há muito tempo, houve um dia quente de verão na ilha — começou Sidra. — A dama Whin das Flores caminhava pe-

las colinas, procurando por Orenna, uma de suas irmãs. Orenna era conhecida como a mais sorrateira dos espíritos da terra.

Gostava de fazer brotar suas flores vermelhas como carmim nos lugares mais inesperados, em lareiras, no leito dos rios, nas ladeiras altas e sinuosas do Thom Torto, pois gostava de espreitar a conversa dos outros espíritos, no fogo, na água e no vento.

Às vezes, ela descobria seus segredos e compartilhava com seu povo, com as donzelas dos amieiros, as famílias de rochedos e as samambaias elegantes dos vales.

"Whin e o rochedo Earie tinham ouvido falar daquele hábito e, depois de receber reclamações da água e do fogo e ameaças do vento, decidiram que precisavam abordar Orenna. Por isso, Whin encontrou a irmã bem quando esta fazia brotar flores na chaminé da casa de um mortal.

"'Você enfureceu o fogo com seus modos sorrateiros', explicou Whin. 'E o vento e a água também. Precisamos manter a paz com nossos irmãos.'

"Orenna demonstrou espanto. 'Eu apenas trago minha beleza para os lugares que dela necessitam, como esta chaminé decadente.'

"'Você está livre para fazer as flores brotarem na grama das colinas, nos jardins dos mortais, e em meio às samambaias', disse Whin. 'Mas tem de deixar livres esses outros lugares, para que sejam cuidados pelo fogo, pela água e pelo vento.'

"Orenna assentiu, mas não gostou de ser repreendida por Whin, nem pelo rochedo Earie. No dia seguinte, fez crescer suas flores no cume mais alto da ilha, o chamado Thom Torto. Embora a montanha ainda seja súdita da terra, é o vento quem comanda o lugar com seu sopro poderoso. O vento logo tomou conhecimento dos olhos dela nas rachaduras da pedra, do modo como ela observava seu bater de asas para norte e sul, leste e oeste. Do jeito como ela roubava seus segredos. Eles ameaçaram derrubar a montanha toda, e Whin, de novo, foi atrás da irmã.

"Ela encontrou Orenna na orla, brotando flores no fundo de redemoinhos cintilantes.
"'Já avisei uma vez, e aviso uma segunda', começou Whin. 'Você pode fazer as flores brotarem na grama das colinas, nos jardins dos mortais e em meio às samambaias, e só, irmã. Seu hábito sorrateiro está causando rusgas.'
"Orenna era muito orgulhosa. E também dotada de conhecimento, de tanto observar os modos dos outros espíritos. Sabia que Whin era coroada entre as flores, mas Orenna acreditava que poderia governar melhor do que a irmã.
"'Você é fraca, Whin, simples assim. E os outros espíritos sabem que podem comandá-la.'
"Bem, o vento era mais esperto, e assim carregou as palavras arrogantes de Orenna para o rochedo Earie, o mais velho e sábio dos feéricos. Ele ficou fervilhando de fúria com Orenna, e a convocou para visitá-lo. Ela não teve opção senão obedecer, e se ajoelhou quando o rochedo Earie a olhou.
"'Você escolheu, inúmeras vezes, desrespeitar os outros espíritos, então sou obrigado a discipliná-la, Orenna. Daqui em diante, você crescerá apenas na terra seca e doente, onde a água pode recusá-la, o fogo pode destruí-la, e o vento pode fazê-la ceder à sua vontade. Para florescer, você terá de usar sua energia; terá de cortar o dedo em um espinho, e deixar o licor dourado escorrer como seiva até o solo. E, por fim, os mortais da ilha aprenderão seu segredo ao consumir suas pétalas. É este seu castigo, que pode durar apenas um dia, caso você se arrependa sinceramente, ou uma eternidade, caso seu coração se torne duro e frio.'
"Orenna ficou furiosa com a sentença do rochedo Earie. Ela se achava forte o suficiente para resistir ao veredito, mas logo descobriu que as flores não brotavam mais onde ela quisesse. Nem a grama verdejante, que sempre a acolhera, lhe dava espaço para crescer, e assim ela precisou vasculhar a ilha inteira até encontrar um trecho pequeno de solo seco e doente em um

cemitério. Nem ali, contudo, floresceu, e só teve sucesso depois de furar o dedo em um espinho e deixar o sangue escorrer, lento, denso e dourado, nas profundezas da terra.

"Ela conseguiu florescer, mas estava muito menor do que antes. Agora estava vulnerável, percebeu, e os outros espíritos recusavam sua companhia. Triste e solitária, num dia qualquer ela chamou uma menina mortal que colhia flores. A menina ficou alegríssima, mas logo comeu as flores e aprendeu todos os segredos de Orenna, tal como o rochedo Earie previra.

"Em rebeldia, Orenna jamais se arrependeu, e construiu uma vida para si na terra que lhe foi cedida. Ela está lá até hoje, para quem tiver a sorte, ou o azar, de encontrá-la."

Sidra se calou ao chegar ao fim da história. Maisie tinha pegado no sono, e Sidra saiu da cama com o maior cuidado, embrulhando a filha com a colcha. Ela levou o livro de Graeme e uma vela à cozinha e parou, de pé, diante da mesa. Tinha deixado ali todas as suas ervas e artefatos. Frascos, sais, mel, vinagre e uma seleção de ervas secas. As duas flores vermelhas que Torin trouxera ainda estavam ali, onde ele as deixara. Não tinham murchado, o que revelava sua essência mágica, assim como a do cardo lunar, e Sidra as estudou à luz da vela, vez ou outra olhando de volta para a lenda.

Ela encontrara muitos cemitérios na vida, mas nunca vira flores pequenas e vermelho-carmim brotando entre lápides. E, se a flor de Orenna não podia nascer livre na grama, aquelas duas provavelmente tinham caído bem no lugar onde Catriona desaparecera. Algo ou alguém as carregara, talvez para ingerir as pétalas.

Tão logo o amanhecer chegasse, ela teria que contar aquilo tudo para Torin.

Mas ela se perguntou... o que aconteceria se engolisse uma daquelas?

Sidra não soube responder, e, arrepiada, voltou para a cama.

Capítulo 8

Adaira estava esperando Jack na praia. O ar estava frio, mas o luar generoso o guiou pela trilha rochosa que o levaria ao encontro dela na orla, com a harpa debaixo do braço. Ela estava andando em círculos na areia — a única indicação de sua ansiedade —, e trançara o cabelo para protegê-lo das brincadeiras do vento. Ele só discerniu a expressão dela quando já estava quase chegando.

— Está pronto? — perguntou ela.

Ele assentiu, apesar da preocupação que o incomodava. Tirou a harpa da bolsa e se instalou em uma pedra úmida. Um siri passou correndo entre suas botas, e havia ali algumas águas-vivas mortas, espalhadas como flores arroxeadas. Ele posicionou a harpa no colo, apoiada no ombro esquerdo, logo acima do coração acelerado. De soslaio, viu Adaira, rígida e ereta. A luz das estrelas a iluminava.

Ela não parece de verdade, e este momento também não, pensou Jack, com um tremor nas mãos. Estava prestes a tocar a balada de Lorna e convocar os espíritos do mar. Teve a sensação de ser acometido por um leve tremor de terra, bem de leve, e que a maré vinha mais suave com a espuma até a ponta de suas botas. Era como se o vento acariciasse seu rosto, e até o reflexo da lua parecia um pouco mais intenso nas poças da rocha. Tudo — ar, água, terra e fogo — parecia aguardar, com expectativa, que ele os cultuasse.

Jack tocou uma escala na harpa, de início com os dedos duros. Uma lembrança emergiu, indesejada, uma construída no continente. Ele estava sentado em uma alcova da Universidade Bárdica com Gwyn, seu primeiro amor, ao seu lado, observando cada movimento dele, o cabelo dela fazendo cócegas em seu braço, cheirando a rosas. Ela o criticava por compor canções tão tristes, e ele não chegara a lhe dizer que na verdade sentia-se mais vivo ao tocar lamentos. Era estranho que aquele momento parecesse tão antigo, desbotado pelo sol, como se tivesse acontecido na vida de outro homem, e não de Jack Tamerlaine.

Ciente de que não podia tocar aquela canção estranha com tais reservas e distrações, ele se esforçou para encontrar a paz dentro de si. Para se lembrar do tempo em que era menino e não conhecia nada além de Cadence. Quando amava o mar, as colinas e as montanhas, as cavernas, a urze e os rios. Uma época em que ansiava por encontrar um espírito e encará-lo sem medo.

Os dedos dele foram ficando mais ágeis, e as notas de Lorna começaram a escorrer pelo ar, metálicas sob suas unhas. Ele mal conseguia conter o esplendor da música, e aí tocou e sentiu como se não fosse de carne, ossos e sangue, e, sim, composto de espuma do mar, como se em determinada noite tivesse emergido do oceano, de todas as profundezas assombradas onde os homens jamais vagavam, onde apenas os espíritos planavam, bebiam e fluíam como um sopro.

Ele então cantou para chamar os espíritos do mar, os seres eternos que pertenciam às profundezas geladas. Com a balada de Lorna, entoou para que viessem à superfície, ao luar. De repente viu a maré parar, como na noite de sua volta a Cadence. Viu olhos reluzirem debaixo d'água como moedas de ouro; viu mãos e pés branquiados sob as ondulações do raso. Os espíritos se manifestavam fisicamente; chegavam com suas barbatanas afiadas e tentáculos, com cabelo de tinta derramada, com guelras, escamas iridescentes e inúmeras fileiras de dentes. Foram saindo da água e se aglomerando perto dele, como se ele os tivesse chamado de volta para casa.

Jack viu Adaira avançar um passo em sua direção, seu medo como uma rede. Ele quase errou uma nota; ela fazia com que a atenção dele se dividisse, mesmo sendo um mero lampejo no canto de seu olhar. Ela avançou outro passo, como se achasse que ele fosse ser arrastado dali, e ele mexeu suavemente a cabeça para não perdê-la de vista. Porque ela era seu único lembrete de sua mortalidade, de que ele ainda era um homem, de que, independentemente do que aquela música o fazia sentir, ele não era uma criatura das águas... como de repente ansiava ser.

Adaira, Jack queria dizer para ela, interpor seu nome entre as notas que a mãe dela tecera e fiara. *Adaira...*

Os espíritos sentiram a atenção dele mudar, deles para ela. A mulher de cabelo de luar, a mulher feita de beleza arguta. Agora que a viam, eles pareciam incapazes de esquecê-la. Nem a música de Jack conseguia chamá-los de volta, e o coração dele começou a fraquejar.

— É ela — disse um dos espíritos, com a voz encharcada.
— É, sim, *é ela*.

Eles devem achar que Adaira é Lorna, pensou Jack. Ele estava quase na última estrofe, com as mãos tremendo, e a voz estava começando a ficar rouca. Há quanto tempo ele estaria tocando? A lua tinha baixado, e os espíritos se recusavam a desviar o foco de Adaira.

Olhem para mim, tocavam seus dedos entre as notas dedilhadas. *Atentem-se a mim.*

Imediatamente, todos os olhos reluzentes se voltaram para ele. Ah, sim, pareciam dizer. O homem mortal ainda toca para nós. Eles escutaram e mais uma vez relaxaram enquanto Jack cantava para eles. Todos os espíritos manifestados o adoravam.

Exceto por um.

Era o espírito, dentre toda a horda gotejante, que mais se assemelhava a uma mulher humana. Magra e esguia, ficava de pé sobre duas pernas no cerne do grupo, a água lambendo seus joelhos cobertos de craca. Sua pele era pálida com o brilho da pérola, e o cabelo, como alga, caía grosso e comprido para vestir o corpo. Tinha o rosto anguloso, o nariz arrebitado, a boca de anzol, e dois olhos iridescentes como conchas de ostra. Segurava uma fisga na mão, cujas unhas eram compridas e pretas. Ela quase passaria por humana, mas determinadas características a delatavam como um espírito. Guelras adejavam no pescoço, e manchas de escamas douradas enfeitavam a pele. Rastros indisfarçáveis de magia.

Era a dama Ream do Mar. A mesma que ameaçara afundar o barco do pescador, que passara nadando por Jack e rira com a maré quando ele nadara até a praia.

Jack fitou o espírito, maravilhado, mas Ream sequer lhe deu atenção. Ela encarava Adaira.

A canção chegou ao fim.

Por um momento, fez-se silêncio. Os espíritos queriam mais, dava para sentir. Porém, ele estava esgotado, exaurido até os ossos.

— Por que nos convocou? — perguntou Ream a Adaira, com a voz abafada, embolada. Jack desconfiava que, debaixo d'água, soaria límpida e nítida. — Quer nos capturar e prender com a canção do mortal?

— Não — disse Adaira. — Busco sua sabedoria e conhecimento, dama do mar.

— A respeito de um assunto mortal, presumo?

— Sim.

Jack ficou imóvel enquanto escutava Adaira descrever os acontecimentos perturbadores. Ela falou das crianças desaparecidas e disse a Ream que não havia rastros de seus paradeiros, nem sequer era sabido se estavam vivas. Aí falou da terceira menina, que desaparecera na véspera, brincando na praia com os irmãos. Não havia desconfiança alguma em sua voz, nada que revelasse a crença de Adaira de que os feéricos da maré teriam culpa.

— E o que temos a ver com crianças mortais? — questionou Ream. — Suas vidas na terra nos divertem muito mais do que debaixo d'água, no nosso reino, onde sua pele fica enrugada e vocês precisam de uma bolha para sobreviver.

Então eles *tinham* capturado mortais debaixo d'água em algum momento, pensou Jack, com um choque de alerta.

Adaira avançou um passo, destemida. Aí estendeu as mãos, e disse:

— Vocês vivem no mar, uma região vasta que cerca nossa ilha. Não viram nada então? Não testemunharam o desaparecimento de Annabel Ranald e de Eliza Elliott? Não viram Catriona Mitchell caminhar pela costa ontem?

Os espíritos começaram a se entreolhar. Alguns resmungaram e se remexeram na água, mas ninguém respondeu. Esperaram que Ream falasse por todos.

— Se vimos ou fizemos algo, herdeira, não podemos falar.

— Por quê? — questionou Adaira, com a voz fria, a raiva crescendo.

— Porque nossas bocas foram seladas, proibidas de dizer a verdade — respondeu Ream, com as palavras ainda mais emboladas do que antes, como se a língua estivesse presa. — Terá que procurar suas respostas com aqueles acima de nós.

Jack se levantou, tenso. Finalmente, atraiu a atenção de Ream, que o fitou com os olhos iridescentes.

— Quem está acima de vocês? — perguntou ele. Não sabia que havia hierarquia entre os espíritos. Sua cabeça começou a girar, se perguntando como convocar algo mais da água.

— Olhe para cima e ao redor, bardo — disse Ream. — Somos maiores apenas que o fogo. — Ela voltou a olhar para Adaira e, com dificuldade, declarou: — Cuidado, mortal. Cuidado com o sangue na água.

Os espíritos chiaram em concordância e a maré voltou com tudo. O oceano avançou apressado, a maré mandando ondas mais altas do que antes, e os espíritos derreteram na espuma. Jack não teve tempo de se mexer, de segurar Adaira, antes de as ondas os engolirem completamente.

Está acontecendo, pensou, agarrando a harpa, chutando freneticamente para tentar encontrar a superfície. *Os espíritos vão nos afogar.*

Sentiu dedos em seus cabelos, um puxão doloroso. Abriu os olhos, achando que veria uma imagem embaçada de Ream sorrindo com os dentes pontudos, pronta para afogá-lo. Porém, era apenas Adaira. Ela o puxou pelo braço de volta à superfície.

Ao subir o rochedo Kelpie, cambaleantes, precisaram lutar contra a força da maré antes de serem afundados pelas ondas de novo. A rocha era estreita e desconfortável; tiveram que sentar-se costas a costas, tremendo de frio, para esperar a maré recuar.

Jack ficou em silêncio, tirando fios de alga das cordas da harpa. Por dentro, estava emocionado, atônito com o que ele e Adaira tinham feito. Com o poder que a balada de Lorna tinha de conjurar todos os espíritos do mar — os feéricos dos quais ele tanto ouvira falar nas lendas da infância. Fantasmas sem rosto e seres míticos que raramente se revelavam aos mortais... ele e Adaira tinham acabado de *contemplá-los*. De dialogar com eles.

De invocá-los.

Ele estava com dificuldade de conter o arrebatamento, mas Adaira danou a gargalhar e Jack não conseguiu segurar o sorriso.

— Nem acredito que fizemos isso — disse ela. — Você, na verdade. Eu não. Não fiz nada, fiquei só parada.

— Você falou com eles — argumentou Jack. — Algo que eu não teria a compostura para fazer.

— É. Mas... foi diferente do que eu esperava — disse ela, estremecendo, como se tomada ao mesmo tempo por horror e ânimo. — Você se saiu bem, bardo.

Jack bufou, rindo, mas absorveu o elogio. Ele estava prestes a responder quando sentiu uma dor estranha na cabeça, logo atrás dos olhos. Apertou as pálpebras com as mãos, sentindo o latejar. A dor piscava como relâmpago, descendo dos braços à ponta dos dedos. Ele rangeu os dentes para suportá-la, esperançoso de que Adaira não ouvisse sua respiração entrecortada tão logo o desconforto encontrou repouso em seus ossos.

Tentou respirar fundo, devagar, mas sentiu o nariz pingar. Tocou o lábio, e os dedos saíram molhados, pintados de um tom escuro. O nariz estava sangrando e, com a mão trêmula, ele o apertou com uma ponta da flanela ensopada, na esperança de conter o fluxo.

— Jack? Me escutou? — perguntou Adaira.

— Hum.

De repente, ele não queria mais que ela soubesse. Não queria que ela soubesse de sua agonia, de seu sangramento. Mas a verdade o atingiu como um machado: tocar para os espíritos exigia que ele manuseasse magia com seu ofício. Foi arrasador entender que era assim que sua mãe se sentia após concluir uma flanela encantada.

— Ela deu a entender que os espíritos não querem nada com nossas crianças em seu reino — dizia Adaira. — Mas não acredito muito nisso.

— Então devemos nos perguntar o que as crianças mortais podem fazer por eles no mundo para além do nosso — disse Jack. — Os espíritos certamente têm funções para nós, mesmo que seja apenas como entretenimento.

— Sim — concordou Adaira, com o tom distante. — O que será que Ream quis dizer ao mencionar outros acima deles?

Jack engoliu em seco. Sentiu o gosto de um coágulo de sangue e pigarreou.

— Quem saberia dizer? Já devíamos adivinhar que os espíritos não seriam diretos. — De repente uma onda quebrou com força na pedra e molhou o rosto dele, como se eles tivessem ouvido a alfinetada de Jack. — Ah, muito obrigado — resmungou ele, irritado.

O sangramento estava estancando. A tensão atrás dos olhos também ia melhorando, mas a dor nas mãos continuava. Ele flexionou os dedos rígidos, cheio de preocupação.

Adaira estava perdida em seus devaneios. Por fim, ela falou:

— Acho que ela quis dizer que os espíritos da terra e do ar ficam acima da água. Eu nunca tinha pensado por esse ângulo.

— Nem eu.

Adaira se calou. Ela ainda estava encostada em Jack, então ele sentiu quando ela respirou fundo.

— Jack? Você poderia tocar a balada da minha mãe para invocar os espíritos da terra?

Ele ficou rígido.

— Sua mãe compôs uma balada para a terra?

— Compôs.

— E para o fogo e o vento?

— Para esses, ela nunca compôs nada. Pelo menos até onde meu pai e eu sabemos.

Jack ficou quieto. Encarou a água agitada que os cercava, a harpa em suas mãos, a mancha de sangue na flanela. Não sabia explicar a Adaira o que sentia — a sensação sufocante de fascínio, medo, intensidade e agonia. Por ter tocado para os espíritos, por ser considerado digno. Mesmo agora, um resquício do calor da magia ainda o percorria.

Era uma sensação perigosa. Ele se perguntou quão rápido sua vitalidade se esvairia.

Também ficou aparente que Alastair não informara o custo a Adaira. Ou talvez Adaira simplesmente não tivesse a mínima noção de nada. Não soubesse que a saúde da mãe lhe era roubada, pouco a pouco, toda vez que ela tocava para os feéricos. A morte precoce de Lorna ocorrera em um acidente, cinco anos antes. Um tombo de um cavalo, e não uma doença lenta e agonizante alimentada pelo uso da magia. Mas o destino dela — caso tivesse vivido os anos subsequentes cantando para os espíritos — agora pendia do céu como uma constelação que Jack decifrava facilmente.

Ser o Bardo do Leste era uma honra, mas tinha um preço terrível. E Jack não sabia se teria vigor suficiente para pagá-lo.

— Os feéricos devem saber onde estão as meninas, qual espírito sentiu-se afrontado e as escondeu — disse Adaira, pensando em voz alta. — Eles veem quase tudo. Devem deter as respostas. E se os espíritos da água foram proibidos de contar a verdade... precisamos invocar e questionar os outros. Mas o que você acha?

— Acho que é o próximo passo — concordou Jack. Mas não disse o que estava subentendido entre eles, embora ele soubesse haver uma concordância mútua ali: se os espíritos da terra não os ajudassem, ele teria que compor uma balada para o vento. Jack não conseguia nem imaginar o efeito que aquilo teria sobre seu organismo.

— Vou precisar de um tempo para estudar a música da sua mãe.

Vou precisar de um tempo para me recuperar de hoje.

— Vá ao castelo mais tarde — disse ela —, para buscar a partitura.

Eles passaram mais um tempo sentados na rocha, num silêncio tranquilo, até a lua começar a se pôr e a maré se aquietar.

Adaira acabou mergulhando na água e nadando ao redor da rocha, até ficar de frente para ele.

— Vai passar a noite toda sentado aí, bardo?

Ele se retesou ao ouvir a provocação na voz dela.

— Não acho sensato nadar no mar hoje.

Ele quase acrescentou que não era mera opinião do continente, pois o oceano nunca era seguro. Porém, engoliu as palavras, achando que Adaira usaria tudo do continente contra ele.

— Então pretende passar a noite toda sentado aí? — insistiu ela.

A MELODIA DA ÁGUA 151

— Até a maré baixar, sim — respondeu Jack.

— Você sabe que só vai baixar quando *amanhecer*, né?

Ele ignorou o convite provocante de entrar na água com ela, abraçando bem a harpa. Ergueu o olhar para o céu, tentando identificar o horário. De esguelha, viu Adaira bailando nas ondas, ainda à espera. Até que ela desapareceu, sumida sob a superfície escura. Jack voltou a atenção plena para o local onde antes ela boiava.

Aguardou que ela emergisse, assistindo ao fluxo hipnótico do mar. Contudo, Adaira continuava debaixo d'água, e Jack entrou em pânico.

— Adaira — chamou, mas o vento roubou o nome dela de sua boca. — *Adaira!*

Não houve resposta, nenhum sinal dela. Logo, os olhos dele arderam de tanto desvelar a escuridão e os lampejos das ondas. Metade dele sabia que ela estava brincando, mas a outra metade morria de medo de que um espírito tivesse vindo buscá-la e afogá-la no fundo do mar.

Ele pulou na água, apertando a harpa com força junto ao peito e, com o outro braço, começou a buscar freneticamente por ela. Cortou a ondulação fria da maré com a mão e, assim que seus dedos se entrelaçaram aos dela, soube que Adaira na verdade estivera à sua espera, espreitando como um predador paciente. Ela sabia que ele iria atrás dela e, quando eles emergiram juntos, ele sentiu alívio, raiva, e achou um pouquinho de graça.

Mas de início não disse nada. A água pingava de seus cabelos, e Jack fez cara feia quando ela sorriu, quando se pôs a gargalhar. Seu coração traidor deu um salto em reação àquele som.

— Isso, continue — disse ele. — Comemore minha rendição.

— Você deveria era me *agradecer*. Acabei de salvá-lo de uma longa noite empoleirado nessa rocha.

Ela soltou a mão dele e lhe jogou um jato de água na cara antes de voltar a nadar, se afastando.

Jack tentou pegá-la pelo tornozelo, mas Adaira escapou. Ele não conseguia alcançá-la. Ela simplesmente seguiu nadando, conduzindo-o a caminho da orla. Depois de um momento, ela se virou para nadar de costas, voltada para ele.

— Você ficou mais devagar na água, Jack.

Ele não disse nada, porque a música dos espíritos o extenuara. Era melhor que ela culpasse o continente por seu nado fraco. Ele a acompanhou até o ponto do findar das rochas. Adaira se impulsionou para sair do mar, elegante apesar da roupa ensopada. Jack continuou na água, esperando que ela se virasse para olhá-lo.

Ele então estendeu a mão; não sabia se tinha forças para sair sem ajuda dela.

— Vai me ajudar a subir?

Adaira desenrolou a trança grudada e riu outra vez.

— Você acha que nasci ontem, por acaso?

Ela deu a ele uma ideia terrível. Ele quase sorriu.

— Então pega minha harpa, pelo menos? Vai acabar estragando depois de tanto tempo na água. — Ele estendeu o instrumento, e Adaira o fitou. Jack escondeu o prazer quando ela se esticou para pegar a harpa.

Assim que ela fechou os dedos na estrutura do instrumento, ele puxou. Adaira soltou um grito ao cair no mar, passando por cima da cabeça dele. Ele não resistiu: um sorriso largo se abriu quando Adaira emergiu, engasgada.

— Você vai pagar por essa — disse ela, secando os olhos.

— Velha *ameaça*.

— Não tenho dúvidas disso — respondeu ele, bem-humorado. — Pagarei como, herdeira? Alcatrão e penas? O cepo? Meu filho primogênito?

Ela o encarou por um momento, com pérolas d'água nos cílios compridos. O mar lambia seus ombros, e Jack sentia os dedos dela roçando nos dele enquanto os dois balançavam ao sabor das ondas.

A MELODIA DA ÁGUA 153

— Tenho uma ideia muito pior.

Porém, ao dizê-lo, Adaira sorriu, e ele nunca vira um sorriso daqueles no rosto dela. Ou talvez tivesse visto, sim, uma vez, muito tempo atrás, quando eram crianças. Ela o fazia se lembrar daquela época. Os dias passados no mar e nas cavernas. As noites vagando pela terra bravia, pelos campos de cardo, pelos vales e pelas rochas da orla. Ela o fazia se lembrar da sensação de pertencer à ilha. De pertencer ao leste.

Adaira queria que ele ficasse ali para tocar para o clã, e Jack estava começando a pensar que talvez devesse aproveitar tal oportunidade, mesmo que roubasse sua saúde, uma música de cada vez.

Só por um ano. Um ciclo completo de estações. O tempo de vê-la subir ao baronato.

Ele puxou um fio de alga dourada do cabelo dela e, a contragosto, reconheceu.

Hoje, ele desgostava dela um pouco menos do que ontem.

E isso não renderia nada além de uma bela encrenca.

Capítulo 9

Sidra sonhou que caminhava pela orla de Cadence. No começo, Maisie estava ao seu lado, até que a menininha virou um peixe e mergulhou no mar, e Sidra acabou sozinha na areia ensopada de sangue. Ficou preocupada com Maisie até ver Donella ao longe. De início, ficou surpresa. A primeira esposa de Torin nunca surgia em seus sonhos, mas Sidra acenou quando Donella Tamerlaine veio em sua direção, de armadura e envolta pela flanela marrom e vermelha da guarda.

— Donella? O que está fazendo aqui? — perguntou Sidra, e seu coração a traiu, martelando o peito, enquanto ela se questionava se Donella tinha voltado para pegar Torin e Maisie de volta.

— Sidra? Sidra, acorde — disse Donella, com urgência, esmagando a areia com as botas ao pegar o braço de Sidra e sacudi-lo. — É um sonho. Acorde.

Donella nunca a tocara até então. A mão da fantasma gelou seu braço, e Sidra acordou de sobressalto.

Seu coração estava na boca.

Gradualmente, Sidra se localizou. A casa estava escura pois era noite, e silenciosa, exceto pelo uivo do vento. Ela estava deitada na cama, e Maisie, aninhada nela, roncava. Estava exausta, depois de um dia estranho e comprido.

E seu braço... doía. Sidra o massageou e notou que o fantasma de Donella estava presente, à cabeceira da cama, transparente como um raio de luar.

— Donella?

— Rápido, Sidra — disse a fantasma. Sua voz não era forte como no sonho. Na verdade, era delicada, como uma nota suave de música. — Ele está vindo atrás dela.

— Quem? — perguntou Sidra, rouca.

— Levante-se e vá ao baú de carvalho de Torin. Bem no fundo, encontrará uma pequena adaga — disse Donella, fazendo sinal para Sidra se apressar. — Mandei fabricar essa faca para Maisie antes de morrer. Pegue e corra com ela até o sítio de Graeme. Rápido, rápido. Ele está vindo, Sidra.

Donella se entregou ao luar no piso, e Sidra se perguntou se ainda estaria sonhando. Mesmo assim, seguiu as instruções da fantasma. Saltou da cama e correu para o cômodo ao lado, onde se ajoelhou diante do baú de carvalho de Torin. Com os dedos lerdos de sono, revirou as roupas e os ramalhetes de zimbro até encontrar a adaga que Donella mencionara, envolta em uma bainha de couro, escondida bem no fundo.

Uma das criações de Una.

Sidra empunhou a adaga e voltou correndo para o quarto, pisoteando com os pés descalços. O vento se calara; e constatar sua ausência no mesmo instante em que pegou Maisie no colo lhe causou calafrios. Não tinha tempo para calçar meias ou botas, nem para se agasalhar ou cobrir Maisie com uma capa. Sidra escutou a fechadura da porta da frente girar enquanto carregava Maisie pela saída dos fundos.

— Sidra? — murmurou Maisie, esfregando os olhos. — Aonde a gente vai?

— Vamos visitar o vovô — sussurrou Sidra enquanto carregava a menina pela horta, tentando fazer silêncio máximo.

— Mas por quê? — perguntou Maisie, em voz alta.

— Shhh. Segura bem em mim.

Ao luar, ela encontrou a trilha que levava à casa de Graeme. Seguia sinuosa pela colina, a urze na altura dos joelhos, e Sidra disparou, mesmo com as pernas trêmulas. Abafou os protestos de Maisie junto ao peito e, frenética, olhou de relance para trás. Tinha algo em sua horta. Uma sombra, alta e corpulenta como um homem. A sombra inclinou a cabeça; Sidra pressentiu que a olhava.

O terror fez congelar o sangue de Sidra quando a sombra começou a persegui-la, com uma velocidade impossível. Estava difícil respirar, era difícil subir a encosta correndo com uma criança no colo. Sabia que não conseguiria ser mais rápida do que as trevas.

— Maisie? Me escute. Quero que você vá correndo direto até a porta do vovô e bata com toda a sua força. Espere ele atender. Eu vou logo atrás — disse Sidra, o peito queimando ao deixar Maisie no chão. — Lembra quando a gente brinca de pique--pega? Está comigo, então você precisa correr o mais rápido possível, sem nem olhar para trás. Vai!

Pelo menos dessa vez, Maisie não protestou. Obedeceu e saiu correndo colina acima, e Sidra se ergueu para marcar território e se impor. Desembainhou a adaga e se virou para enfrentar o espírito.

A criatura desacelerou ao reparar que Sidra o aguardava com aço na mão.

— Quem é você? O que você quer? — perguntou ela, a voz hesitante.

A sombra parou bruscamente a alguns passos dela. Ela percebeu que a figura usava um capuz, e que a capa era fustigada pelo vento repentino.

— A filha do capitão. Entregue-a para mim e não farei mal a você.

A voz era grave e aveludada. Ela forçou a vista no escuro, querendo vislumbrar o rosto diante de si.

— Vai precisar me matar primeiro.

Veio um lampejo profundo de gargalhada. Mas Sidra não sentiu medo. Aprumou-se na trilha, decidida e descalça, só de

A MELODIA DA ÁGUA 157

camisola, com uma pequena adaga na mão. No momento em que a sombra investiu para derrubá-la, Sidra sibilou e atacou.

A sombra previu seus movimentos e bloqueou a facada com o antebraço, sólido como carne.

Antes que Sidra conseguisse reagir, a sombra lhe deu um tapa com o dorso da mão. A dor foi aguda; o pescoço dela estalou, e ficou difícil se manter de pé.

Ela cambaleou, mas se reequilibrou bem a tempo de ver que a sombra agora subia a trilha, atrás de Maisie. Sidra saiu correndo também, os ouvidos tinindo. Mirou e saltou para esfaquear as costas da sombra.

Escutou a capa se rasgar. Sentiu a adaga perfurar a pele. Viu o mundo se desenrolar quando o espírito girou para olhá-la de cima.

— Filha da *puta* — murmurou ele.

Ela estava erguendo a mão para atacar outra vez, a adaga refletindo as estrelas, quando sentiu um chute no peito. A bota da sombra a atingiu no esterno, com tanta força que ela perdeu o fôlego. E assim ela desabou, rolando pela urze. Com as mãos dormentes, deixou a adaga cair e tentou se segurar.

Por fim, parou de rolar, arfando. A dor era fulgurante; manchas devoravam sua visão periférica.

Precisava se levantar. Precisava encontrar Maisie.

Suas inspirações eram chiadas, enquanto ela tentava se levantar. Não sabia quanto tempo se passara, porque tudo ao redor parecia paralisado. O vento, o trajeto da lua. Seu próprio coração.

A sombra ressurgiu, assomando-a. Ela escutou um choro e ergueu o olhar de repente. Maisie estava no colo da criatura, se debatendo.

— *Maisie* — gritou Sidra, arranhando a garganta.

Estendeu a mão, disposta a ceder qualquer coisa. Porém, não houve oportunidade de fazer sua oferta. Sentiu uma pancada na lateral da cabeça.

E foi envolta nas trevas.

Quando Sidra acordou, de cara na urze, achou que fosse um sonho. O sol estava prestes a nascer; fazia um frio de rachar, mas o horizonte ao leste se enchia de luz. Um pássaro trinava ali perto, como se instasse que ela abrisse os olhos. Que se levantasse. Ela se ajoelhou devagar. Estava com dor no peito. Tinha sangue seco na fronte da camisola, e então encarou a mancha, a cabeça zonza, tentando se lembrar.
Até que se deu conta. A realidade foi um baque mais forte do que a bota do espírito em seu peito.
— Maisie! — chorou, rouca. — *Maisie!*
Levantou-se aos tropeços. O mundo girou por um momento — estrelas derretidas, o alvorecer escarlate, o farfalhar das asas de um pássaro.
— Maisie! — gritou, abrindo caminho à força pela urze, com as mãos tão frias que mal conseguia senti-las. — Maisie, me responde! Cadê você? *Maisie!*
Para onde o espírito a levara?
Ela então engoliu o choro, continuando sua busca desesperada.
— Sidra? *Sidra!*
Ouviu Graeme gritar seu nome ao longe. Com uma careta para o peito latejante, ergueu o rosto e vislumbrou o pai de Torin no topo da colina.
Emocionada, Sidra não conseguiu nem falar. Desde que conhecera Graeme, ele não saía de casa nem para ir ao quintal, e a comoção a sufocou enquanto ele corria colina abaixo.
— Sidra! — chamou Graeme ao vê-la. — Sidra, é você? Está tudo bem, querida?
— Pai, eu...
Ela não sabia o que dizer. Ainda estava com o sangue fervendo quando Graeme por fim a alcançou. E devia estar com uma aparência muito pior do que imaginava, porque Graeme fez uma careta preocupada, arregalando os olhos.

— Filha — sussurrou ele. — O que houve?
— Um espírito levou Maisie — disse ela, com dificuldade para conter a histeria.
Ele ficou boquiaberto.
— Um *espírito* fez isso com você?
— Um espírito veio atrás dela, então eu lutei contra ele, mas ele a levou mesmo assim... Temos que continuar a procurar. Talvez ela ainda esteja por aqui... — Sidra voltou à urze, mesmo que cada movimento, cada respiração fosse como uma facada no peito. — Maisie! — continuou a chamar, inúmeras vezes, em busca de um rastro, um portal, um farrapo de roupa, qualquer coisa para guiá-la.
Graeme pegou o braço dela, com firmeza, e a puxou.
— Sidra? Onde você se feriu? Precisamos cuidar de você primeiro, menina.
Sidra parou. Não tinha percebido como estava tremendo, e só se deu conta do frio depois que sentiu o calor e a força do tato dele. Franzindo a testa, ela teve dificuldade de entender por que Graeme a encarava com um olhar tão assustado, até olhar para baixo e se lembrar do sangue que manchara a camisola. Tinha secado a um tom escuro, endurecendo a lã, mas era vermelho igual a sangue fresco correndo nas veias.
— Não me feri — sussurrou ela. — Este sangue... não é meu. Eu apunhalei o espírito, e ele sangrou.
Sidra encontrou o olhar de Graeme. Recordou-se da história que lera para Maisie na véspera. A história de Orenna, que precisava furar o dedo para florescer. Do sangue denso e dourado que pingava dela.
— Os espíritos... — começou Sidra, mas perdeu a voz.
Graeme leu os pensamentos dela e assentiu, sério.
— Não sangram como os mortais.
Sidra olhou de novo para as manchas. A sensação era de que o mundo tinha acabado de se abrir a seus pés.
Não era um espírito que andava sequestrando as meninas.

Era um homem.

— Sidra — disse Graeme, rouco, ainda a segurando pelo braço —, precisamos chamar Torin.

O coração de Sidra despencou. Só de pensar em contar a Torin o que acontecera... ela queria chorar. Era por *isso* que ele tinha se casado com ela. Era *isso* que ela jurara a ele. Ela prometera criar, amar e proteger a filha dele.

Ela falhara para com ele e com Maisie. Até mesmo para com Donella.

Sidra hesitou com um momento, mas a verdade começava a ofuscar seus pensamentos já um tanto atordoados. Não era um espírito quem levara Maisie, e sim um homem, que se movia com velocidade e discrição impossíveis. Ela não entendia completamente, mas sentia a preciosidade do tempo naquela situação.

— Certo — sussurrou Sidra. — Vou chamá-lo.

Graeme fez silêncio, à espera. Daí a soltou quando ela avançou um passo na urze.

O sol enfim dava as caras. A bruma se estendia furtiva pela terra. O pássaro ainda cantava nas sombras.

Sidra caiu ajoelhada.

Com a voz fraca, pronunciou o nome dele no vento do sul.

— *Torin*.

PARTE DOIS

Canção para a terra

Capítulo 10

Adaira, de pé diante da janela do quarto, via o sol nascer. Ainda estava de cabelo molhado de mar, e dedos enrugados de boiar nas ondas com Jack. Usava apenas um roupão, e estremeceu sob sua maciez, se lembrando de como os espíritos a olharam, como se famintos.

Deu as costas para o reflexo no vidro e, se despindo pelo caminho, caminhou até o banho que a aguardava perto do fogo. Ela entrou na água, que estava morna, mas às vezes o frio não a incomodava.

Às vezes, ela ansiava pelo abraço congelante do inverno.

Ela ficou observando as ondulações se formarem na água enquanto se acomodava, recostada na banheira de cobre. Pensou no que os feéricos lhe disseram, e se lembrou do som da voz de Jack, mesclado à música que a mãe dela escrevera anos antes. Sentiu uma dor no peito, e não soube se era da melancolia por ouvir a música de Lorna renascer, ou de frustração. Adaira se fincara na crença de que os espíritos do mar ajudariam a encontrar as meninas. Tinha esperança de acabar com essa loucura e dor das crianças desaparecidas.

Contudo, a verdade era que ela estava longe de solucionar o mistério. Seus pensamentos, na realidade, estavam ainda mais confusos.

Ela cobriu o rosto com as mãos e fez pressão nos olhos com a ponta dos dedos, exausta.

É ela, disseram os feéricos da maré. Mesmo agora, as vozes ainda ecoavam nas concavidades dela. *Não*, Adaira deveria ter dito a eles. *Não, eu sou muito diferente da minha mãe. Cuidado, mortal. Cuidado com o sangue na água.*

Ela baixou as mãos e abriu os olhos, fitando a água que a envolvia. Pensou em Jack outra vez, que fora atrás dela apesar do próprio medo do mar noturno. Ele pareceu tão bravo ao emergir com ela — por algum motivo, a fez lembrar-se de um gato que caíra numa caixa d'água. Porém, conforme a olhava, ele foi ficando mais bem-humorado, como se enfim se lembrasse do sujeito que era. Que era parte da ilha. E aí Adaira fizera a coisa mais ridícula: ela rira, sentindo como se houvesse aves revoando dentro de si.

Olhando o reflexo oscilante no banho, ela se perguntou o que seria necessário para provocar um homem estoico como Jack Tamerlaine a rir também.

— Basta — sussurrou, pegando a esponja e o sabonete. Começou a se esfregar, mas aquilo não ajudou em nada a afastar aquelas ideias.

A última vez que ela nadara nas águas da ilha fora com Callan Craig, anos antes. Adaira contava dezoito anos à época e vinha buscando algo para preencher sua solidão. A solidão aguda, incessante, recentemente ampliada pela morte de sua mãe, e Callan parecia ser o remédio para aqueles sentimentos.

Ela se apaixonara por ele, e assim ambos passaram juntos muitas horas roubadas, lutando no terreno do castelo, cavalgando pelas colinas, emaranhados nos lençóis. Com uma careta, Adaira pensou em como era ingênua, em sua confiança ávida. Após o fim do relacionamento, ela ficou na expectativa de que o tempo embotaria sua mágoa, mas vez ou outra a emoção voltava a doer, tal qual ossos idosos no inverno.

Livrou-se daquelas lembranças incômodas mergulhando a cabeça na água, prendendo o fôlego. Ali, o mundo era silêncio, mas ela ainda escutava a música e a voz de Jack ao cantar. Seria capaz de passar horas ouvindo-o tocar. Queria ver o salão restaurado, o clã unido pela música. Queria que Jack fosse parte disso. Era estranho como todo aquele tempo longe o transformara.

De início, Adaira notara duas coisas nele: como sua voz agora estava grave e sonora, e como suas mão eram lindas. Porém, seu humor ranzinza estava igual. Assim como sua cara frequentemente fechada.

Quando menina, ela o odiava. Porém, estava aprendendo que era difícil odiar o que a fazia se sentir mais viva.

Emergiu da água e se vestiu antes de seguir para a penteadeira, onde estavam o espelho e a escova de cabelo. Uma carta ali chamou sua atenção. A pontinha estava enfiada debaixo de um jarro de cardos lunares, e o pergaminho estava amassado, como se tivesse sido manuseado com descuido.

E estava marcada pelo selo do oeste.

Moray Breccan lhe escrevera outra vez. Ela quase hesitou em abrir.

No mesmo dia em que Adaira forjara a carta para Jack, ela também enviara uma carta para o herdeiro do clã Breccan, expressando seu desejo de discutir a possibilidade de um acordo comercial. Moray respondera rapidamente e, para surpresa de Adaira, se mostrara eloquente e entusiasmado com a ideia.

Aparentemente a paz era possível depois de séculos de disputa, e Adaira alimentou suas esperanças. Estava farta das incursões, cansada do medo que tingia os dias frios do leste. Sonhava com uma ilha diferente e, se os Breccan não iniciassem a mudança, ela mesma iria fazê-lo.

O pai dela ficara furioso.

Ela ainda se lembrava da bronca que Alastair lhe dera, alegando que era tolice abrir suas reservas para os Breccan. Começar uma relação com um clã que só queria fazer mal a eles.

— Sei que o senhor me ensinou a nunca confiar no clã do oeste — respondera ela. — A sermos autossuficientes. A

A MELODIA DA ÁGUA 167

história das incursões já basta para que eu deteste os Breccan. Porém, confesso que o ódio me cansou, tem feito eu me sentir velha e frágil, como se tivesse vivido mil anos, e quero encontrar outro caminho. O senhor nunca sonhou com paz, pai? Nunca imaginou uma ilha unida?

— Lógico que sonhei.

— Então não é esse o primeiro passo rumo a esse ideal?

Alastair se calara e, recusando-se a encontrar o olhar dela, se limitara a responder:

— Eles não têm nada de que necessitamos, Adi. Por mais que você queira acreditar que um acordo seja capaz de impedir as incursões invernais, não vai acabar com nada. Os Breccan são um bando sanguinário.

Ela não concordava. Porém, ele vinha enfraquecendo tanto nos últimos dois anos que Adaira deixara a briga para lá, com medo de sobrecarregá-lo.

A resposta de Torin fora semelhante, mas Adaira ao menos entendia seu argumento. Como as trocas funcionariam em relação à fronteira? Onde ocorreriam? Um passo em falso de qualquer lado bastaria para dar fim à confiança, e provavelmente acabaria com a morte de alguma pessoa inocente.

Adaira pegou a carta. Desde que passara a focar seus dias e energia no desaparecimento das meninas, quase se esquecera do acordo e da resposta anterior de Moray: um convite para ela visitar o oeste. Ela aproximou a carta do rosto e inspirou o cheiro de pergaminho amassado. Trazia a fragrância de chuva, zimbro e algo mais, que ela não conseguia discernir, mas que agitava sua apreensão.

Ela rompeu o selo de cera e abriu a carta, que leu à luz da aurora.

Cara Adaira,
Espero que esteja bem, e o mesmo para seu clã. Faz quatro dias desde sua última correspondência, e meus pais e eu aguardamos

ansiosamente por sua resposta a meu convite de visita ao oeste. Eu me pergunto se minha carta foi extraviada de suas mãos. Se for o caso, permita-me repetir o que disse anteriormente: Como a nova geração, nós dois recebemos a oportunidade de mudar o futuro de nossos clãs. A senhorita nos escreveu falando de paz, que eu não considerava possível, se levarmos em conta nossos históricos. Porém, a senhorita me deu esperança na oferta de um acordo, e gostaria de estender um convite para que visite, sozinha, o oeste. Venha ver nossas terras, nossos hábitos. Venha conhecer nosso povo. Depois, eu a acompanharei ao leste, também sozinho e desarmado, para demonstrar minha confiança.

Ademais, peço para encontrá-la na fronteira daqui a cinco dias. Levarei o melhor que meu clã oferece para uma troca. A senhorita pode, também, trazer o melhor que seu clã oferece, e, assim, começaremos uma nova época na ilha.

Encontre-me ao meio-dia na costa norte, onde a caverna marca o limite entre leste e oeste. Permanecerei do meu lado da fronteira, e a senhorita deve permanecer no seu. Precisaremos de certa imaginação para passar os pertences de um lado ao outro, mas tenho um plano. Alerte seus guardas de que a senhorita deve ir sozinha com sua oferenda, e que eles devem se manter distantes o suficiente para não serem vistos. Garanto que os meus farão o mesmo, e que eu irei a seu encontro desarmado.

Que sejamos um exemplo aos nossos clãs pela possibilidade de paz, que deve se basear inteiramente na confiança.

Aguardarei sua resposta,

Moray Breccan
Herdeiro do oeste

Ela leu a carta pela segunda vez. Por fim, pela terceira, só para garantir que entendia sua seriedade. Com as mãos trêmulas, dobrou o pergaminho e saiu do quarto.

Seria sábio ir sozinha ao oeste? Era hipocrisia de sua parte sentir um frio de medo na barriga toda vez que Moray falava de confiança? Ela precisava de conselhos. Precisava falar com Sidra.

Sidra estava andando em círculos pela sala de Graeme, contornando as pilhas de pergaminhos e livros. Estavam todos à espera da chegada de Torin. Cada minuto parecia uma hora, e o coração de Sidra continuava na boca.

Os pensamentos dela estavam consumidos por Maisie. Onde ela estaria? Será que estava ferida? *Quem a capturara?*

— Sidra? — chamou Graeme gentilmente. — Quer trocar de roupa? Tenho algumas limpas naquele baú de carvalho no canto.

— Não, pai, não precisa — disse ela, distraída pela angústia.

— Só achei que... — começou Graeme, mas se calou, pegando o decantador de uísque. O tremor nas mãos ficou evidente quando ele serviu dois copos. — Me filho ficará chateado se vir o sangue em suas roupas.

Sidra parou de andar abruptamente e olhou para a camisola. Parecia que ela havia sido a vítima do esfaqueamento.

— É claro — sussurrou ela, percebendo que a última coisa que queria era que Torin a visse daquele jeito. Abriu caminho pelo labirinto de bugigangas de Graeme até chegar ao tal baú, aí se ajoelhou. Com os dedos frios, tocou os entalhes na madeira e fez força para abrir a tampa.

Sabia o que havia ali dentro.

Fazia quase vinte e um anos que a mãe de Torin se fora. Emma Tamerlaine partira inesperadamente durante a madrugada, quando Torin contava apenas seis anos, largando filho e marido. Ela era do continente; a ilha lhe era estranha e assustadora, e a distanciava de sua família. No fim, a vida ali vinha se revelando difícil demais para ela, e assim Emma voltara ao continente sem olhar para trás.

Porém, Graeme ainda guardava suas roupas, como se um dia ela pudesse voltar.

Triste, Sidra vasculhou os vestidos. Acabou escolhendo uma camisola, na esperança de Torin não perceber a quem ela pertencera um dia. Mas por que ele perceberia? Ele raramente via as roupas íntimas de Sidra.

Ela ergueu a peça. A camisola era comprida e estreita, revelando como a mãe de Torin era alta e esbelta. Sidra sabia que jamais caberia em suas curvas, e estava pensando no que fazer quando ouviu a porta ser escancarada. A casa inteira tremeu em resposta. Uma brisa sussurrou pela sala, bagunçando papéis.

Sidra sabia que era Torin, e ficou paralisada, ajoelhada com a camisola de Emma nas mãos. A vista da porta estava obstruída por um biombo, mas ela o escutou falar com clareza.

— Cadê a Maisie? — arfou Torin, como se tivesse corrido pelas colinas. — Está tudo bem? Passei em casa e não encontrei nem ela, nem Sidra.

— Torin... — disse Graeme.

Sidra fechou os olhos. Fez-se silêncio na casa, e ela desejou poder despertar. Desejou que tudo não passasse de um pesadelo horrível, e que ela não estivesse prestes a destruir a vida de Torin.

— Sid? — chamou ele.

Sidra largou a roupa da mãe dele e se levantou, rígida. Olhando para o chão, deu a volta no biombo e, finalmente, postou-se diante de Torin.

Foi o silêncio que a fez erguer o olhar.

O rosto dele estava pálido, como raramente ficava. Os olhos vidrados revelavam o choque. Ele abriu a boca, mas não disse nada. Um arquejo brusco lhe escapou, e a impressão de Sidra foi que ele tinha acabado de levar uma facada bem na barriga.

Torin foi até ela a passos largos. Atravessou a bagunça de Graeme, chutando os livros e os objetos no caminho. Em um instante, a distância entre eles acabou, e Torin tomou o rosto dela entre as mãos. Ela sentiu o cheiro da orla nos dedos dele, de areia e água salgada. Sentiu a aspereza dos muitos calos, mesmo que ele a segurasse com a maior suavidade, como se ela fosse quebrar.

— O que aconteceu? — questionou ele. — Quem fez isso com você?

Sidra engoliu em seco. Parecia que tinha pedras na garganta. Doía até respirar, e seus olhos arderam de lágrimas.

— Torin — sussurrou.

Ele entendeu, então. Ela o sentiu se retesar antes de começar a olhar ao redor, frenético.

— Cadê a Maisie? — questionou.

Sidra respirou fundo. O esterno doía; as palavras desmoronaram.

— Cadê a Maisie, Sidra? — insistiu Torin, voltando a olhá-la.

Ela nunca vira tanto medo nele. Seus olhos azuis estavam dilatados, injetados.

— Me perdoe, Torin — disse ela. — Me perdoe.

Ele a soltou e deu um passo para trás, tropeçando em um par de botas. Inspirou com esforço e passou a mão pelo cabelo. Deixou mais um som escapar, baixo porém gutural. Por fim, olhou para Sidra, agora com a expressão mais composta.

— Preciso que você me conte tudo o que aconteceu ontem — pediu ele. — Para que eu encontre Maisie... você precisa me contar *todos* os detalhes, Sidra.

Ela ficou espantada com a aparência composta que ele mostrou repentinamente, mas sabia que era do treinamento dele, que o ensinara a conter as emoções. Ele falava com ela como capitão, e não como marido.

Sidra então começou a relatar tudo, exceto pelo alerta de Donella, grata por conseguir falar sem chorar.

Ele escutou, de olhar fixo nela. De tanto em tanto, analisava o sangue em seu peito, os nós em seu cabelo sujo, e Sidra se dava conta do frio que sentia.

— O espírito falou? — interrompeu Torin quando ela chegou à tal parte.

Sidra hesitou. Olhou para Graeme, do outro lado da sala, de quem quase se esquecera. O sogro estava perto da porta, ainda com dois copos de uísque na mão. Ele assentiu num incentivo silencioso para que ela contasse a Torin.

— Não foi um espírito — disse Sidra.

Torin franziu a testa.

— Como assim?

Ela explicou sobre o sangue.

— Tem certeza, Sidra? — perguntou Torin. — Este sangue não é seu?

— Eu o apunhalei nas costas, foi um corte superficial — disse ela, seca. — Este sangue não é meu, nem de um espírito.

— Então, se foi um homem... — disse Torin, e sibilou entredentes. — Descreva o sujeito para mim. Qual era a altura dele? Como era a voz?

Sidra teve dificuldade de organizar a lembrança, distorcida pela noite e pelo terror, tentando traduzi-la para um formato familiar a Torin.

Ele a escutou, atento a suas palavras, mas ela sentia sua frustração.

— Você não reconheceu a voz, mas ele perguntou por minha filha, em particular?

— Sim, Torin.

— Então ele me conhece. Deve ser alguém do clã, alguém com quem convivi, com quem treinei na guarda. Alguém que conhece os terrenos do leste.

Torin levou o punho cerrado aos lábios e fechou os olhos. Ainda estava muito pálido, como se tivesse perdido todo o sangue.

— Torin — sussurrou Sidra, querendo pegar a mão dele.

Ela sabia o que ele estava sentindo. A onda horrível de angústia ao saber que quem estava sequestrando as meninas era

A MELODIA DA ÁGUA 173

um homem. Ao se perguntar: *Por que um homem sequestraria menininhas?*

Ele abriu os olhos. Sustentou o olhar de Sidra por um segundo, mas ela não viu ali nenhuma esperança, nenhum conforto. Viu apenas angústia, pela qual ela se sentia responsável. Devia ter lutado mais. Devia ter corrido mais. Devia ter gritado por Graeme.

Ela baixou o braço, mas Torin pegou os dedos dela e a puxou pela sala até saírem da casa.

— Se você o feriu, ele não pode ter ido tão longe. Me mostre exatamente onde aconteceu — disse ele.

Sidra tropeçou tentando acompanhar os passos dele. Ainda estava descalça, e o brilho do sol ofuscava seus olhos. Ela forçou a vista até perceber que vários dos guardas de Torin estavam ali, aguardando na estrada. Ao verem suas roupas ensanguentadas, eles avançaram imediatamente.

— Foi aqui, Torin — disse ela, parando na metade da descida. A urze estava esmagada naquela área, prova da briga. — Eu apunhalei ele. E ele... — Ela engoliu o restante, mas Torin a olhou com afinco.

— O que ele fez depois, Sidra?

Ela resistiu à vontade de se abraçar e estremeceu.

— Ele me chutou. No peito. Eu caí rolando ali e perdi a adaga no caminho.

Torin seguiu o rastro e se ajoelhou onde Sidra caíra, largada. Pensativo, estudou o solo. Tateando, encontrou algumas gotas de sangue na urze, o que deu esperança a Sidra. Torin encontraria o culpado. Quando ele se levantou, ela notou que a cor estava de volta ao seu rosto. Os olhos dele estavam ardentes, e os passos, determinados, ao dirigir-se a ela.

— Quero que você passe o dia com meu pai — disse ele. — Por favor, não saia do sítio dele. Me escutou, Sid?

Sidra franziu a testa.

— Não. Eu pretendia ajudar na busca, Torin.

— Prefiro que você fique com Graeme.

— Mas eu *quero* ajudar. Não quero ficar trancada em casa, esperando notícias.

— Escute, Sidra — disse Torin, segurando-a pelos ombros. — Você foi brutalmente atacada e ferida ontem. Precisa descansar.

— Estou bem...

— Não vou conseguir me concentrar na busca se estiver preocupado com você! — exclamou ele, palavras afiadas que cortaram a determinação dela. — Por favor, desta vez, apenas faça o que estou pedindo.

Sidra recuou um passo. Ele soltou os ombros dela e suspirou. Porém, não a deteve quando ela deu meia-volta e subiu a colina, sem olhar para trás.

Ela passou pelo portão. Graeme estava à porta, ainda segurando os dois copos de uísque.

Foi só olhar para Sidra e ele declarou:

— Vou fazer uns biscoitos de aveia.

Ela o viu entrar, grata por ter um momento a sós. Aí avançou no quintal e percebeu que o feitiço não estava passando, como acontecia sempre que ela se aproximava da casa de Graeme.

O quintal continuava no mais absoluto caos. O mato crescia densamente. Cipós cruzavam a trilha e escalavam a casa. Teias de aranha se estendiam douradas. Ela ficou chocada. No passado, sempre enxergara a verdade por trás do feitiço. Todo o amor e cuidado que dedicara àquela terra... parecia que nunca tinha acontecido.

Toda a dor que ela enterrara estava de volta. As lágrimas de Sidra começaram a cair assim que ela se ajoelhou em meio ao mato.

Minha fé acabou, pensou, pressentindo que fosse esta a razão para o quintal ter mudado tanto, para não estar enxergando o que havia por trás do feitiço.

Ela olhou para o sol que dourava as ervas daninhas.

E começou a arrancá-las com ferocidade.

Capítulo 11

Jack estava dormindo quando batidas fortes à porta fizeram a casa estremer. Ele se sobressaltou e se sentou, pestanejando contra o sol. Ainda estava com dor de cabeça de tanto fiar magia da música para a água, e fez uma careta quando passos pesados sacudiram a casa de sua mãe.

A primeira coisa que lhe ocorreu foi que uma incursão estaria se iniciando, e ele se levantou, cambaleante e embolado no lençol. O quarto girou até ele se apoiar na parede, quando percebeu, tarde demais, que era dia. Os Breccan nunca vinham enquanto estava claro, e ele ouvia a mãe conversar tranquilamente do outro lado da porta.

— Ele está dormindo — dizia ela. — Como posso ajudar, capitão?

— Preciso falar com ele, Mirin.

Jack ainda estava apoiado na parede quando Torin abriu a porta.

— Dormindo, a uma hora dessas? — perguntou o capitão rispidamente, e Jack notou que algo estava errado.

Torin começou a vasculhar o quarto, olhando debaixo da cama e dentro do baú.

— Bem, eu estava dormindo, até você aparecer — disse Jack. — Aconteceu alguma coisa?

Torin se virou para ele e abanou a mão, impaciente.

— Levante a túnica.

— Como é que é?
— Preciso ver suas costas.
Mesmo boquiaberto, Jack consentiu e levantou a roupa. Sentiu a mão fria de Torin percorrer suas omoplatas antes de baixar o tecido de volta. O capitão sumiu antes que Jack conseguisse formar uma palavra sequer.

Quando Jack saiu do quarto, Mirin e Frae estavam perto do tear, a preocupação estampada no rosto de ambas. Alguns guardas estavam acabando de revistar a casa e logo a seguir foram embora em um turbilhão.

— O que foi isso? — perguntou Jack.

Mirin arregalou os olhos.

— Não faço a menor ideia, Jack.

Ele franziu a testa e retornou para o quarto, onde abriu as janelas. Viu Torin, que percorria a horta em direção ao armazém e ao curral, aparentemente para revistá-los também.

Jack pegou a flanela e a prendeu com a fivela no ombro. Amarrou as botas nos joelhos e quase trombou com Frae na sala.

— Jack, posso ir junto? — perguntou ela.

— Acho melhor você ficar com a mamãe agora — disse ele, baixinho. Não queria que ela se preocupasse, embora já constatasse que o medo se fazia presente em seu rostinho.

— Aonde você pensa que vai? — questionou Mirin. — Você está doente!

Ele não sabia como ela sabia, afora a palidez e o fato de ele ter dormido até tarde. Ou talvez ela fosse capaz de pressentir a drenagem que a música fizera em sua saúde.

Jack encontrou o olhar dela rapidamente, parado à porta.

— Vou ver se posso ajudar Torin. Volto a tempo do jantar.

Ele fechou a porta antes de Mirin protestar, e pulou a cerca para interceptar o capitão.

Só de olhar para Torin, Jack soube que a situação era grave.

— Outra menina? — perguntou.

Torin não conseguiu esconder a dor. A luz do sol se derramou em cima dele com um brilho implacável. Ele se recusou a manter contato visual ao responder:

— Maisie.

Jack perdeu o fôlego.

— Sinto muito, Torin.

Torin continuou a andar rápido.

— Não preciso de compaixão, preciso de respostas.

— Então me deixe ajudar — disse Jack, se apressando para acompanhar o capitão. Pensou em Maisie, sentada ao lado dele para tomar café, meros dias antes. Da curiosidade e da fofura dela, com seu sorriso marcado pela janelinha. Jack sentia engulhos só de saber que ela havia desaparecido. — Me diga o que fazer.

Torin parou abruptamente na estrada. Os guardas estavam distantes, seguindo para o sítio vizinho.

O vento gemia enquanto Jack aguardava. Ele esperava que Torin fosse mandá-lo de volta para casa — Jack nunca fora forte nem competente o bastante para a Guarda do Leste —, mas o capitão simplesmente o fitou e assentiu.

— Certo. Venha comigo.

Jack rapidamente juntou as peças do que acontecera na véspera. Era espantoso pensar que, enquanto ele estava na orla, cantando para as águas, um homem tinha subido as colinas, atacado Sidra e sequestrado Maisie.

As ordens de Torin eram urgentes. Ele mandou os guardas revistarem as colinas, os vales, as montanhas, as cavernas, a orla, as ruas do centro, e os currais e armazéns dos sítios. Ordenou que investigassem o morro entre as terras dele e as do pai, em busca de um rastro de sangue e grama esmagada por botas em fuga, e também instruiu que encontrassem um homem com as costas feridas.

Ninguém seria poupado, Jack logo descobriu. Torin desafiou os guardas a interrogarem até os próprios pais, irmãos, maridos e amigos. A duvidar da família, de todos os galhos e raízes da árvore genealógica. A duvidar das pessoas que mais amavam, pois às vezes o amor era poeira nos olhos, um obstáculo para se enxergar a verdade.

O culpado poderia ser qualquer um do leste e, conforme a notícia ia se espalhando, o ar ia ficando pesado e carregado de incredulidade — mais uma menina tinha desaparecido, e a culpa não era dos espíritos.

Jack já havia revistado cinco sítios e as costas de onze homens quando Adaira apareceu, montada em um cavalo enlameado. Ela estava corada por causa do vento, com os cabelos trançados em uma coroa. Usava um vestido simples, cinza, com uma flanela vermelha amarrada no torso. Ela desmontou antes mesmo de a égua parar completamente, e da horta Jack viu quando ela foi até o primo.

Ela já sabia de Maisie. Dava para ver no rosto dela enquanto conversava com Torin: o pânico, o medo, o desespero. Os dois conversaram por um momento, em voz baixa e urgente. De repente, Adaira olhou para além de Torin e flagrou Jack nas sombras. Quando o encarou, a tensão em seu rosto se aliviou.

Ainda assim Jack ficou surpreso quando ela o chamou. Tinha a sensação de estar invadindo um momento íntimo, especialmente quando Torin correu a mão pelo cabelo bagunçado.

— Jack — cumprimentou Adaira. — Acho que devemos contar a Torin o que andamos fazendo.

Jack arqueou a sobrancelha.

— Acha mesmo?

Não era uma decisão leviana revelar um segredo que ela alegara ser exclusividade do bardo e do barão, mas decerto Jack via a necessidade de confiar os fatos a Torin.

— O que foi? — perguntou Torin, abrupto. — O que vocês aprontaram?

Adaira se virou para o vento, que soprava do sul.

— Precisamos de um lugar discreto para conversar. Tem uma caverna perto daqui. Venham comigo.

Ela pegou as rédeas da égua e começou a caminhar pela colina. Jack pôs-se a acompanhá-la. Ao mesmo tempo, ouviu enquanto Torin ordenava aos guardas que seguissem para o próximo sítio antes de juntar-se a eles com seus passos pesados.

Adaira os conduziu até um morro íngreme, cuja face exposta revelava camadas de rocha. Mais ou menos na metade dele havia uma caverna, que só era identificada ao forçar a vista. Jack parou de andar de súbito e olhou para a abertura pequena e escura.

Ele se lembrava daquele lugar. Era uma de suas cavernas prediletas na infância devido a toda a periculosidade da escalada para se chegar até sua boca.

— Adaira — advertiu ele, mas ela já estava escalando, ágil e confiante, mesmo de xale e vestido comprido. Jack ficou vigiando, mas não conseguiu evitar a náusea ao imaginá-la escorregando e caindo.

Em instantes ela havia chegado à altura da caverna, onde parou para olhá-los de cima.

— Você não vem, Torin? E você, minha velha ameaça?

Jack franziu a testa para ela.

— Acho que estamos velhos demais para essas estripulias. Certamente tem algum outro lugar mais confortável para esta conversa...?

Ela não respondeu, simplesmente sumiu caverna adentro. Jack olhou para Torin, que o fitava com um brilho estranho nos olhos.

— Você primeiro, bardo — disse o capitão.

Jack não teve opção. Ali estavam eles, homens feitos, trepando o morro para chegar à caverna secreta como se ainda tivessem dez anos. Ele soltou um palavrão baixinho ao se aproximar da rocha. Que coisa ridícula, pensou enquanto começava a subir.

Aí escorregou, se equilibrou, soltou mais um palavrão e, devagarzinho, continuou sua escalada, seguindo o trajeto de Adaira.

Por fim chegou lá em cima, tremendo de tanto medo da altura. Achou melhor não olhar para baixo, e se refugiou nas sombras frescas do espaço oco. Estava escuro, mas ele discernia Adaira sentada no piso de pedra. Engatinhou até sentar-se na frente dela, recostado na parede áspera, as botas de ambos se encostando.

O capitão logo apareceu e conseguiu entrar também, apesar da enorme estatura.

Enquanto esperava Adaira começar a falar, Jack escutava o pinga-pinga da água bem no coração da caverna, percebendo que ali eles estavam de fato protegidos da curiosidade do vento. Muito sábio da parte de Adaira se precaver daquele jeito.

— Demorei a compartilhar isso com você, Torin — começou ela —, por dois motivos. Primeiro: eu não sabia se Jack voltaria ao continente quando eu o convocasse. Segundo: eu não sabia se meu pai tinha me contado a verdade. Parecia fantasioso, e eu queria ver provas antes de lhe dar qualquer esperança.

Torin fechou a cara.

— Do que você está falando, Adi?

Adaira respirou fundo e olhou para Jack, como se precisasse ser apaziguada. Ele meneou a cabeça de leve.

Ela então contou ao primo a mesma história que contara a Jack, e então revelou que Jack tinha cantado para os espíritos do mar na véspera, e também replicou tudo o que eles disseram.

Torin suspirou. Seus olhos pareciam queimar sob a luz fraca.

— Vocês convocaram os feéricos?

Adaira confirmou.

— Sim. Jack convocou. E planejávamos fazer o mesmo com a terra.

Jack estava encarando o próprio colo, limpando as unhas, quando sentiu o olhar de Torin.

— Quero estar presente quando isso acontecer — disse Torin.

— Perdão, primo, mas é impossível — respondeu Adaira.

— Só Jack e eu temos autorização para ir. Acho que os espíritos não vão se manifestar se estiverem sendo observados por mais alguém.

— Então tenho algumas perguntas que quero que façam à terra — retrucou Torin. — Primeiro: sabemos que não são os espíritos que vêm sequestrando as meninas, e sim um homem. Quem é esse homem? Como ele se chama? Onde mora? Ele trabalha sozinho, ou tem auxílio? Segundo: onde ele está escondendo as meninas? Elas ainda estão vivas? E se estiverem mortas... — continuou, e fechou os olhos — onde estão os cadáveres?

Adaira e Jack ficaram quietos, escutando Torin listar as perguntas. Porém, quando Jack a fitou, soube que ela estava pensando na mesma coisa que ele: os espíritos do mar não tinham sido generosos em suas respostas. E se os da terra fossem igualmente omissos? E eles por acaso teriam tempo para perguntar aquilo tudo?

— Faremos o possível para trazer suas respostas — disse Adaira simplesmente.

— Quero que perguntem mais uma coisa — continuou Torin. — No lugar onde Catriona desapareceu, encontrei duas flores vermelhas caídas na grama. Cortadas, porém frescas, porque eram encantadas. Estranhas, pois nunca as vi crescendo no leste. Sidra também não as reconheceu, mas tenho uma forte desconfiança de que estão sendo usadas pelo culpado, seja para atrair as meninas, seja para passar despercebido.

Adaira franziu a testa.

— E agora, onde estão essas flores?

— Com Sidra. Ela pode dar uma para vocês mostrarem aos espíritos — disse Torin, e voltou a atenção a Jack. — Quando você vai tocar?

Jack hesitou. Não sabia dizer. Ainda estava fraco da véspera, e não tivera a oportunidade de se preparar.

— Precisarei de mais uns dias — disse, desejando poder dar a resposta que Torin queria. — Preciso de tempo para estudar a música.

— Ainda não aprendeu?

— Não, ele não teve a oportunidade — disse Adaira. — Minha intenção era levar a partitura para ele hoje, mas aí eu soube de Maisie e vim falar com você, Torin. Agora é que vou levar Jack lá em casa e entregar a composição.

Torin assentiu.

— Está bem. Obrigado, Jack.

O capitão partiu em seguida, deixando Jack e Adaira a sós na caverna.

Ela gemeu baixinho, atraindo o olhar de Jack. Adaira tinha abandonado a máscara de baronesa confiante e competente que solucionaria o mistério. Depois da partida de Torin, ela ficara insegura e ansiosa. Estava cansada e triste e, quando ela olhou para Jack, ele não desviou o rosto.

— Pode vir comigo agora? — perguntou ela.

— Posso — respondeu ele, ignorando a dor que ainda sentia nas mãos.

Ele deixou que ela descesse primeiro a fim de observar o percurso e imitá-lo. Ele tremeu de alívio ao pisar em terra firme, até notar que Adaira já tinha montado o cavalo e estava à sua espera.

— Nos encontramos lá? — perguntou ele, mantendo distância da égua.

Adaira sorriu.

— Não. Vai ser muito mais rápido se você montar comigo.

Jack hesitou. O cavalo sacudiu a cabeça e bateu a pata no chão, percebendo sua relutância.

— Não me incomodo de andar — insistiu ele.

— Quando foi a última vez que você cavalgou, Jack?

— Já faz uns onze anos.

A MELODIA DA ÁGUA 183

— Então é hora de subir na sela outra vez — disse Adaira, e soltou o pé do estribo para ele poder subir. — Venha, minha velha ameaça.

O desastre era anunciado, e Jack resmungou ao encaixar a bota no estribo e dar impulso para se erguer. Acomodou-se atrás de Adaira, muito constrangido. Não sabia onde pôr as mãos, onde posicionar os pés. As costas de Adaira estavam alinhadas com seu peito, e ele se inclinou um pouco para trás, para que o vento ainda passasse entre eles.

— Está confortável? — perguntou ela.

— Dentro do possível — respondeu ele, sarcástico.

Adaira estalou a língua para a égua, que começou uma leve caminhada, e Jack sentiu como seu próprio corpo estava rígido. Estava tentando relaxar, deixar os passos do cavalo passarem suaves por ele, quando Adaira estalou a língua de novo. Com um solavanco, o cavalo começou a trotar. Jack fez uma careta. Parecia que todos os seus pensamentos iam voar da cabeça com tanto sacolejo.

— Está rápido demais — disse ele, com dificuldade para segurar as bordas da sela.

— Segure-se bem, Jack.

— Como assim?

Adaira estalou a língua pela terceira vez, e o cavalo disparou num galope. Jack sentia a provocação do chão enquanto seu equilíbrio vacilava. Estava prestes a cair, então não teve opção: precisou agarrar a cintura de Adaira e deslizar para mais perto, até não restar mais espaço algum entre seus corpos. Ele então sentiu a palma dela cobrindo seus dedos, um conforto cálido. Aí ela puxou as mãos dele, devagarzinho, até chegarem à altura do umbigo, para que ele pudesse abraçá-la totalmente, com os dedos entrelaçados por cima do corpete do vestido.

Quando eles chegaram ao pátio do castelo, Jack tinha certeza de que tinha perdido uns bons anos de vida, e que pente nenhum resolveria os nós que haviam se formado em seus cabelos. A égua parou de supetão diante do estábulo e relinchou, anunciando sua chegada. Foi só então que Jack relaxou as mãos que apertavam Adaira tão desesperadamente.

Ela foi a primeira a desmontar, deslizando graciosamente até o piso de paralelepípedos. Aí se virou e estendeu a mão para ele, oferecendo ajuda sem dizer nada.

Jack fez cara feia, mas aceitou, surpreso pela firmeza e força dela, mesmo diante de toda a inépcia dele. Sem jeito, ele desceu enfim, e franziu a testa ao se empertigar.

— Amanhã vai doer tudo — avisou Adaira.

— Que beleza — respondeu ele, pensando que não podia se dar ao luxo de adoecer ainda mais.

Por fim, ele soltou a mão dela e começou a caminhar ao seu lado, mantendo o ritmo, pois sabia aonde estavam indo. Passaram pelo jardim num silêncio agradável e subiram até a sala de música, um lugar que Jack estava começando a amar. Ele espanou o pó da roupa, enquanto Adaira solicitava aos empregados que trouxessem chá.

— Está se sentindo bem, Jack? — perguntou ela, analisando-o enquanto seguia até a escrivaninha.

Ele hesitou, se perguntando se ela enfim estava notando os efeitos que a noite causara nele.

— Estou bem — assegurou ele. — Mas posso esperar mais onze anos para cavalgar de novo.

Ela sorriu, ajeitando uma pilha de livros.

— Acho que não posso permitir isso.

— Não, herdeira?

Ela não respondeu, e nem precisava. Jack viu o brilho determinado em seus olhos quando ela lhe trouxe um livro. Era só questão de tempo até ela fazê-lo montar outro cavalo.

— Pronto. A partitura está entre as folhas — disse Adaira, estendendo o livro fino. — Sei que você pode sentir-se pressionado a correr por causa de Torin, mas se precisar de vários dias para estudar, não se faça de rogado, Jack. Prefiro que estejamos preparados para abordar os espíritos.

— Acho que daqui a dois dias estarei preparado — respondeu ele, aceitando o livro. Aí pôs-se a admirar a capa de iluminuras antes de abri-lo e encontrar o pergaminho solto e escondido entre as páginas. Não negava que parte dele ansiava por aprender a nova balada de Lorna. A expectativa o percorreu na forma de calafrio.

Jack tinha o que precisava. Era hora de ir. Porém, sentiu que os pés estavam enraizados no chão, relutantes em partir tão cedo. Ele ergueu o rosto e encontrou o olhar firme de Adaira.

— Sei que você tem muito a fazer — disse ela. — Mas deveria ficar para o chá, ao menos. Deixe-me alimentá-lo. Está com fome?

Ele não tinha comido de manhã. Estava morto de fome, então aceitou. Era estranho pensar que o dia tinha começado com uma revista de Torin em seu quarto. Era estranho pensar que ia acabar assim, passando o entardecer com Adaira em seu escritório.

Uma criada trouxe uma bandeja com chá, pãezinhos, tortinhas de carne, fatias de queijo e biscoitos de aveia com creme e frutas vermelhas. Jack sentou-se à mesa com Adaira, que serviu duas xícaras de chá. Ele aceitou e encheu seu prato, com a cabeça a mil.

Estava compartilhando uma refeição íntima com ela. Poderia lhe perguntar qualquer coisa, e o silêncio entre eles era sensível, como se Adaira fosse responder honestamente a tudo que ele tivesse a coragem de verbalizar.

Os pensamentos dele transbordavam de possibilidade.

Queria perguntar se ela tivera notícias dos Breccan e do acordo que queria estabelecer. Queria perguntar o que ela fizera naquela década desde que ele fora embora. Se ela pensava nele de vez em quando. Queria perguntar por que ela continuava solteira, pois ainda o chocava que ela estivesse só quando havia uma horda de parceiros disponíveis no leste. Isso é, a não ser que ela desejasse estar só. O que não tinha problema, mas ele ainda ficava curioso. Queria saber se era ela quem desejava que ele passasse um ano inteiro ali, como bardo, ou se apenas falava pelo bem do clã.

Ele queria conhecê-la, e a constatação o atingiu com uma pontada na barriga.

Quanto mais tempo ele passasse ali na ilha — quanto mais tempo dormisse sob a chama das estrelas, ouvisse os suspiros do vento, comesse a comida e bebesse a água dali —, mais turvos ficariam seus desejos, até ele não mais enxergar o percurso original que traçara para si. O percurso seguro, que lhe dava um propósito e um lugar no continente.

Bebeu um gole de chá, angustiado.

Parte dele ainda ansiava por aquela vida fidedigna, em que tudo era previsível. Ia se tornar professor. Ia envelhecer e ficar grisalho, e ainda mais ranzinza do que já era. E ensinaria às gerações mais jovens os segredos dos instrumentos e das composições, e veria os alunos transformarem a hesitação e o mau humor em confiança e destreza.

Eis a vida que ele tinha imaginado para si. Uma vida de poucos riscos. Uma vida em que todos os dias seriam iguais, e sua música seria contida. Uma vida apenas de conforto, em que dormiria só todas as noites, pois seria impossível encontrar uma amante capaz de tolerar sua irascibilidade e a estranheza do sangue da ilha, ano após ano.

Era esse o destino que ele desejava?

— Você está estranhamente quieto, Jack — comentou Adaira, levando a xícara à boca. Havia um pingo de leite no cantinho do lábio dela, o qual ele encarava fixamente. — Antigamente, era sinal de que você estava aprontando alguma.

Jack pestanejou. Ele faria a pergunta mais segura — ironicamente, aquela relativa aos inimigos violentos do clã.

— Os Breccan concordaram com sua ideia de acordo, herdeira?

— Concordaram, sim — respondeu Adaira. — Mas me fizeram um pedido.

— E qual é?

Ela finalmente lambeu o leite do lábio.

— Querem que eu visite o oeste.

Jack achou que fosse piada. E riu, mas foi um som frio, amargo.

— Não vejo nada de engraçado nisso — disse ela, com a voz dura.

— Nem eu, Adaira — retrucou ele. — Talvez eu deva cantar a balada de Joan Tamerlaine, que foi fadada à tragédia assim que pisou no oeste. Aquela que fala como Fingal, seu marido carrancudo, e seu clã sanguinolento a levaram à morte prematura.

— Conheço a história de minha ancestral — respondeu Adaira, rangendo os dentes. — Não preciso que você a cante para mim.

Jack engoliu o sarcasmo e virou o restinho do chá para ganhar coragem. Queria que Adaira entendesse sua chateação. Quando a olhou, com mais suavidade, descobriu que ela sequer estava voltada para ele. Ela estava ruborizada de raiva, empurrando o prato de lado, prestes a se levantar.

— Adaira — chamou ele, gentil.

Ela parou e o olhou de relance.

— Então eles a convidaram — continuou ele. — Talvez *seja*, sim, sábio aceitar. Você seria a primeira Tamerlaine a ver o oeste em quase duzentos anos. Talvez a paz seja mesmo alcançável, e você esteja destinada a reunificar a ilha. Mas talvez seja um ato imprudente, pois os Breccan podem estar com a intenção de machucá-la. Você é a única herdeira. O que aconteceria com o clã Tamerlaine se você morresse?

Adaira ficou quieta.

Jack fitou seu rosto. Ela ainda era um enigma aos olhos dele.

— O que seu pai acha? — perguntou ele. — Já conversou com ele?

— Sobre a visita? Não. Mas imagino que o conselho dele curiosamente se alinharia ao seu.
— Um bardo então não pode dar conselhos de valor? Adaira quase sorriu.
— Você não pode ser as duas coisas? Meu bardo *e* conselheiro?
— Paga em dobro, herdeira?

Ágil, ela retrucou:

— Quer dizer então que está disposto a aceitar o papel de Bardo do Leste?
— Estou em meio a negociações comigo mesmo — disse ele.
— Mas não é isso que estamos discutindo. Acabei de apresentar a possibilidade de os Breccan estarem tramando machucar você, Adaira.

Ela soltou um suspiro profundo.

— Não acho que os Breccan queiram meu mal.
— E como você sabe?
— Porque estou oferecendo algo irrecusável. Eles *precisam* das nossas reservas para o inverno. *Precisam* dos nossos recursos quando cai o gelo. Por que me atacariam, se sou a primeira Tamerlaine a oferecer isso a eles?
— Mas eles simplesmente *pegam* o que querem no inverno — argumentou Jack. — Não precisam que você permita o acesso.
— Mas talvez eles tenham se cansado. Talvez sonhem com uma vida diferente, com a ilha unida e suas metades restauradas — respondeu Adaira ao se levantar e andar até a janela, o reflexo dela na vidraça límpida. — Daqui a cinco dias, devo encontrar Moray Breccan na orla norte para um experimento de troca. É um teste, tanto para ver o que o oeste tem a nos oferecer, quanto para medir sua confiabilidade antes da visita.

Jack escutou cada palavra. Continuava a olhá-la fixamente, e não entendia por que seu coração vibrava tanto, como se ele tivesse corrido de um canto ao outro da ilha. Queria desdenhar da ideia fantasiosa de paz, mas era a segunda vez que era incentivado a pensar na ilha unificada, nas metades remendadas.

E poderia dizer muitas coisas a Adaira naquele momento, mas a pergunta que escapou de sua boca em um rosnado foi:

— Quem é Moray Breccan?

— O Herdeiro do Oeste.

Maravilha, pensou Jack. Mas por que ele se surpreenderia com o fato de o herdeiro deles estar querendo encontrá-la?

— Então você me apoiará se eu decidir visitá-lo? — perguntou ela.

— Depende — disse Jack.

— Do quê, minha velha ameaça?

— De quem levará consigo.

Adaira se calou outra vez. Jack estava aprendendo rápido que não gostava daqueles silêncios dela.

— Quem você vai levar, Adaira? — insistiu. — Torin e uma comitiva de guardas?

— Ninguém — disse ela.

— Como assim?

Ela se voltou para Jack. Ao fitá-lo, foi com um olhar imperscrutável.

— Eles me pediram para ir só, como demonstração da minha confiança...

— Ah, mas de jeito nenhum! — exclamou Jack, e se levantou, fazendo tremer os pratos da mesa. — Adaira, você nem deveria *cogitar* visitá-los sozinha.

— Sei que não parece muito sábio, Jack.

— Parece-me uma tolice mortal. Você se esqueceu de quem eles são.

— Não me esqueci, e não tenho medo deles! — gritou ela, como se subir a voz fosse o único jeito de fazer Jack calar a boca.

E calou.

E aí a encarou e sentiu a tensão até os ossos.

Ela suspirou de novo, o cansaço retornando, mas não perdeu a calma quando disse:

— Então seu conselho é que, caso eu vá, não vá só. Imagino que isso signifique que eu preciso de um esposo antes de visitar o oeste. Em matrimônio, dois se tornam um, não é?

Jack continuou calado. E foi inundado por uma emoção estranha, que o fez sentir que definhava. Era ciúme, que ele raramente sentira no continente.

Por um breve momento, questionou se estava adoecendo; não devia ter nadado no mar à noite, quando corria o risco de pegar friagem. Porém, assim que se lembrou do momento em que emergiram da água e das risadas de Adaira, soube que escolheria fazer aquilo de novo, e de novo, mesmo que lhe fosse dada permissão para mudar o passado. Que em todas as ocasiões ele a seguiria mar adentro. E talvez aquilo se desse porque Adaira comandava sua lealdade e respeito como baronesa, mas talvez se devesse a outra coisa. A outra coisa que agitava sua alma como um sopro na brasa, reavivando um fogo antigo.

Pelo amor dos deuses, pensou ele, respirando fundo. Precisava abafar aquele sentimento imediatamente, antes que desabrochasse e ganhasse asas.

Ou talvez devesse deixá-lo voar.

Caso se tornasse esposo dela, abriria mão da vida no continente. Seria obrigado a abandonar os planos de se tornar professor para ficar ali com ela, vivendo o restante dos dias na ilha. De início, tal ideia não o empolgava, e o orgulho predominou — todos os anos de estudo e trabalho seriam *desperdiçados* — até que ele encontrou o olhar dela.

Desperdiçados, não, percebeu. Porque ele seria Bardo do Leste, aquele torreão da música seria dele, e ele tocaria para crianças como Frae e adultos como Mirin. De dia, seria do clã e cantaria sob o sol. Mas à noite, quando as estrelas chamuscassem, ele se deitaria ao lado de Adaira e seria todo dela, assim como ela seria dele.

Adaira continuava a observá-lo atentamente, avaliando sua expressão.

Ele engoliu em seco, sem saber se ela enxergava aquela mesma visão. Os dois unidos, atados, se apossando um do outro. Até que a realidade voltou, se esparramando entre eles como a maré gelada.

Lógico que não..., refletiu Jack, e uma mescla conflitante de medo e desejo o inundou. Lógico que ela nunca o desejaria daquele jeito, por mais que sentisse aquela eletricidade entre eles. Lógico que ele teria que ser bobo para aceitar. Porém, Adaira sorriu, e ele imaginou que talvez fosse mesmo um tolo. Talvez ele aceitasse, mas apenas por senso de dever. *Se* ela pedisse, óbvio.

— Não me deixe atrapalhar seus estudos, bardo — disse ela.

Que belo pé na bunda.

Esbaforido, Jack foi até a mesa e pegou o livro. *Você está sendo ridículo*, pensou. Que ideia, achar que Adaira o pediria em casamento. Ela provavelmente sequer o consideraria como parceiro.

Jack então saiu da sala rápido, deixando a porta bater. Não acenou, nem se despediu. Estava furioso demais para tais delicadezas.

Só percebeu a presença de Alastair quando chegou perto o bastante do barão, que se encontrava numa trilha de pedrinhas perto do roseiral, como se já estivesse ali só esperando Jack sair da sala de música.

— Sua senhoria — disse Jack, e parou abruptamente.

Alastair abriu um sorriso abatido.

— Jack — disse, e abaixou os olhos vermelhos para o livro que Jack carregava. — Vejo que está com as partituras de Lorna.

Jack hesitou, de repente sem jeito.

— S... sim, eu... Adaira me deu.

Alastair começou a caminhar, a passos lentos e fracos.

— Venha, Jack. Gostaria de trocar uma palavrinha com você.

Nauseado, Jack acompanhou o barão até a biblioteca do castelo. As portas foram cerradas, aprisionando-os naquela sala vasta cujo ar cheirava a couro e pergaminho antigo. Jack viu Alastair se aproximar das duas poltronas perto da lareira, onde as labaredas queimavam apesar do calor do verão.

— Sente-se, Jack — ordenou o barão. — Não vou demorar.

Jack obedeceu e, com cuidado, pousou o livro de Lorna no colo. Esboçou uma fala, mas pensou melhor. À espera, observou enquanto o barão servia uma dose de uísque para cada um. Alastair entregou o copo a Jack com a mão estremecendo.

— Sidra disse que posso beber um dedinho por dia — disse Alastair, com humor. O rosto dele parecia ainda mais macilento, como se tivesse perdido mais peso desde que Jack o encontrara meros dias antes. — Tento poupar para uma hora mais especial.

— É uma honra, barão — disse Jack.

Alastair sentou-se também, cuidadosamente, e os homens beberam o uísque. Jack sentiu a mente mais vivaz; não sabia se Alastair estava incomodado ou aliviado por ver a composição de Lorna em suas mãos, e estava cogitando o que dizer quando o barão enfim interrompeu o silêncio:

— O mar hoje está calmo. Imagino que tenha tocado a "Canção das marés" ontem.

— Sim, barão.

Alastair se recostou na poltrona, com um leve sorriso melancólico.

— Lembro-me bem desses momentos. Desses dias e noites, quando eu ficava perto de Lorna enquanto ela tocava para os feéricos. Ela cantava para eles duas vezes ao ano, uma para o mar, outra para a terra, para que os espíritos nos favorecessem, o povo do leste.

Ele se calou; Jack praticamente conseguia enxergar as lembranças que inundavam o barão conforme seus olhos escuros se voltavam para um lugar distante, dentro de si. Até que ele piscou, e o brilho daquela lembrança se foi. Quando Alastair se virou para Jack, o olhar estava novamente aguçado.

— Já fazia um tempo que eu queria entrar em contato com você, desde pouco depois do falecimento de Lorna, na verdade — continuou o barão. — Mas Adaira pediu que eu esperasse. Acho que ela tinha plena fé de que você voltaria por conta própria.

Jack se remexeu, as mãos começando a suar. Não sabia o que dizer; não sabia nem o que sentir ao pensar em Adaira tão esperançosa.

Alastair abaixou a voz para perguntar:

— Minha filha notou os efeitos colaterais que acometeram seu corpo depois de tocar para os espíritos?

— Não, barão.

— Você conseguiu esconder a dor e o sangue?

Jack confirmou com um gesto.

— Eu deveria...?

— Ela não sabe do custo — interrompeu Alastair, educadamente. — Nunca contei, e Lorna também fazia segredo dos efeitos que sofria ao manusear tal magia.

— O senhor disse que Lorna tocava apenas duas vezes por ano para os espíritos...? — perguntou Jack, hesitante.

— Exatamente. Ela tocava para o mar no outono, e para a terra na primavera. Era parte de seu papel como Barda do Leste, embora o clã jamais tomasse conhecimento disso — disse ele, mas não mencionou que Lorna já tivesse tocado para o fogo, ou para o vento, o que fez Jack supor que houvesse um bom motivo para tais pendências. — Por isso eu acreditava que os espíritos fossem culpados pelo sequestro das meninas. Faz tanto tempo que um bardo não canta para eles, que imaginei que estivessem com raiva de nós.

Jack olhou para o livro em seu colo, que escondia as anotações de Lorna entre as páginas. Sentiu uma inadequação incômoda, e desejou ter tido a oportunidade de revê-la. De conversar com ela, de músico para músico.

—Adaira desconhece os efeitos da magia dos feéricos quando você toca para eles, Jack — disse o barão, interrompendo os devaneios de Jack. — Mas não vai demorar a descobrir, caso você deseje mesmo se tornar Bardo do Leste. É um posto de muita honra, mas você não deve tomar essa decisão levianamente.

— Vou pensar em tudo o que o senhor compartilhou comigo, barão — respondeu Jack. — E agradeço por me contar, e por confiar em mim para tocar a música de Lorna.

— É o que ela gostaria que acontecesse — disse Alastair.

— Ela ficaria feliz de saber que você está tocando suas composições. E também adoraria vê-lo compor.

Jack ficou comovido. A vida toda, ele se convencera de que ninguém nunca enxergara nele valor algum. Porém, Lorna, sim. Mesmo na morte, ela lhe ofertava uma oportunidade rara.

— Agora — disse Alastair, pegando o uísque —, já o ocupei demais.

Jack se levantou e deixou o barão na biblioteca com sua segunda dose de uísque, após prometer que não contaria sua travessura para Sidra.

A seguir saiu para o pátio, onde soprava uma brisa do mar, e parou no piso de lajes e musgo para controlar o coração. Não soube dizer por quanto tempo ficou ali parado, mas logo se lembrou do livro que trazia nas mãos. Curioso, abriu as páginas para solfejar a composição de Lorna, a "Balada para a terra".

Ela escrevera páginas e mais páginas de partitura, muito mais complexas do que a balada para as marés. E então Jack notou a instrução no fim da última página. Uma advertência que o fez hesitar.

Toque com máxima cautela.

A MELODIA DA ÁGUA 195

Capítulo 12

Sidra não queria enganar Graeme, mas ao mesmo tempo não conseguiria permanecer nem mais um minuto na casa dele. Ao meio-dia, ela o convenceu a deixá-la retornar para casa para trocar de roupa e juntar suas ervas e materiais, para ao menos se distrair trabalhando enquanto aguardava notícias de Torin. Ela evitou a colina, e optou por andar até a porta pela estrada. Havia pratos cobertos empilhados na soleira da casa. Tortas, pães, mingau cremoso, ensopados, bolos, verduras e frutas em conserva. Sidra encarou aquele aglomerado por uns bons três segundos antes de perceber que eram para *ela*, por causa do desaparecimento de Maisie.

A comida só tornou a sensação mais visceral, e ela secou as lágrimas, pelejando para carregar tudo até a cozinha. Na casa de Graeme, ela tinha bebido uísque e comido um biscoito, basicamente o que seu estômago permitira. Tudo dentro dela estava contraído, e ela desejou que Torin entendesse sua necessidade de vagar pelas colinas. Ficar sentada, à espera, era pura agonia. Ela precisava procurar por Maisie.

Quando Sidra enfim guardou toda a comida e fechou a porta, já era meio-dia. Ela olhou para a sala silenciosa. Para as pintas de luz no chão. Para o pó rodopiando no ar.

Tudo ficava quieto demais sem Maisie. Parecia que o sítio tinha perdido o coração, e Sidra, emocionada, sentou-se à mesa da cozinha.

Apoiou a cabeça nas mãos, relembrando-se dos acontecimentos, questionando o que poderia ter feito de diferente. Lembrou-se do alerta de Donella. A fantasma vira o trajeto do agressor. Tinha ciência de que ele vinha atrás de Maisie.

Sidra ergueu o rosto e sussurrou:

— Donella? Pode me encontrar?

Esperou.

A fantasma raramente visitava duas vezes na mesma estação, e nunca se materializava por comando. Porém, Sidra acreditava que Donella poderia dar um jeito, considerando o que acontecera à filha.

A esperança de Sidra foi murchando conforme o tempo se estendia. Ela ouviu alguém bater à porta. Não atendeu, e continuou a esperar, paciente, pela fantasma.

Donella nunca apareceu.

Graeme logo a chamaria, e Sidra suspirou. Daí começou a recolher as ervas, e foi então que viu: as duas flores vermelhas, as flores de Orenna.

Pegou uma delas e analisou suas pétalas pequenas e coloridas. A lenda alegava que comê-la revelaria os segredos dos espíritos.

Sem hesitar, Sidra meteu a flor na boca e engoliu.

De início, não sentiu nada. A flor tinha gosto de grama gelada, com uma pitada de remorso. Até que um suspiro lhe repuxou a boca. Uma, duas vezes. Como se inspirasse um encantamento frio.

Sidra se levantou. Flexionou as mãos, com os dedos formigando. Pestanejou e viu o mundo delineado em traços suaves de dourado. A princípio, achou que estivesse alucinando, até sair pelos fundos e admirar a horta.

Agora via de novo a vida das plantas. O brilho leve de sua essência. Via seu curso correndo pelas profundezas do solo, raízes conectadas a uma catacumba de túneis complexos. No alto, via os rastros nas nuvens. As rotas do vento.

Ela parou naquele esplendor, absorvendo-o. *Meus olhos estão abertos*, pensou. *Eu vejo os dois reinos.* Sidra estava entre o mundo mortal e o reino dos espíritos, e via os pontos sobrepostos. Começou a caminhar. Os pés descalços encontravam o chão em um sussurro. Sentia a profundidade da terra a cada passo. Não sentia a força da gravidade, era como se nada pudesse prendê-la.

Ela se virou para olhar para trás. Seus passos não tinham deixado pegada alguma no solo, nem na grama. *Foi assim que ele fez*, pensou, com a cabeça a mil. *É assim que ele não deixa rastros. Ele come uma flor e rouba nossas meninas.*

Sidra perdeu o fôlego. Aí voltou à colina, muito embora a decisão lhe causasse calafrios. O suor reluzia em sua pele ao estudar a urze esmagada. E agora via que um espírito chorara quando ela caíra e rolara, pois havia lágrimas douradas no gramado. Ela vasculhou a área outra vez, com o olhar aguçado, e viu onde Torin e os guardas tinham marcado o início de um rastro de sangue. Aparentemente o sequestrador levara Maisie para o sul, mas Sidra não tinha certeza.

Após alguns passos, o sangue secava, e não havia mais sinal de seu paradeiro.

Ela então seguiu as estacas que a guarda fincara para marcar um possível trajeto, na esperança de não trombar em Torin. Mais cedo, ela havia lavado a terra das mãos e cuidado dos hematomas. Tinha até encontrado uma camisola mais frouxa de Emma, que cabia melhor, e se embrulhado em uma das capas de lã de Graeme para se proteger do frio, mas sabia que ainda estava mal vestida e desgrenhada.

Sidra não estava nem aí.

Ao caminhar pelas colinas, percebeu que estava andando mais rápido. Conseguia se movimentar no triplo da velocidade habitual, e quase riu ao sentir o fluxo da magia. Também pressentia a proximidade de outras pessoas. Havia quatro guardas à direita, a dois quilômetros dali. Um sítio à esquerda, a cinco quilômetros. Sentia a distância nos ossos, o que a permitia viajar sem ser perturbada.

Rápido demais, ela chegou ao fim do trajeto indicado. Decidiu continuar a sudoeste, seguindo os fios de ouro no ar e na grama. Eles a conduziram a um arvoredo de bétulas. Então Sidra parou, confusa, quando a essência dourada começou a piscar em violeta em um dos troncos. Sentia a presença da donzela na bétula; escutou a voz fraca de seu lamento. O espírito estava ferido. Sidra esticou os dedos para tocar a casca.

— *Não mexa com ela* — trovejou uma voz no solo.

As palavras subiram pelas pernas de Sidra, que afastou a mão bruscamente antes que pudesse confortar a donzela da bétula. Recuou um passo, mas ainda sentia a tristeza ali. As árvores estavam angustiadas, e ela não sabia o motivo.

Então resolveu avançar.

— Pode me levar à minha filha? — perguntou, mas sua voz não recebeu resposta, mesmo que sentisse a atenção desconfiada do espírito. — Pode me mostrar onde ela está?

De repente, sentiu uma sede intensa. Mal conseguia pensar em outra coisa, e fechou os olhos, em busca do espírito das águas mais próximo. Captou a presença fria e quieta de um lago, logo depois da colina ali perto. Correu para encontrá-lo: um lago estreito, porém fundo, quase escondido em um vale isolado.

Ela nunca estivera ali, e escutou a voz de sua avó ecoando na memória.

Nunca beba de lagos desconhecidos.

Mas Sidra estava morrendo de sede. A boca e a alma estavam secas, então ela se ajoelhou na margem e encheu as mãos com a água límpida e gelada. Tomou o primeiro gole — doce, como se temperado com mel. Tomou mais um e parou quando notou o movimento dourado na água. Pareciam fios de cabelo loiro. Inquieta, abaixou as mãos. Olhou para o ponto mais fundo da água, onde algo borbulhava.

Era Maisie.

Maisie estava na água, logo abaixo da superfície.

Sidra gritou e se jogou no lago. Arrancou a capa de Graeme e mergulhou, impulsionando o corpo pela água em gestos desesperados.

Estava quase chegando em Maisie quando notou que a filha tinha afundado mais do que ela imaginava. Sidra xingou um palavrão, e voltou à superfície para inspirar ar fresco. Aí mergulhou de novo, seguindo os fios dourados cada vez mais fundos na água escura.

Porém, toda vez que Sidra esticava a mão para tentar pegar Maisie, descobria que a menina estava um pouco além de seu alcance.

Maisie ia afundando mais e mais, como se amarrada a algo no coração do lago. Sidra continuou a persegui-la. De olhos abertos, que ardiam horrores, ela tentava e tentava alcançar a filha, mas sem sucesso.

Começou a sentir os pulmões queimarem. Estava quase perdendo todo o ar.

Então olhou para cima; a superfície estava distante. Hesitou, o cabelo preto embolado como seda no rosto.

De soslaio, viu movimento. Sidra não estava sozinha na água, e olhou de soslaio para ver a chegada do espírito da água. Uma mulher de pele translúcida, barbatanas azul-escuras, e olhos grandes como os de um gato. Dentes afiados, pontudos, e cabelo loiro e comprido, cujos fios iluminavam a água escura.

O medo e a indignação de Sidra se mesclaram em um fogo ardente.

É um truque. Ela está me enganando.

Aí fechou os olhos e começou a nadar com as pernas, se impulsionando até a superfície. Sentia os filamentos do espírito que a puxavam, que a convidavam a permanecer ali. A afundar em um lugar onde o mundo se despia de sua pele antiga. A renascer no peso do lago.

Sidra nadou desesperadamente, subindo até sentir a água esquentar outra vez. Estava com as pernas e mãos pesadas, mas, ao abrir os olhos, encontrou um fiapo dourado forte, como se outro espírito a estivesse incentivando a subir. Bolhas lhe escapavam da boca em meio ao seu esforço para cerrar os lábios. Para resistir a engolir água.

Não vou conseguir...

Pensou em Torin. O rosto dele surgiu diante dela, nítido e arrasado junto a um túmulo, como se ela tivesse destruído o que restava dele.

Sidra alcançou a superfície, arfando.

Tremendo, nadou até a margem e se arrastou para as pedras cobertas de musgo, tossindo e engasgando. Deitou-se por um momento, até o coração se recompor. Um espírito a tinha enganado, feito de boba. Sidra cobriu o rosto e chorou de soluçar. Já vinha segurando as lágrimas há horas, então enfim deixou que fluíssem.

Quando o choro secou, ela notou a hora.

Tinha mergulhado no lago quando o sol estava em seu apogeu no céu. Porém, agora ele já tinha se posto atrás das colinas, deixando no horizonte um mero vestígio de luz. As estrelas piscavam lá no alto, e Sidra tomou impulso para se levantar, tentando se firmar com as pernas bambas.

Quanto tempo ela teria perdido? Quantos dias teriam se passado?

O pânico a invadiu quando ela começou a correr de volta para casa. Notou que o efeito da flor tinha passado, acabando com sua energia. Não via mais o reino dos espíritos, e começou a sentir uma dor de cabeça violenta.

Os espíritos da terra provavelmente lhe reservaram alguma compaixão, embora Sidra relutasse em confiar neles. De repente, cinco colinas viraram uma só. Os quilômetros se comprimiram e as pedras recuaram, abrindo um atalho até o sítio.

Ela resolveu ir diretamente à casa de Graeme. Sabia que o sogro estaria preocupado com sua ausência demorada, mas, ao chegar, percebeu a luz do fogo que iluminava a própria casa por dentro.

Sidra hesitou, se perguntando quem estaria lá. Seguindo a luz, ela entrou pela porta dos fundos.

Torin, sentado à mesa, esperava Sidra voltar.

Já fazia uma hora que ele estava esperando. Exausto e taciturno depois de um intenso dia de buscas, ele seguira para a casa de Graeme ao entardecer, com os braços doendo de desejo de abraçar Sidra.

Ela não estava lá.

O pai dele, ansioso, dissera que ela fora buscar as ervas em casa ao meio-dia e não voltara. Adaira até tentara visitá-la à tarde, constatando também sua ausência, e a Graeme só restou supor que ela havia sido convocada para auxiliar um paciente.

Torin engolira seu pânico e correra colina abaixo, onde encontrara uma casa fria e escura, repleta de comida intocada.

Ele não sabia aonde Sidra tinha ido, mas imaginava que estivesse vagando à procura de Maisie. Ele vira a determinação nos olhos dela ao se despedirem, o incômodo que ela sentira com suas ordens rígidas. Torin estava tão exausto com aquilo tudo que decidiu que simplesmente esperaria ela voltar. A noite certamente a traria de volta para casa. E ele estava muito cansado de procurar.

Acendeu uma vela.

Olhou para as ervas espalhadas na mesa, um mistério incompreensível.

Olhou os brinquedos de Maisie, guardados em uma cesta perto da lareira. Fechou os olhos; era insuportável olhá-los.

Os gatinhos miavam à porta dos fundos. Torin rangeu os dentes e lhes serviu um pratinho de leite, o qual deixou à soleira.

Começou a andar em círculos pela sala, mas por fim resolveu sentar-se. Fazia dois dias que não dormia. Mal se aguentava de olhos abertos, e sabia que tinha se esgotado durante a tarde.

Minha filha desapareceu.

Ainda não parecia verdade. Aquele tipo de coisa acontecia com outras pessoas, mas não com ele.

Você pensou a mesma coisa quando Donella morreu, não foi?

Torin sentia-se entorpecido, e se perguntou quando seria acometido pela realidade. Perguntou-se o que mais poderia fazer. Tinha revistado uma casa atrás da outra, um sítio atrás do outro, e todos os cômodos do castelo. Tinha examinado mais costas do que gostaria à procura de um homem ferido, mas não encontrara a resposta que queria.

Pensou em Jack. No segredo que Adaira lhe confiara mais cedo.

O bardo era sua última esperança.

Ele estava pensando na última vez em que ouvira música, tanto tempo atrás, quando a porta dos fundos se abriu com um rangido. Torin enrijeceu e olhou de relance para a entrada.

Sidra entrou em casa.

A primeira coisa que Torin notou foi que ela estava descalça e totalmente ensopada. Ele discernia todos os contornos e curvas do corpo através da camisola encharcada. A segunda coisa que notou foi sua expressão estranha, como se tivesse acabado de despertar e não fizesse ideia do que acontecera durante o sono.

Ao vê-lo sentado à mesa, ela fechou a porta e se aproximou, mas parou a alguns passos de distância. O cabelo comprido dela pingava água no piso.

— Onde você esteve? — perguntou ele. Soou furioso, mera consequência de seu medo profundo.

Sidra abriu a boca. Saiu apenas um sopro. Ela estava tremendo; aquela imagem atordoava Torin. Ele também identificava os hematomas que começavam a brotar em seu peito, onde ela levara o chute.

A MELODIA DA ÁGUA 203

Ele cerrou os punhos debaixo da mesa.

— Sidra.

— Eu estava procurando Maisie — disse ela, olhando para os próprios pés.

Ele a encarou, querendo saber o que ela escondia.

Desde que a conhecera, Torin sempre fora capaz de ler a expressão de Sidra. Ela era uma mulher aberta, honesta, genuína e destemida. Ele se lembrava da noite em que a abraçara pela primeira vez, pele na pele. Quando ela finalmente o convidara a compartilhar de sua cama, meses após o casamento. O fascínio, o prazer nos olhos dela ao vê-lo.

E agora ele a fitava, ali, parada, como uma desconhecida na casa dos dois, e não conseguia decifrar nada de sua expressão. Não sabia o que ela estava sentindo, o que estava pensando. Parecia que um muro se erguera entre eles.

Ela levantou o rosto para olhá-lo, como se também sentisse a distância. Com a voz reservada, perguntou:

— Por que está aqui, Torin?

— Vim passar a noite com você, Sidra.

Ela pestanejou, surpresa. Tudo aquilo o fez perceber como eram parcas as noites que eles passavam juntos. E, mesmo nessas, Maisie frequentemente dormia entre os dois.

— Ah — disse Sidra. — Não... não precisava.

Ele a fitou, as veias latejando nas têmporas. Ela queria que ele fosse embora?

— Posso ir embora, se você preferir.

— Não — respondeu ela. — Fique, Torin. É bom não passarmos a noite sozinhos. E quero contar uma coisa.

Por que o estômago dele deu um nó? Ele se preparou e gesticulou para os inúmeros pratos de comida na cozinha.

— Precisamos comer. Mas é melhor você vestir uma roupa seca antes.

Ela concordou. Enquanto Sidra estava no quarto, Torin avaliou as opções. Por fim, ele levou à mesa um pão, um caldeirão

de ensopado frio e uma garrafa de vinho, tomando cuidado para não bagunçar as ervas de Sidra. Ela voltou alguns momentos depois, usando uma camisola comprida. Torin notou que ela havia amarrado bem o decote para esconder os hematomas no peito, como se não existissem, e ele sentiu uma pontada de dor no estômago. Ele não queria que ela sentisse que precisava esconder alguma cosia.
Ela olhou para o ensopado que ele escolhera.
— Quer que eu esquente? — perguntou ela.
Torin deveria ter pensado naquilo antes. Sem dizer nada, ele acendeu a lareira, e Sidra pendurou o caldeirão no gancho de ferro. Enquanto esperavam a comida esquentar, ele olhou para ela.
— Quer me contar uma coisa? — questionou ele.
— Quero — disse Sidra, massageando os braços e tremendo.
— Eu sei qual é o efeito da flor de Orenna.
Ele franziu a testa e ela mostrou a flor vermelha. A mesma que ele mostrara a ela antes.
Mui lentamente, ela foi lhe contando tudo. A lenda que lera no livro velho. Seus planos de voltar para casa apenas para buscar as ervas e a mudança de ideia ao ver a flor carmim. O gosto das pétalas, e o efeito de enxergar o reino dos espíritos.
O choque de Torin agora tinha se tornado raiva.
— Você deveria ter me contado tudo isso antes, Sid. Antes de comer a tal for. E se fosse venenosa?
Sidra ficou quieta. Havia algo de muito pior à espreita nos olhos dela.
— Acho que a flor me salvou, Torin.
Ele então deixou que ela continuasse a contar a história, a parte do reflexo no lago. Torin congelou de pavor. Imaginou Sidra nadando escuridão abaixo, e voltando apenas um século depois. Ele já teria morrido há tempos, apenas ossos na tumba. Jamais saberia o que acontecera com ela. Teria perdido a filha e a esposa em um único dia, algo que o deixaria em frangalhos.

A MELODIA DA ÁGUA 205

— No início, não percebi que era um truque — sussurrou Sidra. — Mas aí me lembrei de que meus olhos estavam abertos, que eu via os fios todos... o espírito que queria me afogar, e o que queria que eu subisse. Se não fosse por Orenna, acho que eu teria continuado a nadar nas profundezas. — Ela parou, de olho no fogo. O ensopado tinha fervido, mas nenhum dos dois pegou o caldeirão. — Me desculpe, Torin. Eu não queria preocupar você, nem Graeme. Eu só precisava fazer alguma coisa para encontrar Maisie. E não percebi quanto tempo se passou. Mergulhei ao meio-dia e voltei ao anoitecer, mas foi só porque achei que Maisie estivesse na água. Era *igualzinha* a ela.

Torin acariciou o cabelo de Sidra.

— Não volte lá, Sidra. Jamais volte àquele lago.

Ela encontrou o olhar dele. Havia nela remorso e tristeza, mas também um toque de desafio, e ele soube que não teria como controlá-la. Ela não obedeceria nem mesmo para poupar o coração dele.

Sidra se virou para tirar o caldeirão do fogo, e não deu a ele oportunidade de falar mais. Levou a panela à mesa e serviu duas tigelas.

Torin estava sentado de frente para ela. Ele tentou comer, mas o alimento tinha gosto de cinzas. Pegou o pão e ofereceu um pedaço a Sidra, mas ela também estava com dificuldade para comer. Ela remexeu o ensopado com a colher.

Quando decidiram se deitar, ele sentia como se seu estômago estivesse cheio de pedras.

Sidra apagou o fogo e subiu na cama, onde deitou de lado. Torin se demorou tirando as botas e as roupas sujas antes de se recostar no colchão ao lado dela. Ele soprou a vela e olhou para o teto escuro. Sidra estava de costas para ele; Torin sentiu a distância entre eles como um abismo.

Ele não sabia atravessar aquele espaço, não sabia reconfortá-la quando a própria alma estava angustiada. Ficou repensando todas as mesmas coisas que lhe ocuparam ao longo do dia. Não parava de imaginar Maisie, apavorada e ferida. Por que ele não conseguia encontrá-la? Torin enrijecia conforme a tensão em seu corpo aumentava. Ele não conseguia respirar. Seu pânico era uma criatura alada, revoando dentro da caixa torácica. Estava ávida por consumi-lo, então ele buscou se concentrar no que havia de tangível a seu redor: o colchão macio, o cheiro de lavanda no travesseiro, o movimento da respiração de Sidra. Ela fungou, como se estivesse chorando e tentando esconder. Torin então focou o pensamento nela. Queria tocá-la, mas não sabia se ela queria o mesmo. Escolheu ficar imóvel, inundado de incerteza, o rosto marcado de dor enquanto escutava o choro dela murchar até o completo silêncio.

Ele se lembrou de quando conhecera Sidra, quatro anos antes. Estava cavalgando pelo vale de Stonehaven, uma raridade, pois era uma das áreas mais pacíficas da ilha, habitada por pastores e seus rebanhos. Ele não patrulhava o vale desde o primeiro ano na guarda, mas, por algum motivo, pegara a estrada leste na volta do trabalho.

Estava pensando em Maisie. Ela contava oito meses à época, e Graeme cuidava dela durante o dia. Porém, não havia como manter aquele esquema eternamente. Torin sabia que podia cuidar melhor da filha. Que deveria cuidar melhor dela.

O cavalo dele levou um susto com uma sombra, um movimento do vento nos galhos do carvalho sob o qual passavam. Torin foi arremessado da sela e acabou caindo de cara na terra, com o ombro esquerdo latejando. Ele sequer se lembrava da última vez que fora derrubado do cavalo.

Morto de vergonha, levantou-se e espanou a terra da roupa, na esperança de apenas os espíritos terem visto sua queda. O ombro estava deslocado. Torin sabia que estava, e rangeu os dentes quando um dos guardas mais jovens veio trotando pela estrada atrás dele.

— Precisa de ajuda para recuperar o cavalo, Torin?
— Não.
O garanhão de Torin vagara para a casa de um dos pastores. Ele fez sinal para o guarda seguir caminho enquanto ele mesmo ia recuperar o animal.
— Ah, que conveniente — comentou o guarda.
— O quê? — questionou Torin, com dificuldade.
— Bom, é que Senga Campbell mora ali com a neta.
Senga Campbell era a curandeira do castelo. Ela atendia pessoalmente o barão e a família dele, e seu talento era renomado. Ainda assim, Torin jamais tomara conhecimento de que a mulher tinha uma neta, e não entendera o sentido do que o guarda dizia.
— Tá bom. Ela tem uma neta.
Torin foi dar de ombros, e acabou fazendo uma careta.
— A neta dela também é curandeira, sabia? Aposto que ela consertaria seu ombro com prazer.
O guarda saiu galopando pela estrada, achando graça, e Torin praguejou ao finalmente alcançar seu cavalo na horta da residência Campbell.
A casa estava quieta. Parecia não ter ninguém ali, e Torin parou para admirar a horta. Nunca vira plantação mais linda e organizada.
Ele amarrou o cavalo na cerca e andou até a porta, assustando um gato deitado na soleira. Aí bateu e esperou, escutando a movimentação dentro da casa.
Foi Sidra quem atendeu.
Ela usava um vestido simples e caseiro. A bochecha estava suja de terra. O cabelo preto e comprido estava solto, caindo pelos ombros. Uma única flor aparecia entre os nós. Todos os pensamentos dele fugiram inesperadamente ao vê-la, e ele não disse nada.
— Quem é, Sidra? — veio a voz rouca de uma mulher mais velha, Senga, de dentro da casa.
— Não sei quem é — disse Sidra.

Torin ficou chocado. Quase todo mundo o conhecia. Ele era sobrinho do barão, e um estimado membro da Guarda do Leste.

— É um homem — continuou ela —, e o cavalo dele acabou de comer todas as cenouras da minha horta.

Torin corou.

— Perdão. Mas acho que desloquei o ombro.

— *Acha?* — insistiu Sidra, e olhou para o ombro. — Ah, sim. Deslocou mesmo. Entre. Minha vó pode ajudar.

— É Torin Tamerlaine? — perguntou Senga ao reconhecer sua voz enquanto ele entrava na casa, logo atrás de Sidra. A famosa curandeira estava sentada à mesa, macerando ervas no pilão. Porém, não foi ela quem encaixou o ombro de Torin; foi Sidra.

Torin sentiu precisamente o toque das mãos dela através da manga da túnica quando Sidra levou o ombro de volta ao lugar. Foi pego de surpresa, depois de tanto tempo entorpecido. Pelos últimos oito meses, ele apenas existia. Porém, reparou nas mãos de Sidra como se fossem o sol que dissipava o restante de sua neblina.

— Foi muito atípico — disse ele enquanto Sidra amarrava uma tipoia. — O fato de eu ter sido jogado do cavalo, no caso. Nem me lembro da última vez que me aconteceu. É raro, sabe? Ou talvez você não saiba, já que acabamos de nos conhecer. — Ele estava gaguejando, como se as palavras virassem lanugem de cardo na boca.

Sidra só fez sorrir.

A avó dela ouvia a conversa, ainda que estivessem sentados do outro lado da sala, ao lado das brasas que queimavam lentamente na lareira. Senga parou de macerar as ervas, e fez-se silêncio. Ouvia-se apenas o canto de um pássaro, atravessando as janelas rachadas, e o ronronar de um gato laranja deitado em uma flanela dobrada.

— Por que eu nunca a vi por aqui? — sussurrou Torin para Sidra.

Ela o encarou. Os olhos dela tinham a cor do mel das flores silvestres. As bochechas e nariz eram sarapintados por sardas. Havia também uma pintinha no canto da boca.

Ele tinha a sensação de que deveria conhecê-la. Como se fosse lembrar se já a tivesse visto. A avó dela frequentemente visitava o centro, cuidava do tio e da prima dele. Senga não deveria andar acompanhada da aprendiz?

— Confesso — começou Sidra, com a voz rouca — que já o vi, Torin Tamerlaine. Anos atrás, quando a baronesa Lorna, ainda saudável, tocava para o clã nos banquetes do castelo. Mas acredito que frequentávamos círculos diferentes na época, não é?

Ele não sabia o que dizer, porque era verdade. Ele se perguntou o que mais teria deixado de notar no passado.

— E agora? Hoje em dia, ainda vai ao centro, Sidra Campbell?

Ela desviou o olhar e começou a remexer em uma tigela de ervas, como se desejasse distração. Ainda assim, respondeu:

— Minha avó cuida do barão e da filha no centro. Eu fico aqui no vale, para cuidar dos pastores e fazendeiros.

— E de homens burros que nem eu, imagino.

O sorriso de Sidra aumentou, fazendo despertar uma covinha do lado esquerdo.

— Isso. E de homens como você. — Ela pareceu se lembrar da presença da avó, porque subitamente disse: — Venha, deixe-me acompanhá-lo até a porta.

Torin a seguiu e perguntou quanto lhe devia.

— Não me deve nada — respondeu Sidra, recostada no batente. — Exceto, talvez, por uma cesta de cenouras.

No dia seguinte, Torin enviou *duas* cestas de cenoura para a casa de Sidra para compensar aquelas que o cavalo comera, e para expressar sua gratidão.

Foi assim que a ilha os uniu.

No presente, Sidra se agitou na cama.

Torin a escutou se virar de barriga para cima. Sentiu o calor do corpo dela quando encostou no dele. Ela se retesou em reação.

— Torin? — sussurrou ela, insegura.

— Sim, sou eu.

Ela ficou quieta, mas relaxou de encontro a ele. Torin achou que ela enfim tivesse pegado no sono outra vez, até ouvi-la cochichar:

— Estou pronta.

— Pronta para quê, Sid?

— Para você me arranjar um cão de guarda.

Capítulo 13

Jack passou o dia seguinte estudando a composição de Lorna para a terra. Catou pedaços da natureza, tomando-a nas mãos, inspirou sua fragrância, estudou sua complexidade junto à partitura. Ela escrevera uma estrofe para a grama, para as flores silvestres, para as pedras, para as árvores, para as samambaias. Havia muitos elementos diferentes na balada, e Jack queria aperfeiçoá-los todos, sob a crença de que, enquanto respeitasse a terra e tentasse honrá-la, não precisaria se preocupar ao tocar.

Havia um problema, contudo.

As mãos dele ainda doíam, do punho até a ponta dos dedos.

— Jack? — chamou Mirin, e bateu à porta do quarto. — Posso entrar?

Ele hesitou, sem saber se deveria esconder a estranha colheita na mesa. No fim, deixou para lá, e apenas virou a partitura de Lorna para baixo.

— Pode. Entre, mãe.

Mirin entrou com uma tigela. Aproximou-se da mesa e, mesmo notando os pedaços soltos de natureza espalhados ali, não disse nada antes de apoiar a sopa.

— Você precisa comer.

Jack olhou para a sopa de urtiga.

— Estou sem fome, mãe.

— Eu sei — disse Mirin —, mas precisa comer.

— Mais tarde eu como.

— Deveria comer agora — insistiu ela. — Vai ajudar você a se recuperar mais rápido.

Jack se virou para ela bruscamente. Porém, ao ver a preocupação marcando o rosto de Mirin, deixou dissipar a reclamação.

— Você achou que eu não fosse notar? — questionou ela.

— Ai, Jack.

— Não é nada grave, mãe.

— Como você certamente gostaria que eu dissesse também — retrucou ela. — Prove que estou enganada e tome alguns goles.

Ele suspirou, mas cedeu, e aproximou a tigela da boca. Bebeu até o estômago embrulhar, e aí deixou a sopa de lado.

— O que mais dói? — insistiu Mirin.

— Minhas mãos — disse ele, encolhendo os dedos. As juntas emitiam uma dor vibrante, e ele não sabia por quanto tempo ainda conseguiria tocar harpa.

— Você já foi falar com Sidra?

— Não.

— Você deveria visitá-la. Ela pode receitar tônicos para aliviar os sintomas.

— Não quero nada que confunda meus sentidos — disse ele.

— Não vai confundir — respondeu Mirin. — Sidra sabe fazer as misturas para evitar essas coisas.

Ela saiu do quarto e deixou a tigela de sopa de urtiga. Jack olhou a comida e flexionou as mãos de novo. Após mais alguns minutos pensando na sugestão de Mirin, soube que ela estava certa. Jack nunca gostara de pedir ajuda, mas, para tocar aquela balada tão comprida, seria necessário.

Ele se levantou, guardou a harpa, e foi a pé até a casa de Sidra.

Sidra queria se perder no trabalho. Enquanto estivesse na companhia das ervas, não ficaria pensando em Maisie perdida, assustada, nem morta. Quando pegava o pilão, ela não pensava na agressão sofrida naquela colina que antes era associada apenas a boas lembranças. Quando misturava ingredientes, não pensava na nova tensão no casamento com Torin, porque a base sobre a qual tinham construído a união sumira.

Não, ela pensava apenas nas urtigas e trevos-d'água, nas cocleárias e tussilagens, nos sabugueiros e prímulas.

Quando escurecia, ela temia ficar sozinha em casa. À luz, contudo? Queria estar em terreno conhecido, trabalhando. Queria fazer algo de bom com as mãos, para não sentir-se inteiramente inútil.

Queria estar ali, para o caso de Maisie voltar para casa.

Torin e a Guarda do Leste estavam trabalhando incansavelmente — revistando casas em busca do sequestrador e das meninas, vasculhando cemitérios em busca das flores —, e Sidra preparara um novo tônico para eles. Para mantê-los aguçados e alerta, mesmo dormindo pouco. Estava quase concluindo uma nova fornada quando uma batida hesitante soou à porta.

Sidra parou. Não estava esperando ninguém, e quase pegou uma faca, o coração acelerado.

— Sidra?

Ela reconheceu a voz. Era Jack Tamerlaine, o bardo. Uma das últimas pessoas que ela esperava que a visitasse.

Sidra atendeu rapidamente. Jack estava na horta, forçando a vista sob o sol. Estava com a harpa, o que a surpreendeu.

— Espero não estar incomodando — começou ele, hesitante.

— Não, de modo algum — respondeu Sidra, com a voz rouca de chorar depois da longa noite insone. — Como posso ajudar, Jack?

— Gostaria de saber se você pode fazer um tônico para mim.

Ela assentiu e fez sinal para ele entrar. Fechou a porta e voltou à mesa. Ele estava fitando todas as ervas, como se ela tivesse capturado um arco-íris e colocado-o sobre a madeira.

— Quero dizer também que sinto muito — disse ele, olhando de relance para ela. — Por Maisie.

Sidra acenou com a cabeça. De repente, sentiu um aperto na garganta que a impediu de falar.

— E queria também que você soubesse que estou fazendo de tudo para ajudar a encontrá-la — continuou Jack. Parecia que ele queria dizer mais, porém se conteve. Ele flexionou a mão, e o gesto chamou a atenção de Sidra.

— Está com dor nas mãos? — perguntou ela.

— Estou. Elas doem quando toco certas músicas.

— É só esse o sintoma?

— Não, tenho outros.

Ela o escutou descrevê-los. Sidra já tratara muitas doenças impostas pela magia, e sabia que era exatamente o caso de Jack. A maioria dos manipuladores de magia sofriam de dores de cabeça, calafrios, perda de apetite e febre. Outros desenvolviam tosse úmida, insônia, dor nas extremidades, e até sangramento nasal. Pelo visto Jack apresentava diversos dos sintomas, o que indicava que trabalhara com magia poderosa. E embora ela não soubesse mais detalhes de sua influência, sabia que a magia deveria vir de seu ofício. De sua música.

Ela se perguntou se ele voltara para casa apenas por causa das meninas desaparecidas, ou se desavisadamente acabara envolto no mistério depois de chegar. Um bardo não parecia de muita utilidade para ajudar a encontrar as meninas do clã, ainda que fosse talentoso como Jack, mas Sidra sabia que a música continha poder. Ela se lembrava de quando era pequena e ia ao salão para os banquetes da lua cheia. De quando inalava as canções de Lorna Tamerlaine como se fossem ar.

Sidra foi consumida por uma paz inesperada ao trabalhar no preparo de dois remédios para Jack: um bálsamo para passar nas mãos em caso de dor, e um tônico para beber e aliviar a dor de cabeça. Não havia nada a fazer em relação ao sangramento nasal, exceto as instruções para que ele fizesse pressão no local para conter o fluxo quando sangrasse.

— Tudo bem, Sidra — disse ele. — Minha maior preocupação é com as mãos.

Ele sentou-se na cadeira e ficou observando enquanto ela trabalhava.

Sidra estava perdida em pensamentos quando ele perguntou:

— Muitos de seus pacientes morreram cedo por manusear magia?

Sidra parou e o olhou do outro lado da mesa.

— Sim. Embora haja muitos fatores envolvidos.

— Por exemplo?

— A frequência com que a magia é manuseada — começou Sidra, macerando uma mescla de ervas e outros ingredientes.

— A duração da magia. E a profundidade da magia. Um tecelão, por exemplo, faz magia profunda no tear, e leva muito tempo para tecer uma flanela encantada. Mas um pescador, por exemplo, ao fabricar uma rede encantada, pode trabalhar mais rápido, sem tanta atenção aos detalhes. O custo mágico, portanto, é menos oneroso para o pescador do que para o tecelão.

Jack ficou quieto. Sidra o olhou e notou sua palidez. Ela deveria ter usado outro exemplo, pois seus pensamentos eram quase palpáveis: ele estava preocupado com Mirin.

— Sua mãe é muito sábia e cautelosa — acrescentou Sidra.

— Ela descansa entre encomendas encantadas, e é muito assídua no consumo dos tônicos.

— Sim. Mas isso já lhe custou alguns de seus melhores anos, não? — retrucou ele.

Sidra acabou de preparar o unguento. Daí pegou a tigela e se aproximou de Jack, odiando ver a tristeza nos olhos dele.

— Posso conhecer o segredo das ervas — disse ela —, mas não sou vidente. Não posso prever o futuro, mas sei que as pessoas que manuseiam magia têm a casca mais grossa do que a maioria. Elas são apaixonadas pelo que fazem; seu ofício é tão vital para elas quanto o ar. Negá-lo seria renegar parte de si. E embora haja um custo e uma consequência direta dos encantos, nenhuma dessas pessoas o vê como um fardo, e sim como uma dádiva.

Jack continuou quieto, de cara feia, mas escutando.

— Então, sim, a magia pode roubar anos do seu futuro — continuou ela. — Vai fazê-lo adoecer, sim, e você terá que aprender a se cuidar de novas maneiras. Mas acho que você também não escolheria abrir mão de seu ofício. Ou escolheria, Jack?

— Não — respondeu ele por fim.

— Dê-me suas mãos.

Ele obedeceu, a harpa cuidadosamente equilibrada no colo. Sidra espalhou o bálsamo no dorso das mãos dele, passando por todas as articulações e veias.

— Pode demorar um pouco para fazer efeito — disse ela enquanto guardava o resto do bálsamo em um vidro para ele levar.

Jack fechou os olhos. Depois de um minuto, ele voltou a flexionar as mãos e sorriu.

— Foi de imensa ajuda, sim. Obrigado, Sidra.

Ela lhe entregou o tônico e o bálsamo. Jack guardou os dois frascos no bolso e perguntou:

— Quando lhe devo?

Sidra voltou à mesa.

— Não me deve nada.

— Temi que você fosse dizer isso — respondeu Jack, ácido, e sacou a harpa da bolsa. — Eu gostaria de tocar para você, enquanto você trabalha. Se me permitir.

Sidra ficou atônita. Ficou encarando-o enquanto ele apoiava a harpa no ombro esquerdo. Fazia tanto tempo que ela não ouvia música...

Ela sorriu.

— Eu adoraria.

— Tem algum pedido? — perguntou Jack, afinando a harpa.

— Tenho, sim. Lorna tocava uma balada nos banquetes. Acho que se chamava "A última lua do outono".

— Sei exatamente qual é — disse Jack.

Ele começou a dedilhar. As notas preencheram o cômodo, expulsando a tristeza e as sombras. Sidra fechou os olhos, maravilhada pela música capaz de levá-la de volta a um momento agridoce, aos seus dezesseis anos, quando usava o cabelo preso em duas tranças compridas, ancoradas por fitas vermelhas. Estava sentada no salão do castelo com a avó, escutando Lorna tocar a harpa. Tocar aquela mesma canção.

Uma brisa suave tocou o rosto dela.

Sidra abriu os olhos e viu que a porta de casa estava escancarada. Adaira, junto ao batente, ficara paralisada pela música de Jack, que continuava a fluir pela casa. Sidra analisou de perto a amiga; nunca vira aquela expressão no rosto da outra, era como se todos os desejos dentro dela tivessem se concentrado em um só lugar.

Jack só se deu conta da presença da nova expectadora ao chegar ao fim da balada. Quando a música enfim se dissipou, ele ergueu o rosto e encontrou o olhar de Adaira. O silêncio era tenso, como se os dois quisessem falar, mas não conseguissem.

Sidra interrompeu o momento.

— Foi lindo — disse ela. — Obrigada, Jack.

Ele assentiu e começou a guardar a harpa.

— Agradeço pela ajuda, Sidra.

— Minha porta está sempre aberta para você.

Ela o viu se levantar e se aproximar do batente. Adaira arredou para o lado para que ele passasse por ela, e eles continuaram sem se falar, embora o ar crepitasse.

Quando Jack partiu, Adaira entrou e fechou a porta. Sidra sabia que ela estava ali para visitá-la, para lhe fazer companhia e ajudar no preparo dos tônicos dos guardas.

Adaira olhou para a mesa e arregaçou as mangas.

— Me explique o que fazer, Sid.

Às vezes, era isso que Sidra mais amava em Adaira: sua disposição a botar a mão na massa, a aprender as coisas. Seu jeito direto.

Ela era a irmã caçula que Sidra sempre desejara.
— Macere aquelas ervas ali para mim — ordenou Sidra, empurrando o pilão para ela.
Adaira começou a trabalhar, macerando com intensidade. Sidra entendia aquele sentimento incômodo: *Preciso fazer alguma coisa. Preciso fazer alguma coisa significativa.*
— Você ajudou ele com o quê? — Adaira acabou por perguntar.
— De quem você está falando, Adi?
— De Jack, é óbvio. Por que ele veio?
Sidra pegou uma garrafa vazia e começou a encher de tônico.
— Você sabe que não posso dizer.
Adaira cerrou a boca bruscamente. Parecia tentada a arrancar a informação de Sidra e, na posição de futura baronesa, talvez fosse capaz de fazê-lo. Porém, Sidra guardava os segredos dos pacientes como guardaria os próprios, e Adaira sabia muito bem disso.
As mulheres então se calaram, trabalhando em sincronia. Adaira estava fechando as garrafas com rolhas quando finalmente voltou a falar, o tom pesado:
— Preciso do seu conselho, Sid — declarou, e hesitou. — Não quero sobrecarregá-la com isso, não agora que você está passando por tanta coisa. Mas o tempo não é meu amigo.
— Me conte o que a incomoda, Adi — disse Sidra, gentil.
Ela escutou Adaira falar do acordo confidencial, das cartas que andava trocando com Moray Breccan. Do convite para visitar o oeste e da primeira troca, duas ocasiões em que deveria se apresentar sozinha.
— Às vezes temo escolher o caminho errado — disse Adaira, e suspirou. — Temo que minha inexperiência nos condene. Que eu seja tola por ansiar assim pela paz.
— Não é um sonho tolo — respondeu Sidra, adiantando-se. — E você está certa de procurar um novo estilo de vida para nosso clã, Adaira. Faz muito tempo que somos criados com

medo e ódio, e é hora de mudar. Acho que, intimamente, muitos Tamerlaine concordam com isso, e a seguiriam a qualquer lugar, mesmo que isso nos exija alguns anos difíceis para repensarmos quem somos e o que esta ilha sob nossos pés deveria se tornar.

Adaira encontrou o olhar de Sidra.

— Fico aliviada por você concordar, Sid. Mas ainda tenho um problema em relação ao acordo.

— Diga.

— Os Breccan precisam de nossos recursos, mas quais recursos deles nos são necessários? As flanelas e espadas encantadas que eles usam para nos atacar? Devo ousar pedir por tais coisas, sabendo que é contraproducente para esta noção de paz que estou me esforçando para estabelecer entre nós?

Sidra ficou quieta, mas sua cabeça estava a mil.

— É isso que meu pai e Torin insistem em me perguntar — continuou Adaira. — Os Breccan não têm nada de que precisemos. Esse acordo vai favorecê-los em nosso detrimento, e talvez nem mesmo dê fim às incursões. Torin prevê o seguinte: o acordo valerá por uma estação, e aí entregaremos nossas reservas a eles. Mas quando chegar o inverno, os Breccan vão invadir mesmo assim. E isso nos conduziria à guerra.

— É possível que Torin esteja certo — disse Sidra. — É uma eventualidade para a qual devemos nos preparar, por mais que eu queira garantir a você que a paz será fácil e inofensiva.

Ela passou o olhar pela mesa, pelas ervas, distraída. Parou ao ver a última flor de Orenna, a qual tinha guardado em um frasco de vidro. Um calafrio a percorreu, e ela massageou o peito. Os hematomas estavam doendo ao mesmo tempo que o corpo começava a sarar.

— Mas e se os Breccan tiverem, sim, algo de que precisamos? — perguntou Sidra.

Adaira franziu o cenho.

— Como assim, Sid?

Sidra pegou o frasco, aproximou a flor de Orenna da luz e percebeu que sua mão estava tremendo. Ela ainda não ousara dar vida a tal pensamento porque Torin estava determinado a encontrar o agressor no leste, já que não sentira nenhuma invasão à fronteira dos clãs. Porém, ele também não encontrara nenhum cemitério salpicado de brotinhos vermelhos.

— Torin contou dessas flores para você?

— Assim que descobriu — disse Adaira. — Ele acredita que elas possam estar auxiliando o sequestrador.

Sidra confirmou.

— Esta flor se chama Orenna, e cresce apenas em um trecho de terra seca e doente. Em algum lugar da ilha, em um cemitério. Ainda não encontramos nenhum local assim no leste.

Adaira analisou a flor e arregalou os olhos.

— Você acha que...

— Que talvez esta flor cresça no oeste — concluiu Sidra. — Ainda não comentei com Torin, pois tenho esperanças de que ele encontre o cemitério aqui. Mas se a flor de Orenna *estiver* crescendo nas terras dos Breccan, não só podemos usá-la, como isso indicaria que o oeste está envolvido no desaparecimento das nossas meninas.

Adaira suspirou.

— Mas Torin não sentiu ninguém atravessar a fronteira.

— Não, não sentiu mesmo, o que dá indícios de que o agressor está entre nós — disse Sidra. — Mas talvez haja um acordo acontecendo sem nosso conhecimento. Talvez o culpado esteja recebendo, em segredo, flores do oeste.

Adaira mordeu o lábio. Sidra pressentia o conflito na outra, mas o olhar dela estava brilhando. Febril. Depois de avaliar a ideia de Sidra, Adaira não conseguia ignorá-la.

— Qual é o melhor jeito de eu receber essa informação? — perguntou Adaira.

Sidra entregou a ela o frasco de vidro.

— Acho que você deve encontrar Moray Breccan na fronteira daqui a três dias, conforme ele pediu. Generosamente, dê a ele o que há de melhor da aveia, cevada, mel e vinho dos Tamerlaine. Aceite com gratidão tudo o que ele oferecer em troca, e depois pergunte pela flor. Diga que você gostaria de negociar por ela. Se ele disser que não a reconhece, bem, pode ser que esteja falando a verdade, ou não. Se ele reconhecê-la, saberemos que tem dedo do oeste nessa história, mesmo que pela simples remessa de flores para o outro lado da fronteira. De qualquer modo, nessa troca você terá a oportunidade de descobrir pessoalmente o que está acontecendo, e acho que tem o direito de levar alguém com você.

Adaira fez silêncio, analisando a flor.

Sidra olhou para as próprias mãos, onde a aliança de ouro reluzia no dedo. Ela e Torin fizeram de bom grado o pacto de sangue no casamento. Pronunciaram as palavras antigas e cortaram as palmas das mãos, as quais foram atadas, com os cortes em contato. *Osso do meu osso, carne da minha carne, sangue do meu sangue.* Não era fácil quebrar um voto daqueles, mas Sidra estava começando a duvidar se ele perduraria sem Maisie.

— Os Breccan podem recusar que você leve um guarda — disse Sidra, observando Adaira. — Ou seu pai. Ou até mesmo uma criada. Mas não podem recusar seu marido.

Adaira corou, como se já tivesse chegado a tal conclusão. No passado, ela nunca tivera pressa para se casar, o que Sidra achava sábio. Porém, era hora de a futura Baronesa do Leste assumir um parceiro. Se era para negociar uma paz difícil, e potencialmente sangrenta, precisava de alguém para apoiá-la. Para caminhar ao seu lado. Ouvir suas confissões. Para lhe dar conforto nas noites longas e solitárias.

Sidra não precisou perguntar em quem Adaira estava pensando.

Ela já sabia.

Adaira se permitiu pensar naquilo pelo restante do dia, vagando pelas colinas em busca de um sinal. Passou o dia sem respostas de Torin e da guarda, apesar de tantos inquéritos e observações. Quando Adaira percebeu que não desistiria, e que o tempo estava contra ela, decidiu prosseguir com o plano.

Esperou a lua nascer, acreditando que teria mais coragem à noite, e se arrumou em um vestido escuro simples, com uma capa. Foi a cavalo ao sítio de Mirin, guiando-se pelas estrelas. Desceu da montaria na estrada e deixou o bicho amarrado em uma árvore. Caminhou em silêncio pela horta e localizou a janela do quarto de Jack. Ele ainda estava acordado, como ela imaginava. A luz da vela emanava de trás da cortina, e ela foi andando até lá como uma mariposa atraída pelas chamas.

Mesmo determinada, hesitou ao chegar ao destino. Parou diante da janela, debatendo consigo mesma.

Não acredito que farei isso, pensou, antes de enfim bater na madeira para chamá-lo.

Ficou tentada a dar meia-volta e sair correndo ao ouvi-lo abrir a janela cautelosamente, que, enfim escancarada, revelou Jack. A cara fechada dele deu lugar à incredulidade quando viu quem era.

— Adaira?

— Preciso conversar com você, Jack.

Ele olhou ao redor do quarto antes de se voltar para ela, parada ao luar.

— *Agora?*

— Sim. Não posso esperar.

— Bem, então entre. Mas discretamente. Não quero que acorde minha mãe.

Ele estendeu a mão, e Adaira aceitou, chocada pelo calor dos dedos dele entrelaçados aos dela, tão frios.

Ela levantou a barra da saia e deixou Jack ajudá-la a pular a janela. Pisou com as botas na escrivaninha dele, que estava repleta de objetos curiosos: galhos, pedras, musgo, capim trançado e flores murchas. Adaira desceu para o chão, ainda de mãos dadas com ele, e voltou a olhar a estranha coleção.
— O que é isso tudo? — perguntou ela.
— Preparação — explicou ele. — Amanhã à tarde devo estar pronto para tocar para a terra.
— Que bom.
Adaira sentiu os dedos dele a soltarem. Ele flexionou a mão, e ela se perguntou se seria repúdio por tocá-la. Ou talvez outro motivo. Ela o viu seguir até a cama, onde tinha espalhado a partitura de Lorna. Ele recolheu as folhas e tentou ajeitar o lençol amarrotado para oferecer um assento para ela.
— Prefiro ficar em pé — disse ela quando ele se virou —, mas é melhor você sentar.
Jack franziu as sobrancelhas, desconfiado.
— Por quê?
— Confie em mim.
Para surpresa dela, ele confiou. Ele sentou-se na beira da cama e, com cuidado, ajeitou as partituras da mãe dela ao lado do travesseiro.
— Então... vai me contar por que entrou no meu quarto feito uma ladra na calada da noite?
Ela sorriu, mas evitou responder, caminhando pelo quarto para observá-lo. Jack ficou quieto, suportando aquele escrutínio por suas coisas. Ela esperava que ele protestasse ou a apressasse — era sempre tão impaciente —, mas ele manteve o silêncio, e, quando ela por fim parou diante dele, os olhos de Jack, imperscrutáveis e deliciosamente escuros, estavam fixados nela. Quase como se ele soubesse por que ela estava ali.
Adaira sentiu um calafrio.
Com o coração acelerado, ela se ajoelhou diante dele, uma postura que não assumiria por nenhum outro homem além do pai.

Jack a olhava atentamente. Ela não sabia exatamente como esperava que ele reagisse — se riria, se a xingaria, se fecharia a cara ou a rejeitaria. Mas ele não fez nada disso. Ela percebeu, ao ver seu olhar fixo no dela, que ele entendia a magnitude de seu pouso sobre os joelhos.

O cabelo dela fluía ombro abaixo como um escudo, mas mesmo assim de nada serviu para impedir que ela vacilasse. *Ele nunca aceitará*, pensou, mas agora já era tarde. Ele já devia saber de sua intenção, e ela era orgulhosa demais para alterar a rota.

— John Tamerlaine — começou.

— Jack.

Adaira pestanejou, chocada por ele ter interrompido seu pedido de casamento.

— Seu nome de batismo e registro é John.

— Mas eu só respondo por Jack.

— Então está bem — disse Adaira, rangendo os dentes, e sentiu o rubor subindo ao rosto. — Jack Tamerlaine. Seja meu noivo. Dê-me seu juramento, me despose por um ano e um dia, e daí em diante caso assim desejemos.

Jack continuou em silêncio, como se esperasse que ela continuasse. Adaira sentiu a dor aguda num joelho por estar se mantendo naquela posição, e a ansiedade incômoda por aguardar a resposta. Quando o silêncio se prolongou, ela bufou.

— O que me diz, Jack? Responda-me, para que eu possa me levantar.

Ele passou a mão pelo cabelo, o que o bagunçou ainda mais. A expressão dele, ainda voltada para ela, era solene e conflitante.

— Por quê, Adaira? Por que está fazendo esse pedido? É porque precisa de alguém para acompanhá-la ao oeste?

— Sim.

Ela não tinha contado a história completa para ele. Não contara que era solitária, que ficava frequentemente sobrecarregada por todas as responsabilidades que lhe eram apresentadas. Que às vezes queria ser abraçada, escutada e tocada, que queria estar com alguém que a desafiasse, a aguçasse, a fizesse rir. Com alguém em quem confiasse.

Adaira olhou para Jack, e viu nele essa pessoa. Ela não o amava, mas talvez, com o tempo, viesse a amar. Caso eles decidissem continuar unidos.

— Você sabe o que eu sou — disse ele, seco.

— Um bardo?

— Um bastardo. Não tenho pai, nem linhagem que dê orgulho, nem terra alguma. Não tenho nada a oferecer, Adaira.

— Você tem muito a oferecer — retrucou ela, emocionada só de pensar na música dele. Pelo amor dos espíritos, ele nem imaginava o poder que detinha. — E isso tudo que você mencionou não tem importância nenhuma para mim.

— Mas tem importância para *mim* — disse Jack, com o punho no peito, e se inclinou para a frente, até a respiração dos dois se mesclar. — O povo ficará chocado quando souber que você quer se casar comigo. Que me escolheu. Dentre todos os homens do leste, eu sou o menos digno.

— Que seja — disse Adaira. — Que fiquem chocados, que reclamem. Que digam o que quiserem. Logo vai passar, prometo. E quando passar... seremos eu, você, e a verdade. No fim, só isso importa.

Ela fitou o rosto dele — as linhas finas na testa que marcavam a severidade da expressão, os lábios tensos, o cabelo castanho caindo sobre o olho esquerdo — e percebeu que ainda não estava convencido. Ele debatia consigo mesmo se queria ou não aceitá-la, e Adaira não sabia o que faria caso ele a rejeitasse. Ela não *precisava* dele; podia comandar o leste sozinha. Além disso, podia pedir outro homem em casamento para acompanhá-la ao oeste. Porém, em algum recanto profundo e escondido, ela descobrira que *queria* que Jack fosse seu marido.

Ela achara mais sábio, e mais interessante para os dois, oferecer um noivado — um casamento experimental, que duraria um ano apenas. Se nesse ínterim eles acabassem voltando a se odiar, era só seguirem caminhos diferentes, sem nenhum juramento que os prendesse após o fim do acordo. Ou simplesmente poderiam continuar casados e firmar o pacto de sangue, caso assim desejassem.

— Isso tudo — disse ele. — Casar-se com sua "velha ameaça", escolher se comprometer comigo, que estou *muito* abaixo de você. Todo esse esforço, apenas para visitar e negociar com nossos inimigos? Por que não escolhe um parceiro que possa servir de escudo? Um membro da guarda, por exemplo?

Ele está sendo ridiculamente lógico, pensou Adaira. Avaliou as possíveis respostas. Queria dizer que enxergava a verdade nele — que ele argumentava com a lógica para afastar as emoções. Porém, foi naquele momento que viu a pontada de dúvida nele. A mágoa em seus olhos. O que ele escondia era uma ferida. Ele nunca se sentira escolhido; nunca sentira-se pertencente ao clã. Ela lembrou vividamente do momento em que ele verbalizara aquilo.

— Você está certo — disse ela. — Eu poderia escolher me comprometer com um membro da guarda. Poderia escolher qualquer pessoa solteira no leste. Porém, há um problema nessas escolhas, Jack.

Ele continuou quieto. Ela sentia a batalha que ele travava dentro de si, entre manter-se distante e desinteressado ou pedir para ela explicar.

— A que problema se refere, Adaira? — acabou perguntando.

— Nenhuma dessas pessoas é quem eu desejo — murmurou ela.

Fazia muito tempo que ela não se mostrava vulnerável assim a alguém. Era apavorante, e ela sentiu o calor na pele, o rubor se espalhando pelo rosto. Porque Jack continuou em silêncio.

— Sei que tem uma vida no continente à sua espera — acrescentou ela, apressada. — Sei que nosso noivado o manteria afastado de lá por mais tempo do que o pretendido. Mas o clã precisa de você. Você pode assumir o posto de Bardo do Leste

A MELODIA DA ÁGUA **227**

e, mesmo que optemos por interromper nosso casamento após um ano e um dia... caso deseje, pode continuar como bardo aqui.

Jack estava paralisado. Adaira provavelmente errara nos cálculos. Decerto ele ainda devia detestá-la, detestar o clã.

Quando ela começou a se levantar, ele esticou a mão, como se fosse tocá-la, mas hesitou pouco antes de seus dedos acariciarem os cabelos dela.

— Adaira, espere. *Espere.*

Ela parou, já achando que iria acabar com o joelho luxado ao fim daquela noite turbulenta. Ao ver um indício de sorriso tomar o rosto dele, ficou espantada com sua beleza. Com a promessa que brilhava ali, um homem que sorria tão raramente.

— Sinceramente, Adaira, nem sei o que dizer.

— Diga sim, ou diga não, Jack.

Ele cobriu a boca com a mão, para esconder a risada, e a encarou com os olhos escuros de mar. Então se levantou e pegou as mãos dela para ajudá-la a se erguer, até ela pisar com os pés dormentes.

— Então minha resposta é sim — sussurrou ele. — Eu jurarei noivado com você.

O alívio a percorreu. Ela quase desabou, até sentir a proximidade dele, tanta que o calor do corpo dele se fazia palpável.

— Que bom. Ah, por sinal, bardo — disse ela, e recuou um passo gracioso, ainda de mãos dadas com ele —, tenho uma condição.

— Pelo amor dos deuses — resmungou Jack. — Não podia me contar a condição *antes* de me pedir em casamento?

— Não, mas você não vai se incomodar — disse ela, olhando de relance para a cama atrás dele, e as palavras quase ficaram presas na garganta como uma espinha engolida. — Quando nos casarmos, manteremos camas separadas. Pelo menos por enquanto.

Quando voltou a olhá-lo, não soube discernir se ele estava decepcionado ou aliviado. O rosto dele era composto como música, em uma língua que ela não sabia ler.

— Estou de acordo — disse ele, e deu um leve aperto nas mãos dela antes de soltá-las. — E agora tenho algo a dizer também.

Adaira aguardou, o coração batendo muito mais rápido do que ela gostaria. Jack a encarava como se prestes a compartilhar uma informação estarrecedora.

— E então? — insistiu ela, se preparando para o pior. — O que foi?

— Que impaciência, hein?

Adaira franziu o cenho, mas logo viu o humor brilhando nos olhos dele.

— Você me fez esperar muito hoje, velha ameaça.

— Apenas um ou dois minutinhos — respondeu ele. — Em troca, você me fará esperar um ano e um dia inteiros, então acho que valeu a pena.

— Só o tempo dirá — brincou ela.

Jack bufou, rindo, e cruzou os braços, mas ela pressentia que ele estava se divertindo com a discussão.

— Talvez eu deva deixar a notícia para amanhã.

— Mas já há problemas demais planejados para amanhã — disse Adaira, mordendo o lábio para resistir a suplicar.

Ele sorriu abertamente. Ela nunca vira tamanha alegria nele, e quase estendeu a mão para acariciar seu rosto.

— Então me permita dizer agora, herdeira. Seria uma honra tocar para o clã no papel de Bardo do Leste.

Ela engoliu em seco, com dificuldade para esconder o êxtase. Um sorriso lhe escapou e ela sentiu os cantinhos dos olhos arderem com as lágrimas.

— Que boa notícia, Jack. Talvez possamos providenciar uma cerimônia, e...

A MELODIA DA ÁGUA **229**

— Nada de cerimônia — interrompeu ele, gentil. — Quando eu me tornar seu marido, me tornarei também o bardo do clã. Não é melhor assim?

Adaira assentiu e massageou a clavícula.

— É verdade, está certo. Ajudará também a conter a expectativa do clã, já que você pode tocar apenas por um ano e um dia. Sei que há a chance de você decidir partir se acabar o noivado, e... sim, é bom que o clã fique ciente disso.

Jack fez um instante de silêncio. Porém, continuou a olhar para ela, e finalmente sussurrou:

—Acho justo informar que não voltarei ao continente, Adaira.

Ela inspirou as palavras e as segurou no fundo de si, sem saber responder.

— Tem certeza, Jack? Daqui a alguns meses, talvez você mude de ideia.

— Tenho certeza. Se eu quisesse voltar, já teria feito isso.

— O clã... o clã ficará muito feliz.

— Sim — disse ele. — Quando é o noivado?

— Precisa ser rápido.

— Quão rápido?

Ela hesitou antes de dizer:

— Daqui a dois dias...?

— É uma pergunta ou uma afirmação, Adaira?

— Tenho que encontrar Moray Breccan na fronteira daqui a três dias, para uma troca de mercadorias — disse ela. — Gostaria que você me acompanhasse, como meu noivo.

Jack a encarou, boquiaberto. Ela sabia que estava tudo indo rápido demais. Percebia que ele estava confuso, e temeu ter pedido demais dele em uma só noite.

— Então amanhã tocaremos para a terra — disse ele, listando os compromissos com os dedos. — No dia seguinte, nos casaremos. E no terceiro dia encontraremos a morte em nome de uma troca na fronteira dos clãs?

— Não vamos morrer — disse Adaira. — Mas, sim, o plano é esse, se não for pedir demais de você.

— Não é demais — disse Jack. — Mas devo confessar que você me deixou zonzo.

— Então é melhor que eu vá agora — sussurrou ela. — Que o deixe descansar.

Uma voz fraca dizia a ela para se preparar. Que, ao amanhecer, Jack teria mudado de ideia, e ela acabaria de volta à estaca zero. Adaira já tinha sofrido decepções antes, já tinha sido arrasada por promessas de línguas viperinas, e queria se proteger. Queria vestir a armadura antiga, mesmo sob o olhar de Jack, que a percorria.

— Irei a seu encontro amanhã, logo após o meio-dia — disse ele. — Tenho um compromisso pela manhã, mas depois estarei pronto para tocar.

— Sim, lógico. Obrigada, Jack.

Ele abriu espaço no meio da escrivaninha, para que ela pudesse pisar sem bagunçar aqueles fragmentos da natureza. Aí lhe ofereceu a mão outra vez, e ela aceitou com os dedos gélidos para subir na mesa e saltar a janela, a capa esvoaçando com o movimento. Ela sentiu um baque nos tornozelos ao atingir a grama, e ficou parada por um momento, na dúvida de como se despedir de seu prometido.

Ela se virou e o viu apoiado na mesa, a encarando como tentasse se convencer de que nada daquilo fora um sonho. A luz da vela delineava seu rosto, reluzindo nos olhos como estrelas.

Não, pensou Adaira, puxando o capuz até esconder o rosto nas sombras. Não era necessário dizer mais nada.

Adaira escreveu a resposta à noite, logo depois de voltar da visita a Jack. Sentou-se à escrivaninha do quarto e ficou ouvindo o fogo crepitar na lareira, o vento bater na janela. Pegou um pergaminho, selecionou uma nova pena e abriu o tinteiro.

Caro Moray,

Recebi sua carta, e aceito encontrá-lo na fronteira dos clãs daqui a três dias, ao meio-dia, na costa norte. Levarei o melhor que meu clã tem a oferecer, e anseio por ver o que o oeste oferecerá em troca. Como dito anteriormente, desejo que essa troca entre nós seja o primeiro passo em direção à paz e a uma nova época em nossa ilha.

O senhor me pediu que eu fosse sozinha ao encontro e, embora eu vá encontrá-lo desarmada, e sem minha guarda, meu marido estará presente. Nesta ocasião, poderemos discutir minha visita iminente ao oeste. Estamos ansiosos para encontrá-lo pessoalmente.

Adaira Tamerlaine,
Herdeira do Leste

Ela selou a carta com o brasão do clã e ficou olhando a cera endurecer. Era meia-noite quando se levantou e levou a correspondência ao aviário, onde escolheu o corvo mais bonito para entregar o recado.

Ficou olhando-o voar rumo ao oeste, nas horas mais sombrias da noite.

Capítulo 14

Frae, de pé ao lado de Mirin, a observava tecer. Era uma flanela comum, que não continha segredos, pois Frae só deveria aprender aquela prática depois de mais velha. Ainda assim, Frae ficava zonza de olhar tantos fios. Por mais que se esforçasse, não decifrava o que a mãe fazia. Não conseguia identificar as possibilidades, entender como a estampa surgia, mas mesmo assim assistia ao trabalho de Mirin com dedicação.

A sala transbordava com o ruído da lançadeira, a fragrância embolorada da lã tecida — sons e cheiros conhecidos, mas que faziam Frae divagar. Ela abafou um bocejo, distraída.

Quando uma batida soou à porta, Frae ficou aliviada, grata pela interrupção, e foi atender.

Era Torin.

Frae ficou boquiaberta por um momento, querendo saber por que o capitão estava ali. Pensou que fosse para uma nova revista na casa, até que notou um border collie preto e branco arfando ao seu lado.

— Boa tarde, Fraedah — disse Torin. — Sua mãe está?

Frae fez que sim, tímida, e escancarou a porta.

Torin mandou o cão sentar-se e esperar à soleira, daí entrou com as botas enlameadas. Frae fechou a porta, sem saber se deveria ficar ali ou ir embora.

— Capitão — cumprimentou Mirin, dando as costas ao tear. — Como posso ajudá-lo?

A MELODIA DA ÁGUA 233

— Vim fazer uma encomenda, Mirin — respondeu ele.

— Mais uma flanela, no estilo das outras? — perguntou Mirin, e fez sinal para Frae, que saiu correndo para esquentar água para o chá.

— Não, não é para mim — disse Torin. — É para Sidra.

Frae escutou Torin descrever o xale que queria que Mirin tecesse, enquanto, em silêncio, enchia a chaleira e a levava ao fogo. Tinha aprendido a se deslocar sem fazer barulho, tal qual uma sombra. A brincadeira furtiva acabou quando ela precisou pendurar a chaleira no gancho e mexer na lenha para atiçar as chamas.

A conversa passou da flanela para o evento de algumas noites antes. A mãe de Frae não queria que ela tomasse conhecimento de tudo aquilo, mas a menina acabara por juntar as informações e encaixar as peças até entender que Maisie estava desaparecida e que Sidra fora atacada. Sidra, que Frae pensava ser uma das pessoas mais lindas da ilha.

A notícia só fez crescer o medo de Frae. Era como se seu coraçãozinho estivesse sendo maltratado.

— Como está Sidra hoje? — perguntou Mirin.

— Se recuperando — respondeu Torin. Frae achou a voz dele diferente. Parecia que ele estava sem fôlego. — Ainda estou à procura.

— Não há rastro?

Ele balançou a cabeça.

Após preparar o chá, Frae olhou para a mãe, que observava o capitão atentamente.

— Em relação à flanela, Mirin — continuou ele, abanando a mão, sem jeito. — Eu gostaria que fosse forte como aço. Para protegê-la quando eu não estiver por perto.

Ele queria que fosse encantada.

Mirin olhou de relance para Frae, que reconheceu o sinal: era para ela sair de casa, mas permanecer na área segura da horta. Sendo assim, a menina rapidamente encheu duas xícaras de chá e as deixou na mesa, entre Mirin e o capitão, mesmo que nenhum dos dois tivesse sentado.

— Obrigado, menina — disse Torin, com um sorriso triste.

Frae sentiu-se importante, e desejou, acima de tudo, poder ficar ali na sala para escutar o segredo que Torin queria que Mirin tecesse na flanela.

— Vou buscar os ovos, mãe — disse Frae, e saiu, encolhida, sem se esquecer de passar o trinco na porta.

Quando se virou para a horta, viu o cachorro que esperava a volta de Torin. Hesitante, fez carinho no pelo do bicho antes de contornar em direção ao galinheiro.

Jack estava ajoelhado perto do curral. Frae correu até ele, com o coração mais leve. Ele tinha passado a maior parte da manhã trabalhando no curral, empilhando melhor as pedras, trocando a moldura das janelas, botando palha nova no telhado. Frae ficou agradecida pelos consertos, porque temia que as três vacas não tivessem um bom abrigo quando chovesse ou nevasse. Quando soprasse o vento frio que vinha do norte.

— Jack! — exclamou ela, pulando a mureta de pedra.

Ele olhou para ela. Estava de cabelo embaraçado, rosto queimado de sol. Estava tão diferente nos últimos dias, pensou Frae. Na noite em que ela o conhecera, achara ele triste e pálido, como se uma brisa fosse derrubá-lo. Desde então, a pele dele tinha se bronzeado, seus olhos, ficado mais brilhantes, e a presença dele se tornara mais forte, como se nada o abalasse.

— A mamãe mandou você atrás de mim, irmãzinha? — perguntou ele, sorrindo.

Era o que ela mais gostava nele. Quase tanto quanto gostava da música. Frae amava o sorriso dele, porque a fazia sorrir também, toda vez.

— Foi. Posso ajudar?

— Por favor.

Ela se ajoelhou ao lado dele, observando o trabalho.

— Parece que você sempre morou aqui com a gente — disse ela. — É difícil me lembrar de como era antes de você voltar. Ela esperava que ele nunca mais fosse embora.

— Fico feliz de saber disso, Frae. Vem cá, que tal me ajudar a fazer os fardos de palha?

Juntos, eles mediram as pilhas douradas, as quais Jack levava pela escada até o telhado, onde trançava a palha e os galhos.

— Eu estava tão nervosa — soltou Frae.

— Por que estava nervosa, irmã?

Ela espanou a poeira das mãos e forçou a vista para olhá-lo.

— Estava com medo de você não gostar de mim.

Jack pestanejou. Parecia chocado, como se tivesse levado um soco. Talvez Frae não devesse ter dito aquilo, então ela olhou para baixo, para os próprios dedos, enrolando um fiapo de palha. Ele tocou o queixo dela com a pontinha dos dedos e o ergueu num gesto carinhoso.

— Impossível. Você é a irmã que eu sempre quis.

Frae sorriu. Estava prestes a dizer outra coisa quando a porta dos fundos da casa bateu com força, assustando os dois. Mirin nunca batia as portas. A mãe deles apareceu no quintal, abrindo caminho pela horta até eles.

— Ihhh — sussurrou Frae, e se levantou de um pulo.

Jack a equilibrou com um toque suave no ombro.

— *John Tamerlaine!* — gritou Mirin, batendo também o portão da horta com tanta força que ele quicou e voltou a abrir com um rangido.

Ela estava quase no curral, e Jack foi se levantando devagar.

— Você se meteu em encrenca? — perguntou Frae, enroscando ansiosamente a ponta da trança.

— Parece que sim — respondeu Jack.

Mirin parou abruptamente diante deles, mas seu olhar feio foi voltado apenas para Jack.

— Quando é que você ia me contar, hein? — gritou ela. — *Depois* do casamento?

Frae ficou de queixo caído, e se virou para o irmão.

Jack sustentou o olhar aguçado de Mirin, mas apertou o ombro de Frae discretamente, como se pedisse cobertura. Frae se aproximou dele mais um pouco.

— Lógico que não, mãe. É que ela acabou de pedir.

— Quando vai ser? A festa de casamento?

— Não é um casamento, é um noivado...

Mirin ergueu as mãos, visivelmente frustrada.

— Vai precisar de uma festa de casamento, meu filho. Você está noivo da herdeira.

Frae arquejou, os olhos arregalados feito dois pires. Ela cobriu a boca com a mão quando Mirin e Jack a olharam.

O irmão dela ia se casar com *Adaira*.

Frae amava Adaira. Queria ser Adaira quando crescesse. E agora a herdeira estava prestes a virar sua cunhada.

O coração dela começou a vibrar de empolgação. Ela mal conseguia se manter parada, de tanta vontade de dançar.

— O matrimônio não é brincadeira, Jack — continuou Mirin, em uma voz que Frae raramente ouvia, numa cadência aguda e cortante.

Jack se remexeu. Frae sentia a raiva dele.

— Sei o que é matrimônio, e não estou sendo leviano, mãe.

— Você a ama?

Jack se calou.

Frae entrelaçou as mãos e olhou para ele, esperando um sonoro sim.

— Eu tenho carinho por ela — disse ele, enfim. — Foi por isso que ela me escolheu, e eu aceitei porque é o que ela deseja, e porque é pelo bem do clã.

O olhar de Mirin finalmente se suavizou — Frae sabia que o pior da raiva tinha passado. A mãe colocou a mão no pescoço, numa tentativa de acalmar seus batimentos.

— E a universidade, Jack?

Frae fez uma careta, esperando a resposta. Será que ele levaria Adaira embora?

— Vou parar de dar aulas — ele deixou escapar, grunhindo.

— Não quero voltar.

Frae quase deu pulinhos, o grito de comemoração preso na garganta. Porém, engoliu o som, fitando o irmão. Então ele ia ficar ali para sempre?

— E o que você pretende fazer aqui? — perguntou Mirin.

— Além de ser consorte de Adaira?

— Ela me pediu para ser o novo Bardo do Leste.

Desta vez, foi impossível para Frae conter a alegria. Ela danou a gritar e abraçou o irmão. Às vezes, Jack ainda ficava sem jeito quando ela o abraçava, mas não foi o caso naquele momento. Ele retribuiu com gosto.

— É uma imensa honra que ela oferece a você — disse Mirin. — Então quando vão se casar?

Jack hesitou antes de responder em voz muito baixa, tão grave que Frae quase não escutou:

— Amanhã.

— *Amanhã?* — gritou Mirin.

— Foi decisão de Adaira, não minha.

— E o que você vai vestir?

— Roupas, provavelmente.

Mirin deu um tapinha no braço dele, mas estava escondendo um sorriso, e a tensão entre os dois se dissipou.

— Você me fez perder uns bons anos de vida, Jack. Olha só pra sua cara. Como você a convenceu a pedi-lo em casamento?

Ele suspirou. Frae o analisou. Notou as unhas sujas de terra, as farpas que tinham entrado na pele, e o feno preso no cabelo como meadas de ouro.

Ele finalmente parecia pertencer àquele lugar, junto delas.

— Adaira me pediu, e eu aceitei. Simples assim.

Mirin não pareceu convencida, mas Frae entendia. Ela via a luz em seu irmão. Sabia por que Adaira o escolhera.

— Creio que preciso preparar seu traje para o casamento — disse Mirin, observando o filho, mãos na cintura. — O mais rápido possível. — Nada encantado, mãe — advertiu ele. — Vou usar *apenas* roupas comuns.
— E você precisa cortar o cabelo.
Ela não estava dando ouvidos a ele, e Jack se desvencilhou quando Mirin tentou tirar um fio de palha do cabelo dele.
— Meu cabelo está ótimo.
Ele começou a andar até a porta de casa, como se quisesse fugir.
Frae acabou indo atrás dele, como sua sombra. Aí o acompanhou até o quarto, onde ele começou a guardar a harpa. Ela se perguntava aonde ele estava indo, até que lhe ocorreu: era evidente que ia visitar Adaira! Que sorte ele tinha; agora, podia vê-la sempre que quisesse.
— Ai, Jack! — disse Frae, dançando na ponta dos pés. — Parece até um sonho.
Ele limitou-se a sorrir para ela, pegando uma pilha de pergaminhos. Guardou a papelada junto com a harpa, e ela percebeu que ele estava ansioso. Por que tanto nervosismo?
Foi então que outra coisa ocorreu a ela, como um soco no estômago.
— *Ah, não!* — exclamou Frae.
Jack parou o que fazia e olhou para ela.
— O que houve, Frae?
— Ah, não — repetiu ela, a alegria toda se desintegrando, e passou a mão no rosto. — Se você se casar com Adaira... não vai mais morar aqui.
Jack se ajoelhou na frente dela, com a harpa debaixo do braço e um olhar gentil.
— Sinceramente, nem sei o que esperar dos próximos dias, irmã — disse ele. — Mas eu jamais ficarei muito longe de você. Prometo.

Frae assentiu. Ele deu uma batidinha no queixo dela, provocando outro sorriso.

A porta de casa rangeu e Jack fez uma careta.

—Agora, preciso correr — cochichou ele, se levantando —, antes que a mamãe me pegue.

— Você não devia fugir da mamãe, Jack — repreendeu Frae, e, de olhos arregalados, viu o irmão subir na escrivaninha. —*Jack!* Ele levou um dedo aos lábios e deu uma piscadela. Em um movimento, estava agachado na mesa. No outro, se fora, sumindo janela afora.

— Frae? — chamou Mirin, empurrando a porta do quarto.

— Frae, cadê seu irmão?

Frae ainda estava olhando para a janela, fascinada.

— Acho que ele foi encontrar Adaira.

Mirin suspirou.

— Um casamento. *Amanhã.* Pelo amor dos espíritos, o que Jack tinha na cabeça?

A empolgação começou a voltar, formigando nos dedos de Frae, lhe dando vontade de dançar.

Ela estava animada e espantada. E, de repente, comovida.

Frae se virou, afundou o rosto na barriga de Mirin, e chorou.

A notícia se espalhou feito fogo em palha.

Jack praticamente precisou saltitar em meio às poças de fofoca na avenida de Sloane. Sentia cada olhar como uma alfinetada. Não titubeou, nem fez contato visual, e deixou os cochichos pingarem nele como chuva.

Por quê?, perguntava o clã. *Por que Adaira o escolheria?*

Por que mesmo?, refletia Jack, irônico, ao ser levado ao salão para aguardar Adaira. Ele sentou-se a uma das mesas empoeiradas, tamborilando na madeira e perdido em contemplação.

Ainda estava em choque por ela tê-lo pedido em noivado, e por ter aceitado. Estava começando a perceber, cada vez mais nitidamente, que não podia voltar ao continente. Não com a mãe doente, com uma irmãzinha recém-descoberta, sabendo que Adaira o desejava, e que a ilha o acolhia apesar daqueles anos de distância. Não depois de tocar para os espíritos do mar. Ele tinha mudado, e olhou para as mãos, sujas do conserto do curral. Ele *nunca* teria tentado reparar o telhado, coletar estrume, nem ajeitar as pedras da mureta de sua vida acadêmica. Suas mãos eram seu instrumento como harpista — por mais vaidoso que soasse, ele não podia correr o risco de quebrar uma unha que fosse —, mas, mesmo assim, estava satisfeito por saber que elas também eram capazes de consertar um curral. Suas mãos podiam oferecer mais aos outros do que ele jamais imaginara, ou sequer quisera oferecer.

— Veio me dizer que mudou de ideia, bardo?

A voz de Adaira foi como um anzol, fisgando sua atenção. Jack se levantou e se virou, flagrando-a de pé no corredor. O cabelo dela estava contido por uma coroa de tranças. Um cardo lunar tinha sido encaixado atrás da orelha dela, como se fosse uma rosa, e havia um toque arroxeado debaixo de seus olhos. Era aparente que ela também não dormira muito, pensou Jack, e admirou o bordado vermelho no vestido.

— Não mudei de ideia, mas cheguei a cogitar se meu encontro com você tinha sido apenas um sonho — disse ele, encontrando o olhar dela. Foi pego desprevenido por aquela luz defensiva que cintilava dentro dela, como o luar em uma lâmina de aço. Adaira esperava que ele mudasse de ideia, que a decepcionasse. Jack deixou o ultraje levar a melhor por um segundo antes de se dissipar. Provavelmente aquilo era fruto de alguma mágoa antiga dela; alguém um dia lhe fizera uma promessa e a descumprira. Jack acrescentou: — Não descumprirei minha palavra, Adaira.

Ela relaxou e se aproximou dele, notando a harpa.

— Está preparado?

Jack confirmou, apesar da pontada de preocupação. Tinha guardado o tônico e o bálsamo de Sidra junto com a harpa, mas não sabia o que esperar. Estava ao mesmo tempo desejoso e hesitante para tocar de novo para os espíritos, e assim seguiu Adaira pelo pátio ensolarado. Mas para sua grande angústia, ela o conduziu até os estábulos.

— Não podemos ir a pé? — perguntou ele.

— Assim é mais rápido — disse Adaira, montando uma égua malhada. — Além do mais, vai nos poupar de sermos interpelados pelos curiosos na rua.

Era um bom argumento. Mesmo assim, Jack hesitou.

— Escolhi o cavalo mais tranquilo para você montar hoje — disse ela, indicando o baio capão que esperava ao lado da égua.

Jack olhou com irritação para Adaira, mas subiu na sela mesmo assim.

Eles foram cavalgando até o rochedo Earie, o coração do leste de Cadence, onde as colinas iam ficando mais íngremes até virarem montanhas.

Adaira e Jack deixaram os cavalos em segurança perto de um riacho e aí subiram a colina cujo cume rochoso se impunha afiado e orgulhoso, cercado por um anel de amieiros como donzelas em ciranda.

— Parece que foi ontem, não é, minha velha ameaça? — perguntou Adaira, saudosa, ao passar por baixo dos galhos.

Jack sabia do que ela estava falando. Ele também sentia que o tempo parecia parar naquele terreno consagrado. Fazia onze anos que ele e Adaira tinham brigado no campo de cardo, perto dali.

Ele parou sob uma das árvores, a uma distância reverente do rochedo, e viu Adaira continuar a caminhar pelo perímetro.

— Eu sinto muito, sabia? — disse ela, encontrando o olhar dele. — Acho que nunca me desculpei por enfiar meus cardos na sua cara e abandoná-lo ao léu.

— Os cardos nem eram seus, para início de conversa — brincou Jack. — Você os roubou do meu campo secreto. E pelo visto ainda rouba. — Ele apontou para o cardo lunar na trança dela, e Adaira parou quase na frente dele.

— Que tal dividirmos o campo igualmente agora? Ficaria feliz assim, bardo?

Jack fez um instante de silêncio antes de responder:

— Não. Eu não quero nada pela metade. Apenas por inteiro.

Adaira sustentou o olhar dele e respirou fundo, como se quisesse dizer alguma coisa. Talvez reconhecer a eletricidade crescente entre eles. Jack estava na expectativa de que ela fosse a primeira a declarar. Sempre que a via, sentia um pouco mais: a tensão dentro dele era como uma corda de harpa, estirada de costela a costela.

— Está pronto para tocar? — perguntou ela.

Ele suspirou, escondendo sua decepção. Era por isso que ele estava ali, afinal de contas: para cantar para a terra, e não para declarar o que sentia por Adaira.

Jack analisou onde sentar — de frente para a pedra, ou para as árvores. No fim, escolheu sentar-se na grama, virado para o rochedo, com a harpa no colo. Adaira só sentou-se depois que ele se acomodou, a poucos metros de distância.

Enquanto dedilhava a harpa, Jack ia preenchendo a mente com imagens da terra. Pedras antigas em ruínas, grama embolada, flores silvestres, ervas daninhas e mudas que fincavam raízes fundas para crescer em árvores imponentes. A cor da terra e o cheiro. A sensação de pegar um punhado. A voz dos galhos balançando ao vento, e a inclinação do solo ondulante, firme e fiel.

Jack fechou os olhos e começou a cantar. Não queria ver os espíritos se manifestarem, mas escutou a grama sibilar perto de seus joelhos, os galhos das árvores gemerem no alto, e um raspar na rocha, como se duas pedras estivessem sendo esfregadas.

Ao ouvir a exclamação suave de Adaira, Jack abriu os olhos.

Os espíritos estavam tomando forma, se reunindo ao redor para escutá-lo. E assim ele tocou, cantou, e viu as árvores virarem moças de braços compridos e cabelos de folha. A grama e o conchelo foram dando nós até virarem figuras que lembravam meninos mortais, pequeninos e verdejantes. As pedras encontravam rosto, como homens idosos despertando de um sonho demorado. As flores silvestres quebravam os caules e se reuniam na forma de uma mulher de cabelo comprido e escuro, olhos da cor da madressilva e pele roxa como a urze que crescia pelas colinas. O tojo amarelo a coroava, e ela aguardou junto ao rochedo Earie, cujo rosto ainda estava em formação, acidentado e antigo.

Enquanto tocava a balada de Lorna, Jack sentia-se afundar devagar na terra. Seus membros iam ficando pesados, e ele se encolheu como uma flor murchando sob o sol implacável. Lembrava a sensação de pegar no sono. Ele podia jurar estar vendo margaridas brotando de seus dedos e, sempre que dedilhava uma corda, pétalas caíam, mas voltavam a crescer na mesma velocidade. E seus tornozelos... ele não conseguia mexê-los, pois as raízes tinham começado a capturá-lo. Seu cabelo estava virando capim, verde, comprido e embolado, e tão logo a música terminou, ele tentou, com dificuldade, se lembrar de quem era, de que era mortal, um homem. Agora alguém se aproximava dele, brilhando como uma estrela cadente, e ele sentiu as mãos dela em seu rosto, de um frio alentador.

— Por favor — disse a mulher, mas não para ele; ela rogava ao espírito de flor silvestre, com o cabelo escuro e comprido e a coroa de tojo vibrante. — Por favor, este homem me pertence. Vocês não podem levá-lo.

— Ora, mortal — disse um dos rapazes de conchelo de sua altura no solo, com palavras arranhadas como o feno estival cortado pela foice. — Por que sentou-se tão longe dele então? Achamos que ele estivesse tocando para ser levado por nós.

De repente, Jack despertou da confusão. Adaira estava ajoelhada ao seu lado, segurando seu braço. Ele se assustou ao ver que realmente tinha se transformado em terra — em grama, flores e raízes. A harpa caiu com um baque de suas mãos formigantes, e precisou lutar para respirar enquanto via seu corpo voltar a si.

— Ele é meu, e tocou para convocá-los por comando meu — disse Adaira, calma. — Desejo falar com vocês, espíritos da terra. Se tiver sua permissão, dama Whin das Flores.

Whin fitou Adaira por um longo momento. Aí voltou os olhos de madressilva para o rochedo Earie, um rosto velho que também observava Adaira.

— É ela — disse Whin, com a voz leve e arejada.

— Não, não pode ser — retrucou o rochedo Earie.

Era difícil discernir as palavras dele, que soavam crocantes feito cascalho.

— É, sim — insistiu Whin. — Esperei muito por este momento.

Ela voltou a atenção para os mortais, e Jack sentiu Adaira tremer.

— Eu me chamo Adaira Tamerlaine — disse Adaira, com a voz forte apesar do medo. — Meu bardo os convocou para que eu peça seu auxílio.

— Que auxílio, mortal? — perguntou uma das moças de amieiro.

— Quatro meninas desapareceram no leste — começou Adaira. — Estamos desesperados para encontrá-las, para reuni--las a suas famílias. Tenho perguntas que gostaria de fazer.

— Poderemos responder apenas algumas, Adaira dos Tamerlaine — disse Whin. — Mas pergunte e, se pudermos falar, falaremos.

— Podem me dizer onde estão as meninas? — indagou Adaira.

Whin balançou a cabeça.

— Não, mas podemos dizer que estão todas juntas, no mesmo lugar.

Adaira perdeu o fôlego.

— Então estão vivas?

— Sim. Estão vivas e saudáveis.
Jack sentiu o alívio percorrê-lo. Não tinha percebido até então o quanto temia que as meninas já estivessem mortas.
— O homem que as sequestrou — continuou Adaira, com pressa. — Quem é, e está trabalhando sozinho?
Whin olhou para o rochedo Earie. Flores esvoaçavam a cada gesto dela. Jack ficou olhando as pétalas voarem de seus braços, de seus cabelos. Aí pressentiu que os espíritos estavam prestes a recuar; sua música não era poderosa o suficiente para mantê-los nas formas manifestadas.
— Não podemos dizer quem é, mas não está trabalhando sozinho — respondeu Whin.
Adaira queria perguntar mais, exigir respostas. Jack via a tensão na mandíbula dela, em seus punhos cerrados.
— Podem me contar onde cresce Orenna?
Uma sombra de agonia passou pelo rosto de Whin. Ela abriu a boca, mas saíram apenas flores de seus lábios. Aos pés dela, os meninos de conchelo começaram a se desfazer, e as moças de amieiro, a ranger, voltando a serem árvores.
— *Por favor!* — exclamou Adaira, sôfrega, e soltou Jack para poder se ajoelhar diante do rochedo Earie e de Whin. — Por favor, me ajudem. Por favor, me orientem. Onde posso encontrar as meninas?
— Ah, mortal — disse Whin, com tristeza, e, conforme ia desaparecendo, as flores iam murchando. — Não posso dizer. Minha boca foi proibida de lhe contar a verdade. Você terá que encontrar as respostas em outro lugar.
— Onde? No vento? — questionou Adaira, mas não foi respondida.
Os feéricos da terra se transformaram em árvores, pedras, grama e flores. O único sinal de manifestação dos espíritos era um ramo de urze largado ali, um rastro da dama Whin.
Jack, dolorido e machucado, continuou sentado, olhando para o rochedo Earie. Só conseguia pensar na declaração da

dama Whin. Uma declaração quase idêntica àquela pronunciada pelos espíritos da água...
É ela.
Ele olhou para Adaira, ajoelhada, desatinada e com a respiração entrecortada, como se fosse chorar.
— Adaira — disse ele, rouco. — Adaira, vai ficar tudo bem. A terra nos disse mais até do que esperávamos. As meninas estão vivas e bem. É só questão de tempo até as encontrarmos.
Aos poucos, ela se recompôs. Aí tomou impulso para se endireitar e respirou fundo.
— É verdade — disse ela, olhando para os galhos acima deles. — É que estou *exausta*, Jack.
— Então me deixe levá-la para casa — disse ele, limpando a túnica suja de grama. A seguir avaliou as próprias mãos; estavam bem, assim como a cabeça. Talvez, desta vez, ele não fosse sofrer com a magia. Resolveu deixar o tônico guardado com a harpa.
Adaira o olhou.
— Perdão, eu não deveria ter dito isso. Andamos todos exaustos ultimamente.
— Não se desculpe — disse ele. — Você sempre pode ser sincera comigo.
Ela o fitou, vulnerável. Seu pai estava morrendo, as meninas estavam desaparecendo. Ele via que o cansaço se mesclava a uma esperança cada vez mais débil. Via como ela queria ser forte pelo clã, por Torin e Sidra. Contudo, era apenas uma mulher, e Jack se perguntou como ela dava conta de tudo aquilo sozinha.
Ele se levantou com cuidado. Estava esgotado, e um pouco esquisito, mas era compreensível, visto que quase se transformara em terra.
Toque com a maior cautela, aconselhara Lorna.
Ele finalmente entendia, e ofereceu a mão para ajudar Adaira a se levantar.
— É melhor encontrarmos Torin — disse ela. — Ele deve estar ansioso para saber o que descobrimos.

— Sim — concordou Jack. — É melhor nos apressarmos. Eles seguiram em silêncio até os cavalos e, ao montar, Jack se lembrou de que desposaria Adaira no dia seguinte, e não fazia ideia do que esperar.

— Qual é o plano para amanhã? — perguntou ele, pegando as rédeas.

— Não tenho plano — respondeu ela, incitando o cavalo a trotar. — Estou improvisando.

Jack riu, e seu cavalo foi no encalço do dela. Ele já ia fazer um comentário engraçadinho quando sentiu a dor brotar atrás dos olhos, um clarão repentino que o deixou sem ar. Por um momento, perdeu a visão; tudo tornou-se apenas o raio agonizante que o percorria, e ele tentou pegar a bolsa da harpa, atabalhoado. As mãos estavam começando a doer, como se ele as tivesse mergulhado na neve durante horas.

Adaira dizia alguma coisa. Como cavalgava logo adiante, estava totalmente alheia à sua situação.

Ele sentiu a dor aguda no nariz quando começou a sangrar. Ele precisava da ajuda de Adaira.

— Adaira — sussurrou.

O mundo danou a girar. Jack teve a sensação de estar flutuando até desabar no chão, com uma dor latejante no ombro. Sentiu a grama fazendo cócegas no rosto. Sentiu o cheiro de barro da ilha. Ouviu o murmúrio do vento.

— Jack? *Jack!*

Agora Adaira o sacudia. A voz dela parecia distante, como se a quilômetros dele.

— Tônico — disse ele com dificuldade, piscando contra a claridade intensa. — Bolsa da harpa.

Ele conseguia ouvir enquanto ela vasculhava. Passou-se um minuto insuportável até ela entrelaçar os dedos no cabelo dele para inclinar sua cabeça e posicionar o frasco junto à sua boca.

O tônico desceu como mel, doce e espesso.

Jack engoliu uma, duas vezes. Estava tremendo, mas a dor começou a diminuir. Ele piscou mais algumas vezes e o rosto de Adaira entrou em foco, logo acima dele.

— Precisa de mais? — perguntou ela.

— Só... esperar — disse ele.

A dor atrás dos olhos foi ficando mais amena, mas a dor de cabeça permanecia. As mãos dele ainda estavam destruídas. Ele não se surpreenderia se, ao olhar para baixo, descobrisse que tinha desenvolvido garras, que a pele sob as unhas estava rasgada.

Ele pediu a Adaira o bálsamo, também guardado com a harpa. Ela o encontrou e passou a pomada formigante nas mãos dele, nas palmas e nos dedos. O tato dela o colocou em transe. Um gemido lhe escapuliu.

Quando enfim começou a se recuperar, Jack não soube dizer quanto tempo tinha se passado, mas, quando finalmente conseguiu enxergar Adaira com clareza, notou que ela estava furiosa.

— Seu bardo tolo, irresponsável, *azucrinante* — disse ela.

— Você devia ter me contado!

Jack suspirou, se apoiando nela. Sentiu o calor dela transferir-se para ele, e deitou a cabeça em seu colo.

— Adaira... não briguemos por isso.

— Estou tentando entender sua lógica, para esconder algo tão vital de mim.

Jack não sabia o que responder. Era por orgulho? Por medo de ela proibi-lo de tocar? Por perceber que era hipócrita? Pelo desejo de encontrar as meninas, a qualquer custo?

O silêncio de Adaira o fez olhá-la. O rosto dela estava contorcido de dor, e ele sabia que ela estava pensando na mãe. Ele notou enquanto ela ligava os pontos.

— Minha mãe tocou para os espíritos em segredo por todos aqueles anos — disse ela, em voz baixa. — Nunca percebi quanto custava a ela, mas devia ter notado.

— Ela e seu pai nunca revelaram sobre esses tais encontros, Adaira. Você não tinha como saber.

A MELODIA DA ÁGUA 249

— Mas havia momentos estranhos em que ela adoecia — continuou Adaira. — Lembro-me de que ela vivia doente na primavera e no outono, ardendo de febre, com as mãos doloridas. Passava *dias* na cama, e sempre me dizia que era só a "mudança de tempo", e que "ia melhorar logo".

Jack ficou escutando, e era como se um osso tivesse se quebrado em seu peito. Ele odiava ver a tristeza dela, a mágoa causada pela verdade. Porém, antes que ele pudesse respirar fundo e dizer alguma coisa, Adaira o encarou e lhe fez um cafuné suave.

— Eu nunca deveria ter pedido para você fazer isso — sussurrou ela. — Essa música... não vale sua saúde, Jack.

Ele quase perdeu a linha de raciocínio sob as carícias.

— Se eu não tocasse, quem tocaria? — conseguiu retrucar.

— Você e seu pai sabem muito bem que o leste precisa de um bardo. Os espíritos exigem apenas uma canção, duas vezes ao ano. Posso fazer isso tranquilamente, Adaira.

Ela se calou, ainda com a mão no cabelo dele. Jack então pôs-se a fitá-la, mas ela estava distante, perdida nos próprios pensamentos.

— Perdão — disse ele. — Eu deveria ter contado para você, mas não queria interferir na busca pelas meninas.

Adaira suspirou.

— Sua saúde é importante para mim. Decerto você compreende isso.

— Achei que eu fosse aguentar sozinho — disse ele.

Um lampejo de emoção passou pelo rosto de Adaira. Ela entendia a necessidade de esconder a dor e supostas fraquezas dos olhares alheios.

— Isso só acontece quando você toca para os espíritos? — perguntou ela.

— Sim. Tocar para o clã não me faz mal.

Adaira não respondeu, e voltou a observar o movimento da brisa pelas árvores. Jack adivinhou seus pensamentos: eles precisavam invocar os espíritos do vento. Não tinham opção, pois a terra não compartilhara tudo o que eles desejavam saber, e Jack tinha certeza de que Adaira priorizaria o clã, e não a saúde dele.

Não era surpresa; ele entendia a lógica por trás daquilo e não esperava nada de diferente ao aceitar ser o Bardo do Leste.

Contudo, Lorna nunca tocara para o vento. Eram os feéricos do mais alto escalão, os mais poderosos. Jack tinha a terrível desconfiança de que eles não só sabiam onde as meninas estavam escondidas, como tinham também selado a boca dos outros espíritos. Jack precisaria compor sua própria balada para eles, e estremeceu só de pensar nas consequências que o aguardavam. Se a terra praticamente o engolira ao tocar uma balada, como o vento reagiria à sua composição própria?

— Se o acordo com os Breccan der certo — disse Adaira —, se conseguirmos travar a paz na ilha... talvez finalmente vivamos um dia sem custo pelo uso da magia. E assim você poderá cantar para os espíritos sem dor, Mirin poderá tecer sem sofrer, e Una poderá forjar metal sem angústia.

Dias antes, Jack teria desdenhado da ideia. Porém, ele estava mudando, e sentiu a esperança crescer dentro de si como a maré.

O que você fez comigo?, pensou, olhando para Adaira.

— Onde devemos nos casar? — perguntou ela, puxando o cabelo dele. — É melhor decidirmos logo, já que a cerimônia será amanhã.

A mudança de assunto repentina quase fez Jack rir.

— No salão? — sugeriu ele.

— Hum. Acho melhor ao ar livre — respondeu Adaira. — Além disso, quero que seja uma cerimônia pequena. Íntima. Quero apenas nossa família. Não quero plateia, e, se noivarmos no salão, o clã inteiro terá que ver.

Jack sentiu um calafrio. Seria mesmo um pavor.

Os dois se calaram, pensativos. Até que Adaira sorriu, e o coração dele acelerou.

— Na verdade — disse ela —, sei *exatamente* onde devemos fazer nosso juramento, minha velha ameaça.

Capítulo 15

Jack estava à espera de Adaira no campo de cardos. O céu estava nublado e fechado, e um vento frio soprava do leste. Era o clima adequado para eles dois se atarem em um só, pensou ele ao passar a mão pelo cabelo. A dor nas mãos agora era muito branda, graça ao tratamento de Sidra, mas a cabeça ainda latejava, e ele não dormira aquela noite. Não sabia se sua ansiedade era um castigo por ter tocado para os espíritos, ou se vinha do fato de estar prestes a se casar.

Ao longe, um trovão estrondou com a tempestade que se aproximava, e Jack resistiu à vontade de andar para lá e para cá. Torin esperava ao lado dele, assim como Mirin e o barão Alastair, para quem uma cadeira fora providenciada, pois, de tão fraco, precisaria ficar sentado durante a cerimônia.

Conforme os minutos foram se arrastando, Jack se perguntava se Adaira iria descumprir o trato. Cedendo à tentação, ele começou a passear entre os cardos, cujas flores eram brancas como a neve. O lugar não mudara em nada; continuava igual àquela noite, onze anos antes, quando ele brigara com ela.

— Jack — disse Mirin, e esticou a mão para ajustar sua flanela. Ele tinha puxado a roupa até entortar, e o broche dourado ameaçava cair do ombro.

Ele permitiu que ela o ajeitasse, sabendo que a mãe também estava tensa e que tinha dedicado horas ao seu traje de casamento. Ela o vestira na lã mais fina — uma túnica cor de creme, macia como uma nuvem junto à pele, e uma flanela vermelha novinha em folha. Além disso, Torin lhe dera de presente um gibão de couro, com pinos de prata e um entalhe de trepadeiras, e Alastair fornecera o broche de ouro, incrustado de rubis. Uma herança Tamerlaine, que provavelmente valia uma fortuna.

Jack tentou se livrar da inadequação que sentia, mas ela perdurava de tal forma que ele estava duvidando de si e de suas decisões. Até se lembrar do que Adaira lhe dissera naquela noite, ajoelhada.

Nenhuma dessas pessoas é quem eu desejo.

Ela jamais compreenderia o efeito que aquelas palavras tiveram nele.

Ele vasculhou as colinas com o olhar. A terra se estendia como uma melodia, pintada de urze roxa e tojo. A luz começava a esfriar com o crepúsculo, e nada de Adaira aparecer.

Ele deveria ter insistido para se casar no salão. Um lugar seguro, previsível, onde não haveria chance de serem enganados pelos espíritos. Imaginou as samambaias, as pedras e a grama manifestadas em forma física, se interpondo como obstáculo. E se tivessem desviado Adaira do caminho e Jack acabasse ali, no campo de cardo, até soar meia-noite?

— Respire fundo, Jack — disse Torin. — Ela já vai aparecer.

Jack engoliu a resposta. Aí se voltou para o vento e fechou os olhos, sentindo o ar doce da fragrância da chuva. Uma lufada o atingiu, levantando o cabelo da testa como se dedos tivessem penteado os fios.

Ao longe, escutou Frae chamar seu nome.

Jack abriu os olhos.

De repente viu Adaira vindo ao seu encontro pela grama, entre Sidra e Frae, todas de mãos dadas. Usava um vestido vermelho, cabelo solto e coroado de flores, e ele quase perdeu os sentidos diante daquela imagem. Não conseguia respirar, muito menos aceitar a realidade de que ela estava indo a encontro *dele*.

Ou talvez conseguisse. Porque a verdade era que... ela não conseguia encará-lo.

Na verdade, ela olhava para baixo, para a urze, conforme ia subindo a colina, estoica como se a caminho da morte. Jack não desviou o olhar dela, à espera. *Olhe para mim, Adaira.* Ela estava a cinco passos dele, pálida, quando enfim seus olhares se encontraram. Aos poucos, a cor voltou ao rosto dela, como rosas florescendo à luz das estrelas. Ela então se aprumou, linda e orgulhosa sob a iluminação acinzentada; não parecia deste mundo, e Jack, ao lado dela, era mera sombra. Serenidade o invadia conforme ele a olhava. Paz, como um veneno gentil, calava o sangue ansioso dentro dele. Ele estendeu a mão para ela em uma oferta silenciosa. Foi difícil acreditar no que estava acontecendo, até Sidra e Frae soltarem Adaira e ela enfim pegar sua mão.

Os dedos dela eram de um frio chocante. Um toque invernal, desafiando o ar cálido e o calor da pele dele.

Ela ergueu o olhar para as nuvens agitadas acima, e Jack a sentiu estremecer. O fato de ter sentido a tensão dela o fez tremer menos, e ele a segurou com mais firmeza, na esperança de equilibrá-los juntos. *Se nos afogarmos, que seja entrelaçados.*

O olhar de Adaira se voltou para ele, como se ela estivesse escutando suas reflexões, e ali ficou, pois ela finalmente o via. Sua velha ameaça. Um sorriso tênue dançou nos lábios dela, e ele sentiu alívio ao reconhecer aquele humor. Apesar do peso dos últimos dias, ele ainda conseguia causar aquele efeito nela sem dizer palavra.

Foi então que ele aceitou: ela havia acabado de atingir sua vingança mais doce. Ali estava ele, prestes a se atar a ela. A jurar-se com o coração aberto. E ela o maravilhava.

Torin estava dizendo alguma coisa, mas Jack não escutou nada quando Adaira roçou o polegar pelos dedos dele.

— Posso ir primeiro? — sussurrou ela, e Jack concordou com um gesto, duvidando da própria voz.

Mirin trouxe uma faixa comprida de flanela, que entregou a Torin. Jack sentiu quando os familiares fecharam um círculo ao redor deles, como num abraço.

Torin então começou a envolver as mãos de ambos com a faixa de flanela, dando um nó quando Adaira proclamou suas juras.

— Eu, Adaira Tamerlaine, aceito você, Jack, como meu marido. Confortarei sua tristeza; levantarei sua cabeça e serei sua força quando estiver fraco. Cantarei com você quando estiver alegre. Viverei ao seu lado e o honrarei por um ano e um dia, e ainda depois, se os espíritos nos abençoarem.

Jack estava zonzo. Mirin o ajudara a decorar os votos à noite, mas, naquele momento, deu branco. A mão de Adaira o soltou um pouco com o silêncio gritante. A mera ideia de que ela poderia ir embora fez romper a represa que se erguera dentro dele. As palavras jorraram como uma canção há muito, muito tempo já decorada.

— Eu, Jack Tamerlaine, aceito você, Adaira, como minha esposa. Confortarei sua tristeza; levantarei sua cabeça e serei sua força quando estiver fraca. Cantarei com você quando estiver alegre. Viverei ao seu lado e a honrarei por um ano e um dia, e ainda depois, se os espíritos nos abençoarem.

Torin deu mais um nó nas amarras, desta vez para representar a promessa de Jack. Depois disso, Alastair apresentou uma moeda dourada, que fora partida ao meio, com cada metade pendurada em uma corrente. O barão concedeu metade da moeda a Adaira; o ouro reluziu quando a corrente se assentou em suas clavículas. Em seguida, passou a outra corrente pelo pescoço de Jack.

Adaira não quisera alianças para simbolizar a união. Talvez porque soubesse que Jack tinha cuidados especiais com as mãos. A verdade, porém, era que Jack não dera valor para nenhuma das opções — anel ou moeda — até escutar a corrente pender e sentir sua metade de ouro repousar junto ao peito. Ele ficou feliz de ter um objeto tangível que retratasse a promessa que fizera a ela.

— Eu os declaro unidos em um — anunciou Torin, e uma exclamação alegre escapou de Frae. — Querem selar a promessa com um beijo?

Jack sentiu a mão de Adaira enrijecer junto à sua. Viu quando ela semicerrou os olhos e recuou sutilmente, uma advertência elegante. Eles não tinham discutido aquilo, mas ficou evidente que era a coisa que ela menos queria no momento.

Ele hesitou um instante, um átimo antes de erguer as mãos atadas e beijar os dedos de Adaira por cima da flanela.

Pronto, tinha acabado. Mal levara cinco minutos, e Jack sentiu as pernas bambas ao pensar na mudança em sua vida.

Mirin beijou as bochechas de Adaira, Sidra apertou o braço de Jack, e ele sentiu-se perdido, sem saber o que viria depois. Eles não dormiriam juntos; não dariam um banquete de casamento. *Não quero comemorar*, dissera Adaira, na véspera. *Esses dias andam muito pesados, muito severos para esse tipo de coisa.*

— Vamos voltar ao salão? — perguntou Alastair ao se levantar da cadeira com o auxílio de Torin.

— Eu... — começou Adaira, e franziu o cenho. — Pai, eu falei que não queria banquete.

— Adaira — disse o barão, com a voz rouca e gentil. — Você é minha única filha, e a herdeira do clã. Achou mesmo que escaparia de um pouco de comemoração no seu noivado?

Adaira olhou de relance para Sidra e Torin.

— Esses dias estão sombrios demais para essas coisas.

— Os dias podem estar sombrios — disse Sidra —, mas nem por isso você deve deixar de sentir alegria. Nós *queremos* comemorá-los.

— E quem sabe seu bardo toque uma canção para nós, Adi? — acrescentou Torin, de sobrancelha arqueada para Jack.

Jack não estava preparado para tocar para o clã. Porém, de repente, estavam todos olhando para ele, o que o fez perceber que, secretamente, já vinha aguardando por um momento como aquele.

— Toco, lógico — respondeu, passando a mão ansiosa pela flanela.

— Então vamos, antes que chova — disse Torin.

A pequena comitiva começou a caminhar de volta ao castelo. Jack se surpreendeu com a congregação que se reunira no pátio. Ao ver sua mão atada à de Adaira, todos gritaram vivas. Ele não parou; conduziu Adaira até o salão, abrindo caminho entre a turba. Ele não sentia mais nada, só ela, a mão fria junto à dele. A proximidade de seus passos, o vestido carmim esvoaçando a cada movimento. O suspiro que escapava dos lindos lábios. Choveram flores, macias e perfumadas, que grudavam como neve no cabelo deles, bagunçado pelo vento.

No momento em que Jack e Adaira entraram no salão como marido e esposa para o banquete de casamento, a tempestade finalmente caiu.

Ele se instalou ao lado dela à mesa do barão no estrado. Ainda estavam de mãos atadas por dois nós teimosos — a esquerda dele, e a direita dela — e Jack fitou os dedos entrelaçados e pendurados entre as cadeiras.

— Está tão ansioso assim para nos desatar, bardo? — perguntou Adaira, e, quando ele ergueu o rosto, viu que ela o fitava com um sorriso malicioso.

— Deveria estar?

— Não, ainda não. Devemos ficar amarrados até a hora de seguir para a cama, mas terei que contrariar a tradição e soltá-lo muito antes. — Adaira indicou o estrado, onde Jack viu a harpa sinfônica de Lorna que esperava para ser tocada.

Foi o último momento de paz entre os dois. O clã começou a inundar o salão enquanto a tempestade desabava lá fora. Conversas e gargalhadas ressoavam no mesmo volume dos trovões que sacudiam as janelas. Estava quente, abafado, úmido, barulhento e alegre, e Jack estava encantado por sua vida ter acabado repentinamente envolvida, assim, em tantas outras.

O jantar foi servido. Travessas de salmão, ostras frescas, vieiras e mexilhões defumados foram dispostas na mesa ao lado de carne de caça com geleia de sorva e cordeiro assado com limões em conserva. Em seguida, vieram as tortas tradicionais: tortinhas recheadas com uma mistura de pata de bezerro e carneiro, maçã, canela, groselha e conhaque. Tinha também tigelas de purê irlandês, um prato à base de repolho, cenouras, batatas condimentadas e amanteigadas, bolinhos fritos, pão de cevada, e biscoitos de aveia. E enfim chegaram as sobremesas: torta de amêndoas e pudim, pão de ló e creme, bolo de mel, biscoito amanteigado e suspiro com frutas vermelhas.

Jack nunca vira tanta comida. Ainda estava com um nó no estômago por causa da cerimônia, mas quando Adaira começou a encher um prato, ele seguiu a deixa. Rapidamente, porém, descobriu que não teria tempo para comer. Todo mundo queria um momento para conversar com Adaira e o noivo, e Jack foi obrigado a aguentar e deixar a comida esfriar.

Uma a uma, as pessoas iam subindo no estrado para reverenciá-los. Algumas estavam sinceramente entusiasmadas e emocionadas; já outras não conseguiam esconder a confusão. E algumas ainda olhavam para Jack como se ele fosse do continente. Ele tolerou tudo e quase não falou, deixando Adaira conduzir a conversa.

Houve um intervalo e Jack finalmente teve a oportunidade de encher a boca com algumas vieiras. De repente, sentiu Adaira apertar sua mão, bem de leve, não como forma de alerta, e sim um gesto de carinho inevitável. Ao erguer o rosto, ele viu um jovem subindo ao estrado. Era um rapaz bonito, de pele avermelhada de vento e sol. O cabelo loiro descia em ondas suaves, e os olhos tinham o verde reluzente da grama do verão. E o olhar estava voltado para Adaira, e apenas Adaira.

O homem fez uma reverência profunda para ela, com a mão no peito. Jack imediatamente notou a terra que manchava as unhas dele, ainda que os dedos estivessem quase em carne viva de tanto serem esfregados por horas na tentativa de limpá-las.

Quando ergueu a cabeça, o homem encarou Adaira com o olhar faminto, repleto de desejo por ela.

Uma pontada fria e inesperada atravessou Jack.

— Adaira — disse o homem, o nome dela como uma canção, uma promessa. Era o som de alguém que compartilhara muitos momentos com ela. Que a conhecia intimamente.

Adaira se retesou. A voz dela soou vazia, sem emoção.

— Callan.

O tal Callan engoliu em seco. Estava nitidamente tenso ali, diante dela. Ainda assim, sorriu, e o medo de Jack só fez aumentar.

— Faz muito tempo que não nos falamos.

Adaira não disse nada. Manteve a expressão fechada, mas apertou mais a mão de Jack, que por sua vez pigarreou.

— Creio que não nos conhecemos.

Callan dirigiu um olhar de relance para ele.

— Perdão, mas nunca nos cruzamos antes de sua ida para o continente. Eu me chamo Callan Craig — disse o sujeito antes de voltar a olhar para Adaira.

— E o que você faz na ilha? — insistiu Jack, acariciando os dedos de Adaira, escondido como um segredo que compartilhavam.

— Cavo trincheiras e colho turfa.

Trabalho braçal que ninguém na ilha queria fazer. Era o tipo de serviço que se dava aos homens que tinham cometido crimes e caído em desgraça.

Um silêncio incômodo se estendeu entre os três. Jack não conseguia pensar em mais nada a dizer ou perguntar; só queria saber o que Callan Craig fizera para ser condenado a trabalhar no charco. Dava até para sentir o cheiro nele — o odor pungente que nenhuma água com sabão seria capaz de eliminar.

— Como vão sua esposa e sua filha? — perguntou Adaira, por fim. Estava sendo educada, tal como fizera diante de todas as outras pessoas a quem falara àquela noite. Porém, havia mais em suas palavras. Um lembrete, uma advertência.

Callan a encarou com um toque de remorso no olhar.

— Vão bem, herdeira. Minha esposa deseja parabéns e espera que tenham um casamento muito feliz.

— Então agradeça a ela por mim.

Callan fez outra reverência e desceu do estrado. Assim que virou as costas, Adaira pegou a taça cintilante de vinho e a virou de um gole só. Jack não disse nada, mas a olhou de esguelha.

— Está tudo bem? — cochichou ele.

Adaira agarrou a garrafa de vinho âmbar entre eles na mesa. Serviu outra taça, a qual aproximou do nariz para inspirar sua ambrosia.

— Estou ótima — disse ela, com o olhar fixo e distante na festa.

Jack também olhou para o salão e viu que Callan Craig se instalara a uma mesa de cavalete ali perto, de onde podia continuar a admirar Adaira, sem obstáculos.

Jack sentiu a torção da própria boca, mas disfarçou com um gole demorado de vinho. Aí soltou a taça vazia com um baque antes de puxar a mão de Adaira, um convite para que ela o olhasse.

— Me desamarre — disse ele.

Ela o encarou, como se hesitasse em soltá-lo depois de ele pedir com tanta sinceridade. Porém, cedeu, e se levantou, puxando Jack consigo. O mero movimento calou as conversas exuberantes do salão, e todos voltaram os olhos para ela.

— Meu bom povo do leste — começou ela, sorrindo. — Esta noite, irei contra a tradição e soltarei meu noivo muito antes de chegarmos à cama, para que ele nos presenteie com um pouco de música comemorativa.

Ela se virou para Jack e desamarrou a faixa de flanela que os atava, um gesto íntimo que provocou sussurros pela multidão.

O clã se voltou para Jack quando ele caminhou até a harpa de Lorna. Aí acomodou-se no banco e soltou um suspiro demorado, o peso da expectativa quase esmagando sua confiança. Contudo, ele via Mirin e Frae sentadas ali por perto. O barão Alastair, Torin e Sidra. Una, Ailsa, o filho e a filha. Aquele era seu lar — aquela gente e suas flanelas e adagas encantadas, suas gargalhadas, seus choros, suas histórias, seus medos e seus sonhos. Eram seu clã, e o lugar dele era ali, muito embora tivesse retornado praticamente como um desconhecido.

Jack posicionou as mãos nas cordas e começou a tocar uma canção alegre. As notas reverberaram pelo salão, repletas de vida e diversão, mas não ajudaram a aquietar a tempestade que se formava dentro do homem. Estava profundamente irritado com Callan Craig, que continuava a encarar Adaira sem o menor pudor. Porém, quando Jack ousou olhar para ela também, viu que ela estava sentada na cadeira, retribuindo seu olhar como se ele fosse a única pessoa ali.

A luz e as sombras do fogo dançavam nas clavículas dela; a metade da moeda de ouro cintilava em seu seio como uma estrela cadente. O cabelo dela descia em cascatas de ondas suaves, e a coroa de flores silvestres contrastava com seus tons claros.

Ele ficou tão espantado por sua beleza aguda que errou uma nota da mão esquerda, mas logo se recuperou; provavelmente ninguém reparou. Exceto por Adaira. Ela sorriu como se tivesse ouvido seu deslize, e ele soube que deveria parar logo de encará-la antes que a música se desfizesse sob suas mãos.

Ele voltou a olhar para as cordas, e lembrou-se de seu propósito: ele tocava para o clã, e não para ela.

Assim, ele tocou.

A MELODIA DA ÁGUA 261

Frae passara o dia inteiro dominada por inúmeras emoções, especificamente desde que se juntara a Sidra para acompanhar Adaira ao campo de cardo e testemunhara a união do irmão com a herdeira. Ela estava morrendo de medo de ter sido tudo um sonho, de despertar e descobrir que tudo aquilo — até a volta de Jack — era mera imaginação.

Porém, nada a preparara para o momento em que ele tocara para o clã.

Ela estava sentada ao lado de Mirin no banco, tão empolgada que quicava na ponta dos pés. Assim que a música dele invadiu o ar, o salão pareceu despertar. Frae notou que as cores das tapeçarias voltaram a ser vibrantes, e os entalhes nas vigas de madeira pareceram ganhar consciência. O fogo queimou mais alto na lareira de cerâmica e nas arandelas, e as sombras começaram a dançar, baixas e leves.

A ilha estava se agitando, ganhando vida. Frae ficou hipnotizada por seu despertar, e quase pôde jurar ter sentido um tremor no chão, como se as pedras propriamente ditas estivessem se deleitando ao som da música de Jack.

A canção terminou rápido demais. Quando imploraram que ele tocasse outra, ele aquiesceu. No total, tocou três composições, a última complementando com a voz além das notas.

Frae foi inundada de orgulho. Aplausos retumbantes tomaram o salão quando Jack chegou ao fim. Ela então se levantou de um pulo e fez coro às palmas; sentia o fervor até os dentes, e queria gritar para todo mundo "É meu irmão! É meu irmão!". Especialmente quando Jack se levantou e fez uma reverência para o clã, e todos no salão se ergueram para homenageá-lo. Frae notou que Mirin estava com os olhos cheios d'água de novo, como da primeira vez em que ouvira a música de Jack. Ela secou as lágrimas antes que caíssem.

Fazia semanas que Frae não ficava tão feliz.

Sentira tanto medo quando as amigas começaram a desaparecer. Meninas que estudavam com ela. Meninas por quem ela às vezes passava no centro, ou na estrada. Esperava que elas estivessem bem. Que fossem encontradas.

Ao ouvir a música de Jack... A esperança de Frae foi restaurada.

Ela não entendia bem como aconteceria, mas a música de seu irmão com certeza iria salvá-las.

Adaira estava cansada da festa. O banquete já tinha começado a esvaziar; o fogo, a arder mais baixo. Ela não quisera comemoração, dança, jogos, nem brindes ao noivado. Ainda estava surpresa com o fato de seu pai ter conseguido organizar aquilo tudo sem que ela soubesse.

Porém, talvez Alastair e Torin tivessem planejado o evento juntos, nem que fosse apenas para Jack tocar para o clã. Porque Adaira sentira nitidamente: a mudança no coração de todos. O clã encharcado no bálsamo da música de Jack, a paz e a luz que inundaram o ambiente.

Horas depois, ela ainda sentia a música ecoar nos ossos.

Olhou para Jack de soslaio e notou que ele estava com os olhos vermelhos.

— Vamos nos retirar? — perguntou ela, e lhe estendeu a mão.

Ele concordou e entrelaçou os dedos aos dela, como se só estivesse esperando por aquele momento.

— Torin e Sidra, e alguns outros casais, vão nos acompanhar até meu quarto — explicou Adaira, em voz baixa, quando desceram do estrado. — É tradição, sabe. Eles precisam ficar parados à porta até você e eu consumarmos o casamento, mas já avisei a Sidra que não é para se demorarem depois que entrarmos. Tudo isso para dizer... não deixe a presença deles assustá-lo.

Jack sequer conseguiu responder. A multidão irrompeu em vivas ao vê-los seguirem pelo corredor entre as mesas, gritando e atirando algumas sobras de flores brancas, já murchas. Adaira se manteve sorridente, mas ficou aliviada ao sair do salão. Sidra e Torin os seguiram, assim como Una e Ailsa, e vários outros casais.

Ela se apressou para subir a escada com Jack. Estavam quase no quarto, onde ela finalmente conseguiria respirar. Ailsa, que Adaira via como tia, implicou com tamanha pressa.

Adaira olhou de relance para trás e, ousada, respondeu:

— Acho que já esperei até demais.

Jack tossiu; certamente estava envergonhado. Adaira sequer arriscou olhá-lo.

Os casais riram, exceto por Torin.

Finalmente, a comitiva chegou à porta do quarto.

Adaira a abriu e praticamente arrastou o marido consigo. Agradeceu aos casais pela escolta e fechou a porta. Finalmente, estavam a sós. Nada de olhares curiosos ou céticos. Nada de conversas, perguntas e análise.

Ela se largou encostada na madeira e suspirou, encontrando o olhar de Jack. A coroa de flores estava torta na cabeça, e os ossos dela pesavam como ferro. Ficou atenta por um instante, esperando Sidra levar o grupo de testemunhas embora, daí soltou os dedos de Jack. Então adentrou mais pelo quarto, massageando a mão. Jack, desajeitado, ficou onde estava.

— Fique à vontade, Jack — disse Adaira, parando diante da lareira onde o fogo jogava um tom rosado e acolhedor no ambiente.

De soslaio, viu Jack examinar os aposentos, assim como ela fizera na noite em que fora ao quarto dele, logo antes de pedi-lo em casamento.

Ele passou devagar pela cama espaçosa, cujo dossel estava aberto e amarrado, revelando um vislumbre da colcha e dos travesseiros. Flores silvestres tinham sido espalhadas na cama de Adaira, junto a um robe transparente e fino provavelmente deixado pelas camareiras. Jack com certeza reparou no robe, mas logo mudou o foco para a tapeçaria pendurada ali perto, e então para os painéis de madeira pintada na parede. Pinturas de florestas, cipós, cervos e fases da lua. A arte estava um pouco descascada, pois era antiga — mais do que o castelo, até —, mas os painéis eram os prediletos de Adaira, e ela se recusava a deixar o pai trocá-los.

Dali, Jack notou as estantes, abarrotadas de livros, e as janelas entreabertas para acolher a noite. A tempestade deixara no ar um toque adocicado. Ele admirou as estrelas que ardiam aglomeradas do outro lado do vidro, e o brilho distante do mar.

Adaira se perguntou o que ele estaria pensando quando enfim veio ao seu encontro junto ao fogo, e ficou maravilhada como, só de vê-lo se aproximar, seu coração acelerava. Ela não se deitaria com ele, e não sabia quando quereria fazê-lo, mas pressentiu que a vontade talvez viesse antes do que imaginava.

A mulher então buscou uma distração, servindo duas taças de vinho tinto aromatizado com frutas. Entregou uma a Jack e disse:

— Não foi tão horrível assim, foi?

Ele aceitou a taça, sem sorrir, mas respondeu com humor rouco na voz:

— Senti um medinho.

— Ah, é?

— Achei que você fosse me deixar lá plantado — confessou.

— Você achou que *eu* fosse pedir *você* em casamento e depois não apareceria? — perguntou Adaira, achando graça.

Ele se virou para ela, os olhos incandescentes.

— A sensação de espera foi de uma eternidade.

Ela se calou, as palavras dele lhe puxando um rubor para a superfície da pele. Quando ele continuou a sustentar seu olhar, ela tilintou as taças para distraí-los.

— Um brinde a você, a mim, e a este um ano e um dia que nos pertence.

Eles beberam. Adaira sentiu o cansaço se dissipar, e imaginou que fosse culpa de Jack, por ser tão atencioso, e por ficar ali, parado em seu quarto, como se aguardasse por suas ordens.

A barriga dela roncou, tão alto que ela teve certeza de que Jack ouviu.

— Não comi o bastante — explicou ela, tímida.

— Eu também estou faminto — respondeu ele.

Adaira deixou o vinho na mesa e foi fechar as janelas e pedir jantar.

Não demorou para os criados levarem duas bandejas com sobras do banquete. A refeição foi posta na mesa redonda diante da lareira. Jack se juntou a Adaira, e eles se acomodaram, ainda nos trajes amarrotados da cerimônia, diante do fogo dançante para finalmente se refestelar.

Foi um jantar quieto, mas não havia nada de incômodo no silêncio. Adaira percebeu que ela e Jack poderiam ter muitos momentos semelhantes, tão confortáveis quanto aqueles que enchiam de conversa. Ou de discussões.

— Tenho um pedido — disse Jack, finalmente, ao afastar o prato.

— Pois não, Jack?

Ele hesitou, olhando para o vinho, e ela se preparou. Não sabia por que esperava algum tipo de decepção, de frustração, mas era fato que a hesitação dele a angustiava.

— Sei que não compartilharemos a cama — começou ele, com um olhar rápido para ela. — E gostaria de saber se você me daria permissão para passar as noites na casa da minha mãe, para proteger ela e Frae. Apenas até desvendarmos o mistério das meninas desaparecidas, e até a justiça ser feita. De dia, sou seu, mas à noite... gostaria de ficar com elas.

O pedido pegou Adaira de surpresa. Ela relaxou ao ver as rugas de preocupação no rosto dele.

— Lógico. Quer dormir lá hoje?

— Não — respondeu Jack, e riu baixinho. — Tenho certeza de que minha mãe me esfolaria vivo caso eu aparecesse para dormir na minha antiga cama em minha noite de núpcias.

Ela sem dúvida acreditaria que eu fui um péssimo amante para você, a história se espalharia e... não.

Adaira sorriu.

— Ah, entendi. Então quer que eu envie um guarda para protegê-las hoje?

— Pensei nisso, mas não é preciso. Porque se você oferecer tal proteção para minha irmã, precisaria oferecê-la para todas as meninas do leste. Não quero nenhum favorecimento devido ao meu relacionamento com você.

— Entendo o raciocínio — disse Adaira —, mas, se mudar de ideia, avise. E você não precisa da minha permissão para dormir na casa de sua mãe.

— Não? — retrucou ele, olhando para ela. — Você é minha esposa, e minha baronesa.

— Sou mesmo — sussurrou ela. — Como foi que isso aconteceu?

Ele sorriu, como se sentisse o mesmo assombro.

— Não tenho a mais vaga ideia, Adaira.

Eles se calaram outra vez.

— Gostaria de perguntar mais uma coisa — recomeçou Jack, interrompendo o breve silêncio.

Ela sabia o que era. Sabia só pelo tremor de insegurança na voz dele, e era algo pelo qual já vinha esperando.

Adaira soltou um suspiro demorado, voltando o olhar para o fogo.

— Pergunte, e eu responderei, Jack.

— Quem é ele?

Ele, Callan Craig.

Adaira massageou a testa, e se lembrou de que ainda estava usando a coroa de flores. Tirou o adereço e o deixou na mesa.

— Não precisa me contar se não quiser — acrescentou Jack.

— Ele foi meu primeiro amor — começou ela. — Eu tinha dezoito anos e estava solitária. Ainda estava sofrendo com a morte de minha mãe, e Callan apareceu. Eu me apaixonei por ele muito rápido, fui imprudente. Eu era ingênua e acreditei em todas as promessas que ele fez. Ele era tudo que eu queria, e eu pensei que bastasse para ele, que ele me amasse como eu o amava. Logo percebi que eu não o conhecia tão bem quanto imaginava. Ele era desonesto, e pretendia me manipular para entrar para a guarda. Como não funcionou, ele tentou arranjar um posto por suborno, e Torin e meu pai acabaram com a situação ao mandá-lo trabalhar no charco. De início, fiquei tentada a defendê-lo, até descobrir que não era só para mim que ele fazia promessas. Mas, infelizmente, corações existem para serem partidos, não é, bardo?

— Se existem para serem partidos — disse Jack —, também podem ser remendados para se tornarem mais fortes.

— Dito por alguém que também teve o coração partido — retrucou Adaira.

Foi a vez de Jack desviar o olhar, voltando para a segurança hipnotizante do fogo. Adaira achou que ele não fosse dizer nada, por mais que desejasse saber mais do passado dele. Porém, ele enfim abriu a boca e começou a murmurar:

— Ela também estudava na universidade, estava na mesma turma que eu. Tínhamos algumas aulas juntos. Eu a notei muito antes de ela me notar. Até que, um dia, ela me ouviu tocando harpa, e começou a conversar cada vez mais comigo. Meus sentimentos eram mais profundos do que os dela. Ela amava minha música mais do que me amava e, de início, não entendi o que estava fazendo de errado. Mas aí compreendi... ela *sempre* foi amante da música. A música seria algo que a desafiaria eternamente, que jamais se esgotaria, que nunca envelheceria, a música seria incapaz de traí-la. Infelizmente, o mesmo não valia para mim. E no início a música não foi muito benevolente para comigo, foi algo forçado, e, mesmo quando passei a apreciá-la, nunca me senti digno de sua beleza.

"Mas estou divagando. A moral desta história comprida é que eu percebi que a música sempre seria o mais importante para ela, então tentei me transformar em pedra. Tentei não sentir mais nada. Mas agora sei que viver é melhor, sentir é melhor, romper um relacionamento de forma honesta é melhor do que acabar frio, morto-vivo, rachado de ressentimento."

— Um brinde a isso — sussurrou Adaira, e ergueu a taça.

Jack brindou com a própria taça, e os dois beberam. Era como se uma peça de roupa tivesse sido tirada do meio deles, como se fazer revelações e confissões fosse a primeira etapa da cura, da reconstituição das peças estilhaçadas.

Agora Adaira enxergava mais um tiquinho de Jack — os anos enevoados em que ele morara no continente e ela vagara pela ilha.

Ficaram mais um tempo sentados, num silêncio agradável, e, quando o fogo começou a morrer, Adaira se levantou.

— Eu não deveria manter você acordado até tão tarde — disse ela, alisando o vestido amassado. — A troca é amanhã, é melhor você descansar. Venha, vou levá-lo ao seu quarto.

Jack se encaminhou para a porta, mas Adaira pigarreou para chamar sua atenção.

— Temos uma passagem secreta que conecta nossos aposentos — disse ela, com um sorriso esperto, ao levantar o trinco em um dos painéis de madeira do outro lado do quarto. Jack arregalou os olhos ao ver a porta escondida se abrir com um rangido, dando para um corredor nas sombras.

Adaira se abaixou para se esquivar de uma cortina de teias de aranha e adentrou a passagem. Jack a seguiu. O corredor era curto e levava a uma porta nos aposentos dele. Adaira a abriu e o deixou entrar primeiro no quarto novo. Era parecido com o dela: amplo, espaçoso, com painéis pintados e estantes, uma lareira com brasas fracas, e uma cama com uma tapeçaria grandiosa na cabeceira.

— Está adequado para você? — perguntou Adaira.

— Mais do que adequado — respondeu Jack, olhando de relance para ela. — Obrigado.

Ela assentiu e começou a puxar a porta.

— Então durma bem, Jack.

Aí fechou o painel antes que ele respondesse, mas ficou parada ali por mais um momento, absorvendo as sombras da passagem, pensando na estranheza da vida. Na diferença dos dias que estavam por vir, e sabendo que Jack estava logo ali do outro lado daquele corredor.

Jack parou no meio de seu novo quarto.

Olhou para a cama — grande demais para ele — e foi até a escrivaninha, onde havia uma pilha de pergaminhos. A harpa estava no chão, ali perto. Ele analisou as estantes e os painéis pintados antes de se aproximar da lareira, onde jogou mais uma tora para aumentar o fogo. Sucumbiu à poltrona de couro mais próxima e sentiu uma onda implacável de saudade.

Fazia muito tempo que não compunha.

No continente, suas composições tendiam a ser lamentos tristes. Baladas trágicas. Porém, ele se perguntava como soariam suas notas ali na ilha. Como se formariam ali, em casa.

Mesmo exausto, sentia o ambiente com uma percepção aguçada. A cama era convidativa, mas Jack sabia que não conseguiria dormir.

Então ele se levantou e voltou à escrivaninha. Sentou-se, escolheu uma pena e abriu um tinteiro transbordando de nogalina.

Refletiu sobre o dia. O gosto doce do vento do leste que brincara com o cabelo de Adaira durante os votos.

Imaginou asas pairando acima das colinas, esvoaçando abaixo das estrelas. Roubando palavras e carregando-as pela urze. Perseguindo a chuva e dançando com a fumaça.

Devagar, lembrou-se de anos que um dia desejara enterrar.

Jack começou a compor uma canção para os espíritos do vento.

Capítulo 16

Ao meio-dia, fazia um calor sufocante. Estava um dia úmido e ensolarado, e seria a primeira troca entre leste e oeste. Jack estava ao lado de Adaira em uma velha cabana de pescadores, com um engradado dos melhores grãos, mel, leite e vinho dos Tamerlaine a seus pés. Os mantimentos tinham sido reunidos em segredo e estavam prontos para serem levados à orla norte, onde eles encontrariam Moray Breccan. O único obstáculo era Torin, que se postara entre eles e a porta da cabana.

— É uma tolice, Adi — disse ele, olhando feio para ela. — Você deveria me deixar ir junto.

— Já discutimos isso, Torin — disse Adaira, seca. — Devo me apresentar desarmada e desacompanhada da guarda, assim como Jack. — Ela estava exausta. Jack sabia que nenhum deles dois tinha conseguido dormir muita coisa, em suas camas separadas.

— Lógico, assim Moray Breccan pode enfiar uma flecha em vocês — disse Torin. — E eu não estarei lá para impedir, nem mesmo para testemunhar.

Adaira ficou quieta por um momento, de olho no primo.

— O que você teme, Torin? Dê nome ao seu medo, para eu apaziguá-lo.

Isso fez Torin se empertigar. Ele a encarou, tensionando o maxilar, os olhos reluzindo.

Naquele momento tenso, Jack enxergou as entranhas do capitão como se ele fosse de vidro. Torin fazia de tudo para não parecer fraco, para não parecer incapaz; Jack imaginava que fosse uma característica dos Tamerlaine. Aquele orgulho e a necessidade de parecer invencível provavelmente eram características hereditárias, seguindo infalíveis de geração em geração.

— Se matarem você — disse Torin em voz baixa —, vou deitar fogo no oeste inteiro. Não pouparei uma vida dos Breccan sequer.

— Você mataria crianças e mulheres inocentes, Torin? — retrucou Adaira, e não deu oportunidade de ele responder. — Você tem medo de me perder. Entendo seu medo, pois também já senti suas muitas variações. Mas embora eu seja sua baronesa iminente, não serei uma perda propriamente sua. Eu pertenço ao clã inteiro, e minha escolha de participar na negociação de hoje é pelo bem de todos os Tamerlaine.

Torin suspirou.

—Adi...

— Também estou atrás de uma resposta que estamos desesperados para saber — acrescentou ela, tocando o corpete, onde escondera um frasco com a última flor de Orenna.

Torin só fez fechar mais a cara. Ele sabia ao que ela se referia.

— Foi Sidra quem meteu você nessa?

— Sidra me deu o conselho do qual eu precisava desesperadamente — disse Adaira. — Saber onde cresce esta flor vai nos ajudar a desvendar o mistério. Pode nos ajudar a encontrar Maisie.

Torin ficou quieto, e Jack aproveitou o momento para observá-lo. As roupas do capitão estavam mais frouxas, como se ele tivesse perdido peso. A pele estava macilenta, e alguns fios grisalhos reluziam no cabelo loiro. Jack se perguntou se Torin chegara a dormir ou comer uma refeição completa desde o sequestro da filha. A impressão era de que ele definharia devagar caso não houvesse respostas, e tal ideia deixava Jack sufocado de tristeza.

Torin inspirou bruscamente e respondeu:

— Se um Breccan atravessasse a fronteira, eu saberia imediatamente. Sidra mencionou que acredita no envolvimento do oeste, mas não vejo maneira possível.

— Eles podem estar envolvidos em alguma troca com alguém daqui — disse Adaira. — Em vez de atravessar, podem estar mandando flores para o leste.

— Ainda não vejo como aconteceria — insistiu Torin.

— É por isso que você deve me deixar ir ao encontro de Moray — respondeu ela. — Para descobrir como enviaremos este engradado para o oeste sem atravessar a fronteira dos clãs.

Torin não respondeu, mas a verdade é que estava louco para protestar. Jack via que a frustração do capitão crescia, mas então Adaira acrescentou, em voz baixa:

— Você e seus guardas têm estado numa busca incessante, Torin. Me deixe ajudar com isso.

Torin por fim assentiu e recuou, abrindo caminho para a porta.

Adaira se virou para Jack.

— Me ajude a carregar o engradado.

Jack pegou um dos lados, Adaira, o outro, e, juntos, eles saíram da cabana e começaram a descer com cuidado pelas rochas. Torin e alguns dos guardas de confiança ficaram para trás, garantindo que ninguém se aproximasse ou vislumbrasse Jack e Adaira. Aquela troca experimental ainda era secreta, e apenas um grupo seleto fora informado de sua ocorrência.

Jack não sabia o que esperar. Estava tentando parecer otimista, por Adaira, ainda que tendesse a concordar com Torin. A única garantia que tinha era de que a caverna que visitavam era um local proibido, que se inundaria de água em breve, com a cheia da maré.

Eles finalmente chegaram à orla. Soprava um vento do oeste, quente de curiosidade, e pássaros piavam e davam rasantes na água. As ondas subiam e desciam, deixando rastros de conchas e algas. A areia estava macia, e Jack a esmagava com as botas ao caminhar com Adaira, o engradado esbarrando na perna. A fronteira se estendia ao longe, uma fileira de pedras na praia embaçada pelo ar quente.

Jack pensou no retorno à ilha, quando acabara na orla sul dos Breccan. Não se deparou com ninguém no oeste para recebê-lo ou ameaçá-lo, nem no breve período de invasão acidental. Porém, ele sabia que os Breccan tinham vigias. Às vezes, parecia impossível guardar segredos naquela ilha, e que o melhor lugar para eles era na estampa trançada de uma flanela, como Mirin fazia.

Jack e Adaira chegaram à fronteira até rápido demais. Ao limite do leste. Seguiram as pedras até a caverna, cuja boca seria invisível a Jack se ele não tivesse forçado a vista. Ele adentrou as sombras e Adaira veio logo atrás. Foram os primeiros a chegar, e a água já batia nos joelhos. Jack estremeceu ao sentir as botas ensopadas. Olhou ao redor e pegou o engradado para posicioná-lo sobre uma rocha a fim de mantê-lo seco.

Dentro da caverna era só penumbra, e o ar era frio, azedo de salmoura. O espaço era pequeno, arredondado, e apenas alguns fios de sol entravam por rachaduras no alto.

Jack não gostava dali. Era um lugar perigoso, que parecia ávido para afogá-los caso não tomassem cuidado com a maré. As palavras de Ream lhe voltaram, com tanta nitidez que era como se ela estivesse ali, na espuma da caverna, repetindo o que dissera: *Cuidado com o sangue na água.* Será que os feéricos da maré vislumbraram o futuro? Será que sabiam que a reunião ocorreria ali, e queriam advertir Adaira?

Jack se ajeitou, desconfortável.

A espera por Moray era insuportável. Tentando buscar consolo, Jack pôs-se a observar Adaira. Ao longo daquele dia, que já começara tão louco com os preparativos secretos da troca, ele mal se permitira olhá-la. Aproveitou para admirá-la um pouco então.

Ela usava um vestido verde e o xale de flanela encantada. O cabelo estava trançado com correntes de prata e coraçõezinhos de pedras preciosas. A metade da moeda cintilava no pescoço, o brilho igual à dele, escondida sob sua flanela.

Jack quase disse que ficava feliz por ela tê-lo pedido — tê-lo *escolhido* — para acompanhá-la como parceiro naquele momento. Um momento que poderia se desenrolar de mil jeitos diferentes. Um começo ou um fim, e ela quisera que fosse com ele.

Ela sentiu o olhar e se virou para ele. Franziu a testa.

— O que houve, bardo?

Ele abanou a cabeça, mas encontrou a mão dela e entrelaçou seus dedos antes de voltar a atenção para o outro lado da caverna.

Passaram-se alguns minutos. Finalmente, Jack escutou o movimento de pedrinhas e de botas arranhando a rocha. Houve um eco estranho, e Jack se aprumou quando Moray Breccan entrou no lado oeste da caverna.

Ele era alto e magro, com cabelo loiro-escuro e feições angulosas e marcantes. Usava uma flanela azul presa no ombro. Nos antebraços, tatuagens de anil dançavam em desenhos entrelaçados. Uma tatuagem antiga reluzia em seu rosto, cortando a barba trançada. Ele trazia um saco de juta e uma canoa estreita feita de um tronco de árvore esculpido.

De certo modo, Moray Breccan era exatamente o que Jack imaginava: um guerreiro, com histórias marcadas na pele alva. Porém, de outro modo, sua aparência era surpreendente. Ele usava uma roupa parecida com a de Jack: túnica, flanela e cinto, com botas macias amarradas nos joelhos. Se não fosse pelo azul orgulhoso e pelas tatuagens, poderia ser confundido com um Tamerlaine. E tinha sua expressão: um sorriso largo se abriu assim que ele viu Adaira, com a maré agitada entre eles.

Jack não sabia se era um sorriso amigável ou predatório. Apertou a mão dela com mais força.

— Herdeira — disse Moray, a voz rouca ecoando na caverna, fazendo Jack pensar em farpas de madeira. — Por fim nos encontramos pessoalmente.

— Herdeiro do oeste — cumprimentou Adaira —, obrigada por sua presença. Apresento meu marido, Jack.

Breccan olhou para o lado, encontrando os olhos de Jack.

— Prazer — disse Moray, mas logo se voltou para Adaira. Era nela que ele estava interessado, e Jack sentiu um nó no estômago. — Não acha estranho, herdeira — continuou Moray —, que respiremos o mesmo vento e andemos na mesma ilha, nademos na mesma maré e durmamos sob as mesmas estrelas, mas tenhamos sido criados como inimigos?

Adaira estava quieta, mas Jack a sentiu respirar fundo antes de responder:

— Nossa ilha foi dividida há muito tempo pela decisão de um de meus ancestrais, junto a um dos seus. Tenho esperança de que Cadence pode ser restaurada, e acredito que esta troca seja a primeira etapa para o retorno desse equilíbrio. Trouxemos o melhor que o leste oferece como sinal de boa vontade. É apenas um prelúdio do que podemos oferecer a seu clã caso a paz seja mantida.

— E agradecemos sua benevolência, Adaira — disse Moray, soando sincero. — Trouxe, igualmente, algo a ofertar, na esperança de que a troca tenha suficiente valor.

— Então troquemos — disse Adaira, mas daí hesitou.

Ela não podia atravessar a fronteira marcada sob a água, e Moray também não. Ou, melhor dizendo, fisicamente eles *podiam*, sim, mas fazê-lo faria soar alarmes aos guardas dos dois lados. Para Torin, que decerto agora andava em círculos pela colina, ávido por um motivo para descer, e para os guardas de Moray, que Jack supunha também estarem perto da praia.

— Pensei muito em como efetuar esta primeira troca em segurança, sem sair de nossas terras — disse Moray. — Por isso a caverna e a canoa. Colocarei minha oferenda na canoa e a empurrarei para o seu lado. Depois de aceitar meu presente, me entregue o seu, e eu puxarei a canoa de volta.

Jack permaneceu quieto ao lado de Adaira, vendo Moray preparar a canoa. Ele amarrou uma corda na popa e pôs o saco de juta a bordo. Aí foi afrouxando a corda nas mãos pintadas de azul, e a canoa foi flutuando até eles. Passou pela fronteira, da água do oeste à água do leste. Jack pegou a proa para manter a canoa no lugar enquanto Adaira abria o saco.

Ela tirou dali uma manta larga, tecida com a mais fina lã tingida. Era de um roxo vibrante, mesmo à luz fraca, com toques dourados na estampa. Jack desconfiava que fosse encantada; será que todos os Breccan dormiam sob tecidos encantados?

— A manta aquece no inverno e esfria no verão — explicou Moray. — Também protege de qualquer perigo que possa surgir à noite.

— É linda — disse Adaira. — Obrigada.

Em seguida, ela encontrou uma garrafa cheia de um líquido âmbar. Quando ergueu a garrafa para examiná-la sob um raio de sol, Moray explicou:

— Se chama gra. É uma bebida fermentada cultuada no oeste. Nós a consumimos apenas na presença daqueles em que confiamos.

Adaira assentiu, agradecendo pela explicação, e pegou o último objeto no saco. Jack franziu o cenho ao vê-la tirar dali um pedaço de chifre.

— Não pude trazer uma adaga — explicou Moray — porque combinamos de vir desarmados para este primeiro encontro. Porém, Adaira, isto em sua mão é um punho de arma. Me diga que lâmina encantada deseja, e eu mandarei forjá-la.

Adaira ficou quieta, analisando o pedaço de chifre. Ela poderia pedir inúmeros sortilégios. Jack já ouvira falar de facas encantadas com terror, confusão, cansaço. Havia histórias de espadas que roubavam lembranças felizes dos mortais que cortavam. A maioria das armas encantadas continham coisas terríveis, emoções e sentimentos que se desejaria transmitir a um inimigo.

Jack pressentiu que fosse um teste. Moray queria armá-la, o que parecia estranho, até Jack entender que era um método de calcular a verdadeira determinação de Adaira na busca pela paz. Era tentador pedir por aço Breccan. Pedir para os Breccan forjarem armas que os Tamerlaine poderiam, por sua vez, usar contra eles.

Adaira devolveu o chifre ao saco. Olhou para Moray, do outro lado da água, e declarou:

— Forje uma lâmina com o encanto que preferir. Confiarei em seu julgamento.

Moray assentiu, a expressão neutra. Jack não conseguia desvendar os pensamentos dele, mas aparentemente Adaira lhe dera a resposta esperada.

— Pode trazer nosso engradado, Jack? — cochichou Adaira.

Jack concordou, e recolheu a manta e a garrafa de gra. A maré estava subindo; a água estava quase na cintura, e ele sentiu um tremor de medo ao se esticar para o engradado, meio andando, meio nadando. Pôs o presente de Moray na rocha e pegou a caixa, que levou até Adaira.

Ela também estava sentindo a cheia, e foi rápida em dispor na canoa o que tinham levado. Um saco de aveia. Uma bolsa de cevada. Um jarro de leite. Um pote de mel com favo. Uma garrafa de vinho tinto da cor do sangue. Um gostinho do leste.

— Pronto — disse Adaira, e Moray começou a puxar a canoa de volta.

Ele tocou cada oferenda e, quando voltou a olhar para o outro lado da água, um sorriso aqueceu seu rosto.

— Obrigado, Adaira. Foi muita generosidade sua e do seu clã — disse ele. — Agora, eu gostaria de perguntar quando pode ser sua visita ao oeste. Meus pais então ansiosos para conhecê-la e saber mais desse acordo com que tanto sonha.

Sem mais nenhum preâmbulo. Eis o xis da questão. Jack ficou tenso, esperando Adaira falar. Ele ainda achava que a visita era péssima ideia. Mesmo que se fizesse presente, havia limites do que era possível fazer para protegê-la. Ele não era Torin. Não era da guarda. Era um músico que esgotava a própria vitalidade para cantar para espíritos.

— Posso demorar um mês, ou mais — respondeu Adaira.

— Neste momento, ainda não tenho como fornecer uma data específica.

Jack sabia que ela queria desvendar o mistério do desaparecimento das meninas antes. Que sequer cogitaria sair do leste antes de as meninas serem todas devolvidas às suas respectivas famílias.

— Está certo — disse Moray. — Podemos aguardar, embora eu acredite que seja necessário estabelecer um local para as trocas, e que o melhor método seja por meio de uma visita. Acho que não podemos continuar a passar mercadorias de um lado a outro nesta caverna.

— Não mesmo — concordou Adaira. — Eu quero conhecer o oeste e seu povo. Mas que tal nos visitar primeiro?

Isso, pensou Jack. Que os Breccan assumissem o risco inicial.

Moray alargou o sorriso.

— Infelizmente, não é possível, por uma série de razões. A primeira é que meu clã nunca permitiria, considerando quantos Breccan foram mortos em terras Tamerlaine por seu capitão e sua guarda. Porém, se meu povo testemunhar sua visita, Adaira, certamente tal temor diminuirá.

— Não vejo a lógica nisso — disse Jack, severo. — Sua gente foi morta no leste porque precisamos nos defender de sua violência.

Moray dirigiu a ele um olhar lânguido.

— É mesmo? Talvez seja bom conversar com seu capitão, perguntar para ele quantos Breccan inocentes ele matou ao longo dos anos.

Jack sentiu o sangue gelar. Suas mãos ficaram frias ao se lembrar da primeira noite em Cadence. Na caverna com Torin.

Vocês recebem todo sujeito que atravessa a fronteira com morte instantânea?

— Então eu irei primeiro — adiantou-se Adaira, tentando aliviar a tensão que crescia entre eles.

— Escreverei quando for o momento adequado para a visita. Mas, enquanto isso, tenho mais um pedido a fazer, Moray.

— Pois diga, herdeira.

Ela ergueu o frasco com a flor de Orenna.

— Estou procurando esta flor no leste, e gostaria de saber se a reconhece. Talvez floresça no oeste? Se for o caso, eu gostaria de negociar mais destas flores.

Moray forçou a vista para analisá-la.

— É difícil enxergar bem daqui — disse ele, e Jack quase revirou os olhos —, mas não reconheço. Mesmo assim, perguntarei no clã, para ver se alguém conhece. Sabe, por acaso, o nome da planta?

— Orenna — disse Adaira. — Tem quatro pétalas e é carmim com veios dourados. É uma flor encantada, e continua a viver muito depois de cortada. Agradeceria qualquer conselho ou conhecimento que vocês pudessem fornecer a respeito dela.

— Farei o possível, herdeira — disse Moray. — Agora devo partir, mas ficarei no aguardo de sua correspondência.

Adaira assentiu.

A troca finalmente estava concluída. Eles tinham sobrevivido, ilesos, e Jack recuou com um passo rígido. Normalmente evitaria dar as costas a Moray, mas foi o que Adaira fez, pegando a manta e a garrafa da estranha bebida do oeste.

Jack estendeu o engradado, onde ela guardou os itens. Quando eles saíram pelo lado leste, Moray permaneceu na caverna, aparentemente ajeitando a canoa. Eles se afastaram a pé, passando por suas pegadas ainda marcadas na areia, embora a maré já ameaçasse apagá-las.

O vento baixara, e o ar estava estranhamente calmo.

— Você acha que ele mentiu, Jack? — perguntou ela, em voz baixa. — A respeito da flor?
Jack mudou o lado em que carregava o engradado, apoiado no quadril.
— Não sei. Ele não era o que eu esperava.
— É. Ainda não sei o que pensar dele — concordou Adaira.
— Mas, se hoje provamos alguma coisa... é que *é* possível passar produtos pela fronteira dos clãs sem alertar Torin. Parece até inimaginável, mas um dos nossos pode estar secretamente recebendo a flor do oeste, entregue pela maré. Do mesmo jeito que nos comunicamos hoje.
A ideia era perturbadora.
Quando estavam quase na trilha da rocha, Jack disse, com a voz arrastada:
— Então. Eles querem nos dar mantas inúteis, e nos embebedar. É uma troca excelente, na minha opinião.
Adaira apenas riu. Surpresa e prazer em uníssono.
Jack descobriu que amava escutá-la rir.

Na horta, Sidra encarava as verduras, as ervas e as flores. Não tinha regado nada, nem colhido os frutos. Ervas daninhas começavam a se esgueirar pelo solo.
Ela deveria se ajoelhar. Deveria trabalhar, afundar as mãos na terra.
Mas não tinha coragem.
Então entrou em casa, passando por Yirr, que estava sempre de guarda enroscado à soleira. Ela parou diante da mesa, olhando o pilão. As ervas, os caules, as folhas e as flores. Uma língua que ela falara a vida inteira, mas que, no momento, parecia embolada e dissonante.
A casa estava tão silenciosa. Ela queria se afogar no silêncio.
Olhando para o nada, Sidra tinha perdido a noção de quanto tempo se passara quando a porta foi aberta com um rangido.

A MELODIA DA ÁGUA 281

Yirr não latira para alertar a presença de alguém no terreno. O coração de Sidra foi parar na boca quando ela se virou, apavorada, até constatar que era Torin. Ele estava avermelhado, se de sol ou raiva, ela ainda não sabia. Cheirava ao vento estival e à grama, e ela percebeu que trazia um punhado de frascos de tônico. Os mesmos que ela preparara para os guardas, para diminuir a necessidade de sono e aguçar seu foco na busca.

— Sinto muito, Torin — disse ela, por reflexo.

Sidra lamentava pelo brilho angustiado nos olhos dele, por ver seu corpo perdendo as forças a cada hora que passava. Lamentava muito por vê-lo tão exausto, se exaurindo e esgotando daquele jeito.

— Sente pelo quê? — retrucou ele, rápido, como se cansado de suas desculpas. — Pode fazer mais uma baciada para os meus guardas?

Ela não queria fazer nada com as mãos, mas aquiesceu e aceitou os frascos, que deixou na mesa.

— Levarei mais tônico ao quartel mais tarde.

— Posso esperar ficar pronto agora — disse ele.

Ele queria vê-la trabalhar. Só que jamais tinha dado importância a essas coisas até então, por isso Sidra ficou ansiosa ao reunir as ervas.

— É melhor sentar — disse ela. — Vai demorar um pouco.

Ela esperava que isso fosse fazê-lo mudar de ideia e ir embora. Sempre havia outra pessoa mais necessitada da presença dele. Outra tarefa mais urgente do que ela.

Torin puxou uma cadeira e sentou-se.

Aí passou cinco minutos em silêncio enquanto Sidra botava a panela para ferver e começava a misturar as ervas.

— Se um Breccan se machucasse e batesse à sua porta — começou Torin —, você o curaria?

Sidra ergueu o olhar. Não sabia que tipo de resposta ele queria. Mas aí entendeu que ele não estava querendo uma resposta direta. Na verdade, ele ansiava por conhecer a verdade dela, mesmo que fosse incômoda e difícil de se imaginar.

— Sim — disse ela.

— Se um Breccan me ferisse e batesse à sua porta com queixas próprias, você o curaria?

— Sim — sussurrou ela.

— Então é bom se preparar. Prepare seus bálsamos para nossos inimigos. Para tratar das feridas deles, assim como das que eles causarão em todos nós. É iminente.

— Do que você está falando, Torin?

— A negociação que você aconselhou minha prima a aceitar aconteceu hoje e, de acordo com Adaira, foi um sucesso. Ela agora quer estabelecer uma troca permanente de mercadorias com os Breccan, como se um encontro positivo pudesse apagar todo o terror e as invasões que eles provocaram por décadas.

— E isso é tão terrível assim? Sua prima sonhar com a paz?

Torin se debruçou na cadeira.

— Não creio que os Breccan queiram mesmo saber de paz. Acho que eles querem esgotar nossos recursos e nos enfraquecer antes de ocupar o leste.

Sidra engoliu em seco.

— Eles reconheceram a Orenna?

O olhar de Torin ficou mais sombrio.

— Não. O que significa que não estamos nem perto de desvendar todo esse mistério. Eu queria que você confiasse no meu trabalho, Sidra.

Agora ela estava com raiva, o sangue fervendo. Ele não apenas a acusara de dar maus conselhos a Adaira, como insinuara que ela se metia em problemas que não lhe diziam respeito.

— Qual é o problema aqui, Torin? — perguntou ela, batendo com força com o pilão na mesa. — Me diga, sinceramente.

Sidra nunca fora dada a erguer a voz. Eles nunca tinham brigado assim. Mas, ao passo que ela parecia queimar, ele virava gelo.

A MELODIA DA ÁGUA **283**

— Tudo o que construí está prestes a desmoronar — disse ele, com a voz grave e baixa. — Fui encarregado de proteger o leste, de dar minha vida por ele se necessário. Fui criado assim. É por isso que tenho esta cicatriz na mão. Eu me entreguei *por inteiro* a esta empreitada. Abri mão de tanto tempo, de tanta devoção, que frequentemente sinto que só tenho restos de mim para oferecer a você e a Maisie, embora vocês duas mereçam muito mais.

As palavras dele a pegaram de surpresa. A fúria dela baixou, deixando apenas um rastro de cinzas.

— A verdade é que... minhas mãos estão sujas, Sidra. Eu ansiei por violência, e sorvi de sua taça conscientemente. Espanquei os homens que atravessaram a fronteira dos clãs, os espanquei até cederem, até se encolherem. E aqueles que não espanquei? Acabei com a vida deles sem hesitar um momento sequer. Cortei gargantas e furei corações. Roubei vozes e larguei corpos no mar, como se a água pudesse lavar o que fiz.

Sidra escutou em silêncio, mas com o coração martelando.

— Então quando você fala de paz — disse ele —, quando Adaira fala de paz, não consigo enxergá-la. É um sentimento inatingível para mim, considerando tudo o que fiz com os Breccan para manter a *segurança* do leste. E se esse acordo ocorrer como minha prima deseja, vou ser obrigado a encarar essa gente marcada pelas minhas ações. Você acha que ficarão felizes em me ver, Sid? Acha que desejarão negociar com o homem que matou o filho deles, que espancou o irmão deles?

Torin estava encarando as próprias mãos, como se enxergasse o sangue na pele. Sidra o olhava, com um nó na garganta. Ela já imaginava que ele teria dificuldade para expressar a culpa que sentia e, embora seu lado curandeira quisesse acariciar o rosto dele e oferecer palavras de consolo, ela sentia que ele precisava extirpar aquela ferida purulenta.

— Sei que você matou homens, Torin — disse ela, atraindo o olhar dele. — Vi o sangue que mancha sua flanela, o sangue sob suas unhas. Vi o brilho assombrado em seus olhos, mesmo que passageiro. Sei que você é capitão da guarda, que deve nos proteger do oeste, e que, às vezes, isso exige que você mate. Porém há mais em você do que a violência. E eu não quero vê-lo virar um homem que mata sem motivo. Um homem que deixa a vingança transformar seu coração em algo frio e amargo. Foi ela quem o surpreendeu desta vez. Por um momento, ele limitou-se a fitá-la.

— Como você impediria isso? Que um coração virasse pedra?

— Há outro jeito de proteger nosso clã. Um jeito que se afasta da vingança e da inimizade. Mas você precisa se esforçar para encontrá-lo, e guiar o povo pelo exemplo — disse ela, e, naquele ínterim, virou as palmas para cima. — Nossas mãos podem roubar, ou oferecer. Podem machucar, ou confortar. Podem ferir e matar, ou curar e salvar. O que você escolherá para suas mãos, Torin?

Ele respondeu, rangendo os dentes:

— Sempre foi assim. Eu aprendi assim.

— E às vezes devemos fazer uma autoanálise e mudar — disse ela. — Se você matou homens sem motivo, se os atacou por vingança, apenas por viverem de outro lado da ilha, então deve vasculhar dentro de si e se perguntar *por que* fez tais coisas, qual é o custo delas, e como pode se redimir. Esse acordo seria um bom ponto de partida.

Torin se levantou. Aí começou a andar em círculos, ofegando. Sidra achou que ele fosse fugir, mas ele parou e voltou a olhá-la.

— E se eu discordar de você? E se eu não puder mudar, nem me tornar o que você espera? Perdê-la será um dos custos pelos meus pecados?

— Passei este tempo todo ao seu lado — disse ela, uma resposta carinhosa que relaxou a postura rígida dele. — O tempo bom, e o ruim. Um dia, éramos meros conhecidos compartilhando uma promessa. Mas, para mim, você se tornou algo além de meras palavras pronunciadas em uma noite de verão. E eu nunca fui de amar condicionalmente.

— E ainda assim pede que eu mude? — perguntou ele, o punho no peito.

Sidra se perguntou se ele chegara a escutar o que ela acabara de dizer. Ela jamais tinha verbalizado aquilo até então — que passara a amá-lo, a seu modo, discreto e profundo. Completamente, com todas as cicatrizes, os erros e a glória.

Sidra percebeu que ela e Torin estavam em montanhas diferentes, com um desfiladeiro profundo entre eles. Viam o mundo de lados opostos, e ela não sabia se encontrariam um terreno comum. E as diferenças talvez fossem suficientes para quebrar seus votos, apesar do que ela sentia por ele.

— Você não escutou o que eu escutei — disse ele, como se também sentisse a distância. — Não passou fome depois de uma incursão, nem viu seu depósito esvaziado, nem perdeu todos os mantimentos preservados para o inverno. Você não teve que empunhar uma espada e lutar contra eles, Sidra.

— Não mesmo — concordou ela. — Mas tive que curar feridas causadas pelas incursões. Doei para aqueles que sofreram perdas, e os acompanhei em sua dor. Então devo perguntar o seguinte, Torin... O que despertou tais sentimentos em você? Não me parece aqui que seja *eu* quem esteja pedindo a você para mudar, e sim que seu sangue, seus ossos, esteja rogando por uma mudança.

Ele ficou pálido e a encarou, rangendo os dentes, e ela sentiu que a distância entre os dois só fez aumentar.

— Leve os tônicos ao quartel quando estiverem prontos — disse ele, com a voz fria.

Sidra o viu dar meia-volta e partir. Ele estava fugindo do que ela dissera, e ela passou mais um momento em pé antes de desabar na cadeira.

Sidra nunca se sentira tão derrotada em toda a sua existência.

Capítulo 17

Frae estava sonhando com neve e bolo de chocolate quando escutou os cascos na horta. Tinha um cavalo pisoteando as verduras, com o pescoço imponente arqueado e as narinas abertas resfolegando, soprando um bafo que parecia nuvem. De início, Frae achou que o cavalo fosse parte do sonho — ela sempre quisera um cavalo, mesmo que Mirin insistisse que as galinhas e as três vacas fossem mais do que suficiente para elas —, até que acordou de sobressalto.

Abriu os olhos em meio à escuridão e ficou atenta. Ouviu a respiração profunda e baixa de Mirin ao seu lado, mas logo ali... logo atrás da janela trancada, à esquerda... um cavalo relinchou. Endireitou-se na cama, a coberta caindo dos ombros. Sem fazer barulho, levantou-se e foi andando até a porta do quarto. Abriu o trinco bem devagar e escapuliu para a sala de estar, onde as brasas ainda brilhavam na lareira, e o tear de Mirin, no canto, lembrava um animal escuro adormecido. Começou a se dirigir à porta de Jack, mas hesitou, achando melhor confirmar que tinha mesmo um cavalo ali antes de acordar o irmão.

Frae foi de fininho até a porta dos fundos. Havia uma gradezinha de ferro de correr instalada no alto da madeira — um postigo —, que ficava um pouco acima do alcance de Frae, mas, se ficasse na pontinha dos pés, ela conseguia enxergar. Prendeu a respiração, com as mãos de repente suando ao tentar soltar o trinco do painel estreito, o qual empurrou até sentir o gosto de ar fresco e ver as constelações cintilando feito cristais no céu.

Ficou bem na ponta dos pés e espreitou pela abertura. Imediatamente, viu o cavalo. Ele estava bem perto, pastando na horta. Era enorme e lindo, arreado com sela e freio, e as fivelas de prata reluziam sob as estrelas.

Então tem que ter um cavaleiro, pensou ela, passando o olhar pelo terreno.

O homem parecia até uma estátua em meio às ervas, delineado pelo luar. Estava de frente para a casa, olhando bem na direção de Frae.

Ela se abaixou, o coração disparado, mas então percebeu que ele provavelmente não a enxergava através das sombras escuras que cobriam os fundos da casa.

Ela arriscou outra olhadela.

Não dava para discernir bem as feições do homem, mas ela viu as tatuagens anil que cobriam os antebraços e o dorso das mãos. Viu a flanela envolvendo seu peito, e notou que era azul. Ele trazia uma espada embainhada no cinto.

Em pânico, Frae empurrou o painel de volta. O trinco fechou com um estalido, um ruído baixo, mas que, naquele momento noturno, fez um barulho horrível, e ela se encolheu, recuando da porta bem lentamente.

Qual era a primeira regra? Fazer silêncio. *Se eles vierem, não faça barulho.*

Ela correu até o quarto de Jack e escancarou a porta.

— Jack! — chamou, mas sua voz esmoreceu. Saiu apenas um arranhão na garganta quando Frae correu até a cama. — Jack, acorda.

— Hum? — murmurou ele, rolando na cama. — Onde vamos cantar?

Frae pestanejou e percebeu que ele estava falando em sonho. Ela sacudiu o ombro dele, insistente.

— *Jack!*

Ele sentou-se na cama e esticou a mão para tocar o rosto dela no escuro. Com a voz rouca, porém lúcida, chamou o nome dela:

— Frae?

— Tem um Breccan no nosso quintal — cochichou ela.

Jack quase a derrubou ao levantar da cama de um pulo. Correu para a sala a passos largos, seguido de perto por Frae, que ia retorcendo as mãozinhas enquanto Jack abria a janelinha da porta dos fundos.

Ela esperou, prendendo o fôlego. O luar pintava o rosto de Jack de prata enquanto ele analisava o quintal. Parecia que uma eternidade tinha se passado quando ele se virou para Frae e sussurrou:

— Não estou vendo ninguém. Onde ele estava?

— Bem aí, no meio das ervas! Ele estava olhando para a casa. O cavalo estava comendo nossas verduras.

Ela correu até ele e espreitou pela grade.

Jack estava certo. O Breccan e o cavalo tinham ido embora.

Ao mesmo tempo aliviada e decepcionada, Frae se recostou na porta, se perguntando se teria sido só imaginação.

— Era só um, Frae?

Ela soltou um suspiro trêmulo.

— Eu... é, acho que sim.

— Onde fica a espada da mamãe?

— No quarto dela, no baú.

— Busca para mim?

Frae assentiu e voltou para o quarto, tateando até chegar ao baú no canto. Mirin ainda estava dormindo, e Frae revirou as armas guardadas ali — uma aljava de flechas, um arco de teixo, e a espada na bainha de couro. Embora estivesse empoeirada e cega pela falta de uso, Frae ainda tinha esperanças de que Mirin fosse presenteá-la com aquela arma um dia.

Quando Frae voltou à sala, de espada em mãos, viu que Jack tinha aberto a porta dos fundos e esperava ali parado, olhando diretamente para o quintal.

— O que você está fazendo? — sibilou ela. — A segunda regra é ficar em casa, trancar as portas, e esperar a Guarda do Leste chegar!

— Obrigado, irmã — disse Jack, pegando a espada dela.

— Vou dar uma olhada no terreno, só para confirmar que não tem ninguém aqui. Vá acordar a mamãe e fique lá com ela, me ouviu, Frae?

Ele falou com severidade, e Frae aquiesceu, de olhos arregalados.

Ela ouviu quando Jack desembainhou a espada; viu a lâmina beber o luar, e, assim que o irmão pisou no quintal, ela entrou em pânico outra vez.

— Jack! Por favor, fique em casa — implorou ela, mesmo sentindo um forte impulso de ir atrás dele.

Jack apenas se virou para trás na terra e levou um dedo à boca. A primeira regra. Não fazer barulho.

Frae engoliu o nó na garganta e viu Jack caminhar pela horta em silêncio, à procura. Ela forçou a vista no escuro para acompanhá-lo, ansiosa, até que ouviu a voz tranquila de Mirin atrás de si.

— Vai ficar tudo bem, Frae.

Ela deu um pulo e, ao se virar, viu a mãe bem ali, também de olhos arregalados ao flagrar Jack andando pelo quintal.

— Vi um cavalo e um homem no quintal — cochichou Frae, e Mirin olhou para ela rapidamente. — Era um Breccan.

— Agora?

— Agora há pouco, mãe.

Mirin se aproximou e apoiou as mãos nos ombros de Frae, dando-lhe a sensação de segurança. As duas continuaram a observar Jack, que percorria o perímetro da horta, até que Frae finalmente percebeu: o portão estava aberto, rangendo sob o sopro de vento repentino. Era uma de suas últimas tarefas do dia — fechar bem todos os portões.

— O portão! — exclamou ela, bem quando Jack passou por lá. — Mãe, o portão está aberto!

— Eu já vi, Frae.

— Jack vai fechar, né? — perguntou Frae, mas, para seu horror, o irmão *passou* pelo portão aberto, e ela percebeu que ele estava prestes a descer a colina e sumir de vista. — Jack! *Jack!* Volta!

Ela estava gritando, sem nem perceber, até Mirin se ajoelhar e tomar seu rostinho entre as mãos frias.

— A gente precisa ficar quieta, Frae. Lembra-se das regras? Vai ficar tudo bem com o Jack. Vai ficar tudo bem com a gente. Aqui, estamos seguras, mas você precisa ficar quieta.

Frae assentiu, mas estava perdendo o fôlego de novo, ficando tonta.

— Vem, vamos fazer um chá e atiçar o fogo enquanto esperamos seu irmão.

Mirin fechou a porta, mas não a trancou, e Frae ainda estava dividida ao seguir a mãe até a lareira.

Mirin jogou mais lenha no carvão e atiçou uma chama cansada. Frae, com dificuldade, colocou as folhas de chá na peneira e levou a chaleira ao fogo. A água estava começando a ferver quando Jack voltou, praticamente saltando pela porta dos fundos, com o cabelo desgrenhado e o rosto ruborizado. Seus olhos exibiam um brilho furioso, desvairado.

— Jack? — perguntou Mirin.

— Contei dez deles — disse ele, pegando as botas e pulando de um pé só para tentar amarrar o calçado na altura dos joelhos. — Estão seguindo pelo vale, junto ao rio, acompanhando o limite das árvores até o norte. Acho que estão indo para o sítio dos Elliott.

— Eles vêm para cá? — perguntou Frae, tremendo.

— Não, Frae. Eles já passaram. Estamos seguros.

Porém, tinha aquele Breccan com o cavalo, pensou ela, perplexa. O que ele tinha ido fazer ali? Frae tinha certeza de que não tinha sido fruto da sua imaginação.

— E aonde você vai, Jack? — perguntou Mirin com um tom contido, como se não sentisse nada, nem medo, nem alívio, nem preocupação.

Jack acabou de atar as botas. Encontrou o olhar de Mirin do outro lado da sala.

— Vou ao sítio dos Elliott.

— Fica a seis quilômetros daqui, meu filho.

— Bom, mas eu não vou ficar parado aqui à toa. Vou correndo. Talvez hoje a terra me ajude — disse ele, e olhou para a espada que segurava. — Tem outra espada, mãe?

— Não. Tenho arco e flecha.

— Posso usar?

Mirin ficou quieta por um momento, mas logo se dirigiu a Frae:

— Busque o arco e a aljava para seu irmão, Frae.

Frae correu até o quarto pela segunda vez naquela noite, e pegou a arma com os dedinhos congelados. Quando voltou, viu que a mãe tinha amarrado uma flanela no peito de Jack, para proteger o coração e os pulmões. Era um tecido encantado. Mirin tecera aquela flanela para ele anos antes, e ele não parecia muito feliz por ter que usá-la até Mirin segurar seu queixo com firmeza — Frae sabia que era sinal de que ela estava furiosa — e encará-lo.

— Ou você usa a flanela e vai, ou não usa, e fica aqui com a gente, Jack. O que prefere?

Ele decidiu usar a flanela, conforme Frae já imaginava. Ela não entendia por que ele odiava tanto os encantos no tecido, mas mesmo assim entregou a ele o arco e a aljava, com o coração martelando no peito.

Jack sorriu para ela, como se fosse só mais uma noite tranquila. A expressão dele enquanto prendia a aljava na fivela do ombro a acalmou. Ele entregou a espada para ela.

— Já volto.

E assim ele se foi. Frae permaneceu diante do fogo, inicialmente atordoada, até que o medo retornou, inchando como uma picada de vespa. O punho da espada na mão dela estava quente e pesado. Ela o olhou como se nunca antes tivesse visto uma espada.

— Lembra-se da terceira regra, Frae? — perguntou Mirin, servindo o chá.

Frae se lembrava. As regras a reanimaram, e ela foi até o quarto outra vez para buscar a própria flanela, dobrada no banco. Voltou à lareira e parou diante da mãe para que Mirin enrolasse seu corpo franzino no tecido macio, bem amarradinho no ombro.

— Pronto — disse Mirin. — É assim que os guardas usam as flanelas também.

Frae tentou sorrir, mas seus olhos estavam ardendo de lágrimas. Queria que Jack tivesse ficado em casa.

Ela apoiou a espada na mesinha e se aconchegou com a mãe no divã, determinada a ficar acordada, atenta a todos os sons — o uivo do vento, o ocasional tremor das janelas, os rangidos da casa, os estalidos do fogo. Sons que a deixavam tensa, até que em algum momento ela apoiou a cabeça no colo de Mirin e recebeu um cafuné e o cantarolar de uma canção feliz. Uma canção que Frae não escutava fazia tempo.

Acabou pegando no sono, mas o homem de tatuagens azuis e cavalo enorme a perseguiu sonho adentro.

Torin estava na colina, entre o próprio sítio e o do pai, desesperado por uma resposta sobre o paradeiro de sua filha. Ele sempre começava a procurar pelo lugar onde Sidra esfaqueara o culpado, seguindo a queda dela pela ladeira até a fúria arder em seus ossos. Sidra ficara ali, caída e desacordada, por sabe-se lá quanto tempo. Torin ia encontrar aquele homem, fosse quem fosse, e matá-lo. Ao se agachar na urze esmagada, ficou se imaginando dando fim à vida daquela pessoa bem devagarzinho. O céu estava repleto de estrelas ao redor da lua crescente, e ele soltou um suspiro frustrado quando a mão esquerda começou a doer de repente, como se ele a tivesse mergulhado no gelo. O incômodo ficou mais intenso, latejando de tal modo que lhe roubou o fôlego. Torin esperou a dor passar, ou se expandir, contando as pulsações. Cinco invasores. Fechou os olhos e enxergou o ponto onde os Breccan tinham atravessado a fronteira. O sítio dos Elliott.

Até queria estar surpreso com o fato de os Breccan terem feito uma incursão ainda no verão, no dia seguinte a uma troca, mas só conseguia se render à autocensura.

Ele já devia ter imaginado.

Virou-se e voltou correndo para a casa escura. Sidra vinha dormindo no sítio de Graeme nos últimos dias, para seu imenso alívio. Ele não queria que ela ficasse sozinha, e ao mesmo tempo não podia se dar ao luxo de ficar com ela. Não dormia mais do que uma hora aqui e ali, quando a exaustão se tornava debilitante. Tinha aprendido a forçar o corpo, a encontrar um fio de força inesperado mesmo quando sentia estar no limite.

Ele cavou essa mesma energia ao chegar ao cavalo no curral. Arreou e montou o bicho, então saiu a galope pela estrada oeste, cortando o vento com os dentes. Na curva da estrada para o leste, fez um desvio e cavalgou pelas colinas, em direção às terras dos Elliott.

Talvez fosse chegar à fazenda apenas depois da incursão, pensou, irritado. Ainda precisava dobrar a quantidade de vigias na fronteira; tradicionalmente, ele esperava até o equinócio de outono para fazer essa mudança, quando o tempo começava a esfriar. Aquele ataque tinha sido muito inesperado, e Torin se sentia disperso e despreparado. Sentiu os olhos marejarem sob o vento que queimava seu rosto e puxava seus cabelos.

Uma nova era de paz, era o que dizia Adaira, com tanta esperança que Torin queria acreditar.

Contudo, ele só conseguia ver a tolice por ter se colocado em situação tão vulnerável, em uma reunião com o Breccan na orla norte. Por tê-la deixado abrir mão da comida e da bebida que lhes pertencia. Por expor seu conhecimento sobre a flor de Orenna.

A voz da prima voltou, um sussurro em sua mente: *O que você teme, Torin? Dê nome ao seu medo, para eu apaziguá-lo.*

Ele gemeu. Fazia dias que vinha sentindo dor no estômago, desde que abrira a porta do pai e vira Sidra, espancada e devastada. Desde que percebera que Maisie fora sequestrada.

Eu temo perder tudo o que amo. O leste, seu propósito. As pessoas entrelaçadas em sua vida.

Seu orgulho o impedira de responder a Adaira, mas ele confessara sua verdade ao voar pelas colinas. Não queria pensar nas pessoas que perdera, mas elas voltavam como espectros. A mãe, de quem lembrava-se vagamente, cuja voz era gentil, porém triste. Ele era tão pequeno quando ela o abandonara. Donella, um dia uma alma vibrante, cuja definição foi ficando rarefeita em sua mente ao longo dos anos. Ele se revoltara tanto com a morte dela. Maisie, sangue do seu sangue, que ele não conseguira proteger, e não conseguia encontrar. Sidra, unida a ele por um pacto de sangue, que voltara para casa ensopada pelo lago amaldiçoado, com os olhos perdidos e vagos.

Você, para mim, se tornou algo além de meras palavras pronunciadas em uma noite de verão.

Ele ficara rememorando aquela revelação inúmeras vezes nas últimas horas. Fora e voltara tanto na memória que deixara rastro nos pensamentos. A confissão o espantara — Torin sempre considerara Sidra tão acima dele. Jamais esperara merecer seu amor, e nunca soubera demonstrar a profundidade do próprio sentimento por ela.

Mas Torin não tinha mais tempo para pensar naquilo.

Ele estava quase chegando no sítio dos Elliott quando um vulto chamou sua atenção. Estava na trilha adiante dele, se deslocando para oeste. Um homem correndo, percebeu, e assim Torin desembainhou a espada, instando o cavalo a acelerar.

O homem escutou sua chegada e girou com uma flecha pronta no arco. Torin estava preparando para atacar quando o outro abaixou a arma, se encolheu e rolou pelo chão para não ser pisoteado pelo cavalo.

Torin virou o garanhão, quase caindo em meio à pressa, e olhou para a grama ao luar. O homem com o arco era facilmente reconhecível, uma sombra tênue se levantando do chão, espanando terra das roupas.

— É a *segunda* vez que você quase me mata, Torin.

A voz inconfundível e irritada de Jack.

— Cacete, Jack! — exclamou Torin, querendo esganá-lo. — O que está fazendo aqui?

— Vim ajudar os Elliott.

— Como você sabia da incursão?

— Vi dez Breccan passarem a cavalo pelo sítio da minha mãe. Vindo para cá.

Torin franziu o cenho, os pensamentos a mil.

— Dez? Eu só senti a invasão de cinco.

Jack se aproximou do cavalo. Torin mal discernia o rosto dele sob a luz celestial, mas dava para ver que também estava de cara fechada.

— Eu contei dez, nitidamente.

Tinha alguma coisa estranha ali, pensou Torin, bufando. Talvez estivesse distraído demais vasculhando o rastro da colina, quando sentira a dor na mão.

— Vai me dar uma carona? — perguntou Jack, com a voz arrastada.

— É melhor você voltar para casa, Jack.

O bardo soltou uma gargalhada cruel.

— Hoje, não, capitão. Você precisa de ajuda, e eu estou doido para derramar sangue.

Torin ficou sem argumentos, e eles estavam perdendo tempo. Então estendeu a mão para Jack e o ajudou a pular na sela.

Sequer esperou que o bardo se segurasse antes de estimular o cavalo a acelerar de novo.

Ele e Jack viram a tonalidade rosada no horizonte ao mesmo tempo. O pavor atravessou Torin e o preencheu com um silêncio gélido, mas Jack murmurou:

— Deuses do céu, o que é aquilo lá?

Torin não respondeu, poupando a voz. Ao chegar no topo da inclinação, os dois perceberam que a casa, o depósito e o curral dos Elliott estavam pegando fogo. O incêndio estava começando, a fumaça subindo em nuvens imensas e brancas. Aquilo era novidade, pensou Torin, examinando o vale. Antigamente, as incursões dos Breccan costumavam seguir sempre o mesmo método: eles atravessavam a fronteira, invadiam, roubavam comida, animais e qualquer coisa de valor, daí voltavam. Arroubos de violência rápidos. Eles nunca matavam, mesmo que às vezes ferissem, e nunca incendiavam.

— Por quê? — rosnou Jack. — Por que o oeste se sabotou assim, se Adaira estava disposta a negociar?

— Porque eles não vão mudar nunca — respondeu Torin, seco.

Os vigias já estavam presentes. Torin os via nos cavalos, perseguindo os últimos Breccan enquanto a família Elliott corria pelo terreno, tentando salvar o que podia da casa e da plantação queimadas.

Havia mais de cinco Breccan cavalgando com tochas em mãos, ateando fogo nos telhados de palha. Torin ficou abismado ao contar onze flanelas azuis, mesmo com a vista limitada dali na colina.

Redirecionou seu cavalo vale abaixo, onde o calor do fogo o alcançou como um dia de verão. As labaredas cresciam em ritmo assustador, perigosamente alimentadas pelo feno e pelo vento. Torin então desmontou, espada em riste, e mandou Jack permanecer no cavalo, onde tinha a maior probabilidade de se poupar. A última coisa que ele queria era que o marido de Adaira acabasse morto.

Torin nem olhou para trás para ver o que o bardo estava fazendo, embora tivesse notado uma flecha passar voando e atingir a casa sem muito efeito.

Satisfeitos com o roubo desejado e com o incêndio completo, os Breccan bateram em retirada em direção ao bosque, sumindo nas sombras como os covardes que eram.

Torin tossiu ao dar a volta na casa em chamas. O ar estava carregado e a fumaça ardia os olhos. Ele ordenou que metade dos guardas fossem buscar água do riacho mais próximo, para apagar o fogo. Para os outros, os vigias, fez sinal para perseguirem os Breccan pelo bosque Aithwood, até chegar à fronteira.

— Capturem prisioneiros, se puderem! — gritou, desesperado por respostas.

As árvores da floresta iam ficando mais densas, o ar, doce e escuro. Torin correu a pé, desviando dos troncos e chutando emaranhados de samambaia. A fronteira dos clãs ficava perto dali; ele sentia sua presença, vibrando na terra.

De repente, percebeu que estava sozinho. Nenhum dos vigias o acompanhava.

Parou abruptamente, cortando a noite com o olhar. Fazia silêncio, mas ele respirava ruidosamente, e a pulsação do sangue martelava os ouvidos.

O Breccan parecia ter vindo das sombras, com botas que não reverberavam na terra. Torin só notou o sujeito tarde demais, e ergueu a espada para rebater o ataque. A lâmina do Breccan cortou seu antebraço. A dor foi ardente, implacável.

Torin caiu de joelhos, arfando. Sentiu o calor abandonar seu corpo, a ferroada de uma arma encantada. Revidou o ataque seguinte com a espada e fez o Breccan recuar. Porém, logo foi atingido de novo, no ombro, bem abaixo da proteção da flanela.

Esta dor também foi gélida, mas fez acender um alerta na cabeça de Torin.

Corra, fuja, se esconda, corra.

As ordens o inundaram. Ele se levantou aos tropeços, abandonou a espada e correu, o medo corroendo-o por dentro. Atrás dele, alguém falou, com uma voz cruelmente divertida: "Que belo capitão você é", o que só fez alimentar o desejo irracional de Torin de correr, fugir, *se esconder*. Ele perdeu a noção do caminho, adentrando as profundezas do bosque. Finalmente, a floresta acabou, cuspindo-o em uma paisagem repentinamente árida. Ele escutava o rugido da orla ali perto. A bruma vinha emanando do mar, fria, espessa e faminta. Torin correu de encontro a seu abraço.

Jack corria pelo terreno dos Elliott com um balde d'água. Fora inútil com o arco e flecha, mas aquilo ali ele podia fazer. Ficou jogando água na casa, que continuava a arder em chamas, correndo de um lado a outro, seguindo a fileira de guardas. Do riacho ao quintal, do quintal ao riacho, com a pele grudenta de suor e manchada de cinzas.

A casa continuava a queimar.

Jack estava ofegante, arremessando mais água no fogo. Ouviu berros e, ao se virar, viu Grace Elliott ajoelhada, se balançando num transe. O marido dela, Hendry, a acompanhava, tentando confortá-la. Os dois filhos estavam calados de choque, as chamas refletidas em seus olhos.

Por um momento, Jack ficou apavorado com a ideia de ainda haver alguém na casa, e abordou a família.

— Vocês todos conseguiram sair? — perguntou.

— Sim — disse ele. — Todos nós, menos... Eliza. Mas é que ela está desaparecida. Faz quase três semanas que não volta para casa.

Jack assentiu. Estava com a boca seca, os olhos ardendo.

Os Elliott tinham salvado uma vaca velha, mas perdido tudo o mais. Jack se afastou, cambaleando, varrendo a escuridão com o olhar. A visão dele estava embaçada pelo fogo, ele enxergava vagamente o bosque Aithwood. Perguntou-se onde estariam Torin e os outros vigias, e tentou conter o incômodo interior, decidindo que continuaria indo e vindo do riacho até segunda ordem.

O comando chegou minutos depois, junto ao vento uivante oriundo do norte. O fogo cresceu e os destroços carbonizados da casa começaram a estalar.

— Recuem! — gritou um guarda.

Jack correu atabalhoadamente para ajudar os Elliott a fugirem do quintal enquanto a casa desabava em uma erupção de fagulhas e uma onda de calor fulminante. Nada mais podia ser feito; ele ficou com a família na grama, ainda olhando ao redor, em busca de Torin, especialmente quando alguns dos vigias voltaram do bosque.

Não tinham pegado nenhum Breccan, ninguém fora capturado.

Todos tinham escapado.

Torin não voltou, nem quando as estrelas foram desaparecendo. O céu do leste já estava tingido de ouro quando alguns guardas abordaram a família.

— Ainda estamos esperando notícias do capitão, mas acreditamos que seja melhor escoltá-los até o castelo — disse um deles. — O barão e a herdeira desejarão cuidar de vocês até ser possível reconstruir. Venham, montem em nossos cavalos, que os levaremos a Sloane.

Grace Elliott assentiu, derrotada, apertando o xale no pescoço. Parecia tão exausta, com os olhos avermelhados, a caminho do cavalo. Estava prestes a subir na sela quando ficou paralisada.

— Vocês ouviram isso? — indagou ela, girando na direção dos destroços da casa em chamas.

— Foi só o vento, meu amor — disse Hendry Elliott, que parecia desesperado para afastá-la do fogo e da fronteira. — Vamos subir no cavalo, vem.

— Não, é Eliza — insistiu Grace, se afastando do marido com um impulso. — Eliza! *Eliza!*

Jack ficou arrepiado ao ver Grace Elliott avançar a passos largos pela grama, gritando pela filha desaparecida.

Hendry foi atrás dela, passando as mãos pelo cabelo.

— Grace, *por favor*. Pare com isso.

— Você não escutou, Hendry? Ela está chamando!

Jack aguçou a audição. Deu um passo na direção das ruínas.

— Esperem! — exclamou. — Eu também ouvi.

O grupo todo se calou, um silêncio doloroso. O vento ainda soprava com vigor, e o fogo crepitava, mas uma voz fraca chamava ao longe.

Gritos soaram. Os guardas tinham ouvido ou visto alguma coisa.

Grace e Hendry dispararam em uma corrida frenética até a casa demolida. Jack ia atrás deles, bem como os irmãos Elliott e os guardas. Eles passaram direto pelas ruínas e emergiram do outro lado do terreno, encarando o céu escuro e imenso do sul.

Através da dança lânguida da fumaça, Jack discerniu uma menininha correndo colina abaixo. Vinha pela mesma trilha que ele e Torin tinham tomado para chegar ao sítio dos Elliott. Vinha dos lados das terras de Mirin. O cabelo castanho trançado com fitas, o vestido, limpo e impecável, mas o rosto contorcido de emoção ao ver os pais.

— Eliza! — berrou Grace, pegando a filha no colo.

Hendry e os dois irmãos se aglomeraram ao redor dela, até Jack não conseguir enxergar mais a menina naquele abraço. Ainda assim, ele sentia o choro, a alegria, o assombro com o reencontro da família.

Lentamente, desabou no chão, sufocado pela compreensão espantosa.

Uma menina desaparecida fora encontrada.

Eliza Elliott tinha voltado para casa no rastro de uma incursão.

PARTE TRÊS

Uma canção para o vento

Capítulo 18

Sidra estava entregue a um sono desprovido de sonhos quando sentiu a mão de Graeme em seu ombro.

— Sidra, minha filha. Adaira veio ver você.

Ela se levantou em um instante, pestanejando ao se endireitar. Graeme cedera a ela a cama no canto do cômodo e dormia em um estrado na frente da lareira. Com cuidado, Sidra deu a volta na mesa bagunçada e encontrou Adaira parada à porta. Imediatamente, soube que havia algo errado. Adaira estava pálida, o rosto franzido de preocupação.

— O que houve? — perguntou Sidra, com a voz vacilante.

— Preciso da sua ajuda no castelo — disse Adaira. — Vista-se e venha me encontrar lá fora. Traga suas ervas.

Sidra aquiesceu e correu para se vestir atrás do biombo de madeira. Botou a mesma saia e o mesmo corpete do dia anterior, e notou que estava tremendo ao amarrar as botas.

— Aqui, menina — disse Graeme, na saída, entregando um biscoito embrulhado em pano, além de sua cesta de artefatos. — Se for dormir no castelo hoje, mande um recado para me avisar.

— Pode deixar, pai — concordou Sidra, e agradeceu pela comida ao sair.

Adaira e dois guardas esperavam na estrada, em montarias. Sidra alcançou Adaira e pulou na sela atrás dela. A posição era desconfortável com a cesta, mas Sidra a posicionou ao lado do corpo e passou o outro braço pela cintura delgada de Adaira.

— O que houve? — perguntou de novo.

A primeira coisa que lhe ocorreu foi que o pai de Adaira estava prestes a falecer, e Sidra tentou se preparar para o momento.

— Explico quando chegarmos a Sloane — respondeu Adaira, incitando o cavalo.

O trajeto até o centro pareceu insuportavelmente demorado. Ao chegar no pátio, Sidra estava morta de preocupação. Adaira a ajudou a descer ao chão de paralelepípedos, e Sidra olhou ao redor, procurando por Torin, em desespero. Como não viu sinal dele, limitou-se a acompanhar Adaira pelo salão e por corredores sinuosos até chegar a uma sala pequena e íntima, onde poderiam conversar.

Sidra parou, de pé sob um feixe da luz matinal, esperando Adaira servir uma dose de uísque para elas duas.

— O que está acontecendo, Adi? — insistiu ela ao aceitar o copo.

— Beba — respondeu Adaira. — Você vai precisar.

Era raro Sidra beber uísque, mas virou o gole de líquido ardido. Ao engolir, seu olhar ficou mais aguçado, sua audição, mais atenta. Com uma careta, se voltou para a outra, cheia de expectativa.

Adaira a encarou, os olhos azuis injetados.

— Eliza Elliott foi encontrada hoje cedo.

Sidra levou um susto. Parecia que o chão estava tremendo inteiro quando ela perguntou, em um sussurro:

— Onde?

Escutou Adaira contar da incursão, do sítio incendiado, da volta milagrosa de Eliza. Aí ficou andando em círculos pela saleta, confusa e repleta de dúvidas que queriam irromper.

— Acho que as meninas estão no oeste, Sidra — concluiu Adaira finalmente. — Acho que os Breccan deram um jeito de cruzar a fronteira sem alertar Torin, e que andam roubando nossas meninas, uma a uma.

Sidra se deteve abruptamente. Pensar em Maisie capturada no oeste fazia seu sangue gelar. Porém, fazia total sentido, como se a última peça do quebra-cabeça se encaixasse.

— É por isso que não encontramos as meninas aqui no leste, não é? Elas estão com os Breccan.

Adaira assentiu.

— E acho que os Breccan estão usando o poder da flor de Orenna para isso. Talvez a flor dê a eles a capacidade de atravessar a fronteira sem disparar alarmes.

Sidra massageou a cabeça dolorida.

— Você ainda tem a flor que dei?

— Sim, mas tenho medo de consumi-la e testar a teoria, pois é a única amostra que nos resta, e minha hipótese pode estar errada.

— O que Torin acha?

Adaira hesitou um instante.

— Ainda não sei. Mas ele mencionou algo para Jack durante a incursão. Torin sentiu apenas cinco Breccan atravessarem a fronteira dos clãs, mas Jack contou o dobro deles no vale perto do sítio de Mirin. Está óbvio que eles têm algum jeito de entrar aqui em segredo. Cinco deles atraíram os vigias, a guarda e Torin ao sítio de Elliott, enquanto o restante avançou clandestinamente pelo território para soltar Eliza.

Sidra sentiu um puxão estranho no peito ao pensar que o encanto na cicatriz de Torin poderia estar logrando-o.

— A incursão de ontem foi uma demonstração de poder, mas também acredito que tenha sido uma distração — continuou Adaira. — Os Breccan a usaram para nos devolver uma das meninas.

— Por que eles abririam o jogo assim? — perguntou Sidra.

— Por que não ficarem quietos, só roubando nossas meninas? Aliás, por que estão sequestrando elas, para começo de conversa?

Adaira suspirou, como se assombrada pelas mesmas questões a manhã toda.

— Não sei, mas acho que é um sinal óbvio de que os Breccan não querem saber de paz. Eles querem que eu contra-ataque e declare guerra. Agora, não tenho opção senão me preparar para o conflito, embora precise ter muita cautela. Não tenho prova irrefutável de que eles estão com as meninas, mesmo que o ressurgimento de Eliza após a incursão tenha sido indiscutível. Preciso conseguir provas de outro modo, e a partir daí vamos ter que tentar recuperar as meninas em segurança antes de qualquer confronto aberto.

— Sim — sussurrou Sidra.

A segurança das meninas era da maior importância. Ela não ousaria ter esperança — a emoção era muito frágil ultimamente —, mas queria acolher o conforto de que logo teria Maisie de volta também. A ideia quase fez Sidra desabar, e ela pestanejou antes que a comoção a nocauteasse.

— O que precisa que eu faça, Adi? — perguntou.

— Primeiro, preciso que você examine Eliza — respondeu Adaira. — Ela voltou com fitas no cabelo, sem um pingo de sujeira na roupa. Aparentemente, foi bem cuidada, mas preciso que você confirme que não foi agredida, nem molestada. Ela também não consegue responder a nenhuma pergunta sobre quem a capturou, nem onde passou as últimas semanas, mas seria de imensa ajuda se você a acolhesse para lhe dar margem para se abrir. Mas as necessidades dela são prioridade, e espero que você possa me ajudar a entender quais são.

Sidra ficou quieta. Raramente precisava examinar uma criança em busca de sinais de violência, embora não fosse algo inédito ali. A mera alusão a algo assim já lhe dava engulhos, e ela precisou apoiar a mão na parede.

— Sid? — sussurrou Adaira, se aproximando.

Sidra respirou fundo. Aí fechou os olhos, se recompôs e, quando voltou a olhar para Adaira, aquiesceu.

— Pode deixar que farei isso por você. Me leve até Eliza.

— Não sei o que fazer, Jack — confessou Adaira. Estava passeando em círculos pelo quarto, esperando Sidra examinar Eliza.

Parecia que tudo o que planejara, tudo pelo qual tinha se esforçado, estava escapando por entre seus dedos.

— Venha comer alguma coisa, Adaira — sugeriu Jack, sentado diante da lareira, com a bandeja de chá que pedira para eles. — Você não tem como manter o vigor se não se alimentar.

Ela sabia que Jack estava certo, mas seu estômago estava contorcido em nós de preocupação por causa de Eliza. Pelas outras meninas, pelas dúvidas sobre o destino delas.

Adaira tentou comer pão, mas logo o largou e voltou a andar, inquieta.

— Se eles tiverem maltratado essa criança... os Breccan vão desejar nunca terem nascido. Vou ensiná-los a não sequestrar meninas. Vou queimar o oeste. Vou arrasar a região inteira.

Jack se levantou e parou diante dela. Ela sabia que estava falando como Torin. Seu primo, que no momento estava sumido. O capitão da guarda, cuja relutância em confiar nos Breccan era fundamentada desde o princípio. A ira de Adaira só fez aumentar, e então ela sentiu as mãos frias de Jack em seu rosto.

— Ainda precisamos comprovar que foram eles. Mas há duas coisas que podemos fazer por enquanto, Adaira — disse ele, com a voz calma. — Primeiro: você deveria escrever para Moray Breccan. Nem mencione Eliza, mas dê um ultimato. Diga que você dará um dia para ele devolver o que o clã roubou de nós, senão o futuro do acordo e de sua visita estarão findados. Não faça nenhuma declaração de guerra. Segundo: estou compondo uma balada para os espíritos do vento. Acredito que conseguirei completá-la depressa, se me dedicar por boa parte do tempo.

Adaira o fitou. O coração dela vibrava, de excitação e de medo, ao escutar as sugestões.

— Não quero que você toque para o vento, Jack.

A MELODIA DA ÁGUA 309

Ele franziu o cenho e abaixou as mãos.

— Por que não? Eles são os espíritos mais poderosos. Selaram a boca da terra e da água. Sem dúvida sabem onde o oeste está escondendo as meninas. Se eu os convocar, eles podem nos dar a confirmação de que necessitamos para recuperar as meninas.

Adaira suspirou.

— Não quero que você toque porque drena sua saúde.

— Mesmo assim, foi por *isso* que você me convocou de volta, Adaira — disse ele, em voz baixa. — Estamos tão perto de desvendar o mistério. Por favor, use meu dom para encontrar as respostas de que precisa.

Ela estava dividida, mesmo sabendo que ele estava certo.

Uma batida soou à porta. Adaira ficou aliviada ao ver que era Sidra, voltando do exame.

— Como está Eliza? — perguntou.

— Pelo que pude ver — começou Sidra —, ela não sofreu nenhum trauma físico. Foi cuidada com atenção, bem alimentada, e descansou durante esse período afastada. Mas sua incapacidade de falar sobre o que aconteceu pode ser um indício de que ela esteja com medo, e que alguém a tenha ameaçado em troca de silêncio.

— O que podemos fazer para ela voltar a sentir-se segura? — perguntou Adaira.

— Mantê-la com a família por enquanto — respondeu Sidra. — Garantir que a vida dela seja o mais normal e estável por enquanto, mesmo que eles estejam morando no castelo e a casa da família tenha sido incendiada e destruída.

— Cuidarei disso — disse Adaira. — Obrigada.

Sidra assentiu e se virou para ir embora. Jack olhou de relance para Adaira; ela já entendia bem aquele olhar, o brilho de alerta.

— Espere, Sid — acrescentou Adaira.

Sidra parou à porta.

— Preciso falar com você, sobre Torin.
— Pois é, cadê ele? — perguntou Sidra. — Estava na esperança de falar com ele hoje.
Quando Adaira hesitou, Jack falou por ela:
— Não sabemos onde ele está. Ele perseguiu os Breccan no bosque Aithwood durante a incursão.

Sidra empalideceu.

— Vocês acham que ele foi ferido? Ou capturado?

— Um dos vigias alega tê-lo visto sair correndo da floresta, a pé — disse Adaira —, mas estava caindo uma névoa, o que dificultou muito para localizá-lo. Acreditamos que ele esteja ferido, e mandei a guarda vasculhar as colinas ao norte. Avisarei assim que o encontrarmos.

— Você deveria ter me contado que ele estava perdido assim que me viu — disse Sidra.

Adaira nunca a ouvira falar com tanta ira, e sua vergonha cresceu.

Resolvera esperar para contar a Sidra porque precisava que fosse dada total atenção aos exames de Eliza Elliott. Porém, talvez tivesse sido um erro. A sensação agora era que ela vinha se equivocando sem parar, e, com um nó na garganta, viu Sidra partir sem dizer mais nada. Estava tudo desmoronando, e Adaira não sabia como manter seu mundo de pé.

Quando Jack se retirou para o próprio quarto, para trabalhar na balada que Adaira não queria que ele cantasse, ela se acomodou à escrivaninha e pegou uma folha de pergaminho e uma pena nova.

Não sabia se Moray tinha ordenado a incursão. Havia a mínima possibilidade de não ter partido dele, de ter sido obra de um grupo dos Breccan oposto ao acordo. Porém, agora que Adaira desconfiava que o oeste estivesse sequestrando as meninas, seu coração estava em brasas. Agora achava que a tão almejada paz era mera ilusão ingênua.

Por que o oeste quereria nossas meninas?

Ela não tinha respostas, e só lhe restava supor que a vida para além da fronteira era muito pior do que ela sempre imaginara. Talvez as filhas dos Breccan estivessem morrendo. Mesmo que fosse o caso, por que então devolveriam Eliza? Adaira mergulhou a pena no tinteiro e escreveu um ultimato para Moray.

Torin estava caído em um campo de cardo lunar, vagamente consciente de onde estava, do que estava fazendo. Ele piscou e tentou se mexer, e só sentiu uma dor lancinante no ombro esquerdo. Com uma careta, olhou para baixo, para as feridas. Dois cortes superficiais no braço vertiam sangue com um fedor horroroso.

Uma voz fraca, forjada por anos de treinamento, ordenou que ele se levantasse. *Levante, ande, limpe estas feridas antes que infecionem ainda mais.* Porém, ele não queria fazê-lo; mas precisava lutar contra aquele impulso arrasador de continuar ali, escondido e seguro. Nada se aproximaria do cardo lunar. Nada, além de Adaira, das libélulas e das abelhas. Embora triste, o pensamento lhe arrancou um breve sorriso.

Assim, ele permaneceu deitado, entre os cardos, cobertos pela bruma da manhã.

Não demorou para ouvir seu nome, transportado pelo vento.

— Capitão Tamerlaine!

Ouviu o chamado se repetir e se repetir, como um rebanho bovino. Torin se arrastou pela terra, afundando mais nos cardos, sem dar atenção aos espinhos porque, acima de tudo, não queria que os guardas o encontrassem daquele jeito. Como um covarde fujão, que sequer aguentava se levantar, limpar as feridas e recuperar a espada, que se deixara abater tal qual um novato.

Ele ficou ali caído, e rogou que fossem todos embora. Encostou o rosto na terra e rangeu os dentes para conter a dor no braço, tentando acalmar os pensamentos, mas se perguntou

por quanto tempo aquele encanto ainda iria afetá-lo. Um dia? Vários dias? Precisava se levantar. *Levante!* Foi então que ele a viu. Ela passou andando pelo campo de cardos, o cabelo escuro chamando sua atenção na bruma.
Sidra.
Ele imediatamente começou a rastejar até ela, atravessando os cardos. Ela não o vira. Na verdade, estava se afastando, mas aquele cabelo preto era seu farol na bruma — ela era seu porto seguro —, e assim Torin escapou dos cardos e se levantou com esforço.
Cambaleou por um momento. O mundo girou, e a névoa enganava seus olhos. Ele a perdeu de vista e sentiu as feridas arderem de novo, sentiu o pânico e o medo de antes que incitaram sua fuga. Porém, o medo de antes nem se comparava ao que sentia agora, ao abrir a boca para chamar o nome dela.
Sidra!
O nome ressoou em sua cabeça, mas nenhum som emergiu da boca. Apenas um silêncio ensurdecedor.
Ele tentou de novo, mas tinha perdido a voz. Não conseguia falar, e entendeu o que a primeira espada encantada fizera ao cortar seu braço.
Ele tropeçou em uma pilha de pedras. O som das pedras caindo fez Sidra se virar, e Torin a viu emergir da bruma. E percebeu seus olhos arregalados assim que o notou, desolada e aflita.
— Torin — suspirou ela, e esticou a mão.
Ele não conseguia se sustentar. Apoiou-se nela, uma mulher cuja estatura não chegava nem ao seu ombro, mas que ainda assim lhe deu o suporte necessário.
Mas mesmo quando Torin afundou o rosto nos cabelos dela e chorou, não conseguiu emitir som algum.

Capítulo 19

Sidra estava ouvindo a chuva, parada diante da mesa da cozinha, macerando uma pilha interminável de ervas. Parecia estar macerando há horas, as mãos dormentes, queria fazer todas as misturar possíveis e imagináveis e espalhá-las nas feridas de Torin. O corte no ombro estava sarando rapidamente — o mais superficial, aquele que dava o toque do medo. Mas o ferimento no antebraço, que roubara sua voz... Sidra não conseguia estancar o fluxo lento porém constante de sangue. E feridas encantadas, embora insuportavelmente dolorosas, costumavam sarar na metade do tempo das feridas comuns se devidamente tratadas.

O que estaria faltando a ela? *Afora minha fé*, pensou, exasperada, e soltou o pilão. Ela encarou a variedade de ervas secas espalhadas na mesa, os ramos frescos pendurados das vigas. O pote de mel, a tigela de manteiga, o frasquinho de óleo. Faltava alguma coisa para curar a ferida e devolver a voz dele, mas ela não sabia o que era.

Exausta, criou um novo bálsamo para experimentar e levou a cumbuca para o quarto. Torin estava dormindo, levemente boquiaberto, as pernas compridas quase penduradas na cama. Estava sem camisa, e o peito subia e descia com a respiração lenta e profunda, mas ela sabia que ele despertaria muito em breve. Ela arrancara oito espinhos de cardo lunar das mãos e do rosto dele; mesmo tendo bebido um sonífero forte horas antes, ele ainda seria vítima dos pesadelos.

Ele parecia tão vulnerável agora, tão jovem, pensou ela ao olhá-lo. Sidra se perguntava se eles teriam feito amizade anos antes caso se cruzassem, mas concluiu que não, provavelmente não.

Em silêncio, ela sentou-se ao lado dele na cama e afastou a atadura úmida que protegia os ferimentos para forrá-los com uma nova camada de unguento. Ao sentir o rastro frio da magia na pele dele, ela descontou a frustração no rolo de pano novo, que acabou rasgado em tiras. Então ela fez um novo curativo e percebeu que o corte de baixo ensanguentou a atadura rapidamente. Não estava sarando, na verdade estava piorando. Ela sentiu o primeiro calafrio de medo.

O que está faltando?

Foi então que Sidra finalmente admitiu a verdade. Ela não sabia se conseguiria curar Torin. Sua fé ainda era um espelho estranho e quebrado no peito, cacos afiados e pontudos refletindo os anos de uma vida bagunçada.

Ela cobriu o rosto com as mãos, soluçando. Sentiu o cheiro de inúmeras ervas nas palmas, segredos que sempre soubera manusear, e deixou a verdade inundá-la até sentir-se prestes a se afogar na própria pele.

Não sei curá-lo.

A chuva continuava a cair, e Sidra permaneceu ao lado de Torin. Em algum momento, ela se esticou e pegou a miniatura de madeira da dama Whin das Flores. Maisie a deixara na cabeceira, dias antes, e Sidra não ousara perturbá-la. Agora pegava a escultura, passando os dedos pelo cabelo comprido do espírito, pelas flores que brotavam de seus dedos, pelos detalhes extraordinários de seu belo rosto.

Como seria fácil se a fé fosse tangível assim, como uma estatueta, algo que ela pudesse pegar nas mãos, ver todos os detalhes, entender os encaixes que lhe davam forma. Mas ora, a terra não provara sua lealdade a ela, ano após ano? Mesmo no inverno, quando a natureza adormecia? Sidra sempre sabia que as flores, a grama e as frutas voltariam na primavera.

Mas mesmo consolada por tais lembranças, ela não tinha preces a murmurar. Dentro de si parecia haver apenas vazio e exaustão, e assim Sidra botou a miniatura de volta no lugar e fechou os olhos *só por um minutinho*.

Estava cochilando sentada na cama quando o cão soltou um latido esganiçado.

Sidra se levantou, deixando a cumbuca cair com estrépito no chão. Torin não despertou, sequer reagiu ao alerta. Yirr, o cão, estava à entrada desde que Torin o levara para Sidra.

Ela ouviu um novo latido. Um som de advertência.

De repente, desejou não ter mandado embora os guardas de Torin. Um grupo deles tinha se demorado na sala de estar e no quintal, ansiosos, enquanto Sidra tratava o capitão. No entanto, reconhecendo o medo e a humilhação no rosto de Torin, ela achou melhor dispensar toda a equipe. Não queria que o vissem daquele jeito.

E assim Sidra os mandara de volta a Sloane, mas neste momento desejava ter preservado ao menos um sentinela.

Yirr continuou a latir, e Sidra saiu para a sala. Era fim de tarde e a luz ia baixando lá fora, mas mesmo assim ela viu o lampejo da faca na mesa, e a pegou antes de ir até a porta.

Parou por um momento rígido, respirando junto à madeira, escutando os latidos incessantes de Yirr. A porta não estava trancada, e ela arriscou entreabri-la minimamente para espreitar o quintal borrado de chuva. Ali estava Yirr, a pelagem branca e preta nitidamente marcada na tempestade. Estava plantado na trilha de pedras que levava à entrada, latindo para duas silhuetas que tinham acabado de entrar pelo portão.

O medo de Sidra morreu assim que ela reconheceu Mirin e Frae.

— Quieto, Yirr — disse ela, abrindo mais a porta. — Mirin? Entrem, saiam da chuva.

O cachorro aceitou o comando para sentar e deixar as visitas se aproximarem, embora Mirin ainda parecesse assustada.

Ao entrar na sala, ela tirou o capuz da capa ensopada, com Frae bem ao seu lado.

— Que bom ver vocês — disse Sidra, deixando a faca de lado, e sorriu com carinho para Frae.

— Como posso ajudar?

— Primeiro quero saber de Torin — disse Mirin, olhando de relance para o quarto. — Soube que ele foi ferido.

— Ele está descansando, melhorando — respondeu Sidra.

— Foi atingido por duas espadas diferentes.

— Encantadas?

Sidra confirmou, na esperança de seu medo não ficar tão evidente.

— Então que bom que ele tem você, Sidra — disse Mirin, gentil. — Sei que você vai curá-lo rapidamente.

Sidra poderia ter derretido no piso ali mesmo, sob o peso sufocante da derrota. Porém, felizmente, uma distração surgiu. Mirin estendeu uma flanela dobrada, um xale verde lindo, em tons de musgo, samambaia e zimbro. Das cores da terra, das plantas que cresciam em sua horta agora tão negligenciada.

— Para você — disse Mirin, pressentindo a admiração e a confusão de Sidra.

— É lindo, mas eu não encomendei um xale — disse Sidra. Ela passou um dedo na lã macia. No momento em que encostou na flanela, soube que era encantada.

— Foi Torin quem encomendou — disse a tecelã. — Ele me procurou dias atrás e me pediu para fazer um xale para você. E, como você bem sabe, às vezes posso demorar um pouco para criar uma flanela encantada, mas quis preparar esta para você o mais depressa possível.

— Ah — soltou Sidra, sem saber por que estava surpresa, mas a revelação aqueceu sua alma como uma chama. — Eu... obrigada, Mirin. É linda. — Ela aceitou a flanela e a abraçou junto ao peito. A informação de que Mirin dera prioridade ao pedido por ela foi comovente, e ela acrescentou: — Deixe-me oferecer um tônico para ajudá-la a se recuperar.

A MELODIA DA ÁGUA 317

A tecelã assentiu, e Sidra correu para buscar um frasco do preparado preferido de Mirin.

— Frae também trouxe algo para você — disse Mirin após aceitar o tônico de Sidra, e deu um empurrãozinho para incentivar a filha.

Sidra se agachou para olhar Frae. A menina a fitava, tímida, e então estendeu um prato coberto.

— Fiz uma torta para a senhora e para o capitão — disse Frae. — Espero que gostem.

— Eu *amo* torta! — exclamou Sidra. — E Torin também. Aposto que ele vai comer tudinho quando acordar do cochilo.

Frae abriu um sorriso reluzente, e Sidra se levantou para deixar a torta e a flanela na mesa. Queria dar algo a Frae em troca, e escolheu um ramo de prímula seca.

— Para você — falou, colocando a flor no cabelo de Frae. *Proteja ela.* A prece surgiu naturalmente, surpreendendo Sidra. Ela se perguntou se os espíritos escutariam sua oração e, em pensamento, acrescentou: *Cuide desta pequena.*

Frae sorriu, corada. Sidra lembrou-se de quando tinha a idade da menina. Dos dias que passava nos pastos, cuidando do rebanho, trançando coroas de flores.

— Antes de irmos — disse Mirin, interrompendo o devaneio de Sidra —, podemos ajudar com mais alguma coisa?

— A flanela e a torta já são de muita ajuda — disse Sidra, sincera. — Mas obrigada pela oferta.

Aí ficou olhando a tecelã e a filha partirem, o sol irrompendo entre as nuvens. Decidiu deixar a porta aberta para o ar lavado de chuva entrar em casa.

A seguir, embrulhou os ombros com o xale. A peça tinha um tamanho estranho, um pouco grande demais para um modelo típico, mas a fez sentir-se mais segura. Ela pegou uma colher e se sentou à mesa para comer a torta de Frae. As frutinhas azedas derreteram na língua, trazendo lembranças de longos verões ao lado da avó, colhendo frutas silvestres nas colinas e no bosque.

Sidra fechou os olhos, revivendo a lembrança agridoce. Sabendo que podia se perder naqueles dias, obrigou-se a retornar ao presente. À mesa coberta de artefatos de cura que, sob suas mãos, tinham perdido o poder.

E então pensou: *Como faço para reencontrar minha fé?*

Torin sabia que estava sonhando, pois via homens que já tinha matado. Via as feridas fatais que causara. Eles sangravam e sangravam, de garganta rasgada e peito aberto, expondo ossos lascados e corações dilacerados, e ao mesmo tempo lhe enchiam de pedidos. Para alimentar as esposas, as crianças, os entes queridos, porque o vento do norte logo traria o gelo, a escuridão e a fome em seu sopro.

— Não é responsabilidade minha alimentá-los! — respondia Torin, furioso, exausto da culpa que sentia. — Vocês deviam ter ficado no oeste. Já deviam saber que não é para roubar dos inocentes do leste. Também temos esposas, crianças e entes queridos a alimentar e proteger aqui, tal como vocês têm em suas terras.

— Por que você nos matou? — perguntou um deles.

— Ao tomar uma vida — disse outro —, você deve cuidar de outras, aquelas marcadas por sua violência.

Torin flagrou-se exasperado. Era frustrante conversar com mortos, e era mórbido olhar nos olhos dos fantasmas, mesmo nos limites do sonho. Ele não deveria ligar para o que diziam, pois cumprira seu trabalho, sua missão. Eles tinham invadido, roubado, vindo a terras proibidas com más intenções. Ele simplesmente defendera seu clã, como fora treinado para fazer. Por que sentir culpa por isso?

Então o sonho mudou, mas os seis fantasmas continuaram ali, como se atados à sua vida. Agora ele estava de pé em um prado, e o mundo estava todo embaçado até que de repente ele viu Sidra chegando, de vestido vermelho de casamento, com flores nos cabelos pretos. Perdeu o fôlego; estava prestes a desposá-la, quando percebeu que os fantasmas também estavam a observá-la. Eles se aglomeraram ao redor de Torin.

— Que coragem de sua parte revelar sua culpa a ela — comentou um deles. — Contar a respeito de *nós*.

— Mas que tolice — sibilou outro —, acreditar quando ela diz que ama você, mesmo com esse sangue todo nas mãos.

— Você não sabe que logo ela vai abrir os olhos e nos ver? — declarou outro, por fim. — Quando ela entrelaçar a vida à sua, nós a assombraremos assim como assombramos você.

Torin fechou os olhos, mas quando os abriu, Sidra continuava em sua caminhada, e então ele viu que estava com sangue nas mãos. Sangue que não era dele, e que não conseguia limpar. Sidra estava chegando, com um sorriso hesitante.

Torin acordou de sobressalto.

De início, ele não sabia onde estava. Olhou para o teto escuro, e a cama em que dormia era macia demais para ser do quartel. Porém, quando sentiu a fragrância de ervas, reconheceu que estava em casa.

Sequer tentou falar. Era como se tivesse uma garra fincada na garganta, mantendo sua voz em cativeiro. A ardência no ombro ainda latejava, alimentando seus medos irracionais.

Ergueu a cabeça do travesseiro e vislumbrou Sidra que trabalhava à mesa. Ele a escutava macerando as ervas, e relaxou até se lembrar do sonho.

Devagar, levantou-se. Estava fraco, e o mundo girou por um segundo; esperou os olhos retomarem o foco para ir descalço até a cozinha.

Sidra sentiu a presença dele. Virou-se, de olhos arregalados, e ele pensou que ela fosse repreendê-lo por ter saído da cama. Mas ele só queria ficar junto dela. Foi então que percebeu que ela usava a flanela que ele encomendara a Mirin. Ela a colocara em torno dos ombros, como um xale, mas como Torin pedira que fosse feito de tamanho maior, e as pontas estavam atrapalhando.

— Você devia estar na cama — disse ela, olhando-o de cima a baixo.

Torin esticou a mão e pegou a flanela, que puxou de leve para tirar dos ombros dela. Sidra deixou o pano cair, mas franziu a testa, confusa.

— Mirin veio trazer. Desculpa, achei que fosse para mim.

Torin odiava quando ela pedia desculpa. Sidra se responsabilizava por coisas demais, e ele temia que um dia aquilo fosse acabar com ela. Ele fez menção de falar, aí se lembrou de que tinha perdido a voz, e percebeu que teria que se expressar de outro jeito. Sem palavras.

Precisava de algo para prender a flanela.

Saiu arrastando os pés até o outro cômodo, onde havia o baú encostado na parede. Revirou as roupas até encontrar um broche, um círculo dourado na forma de samambaia com um alfinete comprido. Quando voltou à cozinha, suando frio e tonto, percebeu que Sidra tinha parado de trabalhar. Ela estava corada e encarava a mesa, distraída.

Parecia perdida, e logo se mostrou surpresa quando Torin a pegou pelo braço e a virou para si.

— Você devia estar na *cama*! — ralhou ela outra vez, soando como se estivesse à beira das lágrimas.

Torin começou a dobrar a flanela, do mesmo modo que gostava de dobrar a sua. Aí passou o pano pelas costas dela, e depois pelo peito, prendendo-o no ombro direito.

Assim, pensou. Ficava perfeita nela.

Ele recuou para admirar o trabalho de Mirin. Sidra olhou para baixo, e ainda parecia confusa até Torin espalmar a mão no peito dela, o local que a flanela agora protegia. Ele sentiu o encanto na estampa, firme feito aço. Tocou a região onde ela levara o chute, onde os hematomas saravam devagar, como se o coração tivesse se despedaçado debaixo da pele e dos ossos.

A MELODIA DA ÁGUA 321

Sidra finalmente entendeu.

Ela arfou e olhou para ele. Torin quis, de novo, conseguir falar com ela. A última conversa dos dois ainda dava voltas em sua cabeça, e ele odiava a distância que se abrira entre eles.

Que meu segredo proteja seu coração, pensou ele.

— Obrigada — murmurou Sidra, como se tivesse escutado.

A esperança dele voltou, e ele sentou-se à mesa antes que seus joelhos falhassem. Seu olhar se deteve em uma torta, cujo centro fora devorado em um círculo perfeito, e também na colher ainda no prato. Ele apontou o buraco e arqueou a sobrancelha.

Sidra sorriu.

— A melhor parte é o meio.

Não, é a massa. Ele abanou a cabeça e pegou a colher para comer as partes mais crocantes que ela deixara para trás.

Já tinha comido quase metade da torta quando soou um latido, seguido por uma batida à porta. Torin se virou e, ao ver Adaira, sentiu o coração mais leve.

— Senta, Yirr — ordenou Sidra ao cão, que obedeceu, calando-se.

Adaira passou pelo collie com cautela e se aproximou de Torin, com um sorriso discreto no rosto abatido.

— Olha só, sentado à mesa, comendo torta e tudo — brincou ela. — Nem dá para acreditar que você foi ferido ontem.

Ela soava tranquila, mas Torin sabia que, na verdade, estava preocupada. Ele não queria dar nenhum motivo para ela duvidar de sua competência como capitão. Ele puxou a cadeira ao seu lado, e Adaira aceitou de pronto, olhando imediatamente para a torta destruída.

— Podia ter guardado um pedaço para mim — disse ela.

Torin empurrou o prato para ela, e Adaira comeu algumas colheradas, fechando os olhos como se tivesse passado dias de fome. Quando acabou, ela soltou a colher e fitou Torin.

— Como você está, Torin?

Ele apontou para Sidra, pedindo para ela responder por ele.

— A ferida no ombro está sarando rápido — disse ela. — Mas a do antebraço está bem mais teimosa do que eu gostaria. Espero que, se continuar repousando hoje, ele esteja muito melhor amanhã.

Adaira baixou o olhar para o antebraço enfaixado, cuja atadura estava manchada de sangue.

— Que bom. A primeira coisa que quero dizer é que você está de licença para descansar e melhorar. Enquanto isso, assumi o comando da guarda e enviei as forças auxiliares para a fronteira dos clãs, para dar apoio aos vigias. Se os Breccan tentarem invadir outra vez, vamos pegá-los, então nem se preocupe em reagir se sua cicatriz doer. Entendeu, primo?

Torin assentiu, relutante.

— A segunda coisa que preciso discutir com você é mais complexa — disse Adaira. — É possível se comunicar por escrito?

Torin olhou de relance para Sidra. Ela foi correndo buscar uma folha de pergaminho, um tinteiro e uma pena no armário.

— Hoje cedo, escrevi para Moray Breccan — começou Adaira. — Dei um ultimato para ele devolver o que o clã roubou dos Elliott, senão o acordo comercial será interrompido. E recebi uma resposta, mas não foi de quem eu esperava.

Ela tirou uma carta do bolso interno da capa e a entregou em mãos a Torin.

Ele desdobrou o papel e leu, as palavras nadando na página. A vista dele estava embaçada, e foi preciso um segundo para entrar em foco e entender a letra elegante:

Cara Adaira,
Ofereço minhas mais sinceras desculpas pela incursão ocorrida ontem à noite em suas terras. Eu não tinha o menor conhecimento disso, mas mesmo assim não se justifica. Providenciarei a devolução dos bens e dos animais roubados, e decretarei justiça rapidamente contra os envolvidos.

Temos esperança de manter o acordo que a senhorita nos ofereceu, embora esteja aparente que certos membros do meu clã ainda não tenham compreendido a seriedade de seu convite. Eu me esforçarei para corrigir tais perspectivas.

Se puder me encontrar amanhã, ao meio-dia, levarei os bens roubados à fronteira dos clãs, na altura da placa de sinalização ao norte. Por favor, alerte o capitão de sua guarda de que será necessário que eu atravesse momentaneamente a fronteira e entre em seu território, de modo a devolver seus pertences. Se estiver de acordo, por favor, me responda, que tratarei dos preparativos.

Respeitosamente,

Innes Breccan
Baronesa do Oeste

Torin pegou o pergaminho que Sidra deixara à sua frente. Estava com a cabeça a mil, e começou a escrever. *É esquisito, Adi. A Baronesa do Oeste nunca quis se redimir pelas incursões. Não confio nela.* Porém, assim que ele ergueu a pena, a letra revelou-se distorcida e ilegível.

Ele encarou a bagunça manchada, desesperado, até Adaira tocar seu braço.

— Tudo bem, primo. Imagino que você desaprove esse encontro.

Torin balançou a cabeça. *Mas só porque os Breccan estão agindo de modo estranho. Eles aceitam a paz, nos dão o melhor que têm a oferecer, nos invadem, nos roubam, e se desdobram para nos apaziguar outra vez.* Se o oeste estivesse armando um estratagema, era um que Torin não compreendia, mas que sem dúvida trazia uma impressão agourenta.

— Por mais estranha que seja a oferta, acho crucial que eu encontre Innes amanhã — disse Adaira. — Não só quero recuperar o que foi roubado dos Elliott, como há algumas coisas que precisamos elucidar. Jack vai me acompanhar, e eu...

Torin começou a fazer gestos amplos, apontando para si.
— Vou levar guardas, sim — acrescentou Adaira.
— Não — disse Sidra, observando os movimentos de Torin.
— Ele quer acompanhar vocês.
— Mas você está ferido, Torin.
Ele não se importava. Levou o punho ao peito. *Peço apenas para me postar ao seu lado. Para estar presente.* Adaira o encarou. Estava exausta, como se tivesse passado noites em claro. Havia um toque de tristeza em seus olhos, que preocupou Torin. Ele não a via assim desde a morte da mãe.
— Está bem — disse ela, por fim. — Pode me acompanhar, contanto que amanhã tenha havido progressos em sua recuperação.
Ele assentiu. Achou que fosse o fim da visita de Adaira, mas então ela voltou o olhar para Sidra, hesitante.
— Você contou, Sid?
Torin olhou de uma para a outra. Sidra fez uma careta.
— Não, eu queria esperar ele melhorar.
Torin fechou a cara. Adaira suspirou e voltou a olhá-lo.
— É Eliza Elliott. Nós a encontramos.
Em choque, ele escutou Adaira contar tudo.

Jack, sentado à escrivaninha de sua infância, compunha uma balada para o vento à luz de velas. A cada noite que passava, ele dormia um sono mais e mais inquieto, e desejava poder persuadir a mãe a levar Frae para ficar no castelo até os dias parecerem mais seguros.

A questão era sempre o tear. Mirin não podia deixá-lo nem por uns poucos dias. A tecelagem era seu sustento e, se ela se deixasse governar pelo medo dos Breccan, jamais faria mais nada da vida.

Ele parou e fechou os olhos para descansar um pouco. Estava com câimbra na mão após tantas horas escrevendo, e com uma dor de cabeça constante. Precisava dormir, mas a música dominava seus desejos.

Quando Mirin bateu à porta, ele franziu o cenho e se virou na cadeira.

— Entre.

A mãe apareceu com uma adaga equilibrada na palma da mão.

— Perdão por interromper, Jack, mas tem uma coisa que eu gostaria de dar para você.

Ele se levantou e foi até ela no meio do quarto, surpreso quando ela estendeu a faca. Ele reconheceu a arma encantada que normalmente ela usava no cinto.

— Sua adaga?

— Nunca foi minha, Jack. Esta adaga sempre foi sua, presente do seu pai. Ele me fez jurar que eu lhe daria a arma quando você chegasse à maioridade, mas você estava no continente na época, então lhe dou agora, como presente de casamento.

Ele olhou para ela, e depois para a adaga. Pensou em todos os momentos em que vira a arma atada à cintura dela, onde ela a carregava havia anos. Era uma arma simples, que emanava o brilho suave de um encanto.

Jack hesitou antes de pegar o punho e desembainhar a lâmina fina. Viu seu reflexo no aço, e a curiosidade dentro dele cresceu.

— Esta adaga é encantada — declarou ele. — Com o quê?

Mirin inclinou a cabeça.

— Não sei. Seu pai nunca me contou, e eu nunca cheguei a usar.

Seu pai. Era a primeira vez que Mirin dizia aquelas palavras tantas vezes, e Jack não sabia o que pensar. Seria seu modo de convidá-lo a fazer as perguntas que ardiam dentro dele havia anos?

Jack guardou a lâmina na bainha outra vez.

— Mãe... — E perdeu a coragem. Era difícil pronunciar aquelas palavras, então olhou de soslaio para Mirin. — Meu pai... — continuou. — Ele fez mal a você? Foi por isso que você me mandou para o continente? Para não ter que lembrar-se dele quando me visse?

Mirin se aproximou e pegou a mão dele. O carinho o chocou, a princípio.

— Não, Jack. Você e Frae foram nascidos do amor, os dois — respondeu ela, e parou um momento quando Jack escutou sua respiração rouca pela tosse iminente. — Amei seu pai do mesmo jeito que ele me amou.

Amei. Ela conjugava a palavra no passado, e Jack não insistiria por mais respostas. Não como faria antigamente, amargo, impaciente e raivoso. Ele ateve-se a apertar a mão dela suavemente e Mirin sorriu, um sorriso triste, porém honesto, antes de enfim soltá-lo.

— Vejo que está ocupado com o trabalho — disse ela, com o tom mais leve, e indicou as manchas de tinta nos dedos dele.

— Estou. É uma nova balada.

— Mal posso esperar para escutar — disse Mirin, e recuou.

— Não quero atrapalhar sua música.

Jack queria dizer que ela não o atrapalhava em nada. Que ele adoraria que ela ficasse mais um pouco ali, que falasse mais com ele. Que compensasse todos os anos que tinham perdido. Porém, ele também pressentiu a preocupação da mãe. Ela estava ansiosa, embora o orgulho a impedisse de admitir.

Ela saiu rapidamente do quarto e fechou a porta ao passar. Jack ficou paralisado, analisando a adaga.

Ali ele soube que nunca mais perguntaria à mãe o nome do pai, mas agora havia outro modo de descobrir a verdade.

Repousava em suas mãos, uma lâmina forjada de aço e encanto.

Capítulo 20

Sidra acordou sozinha na cama. Demorou-se um pouco sob as cobertas, deixando os olhos se ajustarem ao amanhecer. Esticou a mão para o lado de Torin e sentiu o colchão frio, como se ele já tivesse levantado há algum tempo.

Ela se levantou com o coração pesado. Foi uma surpresa encontrar a lareira acesa, um caldeirão de aveia no fogo e a chaleira fervendo. Porém, nem sinal de Torin em casa; então espreitou pela janela da frente, franzindo a testa. O quintal estava vazio, exceto pelas plantas que dançavam à brisa da manhã.

Seguiu até a porta dos fundos e a entreabriu.

Ali estava ele, ajoelhado na horta. Por um momento, Sidra o observou, espantada ao notar que Torin segurava um gatinho em uma das mãos enquanto, com a outra, arrancava ervas daninhas. Estava tirando todo o mato que ela deixara crescer entre as ervas e verduras, ajeitando tudo em uma pilha. Ela olhou para baixo quando sentiu algo repuxar suas meias. Os outros gatos tinham se reunido na soleira, onde ele deixara uma tigela de leite.

Ela nem sabia o que pensar, mas sorriu ao olhar para Torin outra vez.

Ele não tinha escutado a porta, e continuava a trabalhar com dedicação, até que teve que soltar o gato para juntar todo o mato. Ele se levantou e foi até a beira da horta, jogando as plantas por cima da mureta de pedra. Sidra achou graça — ela sempre levava aquelas ervas daninhas para uma pilha mais abaixo da colina — e então saiu para cumprimentá-lo.

Torin a notou ao retornar. Deu um sorriso torto, como se envergonhado por ter sido flagrado no jardim.

— Acordou cedo — comentou Sidra, na esperança de escutar a voz dele.

Ele só fez levantar a mão suja de terra, e ela notou que a ferida no antebraço ainda estava sangrando. O humor dela murchou imediatamente, e ela o chamou para entrar.

Torin lavou as mãos antes de sentar-se à mesa e aceitar seus cuidados. Ela viu que a ferida no ombro tinha fechado durante a noite, deixando uma cicatriz fria e reluzente. O corte do medo. Contudo, a ferida que roubara sua voz e suas palavras continuava purulenta, e Sidra engoliu em seco enquanto passava um novo unguento e trocava o curativo.

— Talvez eu deva encontrar outra curandeira para tratá-lo — disse ela, recolhendo as ataduras sujas.

Torin a interrompeu rapidamente, dando um puxão em sua camisola. Ele fez que não com a cabeça, vigorosamente. Sua fé nela era absoluta, como se nunca tivesse lhe ocorrido que ela talvez não conseguisse devolver sua voz. Para distraí-la das próprias palavras, ele se levantou e serviu o mingau.

Sidra se acomodou quando ele fez sinal, e deixou ele encher a tigela de aveia empelotada.

— Não sabia que você preparava mingau — disse ela.

Torin fez um gesto, como se dissesses: *Quem nesta ilha não sabe fazer mingau?*

A aveia parecia meio queimada, mas Sidra acrescentou leite e frutas e tolerou algumas colheradas antes de Torin provar a própria comida. Ele torceu a cara, mas raspou o prato, sem desperdiçar nada.

O apetite dele tinha voltado. Ele estava cuidando da casa, coisa que nunca tinha feito até então. Sidra sabia que ele estava tentando provar que estava melhor, para que ela permitisse que ele acompanhasse Adaira ao meio-dia.

Juntos, eles lavaram as tigelas e o caldeirão que estava cheio de grumos de aveia queimada. Depois se vestiram, e Sidra pediu para Torin dobrar e prender a flanela dela outra vez. Ela releu os antigos registros de curandeira de sua avó enquanto Torin voltava à horta, determinado a livrá-la das ervas daninhas. Ele tinha deixado a porta dos fundos aberta para poder espiar Sidra de vez em quando, enquanto ia de fileira em fileira na plantação.

Ela ficou observando o trabalho dele, pensando em tudo o que mudara nos últimos dias.

Sidra fechou os olhos quando a dor dentro dela se tornou vibrante, como se ela tivesse pisado na ponta de uma espada.

Fazia quatro anos que ela dera a ele seu juramento. Que escolhera entrelaçar seu futuro ao de Torin porque sabia que a vida com ele seria boa. Ela teria uma pequena companheira, Maisie. Teria, finalmente, o próprio sítio; o pai e o irmão não viveriam mais atrás dela. Teria uma casa onde trabalhar como curandeira, uma horta para plantar tudo o que amava. E a casa era praticamente dela, pois Torin raramente estava lá, o que Sidra, no começo, achava muito bom.

Porém, ele voltava sempre que ela precisava. Bastava ela parar no jardim e dizer o nome dele para o vento, e aí ele voltaria para casa tão logo o murmúrio na brisa o encontrasse. Quando ele reconhecesse a voz dela no assobio, fosse ele do vento do norte, do sul, do leste ou do oeste. Às vezes, ele levava horas para chegar, mas sempre atendia, fielmente.

Ela se lembrou de uma ocasião específica. Uma noite de primavera em que ela o convocara, quando ele aparecera meros instantes após ela soprar seu nome. Ele chegara junto ao crepúsculo, com o cabelo bagunçado e os olhos preocupados, acreditando haver algo errado. Mas não havia problema algum, apenas os dois em uma casa silenciosa, com vinho de sabugueiro na mesa e uma camisola amarrada em laços frouxos nas clavículas de Sidra, pronta para cair.

Mesmo então, não era amor; estava mais para desejo. Sidra nunca tivera esperança de sentir o amor apaixonado sobre o qual cantavam os bardos, que aquecia o sangue como fogo. Ela sempre confiara em Torin, mesmo sabendo quem e o quê ele era, mas jamais esperara que ele a amasse como um dia amara Donella. Ele e Donella eram um par perfeito. Ele e Sidra eram opostos drásticos; ele matava, e ela curava.

Sidra abriu os olhos. Estavam marejados, e ela pestanejou para conter as lágrimas, tentando se concentrar nas palavras da avó. Leu uma receita de unguento de Senga, seguida de anotações sobre a cura de tosses, daí fechou o livro.

Como posso curá-lo, se não consigo me curar?

Ela precisava contar a Torin o que sentia. Precisava ser honesta com ele, compartilhar as partes mais vulneráveis de si. Contudo, Sidra percebeu que estava com medo.

Tinha medo de se abrir assim para ele, sem saber como ele reagiria. Será que ele desejaria quebrar seus votos? Abandoná-la? Ou será que ele desejaria continuar a vida com ela, só os dois?

A ideia de se afastar dele lhe causava tanta agonia que ela não teve opção senão admitir que fora, sim, perfurada por uma lâmina, uma que abrira uma ferida em seu coração, ferida esta que ela não sabia como curar.

Um brilho cintilou do outro lado da mesa. Donella se materializou em sua beleza diáfana, e Sidra se retesou. A fantasma nunca a tinha visitado quando Torin estava por perto, e Sidra não sabia o que pensar. Se ele olhasse para a casa, será que a veria?

— Donella — cumprimentou Sidra, em voz baixa para as palavras não escaparem porta afora.

— Ele está com medo, Sidra — disse Donella, com a voz muito fraca, como se prestes a se dissipar de vez. Como se sua alma fugidia tivesse, enfim, encontrado paz.

— O que ele teme?

Sidra achava saber a resposta, mas decidiu perguntar, por saber que Donella tinha informações diferentes.

— Ele teme perdê-la, primeiro em coração, e depois em corpo. E, se você me seguir no túmulo, ele virá logo atrás. A alma dele encontrou sua contraparte em você, e o lugar dele é ao seu lado, mesmo após a ferroada da Morte.

Sidra ruborizou, sentindo o sangue correr. Deixou passar um momento antes de murmurar:

— Não sei se ele quer ficar comigo. Eu não... não consigo nem curá-lo quando ele mais precisa de mim.

— Você precisa se curar primeiro, Sidra — disse Donella.

Sidra arregalou os olhos para a fantasma. Sem dizer mais nada, Donella desvaneceu em um suspiro.

Sidra não queria se agarrar àquela despedida. Preparou um segundo desjejum, pelo qual Torin agradeceu. Eles comeram ao sol na soleira dos fundos, vendo os gatinhos correrem pela horta.

— Vou achar um lar para eles em breve — disse Sidra, ignorando o nó na garganta.

Torin tocou o joelho dela. *Não precisa, eles estão bem*, ela leu na mão dele, em seus olhos.

Ela então assentiu e eles ficaram mais um tempo ali, quietos e aquecidos pelo sol.

Quando Adaira veio buscar Torin, Sidra ficou com Yirr no quintal, vendo-os partir. A comitiva logo desapareceu pelas colinas, avançando para o norte, e Sidra ficou parada como estátua até a tarde trazer um aguaceiro inesperado.

A chuva encharcou seu vestido e a fez cair em si.

Ela se virou para entrar, mas a casa ficava vazia demais sem Maisie e Torin. Ela não queria esperar naquela casca; e precisava ignorar a voz dominante em seus pensamentos. A voz que murmurava para ela olhar para dentro, para enxergar suas muitas peças.

Para se curar.

Vou ficar com Graeme, pensou, fechando a porta e começando a caminhar pela ladeira entre os sítios, Yirr trotando lealmente em seu encalço. Graeme a distrairia com suas histórias do continente. Porém, ela acabou parando na urze, com o coração disparado. Era naquele lugar que sua fé rachara. O terreno onde fora atacada, onde vira em primeira mão os desígnios sinistros do mundo. E ali escutou uma voz querida em pensamento, como se trazida pelo vento. Sua avó declarou: *Vá ao local onde sua fé começou.*

Sidra ficou parada na tempestade até a água disfarçar suas lágrimas, mas não seguiu para a casa de Graeme, o caminho mais fácil. Com saudade da avó, deu meia-volta e seguiu para o sul, acompanhada de Yirr, adentrando a bruma do vale.

Adaira esperava na estrada norte abandonada, que levava ao oeste. A velha placa de sinalização estava desbotada e gasta, mas se mantinha de pé, mesmo tendo sido esquecida por séculos. O mato na terra batida chegava na cintura, e marcava a fronteira dos clãs com caules espinhentos e flores amarelas.

O bosque Aithwood a cercava, permitindo a Adaira um vislumbre estreito do território Breccan. Dali, parecia igual ao leste, um aglomerado denso de pinheiros, zimbro, carvalho e sorva, além do solo da floresta acarpetado de samambaias. Ela se perguntou o que sentiria ao pisar em território inimigo. Se realmente a acolheriam, ou se Moray a tinha feito de boba.

Aliás, ainda não tivera notícias dele, mas supunha que a mãe dele tomara ciência da incursão, lera sua correspondência e encontrara a carta com o ultimato.

Era estranha essa obsequiosidade toda da Baronesa do Oeste. Innes nunca fora assim. Ela sempre permitira que as incursões perpetuassem o ciclo de violência e roubo.

Mas o que você faria se o seu clã passasse fome no inverno?, perguntou-se Adaira, com o olhar fixo na curva cheia de mato da estrada. *O que você faria se seu povo tivesse sede de sangue, se as crianças ficassem só pele e osso quando caísse o gelo?* Adaira não sabia exatamente a resposta, mas com certeza a solução não era sequestrar as meninas do clã que os alimentava.

Ela não sabia o que Torin recomendaria, mas Jack insistira categoricamente que Adaira deveria segurar a informação sobre a meninas desaparecidas.

— Se Innes sabe de alguma coisa — dissera ele mais cedo —, ela é cúmplice, e não nossa aliada neste aspecto, por mais simpática que ela tenha sido na carta hoje. Seria melhor confirmarmos de outro modo, e recuperarmos nossas meninas de surpresa. Com uma incursão, por exemplo.

Adaira quase riu ao imaginar os Tamerlaine entrando de fininho no oeste para recuperar o que lhes pertencia. Porém, a ideia era imprudente, e tinha assombrado seus sonhos à noite.

Ela achara o conselho de Jack um tanto sensato, e embora quisesse tomar uma decisão intempestiva em relação às meninas, sabia que precisava ser paciente e astuta. Acima de tudo, não queria que machucassem as meninas, nem que as levassem para outro local.

Precisava manter a aparência de ignorância.

Adaira continuou esperando. Na verdade, eles tinham chegado cedo. Jack e Torin estavam ali por perto, na estrada, e dez outro guardas foram posicionados no bosque, mais escondidos, mas ao seu alcance. Ela não esperava um conflito, mas até aí também não tinha imaginado uma incursão durante o verão.

O suor escorreu pela curva de suas costas. Fazia calor na floresta, e o vento estava quieto.

Finalmente, Adaira escutou os Breccan chegarem. Cascos na terra e o estrépito de uma carroça perturbaram a paz do bosque, e ela flexionou as mãos.

Um segundo depois, ela enxergou Innes Breccan pela primeira vez.

A Baronesa do Oeste montava um cavalo imponente, e vinha vestida de guerreira — botas altas, túnica, gibão de couro e flanela azul. Era mais velha, mas a força a envolvia como uma nuvem de tempestade. O cabelo comprido e loiro reluzia com fios prateados, em contraste com o diadema de ouro na cabeça. Seu rosto era estreito, e era difícil desviar os olhos dele, e tatuagens de anil dançavam por seu pescoço e no dorso das mãos e dos dedos. Quando deteve o cavalo, pouco antes de atingir a fronteira, o fez com olhos aguçados. Daí sustentou o olhar de Adaira, e assim ficou por um momento pesado, como se avaliasse a oponente.

Adaira, de armadura de couro e flanela carmim, se manteve parada, de pé, a expressão cuidadosamente resguardada. Porém, seus ossos vibravam de tensão. Ela estava encarando sua inimiga, a algoz de seu clã. Finalmente a confrontava, à distância de poucos palmos.

Talvez ela tenha vindo me matar, pensou Adaira, muito embora Innes estivesse desarmada. A bainha de couro em seu cinto estava vazia. *Talvez seja o início de uma guerra.*

Atrás de Innes, a carroça parou. Ela viera com apenas três guardas, embora talvez houvesse outros escondidos no bosque. A baronesa apeou e andou até parar diante de Adaira.

— Herdeira — disse ela, a voz grave e cavernosa como uma forja.

— Baronesa — respondeu Adaira.

— Recuperei a maior parte do que foi roubado — respondeu Innes. — O gado, porém, se perdeu. Por ele, posso oferecer apenas moedas de ouro.

Adaira ficou quieta, se perguntando se as vacas e as ovelhas dos Elliott já teriam sido abatidas. Apesar do calafrio que lhe inspirou, ela assentiu.

— As moedas bastarão, neste caso.

— Posso atravessar para o seu lado? — perguntou Innes, dirigindo o olhar para Torin. Decerto reconhecera o capitão da Guarda do Leste, pois ele estava armado, diretamente atrás de Adaira.

— A senhora, apenas, tem minha permissão — respondeu Adaira.

Innes assentiu e andou até a carroça. Pegou um engradado carregado de sacos de grãos e passou com ele pela fronteira. Depois de deixar o engradado aos pés de Adaira, voltou para buscar outro. No total, a baronesa levou três engradados, transbordando com o estoque de inverno dos Elliott. Por fim, parou diante de Adaira e estendeu uma bolsa de moedas.

— Espero que seja suficiente — disse ela.

Adaira aceitou o pagamento e olhou dentro da bolsa. O ouro era abundante, então ela aquiesceu, achando o valor um exagero pelas vacas e ovelhas perdidas.

Era estranha aquela generosidade toda de Innes. Adaira não sabia como interpretá-la, se ela estava sendo sincera, ou se era tudo um mero ardil para traí-la logo em seguida.

Como se lesse seus pensamentos, Innes disse:

— Espero que essa decisão equivocada do meu clã seja perdoada, e que possamos dar prosseguimento ao acordo sugerido.

— Eu estava negociando o acordo com Moray — disse Adaira, olhando deliberadamente para os guardas que Innes levara. — Tinha esperança de encontrá-lo hoje.

— Meu filho está ocupado na disciplina dos homens que invadiram suas terras — respondeu Innes, a voz um pouco mais fria. — Caso contrário, estaria me acompanhando hoje.

Adaira estava inquieta. Aquele encontro ainda tinha como dar errado.

— Também desejamos continuar com o acordo, e há um item específico que gostaríamos de receber de seu clã — declarou.

— Diga, herdeira — respondeu Innes —, e eu trarei o que pede, pessoalmente, na próxima troca.

Adaira ergueu o frasco. A flor de Orenna ainda não murchara, e o brilho dourado nas pétalas refletiu a luz. Ela observou atentamente o rosto de Innes, e a baronesa ergueu as sobrancelhas.

— Seu clã deseja a flor de Orenna? — perguntou ela.

— Ela cresce no oeste? — retrucou Adaira.

— Cresce — respondeu Innes. — Entretanto, não nos tem utilidade, pois os espíritos são fracos.

— Não posso dizer o mesmo dos espíritos do leste — disse Adaira. — Se puder nos fornecer uma cesta destas flores, posso trazer os recursos de que seu clã necessita para preparar-se para o inverno.

— Está certo — disse Innes. — Colherei as flores. Dê-me três dias para os preparativos, e então podemos nos encontrar para a troca, no local de sua escolha.

— De acordo.

Adaira viu Innes voltar para o outro lado da fronteira. A baronesa montou o cavalo e acenou em despedida para Adaira antes de partir a trote, seguida pelos guardas na carroça vazia.

Adaira soltou um suspiro trêmulo. Deu as costas para o povo do leste somente quando sentiu segurança, e, mesmo então, Torin se adiantou para proteger sua retaguarda imediatamente. Jack, que servira de apoio silencioso, acompanhou o ritmo de seus passos. Ela esperou que emergissem do bosque e voltassem aos cavalos, amarrados debaixo de um olmo, para falar.

— Tenho pelo menos uma prova agora — disse Adaira.

Jack franziu o cenho.

— Do quê?

Ela encontrou o olhar dele e mostrou a Orenna.

— Moray Breccan mentiu para mim.

Jack se despediu de Adaira em Sloane, fazendo uma breve parada na forja de Una. Estava levando a adaga embainhada na cintura, com o coração a mil enquanto aguardava para conversar com ela. Una se dedicava ao trabalho com concentração aguçada, acompanhada de vários aprendizes, incluindo a própria filha, que cuidava do fole e corria para buscar ferramentas para a mãe.

— Perdão por interromper seu serviço — disse Jack quando Una teve um momento disponível para conversar. — Está tudo bem?

Ela apenas arqueou a sobrancelha, e os fios grisalhos misturados ao cabelo preto refletiram a luz vespertina.

— Claro que está, Jack. O que você me traz hoje?

Ele entregou a adaga às mãos estendidas dela.

— Gostaria de saber quem a contratou para fabricar esta adaga. Lembra-se do nome dele? Provavelmente faz muito tempo.

— Lembro-me de todos os meus clientes, e de todas as minhas armas — disse Una, continuando a analisar a adaga. — E temo que não possa dizer o nome que busca, Jack.

— Por quê?

Una ergueu os olhos escuros.

— Porque não fui eu que fiz esta adaga.

Ele franziu o cenho.

— Tem certeza?

Ela riu, mas ele percebeu que a irritara com a pergunta.

— Você se lembra de toda música que compõe? Reconhece todo instrumento que já tocou?

Jack sentiu o rosto arder.

— Perdão, Una. Não quis ofendê-la.

— Não me ofende, Jack.

Ela devolveu a adaga para ele.

— Só achei que...

Ela esperou, e ele suspirou.

— Você é a ferreira mais talentosa do leste — continuou ele. — E quem encomendou esta adaga... Acredito que ele desejaria que fosse criada pelas mãos mais competentes.

— É um belo trabalho, não nego — disse ela, olhando demoradamente para a adaga. — Mas não é meu.

— Há algum método para descobrir que encanto a adaga contém?

— Há um método, sim. E não é pelo olhar.

Jack sabia o que ela queria dizer. Ele embainhou a adaga.

— Foi o que imaginei. Obrigado pela ajuda, Una.

Una o observou enquanto ele saía para a rua.

— Se cuida, Jack.

Ele ergueu a mão, reagindo à despedida. Porém, em pensamento, estava agitado. Se aquela adaga tivesse sido forjada no leste, Una certamente saberia.

Ele passou o restante da tarde recolhido em seus aposentos no castelo. Não chegou a cruzar com Adaira nos corredores, por isso imaginou que ela estivesse com o pai.

Quando tirou a flanela, Jack notou que um fio de lã tinha repuxado. Ele encarou o tecido por um momento, incrédulo, e passou o dedo pela estampa. Parte do encanto se esvaíra, e ele notava agora que o tecido verde perdera parte do brilho. Engoliu em seco ao sentar-se à escrivaninha. O segredo que a mãe tecera naquela flanela estava vindo à tona.

Jack tentou se distrair com a composição. A balada para o vento estava quase completa, mas sua concentração estava completamente volátil. A cabeça estava zonza de dúvidas, e finalmente desembainhou a adaga para analisar a lâmina fina outra vez à luz fraca do sol.

Ele nunca sentira a agonia de uma arma encantada. Nem desejava sentir, especialmente após testemunhar os ferimentos mais recentes de Torin. Porém, se o pai mandara fabricar aquela adaga para ele... Jack precisava saber que encanto ela possuía. Com as mãos trêmulas, ele se levantou e andou até a lareira acesa, pensando.

Um corte pequeno, concluiu, ao se lembrar da rapidez com que aquele tipo de ferida mágica cicatrizava. Um corte superficial no antebraço.

Jack inspirou fundo e fez o corte, logo acima do pulso. A adaga estava afiada e reluziu ao rasgar a pele; o sangue brotou fino, com o brilho de um vinho de verão.

Enquanto o sangue pingava no ladrilho da lareira, entre suas botas, ele esperou para descobrir qual encanto o invadiria. Esperou, esperou, mas nada aconteceu. Não sentiu o impulso de fugir, não sentiu medo, não perdeu a voz. Não se desesperou, nem sentiu que nada lhe era roubado, nem lembranças, nem a paz, nem a confiança.

Jack encarou o corte e o sangue, tomado de assombro e irritação.

Foi então que soou uma batida à porta secreta.

— Jack? — veio a voz de Adaira, atravessando a madeira. — Jack, posso entrar?

Ele ficou paralisado, dividido entre negar e aceitar. Escondeu as mãos e a adaga às costas.

— Entre.

Adaira abriu a porta e adentrou o quarto. Tinha trocado de roupa depois do encontro com Innes. Estava de cabelo solto, com as ondas livres descendo pelos ombros, e usava um vestido preto e simples. De pronto ela notou a postura rígida dele, a hesitação. As mãos juntinhas e escondidas.

Ela se aproximou.

— Está escondendo alguma coisa de mim?

Foi então que ele descobriu o encanto da adaga do pai. Jack tinha uma resposta em mente, uma fala evasiva. Porém, sentiu-se compelido a dizer a verdade, que lhe escapou.

— Estou. Uma adaga encantada.

Se Adaira se surpreendeu com a resposta seca, não demonstrou. Apenas esticou a mão e tocou o braço dele, delicada porém confiante, e desceu os dedos até a arma que ele segurava com força. Ela puxou a mão teimosa dele para a frente e analisou o brilho da adaga, o fio ensanguentado do aço.

— O que você fez? — sussurrou.

Mais uma vez, compelido a responder honestamente, ele soltou:

— Por tolice, me cortei para descobrir que encanto ela contém.

Adaira pegou a outra mão dele e puxou o braço ferido.

— Então é uma arma da verdade? — murmurou, e quando encontrou olhar dele, Jack viu o humor que crescia nela. — Você sabe que, enquanto sangrar pelo corte desta adaga, estará obrigado a responder com honestidade tudo o que eu perguntar.

— Sei perfeitamente.

Jack foi carcomido pelo medo, esperando Adaira fazer todo tipo de pergunta desconfortável. Porém, quando o silêncio se aprofundou, ele se lembrou de que ela frequentemente o surpreendia. Ela nunca se conformava às suposições dele, aliás, sempre as destruía.

Ela pegou o punho da adaga e cortou a própria palma. O sangue dela brotou, e ele quis repreendê-la. Porém, foi a voz dela que soou primeiro, mais contundente do que qualquer corte que ele já sentira.

— Não quero segredo algum entre nós, Jack.

Ele baixou o olhar, observando os dois cortes. Pensou no pacto de sangue muito tradicional nas cerimônias de casamento, a união mais forte e profunda, quando as palmas cortadas se encostavam, misturando o sangue. Ele e Adaira não tinham feito tal juramento, e o fariam apenas se decidissem permanecer juntos após o prazo de um ano e um dia do noivado.

Ainda assim, ao ver o sangue de Adaira e sua disposição a vulnerabilizar-se tal como ele, uma ferida pela outra... o ar entre eles começou a mudar.

— Quero falar do encontro com o oeste, Jack — disse ela, a voz interrompendo a introspecção dele. — Mas antes disso... Conversemos como velhos amigos que, após tantos anos

A MELODIA DA ÁGUA **341**

afastados, percebem que agora têm muito terreno a cobrir. Conte-me algo de você que eu não saiba, e eu farei o mesmo.

Ela andou até a cadeira diante da lareira, e Jack pegou duas ataduras, uma para ela, e outra para ele. Ela enfaixou a mão enquanto ele enfaixava o braço, e, depois, ele puxou outra cadeira para sentar-se de frente para ela. Ele percebeu que queria vê-la por inteiro, fossem quais fossem as palavras que saíssem de sua boca.

No início, ficou quieto por um momento, inseguro. Porém, quando começou a falar, foi como se uma porta tivesse se destravado e entreaberto um pouquinho, só o suficiente para deixar entrar a luz.

— Quando eu era mais novo — disse Jack —, tudo o que eu queria era ser digno do clã, encontrar meu lugar. Crescer sem pai só fez alimentar esse sentimento, e eu ansiava por ser escolhido por algo, por alguém. Não conseguia pensar em nenhuma honraria maior do que me provar para Torin e entrar na Guarda do Leste.

— Isso eu já sei — disse Adaira, e sorriu. — Talvez este seja o ponto que mais temos em comum. Um dia, nós dois sonhamos com a mesma coisa.

— Pois é — concordou ele, em tom nostálgico. — Porém, às vezes descobrimos que nosso lugar, nosso propósito, não é o que imaginamos. Quando fui mandado para o continente, estava tomado de amargura e raiva. Achei que Mirin não quisesse nada comigo, então, quando a saudade diminuiu, comecei a me acomodar na universidade e jurei que nunca mais pisaria em Cadence. Apesar disso tudo, eu ainda sonhava com minha casa ao dormir. Via Cadence, suas colinas, montanhas e lagos. Sentia o cheiro das ervas da horta e ouvia os boatos carregados pelo vento. Não sei dizer quando os sonhos diminuíram, quando me convenci completamente de que meu lugar não era aqui. Porém, imagino que tenha sido no meu terceiro ano escolar, quando tive a primeira aula de harpa. Assim que passei os dedos pelas cordas, a tempestade de fúria que trovejava incessantemente em mim se aliviou, e eu percebi que podia, sim, me provar digno de alguma coisa.

— E se provou, bardo — disse Adaira.

Ele sorriu.

— Agora me conte algo seu que eu não saiba, esposa.

— Talvez isso seja um pouco desafiador — disse ela, se acomodando na cadeira e cruzando as pernas. — Temo que minha vida esteja sempre exposta.

— Mas somos dois amigos recém-reunidos — lembrou Jack. — Por uma década, fomos separados por uma vastidão tempestuosa de água e uma distância de quilômetros implacáveis.

— Então começarei como você — disse Adaira. — Minha maior aspiração era semelhante à sua. Eu queria entrar para a guarda e lutar ao lado de Torin. Ele era como um irmão mais velho para mim, e, desde sempre, desejei ter irmãos. Eu via a guarda como uma irmandade, uma família unida, e queria participar daquele companheirismo.

"Porém, meu pai derrubou esse sonho rapidamente. A guarda era perigosa demais para mim. Sendo a única filha viva, a herdeira... eu tinha um monte de limitações. Minha mãe viu minha raiva e tentou aliviá-la do único jeito que sabia: começou a me ensinar a tocar harpa. Ela achava que eu poderia me encontrar na música, mas, embora o ato acalmasse a tempestade em alguém como você, Jack, só serviu para azedar meu ressentimento ainda mais.

"Eu era jovem e rancorosa, e desprezava as lições que ela tentava me ensinar. A música não combinava com minhas mãos, e eu só fazia pensar na guarda à qual não podia me alistar. Hoje, é esse meu maior arrependimento. Pensar em todos aqueles anos e momentos com ela que simplesmente desperdicei. Há dias em que mal suporto olhar para a harpa dela, pois sou tomada pelo desejo de voltar no tempo, de escolher outra coisa. Se eu pudesse falar com a minha versão mais jovem... ah, eu diria tanta coisa. Nunca imaginei que perderia minha mãe tão cedo, e anseio por esses momentos com ela, pela música que, um dia, ela tentou me ofertar.

"Isso tudo que compartilho com você, Jack... são como espinhos na minha boca. É raro falar de meus arrependimentos, do meu luto. Como baronesa, não posso me aprofundar nessas emoções. Porém, sei também que morder a língua e nos calar é, às vezes, o maior arrependimento para todos nós. Então, permita-me dizer o seguinte: uma partezinha de mim olha para você e soa o alerta. *Ele partirá daqui a um ano e um dia. Ele voltará ao continente, pelo qual seu coração anseia.*

"Eu me digo que devo manter a guarda alta ao seu lado, mesmo que estejamos atados em união. Porém, outra parte de mim acredita que nós dois podemos aproveitar esse nosso acordo. Que somos complementos, feitos para, no confronto, nos afiarmos como ferro. Que continuaremos unidos por algo inominável, que é mais profundo do que os votos matrimoniais, até o fim dos fins, quando a ilha acolher meus ossos na terra e meu nome for mera memória esculpida na lápide."

Jack se levantou. Ela o fascinava, e ele precisava se distrair antes que a verdade lhe escapasse. Antes que confessasse como seus sentimentos por ela já estavam se entrelaçando a tudo o mais — seus sonhos, suas aspirações, seus desejos. Ele queria apaziguá-la, respondê-la sem palavras, mas, primeiro, foi até a cabeceira para pegar uma garrafa de vinho de bétula.

Serviu duas taças espumantes. Adaira roçou os dedos frios nos dele ao aceitar a oferta. Aí se levantou também, até os olhos deles ficarem quase alinhados, com pouco espaço os separando. Eles beberam em brinde às feridas, aos arrependimentos e às esperanças, ao passado e às escolhas que, sem saber, acabaram por reuni-los.

— Meu coração não anseia pelo continente — disse ele, por fim. — Achei que tivesse dito, Adaira, que é seguro supor que não voltarei para lá.

— Porém, desde o início você me diz que seu lar é no continente — retrucou ela.

Jack queria dizer que, lá, ele vinha murchando, pouco a pouco. Tão minimamente que não percebera como tinha desbotado até voltar a Cadence e descobrir que podia se firmar em um lugar, com raízes fundas e arraigadas.

Em vez disso, ele murmurou:

— Sim, mas porque um dia acreditei que o lar fosse apenas um local. Quatro paredes que nos protegem no sono. Mas eu estava errado. São as pessoas. É a companhia de quem amamos e, talvez, até de quem odiamos.

Ele não conteve o sorriso ao ver que suas palavras rastejaram pela pele de Adaira, fazendo-a corar.

Ela deixou a taça de lado. Ao fitá-lo, foi com o olhar aguçado.

— Você sabia que eu te odiava? — perguntou ela.

Ele gargalhou, e o som se espalhou por seu peito, quente e vívido como o vinho.

— Achei que estivéssemos contando coisas que *não* soubéssemos.

— Fiquei feliz quando você foi embora naquela noite, dez anos atrás — confessou ela. — Ao entardecer, subi na colina para vê-lo embarcar. Acompanhei sua partida até não enxergá-lo mais, e considerei um triunfo, pois minha velha ameaça não assombraria mais a ilha. Eu o tinha derrotado e banido, e você não roubaria mais meus cardos, não me faria comer espinhoras, nem puxaria a fita das minhas tranças. Imagine meu choque quando eu o vi de novo, semanas atrás. Depois de tanto tempo convencida de que você era meu arqui-inimigo, de que eu estava destinada a odiá-lo, mesmo dez anos depois... Senti de novo uma fração de alegria, que nada tinha a ver com sua partida.

Jack abaixou a taça e se aproximou mais um pouco. A ferida no braço estava começando a coçar; iria fechar rápido e, em breve, aquele momento entre eles estaria perdido. Ele acariciou suavemente a luz dourada que dançava no rosto dela.

— Quer dizer que ficou feliz ao me ver, Adaira?

— Fiquei — respondeu ela, suspirando sob sua carícia. — Fiquei feliz de sentir algo em mim se agitar, depois de anos frios e vazios. Apenas nunca imaginei que encontraria essa sensação ao ver você.

Era como se ela tivesse tirado as palavras da boca dele. E Jack queria suas palavras de volta.

Ele roçou os lábios nos dela, em um beijo de provocação. Adaira tinha gosto de frutas vermelhas e escuras, como as frutinhas silvestres que cresciam nas encostas no verão. E então ela o puxou pela túnica até compartilharem o mesmo fôlego adocicado. O ar estalou quando as roupas capturaram a eletricidade estática entre eles. Com lábios suaves, Jack bebeu os suspiros dela e decorou sua boca até sabê-la de cor. Porém, rápido demais, sentiu uma dor devastadora no peito. Atordoado, percebeu que estava inebriado por Adaira, pelos sentimentos que ela despertava nele. Não sabia como algo tão leve quanto um encontro de lábios podia ressoar tamanha agonia em seu corpo.

Adaira provavelmente sentiu a mesma coisa. Ela interrompeu o beijo e o soltou, recuando. Seu rosto estava contido, seus olhos, serenos. Porém, sua boca estava inchada pelo contato, e ela lambeu os lábios como se sentisse o gosto de seu rastro.

— Está com fome? — perguntou ela.

Jack simplesmente a encarou, sem saber a que tipo de fome ela se referia. Meio segundo depois, ficou grato pelo silêncio, porque Adaira acrescentou:

— Acho que a próxima conversa será mais fácil com um prato de buchada.

Ele se esquecera completamente da intenção inicial de discutir o encontro com Innes. Ela foi até a porta e pediu para um criado levar o jantar aos aposentos de Jack, e então se aproximou da escrivaninha dele, pegou a borda e a arrastou para mais perto da lareira. Adaira parecia queimar com uma energia infinita, enquanto ele estava inteiramente esgotado, paralisado, como se bêbado do beijo. Porém, por fim, ele se juntou a ela, e a ajudou a arredar a mesa até as cadeiras junto ao fogo. A composição musical dele ainda estava cuidadosamente arrumada no tampo de carvalho polido. Adaira notou, e ele viu que, embora não soubesse ler partituras, ela avaliava os compassos.

— É sua balada para o vento? — perguntou ela, em tom cauteloso.

— É.

— Está quase pronta?

— Ainda falta.

Ele ficou aliviado quando o jantar chegou bem naquele momento. Não sabia se Adaira o proibiria de tocar a balada. Porém, sua saúde estava boa. Ele ainda sofria de dores de cabeça ocasionais, e os dedos ainda latejavam, mas levaria muitos anos para morrer de tais sintomas.

Jack arrumou a mesa com cuidado e eles se sentaram, frente a frente, diante das travessas fumegantes de buchada, batata e folhas refogadas, com pão e uma tigela de manteiga. Foi somente ao servir novas taças de vinho que ele percebeu que a ferida em seu braço fechara, fazendo o encanto da verdade perder seu poder, deixando apenas a marca fria e sensível na pele. Contudo, ao olhar para Adaira, percebeu que as palavras e o carinho que tinham compartilhado haviam afetado os dois. Os sentimentos se estendiam entre eles como estrelas, aguardando por um novo momento de alinhamento, e ele sentiu a expectativa nos ossos, vibrando como uma corda de harpa.

— O que você deseja discutir, Adaira? — perguntou ele.

Ela abriu um meio sorriso.

— Coma primeiro, Jack.

Ele obedeceu, mas logo notou que ela estava com dificuldade para comer, como se estivesse de cabeça cheia. Ela analisou a própria mão, marcada pela cicatriz fria, e virou a taça de vinho até o fim.

— Certo — disse ela então. — Tenho um plano para recuperar nossas meninas.

Jack abaixou o garfo e a fitou atentamente. Estava pressentindo que não ia gostar do plano, mas ficou quieto, esperando a explicação.

Adaira o pegou completamente de surpresa ao perguntar:

— Você consegue concluir a balada para o vento até amanhã?

Ele franziu o cenho.

— É seu jeito de me pedir para tocar, Adaira?

— É. Mas sob uma condição, Jack.

Ele grunhiu.

— Qual?

Adaira pegou o frasco da Orenna e colocou diante dele.

— Que você consuma esta flor antes de tocar.

Fazia dias que ela vinha guardando aquela flor, sem saber como usá-la. Ele observou a planta, de aparência tão inocente no vidro, e questionou:

— Qual é a lógica por trás disso?

— Eu conversei com Sidra — disse Adaira. — Ela comeu uma dessas flores e disse que ganhou a capacidade de enxergar o reino espiritual. Ganhou força, velocidade e consciência fora do comum. Acho que vai protegê-lo do pior do custo da magia.

Jack suspirou.

— Mas e se o efeito for outro? E se interferir na minha capacidade de tocar?

— Aí você não toca. Esperamos passar os efeitos, e então você toca a balada com sua própria força e seus tônicos — respondeu ela. — Porque você está certo, Jack. O vento sabe onde estão as meninas no oeste. Se os espíritos nos fornecerem a localização precisa, poderemos traçar um plano para salvá-las.

— E você acha que conseguiremos quando Innes Breccan nos fornecer flores o bastante para comer e atravessar a fronteira sem alarde? — perguntou Jack.

Adaira assentiu.

— Acho.

Ele sentiu um nó no estômago e uma pulsação de pavor, pensando em tudo o que poderia dar errado. Imaginando todos se esgueirando pelo oeste feito sombra. Sendo pegos, presos, talvez mortos.

— E se você estiver errada, Adaira? — perguntou. — E se a flor de Orenna não der o poder de atravessar a fronteira?

— Acho muito possível que dê — insistiu ela. — Como mais os Breccan teriam feito isso? Se a flor é capaz de gerar consciência ampliada e poder sobre nosso reino e o dos espíritos, como não daria?

— Mas se eles já estavam cientes disso, por que não usaram a flor antes? — argumentou Jack. — Por que não aproveitá-la nas incursões? Pelo visto só começaram a usá-la semanas atrás, com o propósito específico de sequestrar meninas.

— E na incursão mais recente — acrescentou Adaira. — Você disse ter visto mais Breccan do que Torin contou.

Ele suspirou, recostando-se na cadeira. A irmã dele também vira um Breccan na horta naquela noite, e ele temia que Frae fosse a próxima. Seria fácil capturá-la, tão perto da fronteira.

— Talvez os Breccan não conhecessem a flor de Orenna até agora — disse Adaira. — De qualquer modo, quer seja ou não o segredo da travessia, vamos descobrir a localização das meninas com o vento, e depois invadir o oeste para recuperá-las.

— Então devemos nos preparar para a guerra, Adaira — disse Jack. — Pois qualquer que seja o motivo para os Breccan sequestrarem meninas do leste, eles ficarão furiosos quando descobrirem que usamos o alvo da troca para traí-los e invadir seu território.

— Acho que não tenho como estabelecer a paz com um clã que sequestra crianças — disse ela.

Ele assentiu, mas ao mesmo tempo foi tomado por um calafrio. Como seria o curso de uma guerra na ilha? Será que os

Tamerlaine prevaleceriam sobre um clã de guerreiros? Se perdessem, o que aconteceria com Adaira?

Jack a encarou, perdido em pensamentos terríveis.

A luz e as sombras das chamas dançavam nela, e seus olhos cintilavam como joias escuras ao encará-lo de volta. O sol estava começando a se pôr; ele mal notara a luz baixa. Mera hora antes, ele e Adaira estavam em outro mundo, um universo onde o tempo se cristalizara ao redor deles. Agora o tempo acelerava, carregado por uma correnteza assustadora. Ele sentia seu empuxo, os minutos escorrendo um a um.

— Se é o que você deseja — disse ele —, tem todo o meu apoio.

Ela se levantou e andou até ele. Jack sentiu os dedos dela em seus cabelos, uma carícia suave.

— Obrigada — murmurou ela. — É melhor eu ir agora. O sol está se pondo, e sei que você precisa voltar para a casa de Mirin. Mas, se estiver pronto para tocar amanhã, venha me encontrar.

Ela se retirou para o próprio quarto antes que ele pudesse dizer qualquer coisa. Porém, deixou a flor de Orenna para trás, e Jack guardou o frasco no bolso enquanto começava a arrumar a partitura.

Ele não se permitira o tempo para refletir melhor sobre o que acontecera naquele dia. Foi só a caminho para a casa da mãe que teve a oportunidade.

Pensou na noite da incursão, e escutou a voz de Frae no escuro: *Tem um Breccan no nosso quintal.* Talvez o homem tivesse ido sequestrar sua irmãzinha, ou talvez tivesse ficado de sentinela na casa deles para protegê-los da invasão.

Jack viu a mãe na memória, insistindo em permanecer nas terras que herdara, apesar do perigo iminente por estar tão próxima da fronteira entre os clãs. Lembrou-se de todas as vezes que pedira pelo nome do pai, e de todas as vezes que Mirin se recusara a compartilhar a menor informação que fosse.

Caminhando pelas colinas, Jack desembainhou a adaga. O único legado tangível que possuía, pois não recebera sobrenome, nem terras. Não recebera nada além de uma arma encantada pela verdade, como se o pai de Jack tivesse previsto todas as mentiras e segredos sob os quais o filho seria criado. Jack jamais teria acreditado em tal possibilidade, até Torin alegar que os Breccan estavam passando pela fronteira despercebidos e Adaira supor que eles estavam roubando as meninas do leste. Se eles estavam conseguindo entrar ali em segredo, talvez já entrassem antes, muito tempo atrás, quando a mãe de Jack morava bem no limite da fronteira.

Ele sempre se perguntara se já encontrara, sem saber, o pai na feira, na estrada, no castelo. Jack sempre se perguntara, mas ao longo dos anos tais questionamentos acabaram por cair no pousio, onde por fim apodreceram. Não mais.

Ele sempre questionara por que o pai nunca o assumira. Mas finalmente sabia.

O pai dele era um Breccan.

Capítulo 21

Torin voltou ao sítio a cavalo, ansiando por Sidra. A troca na fronteira fora melhor do que o esperado, e fazia tempo que ele não sentia tanta esperança. Se Innes Breccan continuasse a se mostrar aprazível e fornecesse as flores de Orenna, eles chegariam mais perto de encontrar Maisie e as outras meninas. Talvez ele estivesse a apenas dias de abraçar a filha. Dias de levá-la para casa.

Só precisava de paciência. Torin inspirou fundo, devagar, para se acalmar.

Ele desceu da montaria e deixou o cavalo no portão. Tinha chovido enquanto ele estava fora; o quintal reluzia ao sol. Foi então que Torin notou que Yirr não estava de guarda na porta, e sentiu a primeira pontada de preocupação. Entrou em casa e abriu a boca para chamar por Sidra.

A voz ainda se desfazia em cinzas na garganta. A ferida ainda doía.

Torin engoliu em seco e vasculhou pelos outros cômodos. A cesta de ervas e unguentos de Sidra estava na prateleira, então Torin sabia que ela não fora visitar pacientes. Talvez tivesse voltado para a horta. Ele andou pelas fileiras de plantações, mas Sidra não estava ali. Parou por um momento em meio aos caules altos, às flores vívidas e às verduras maduras na trepadeira. Nem sinal dela, mas Torin sentia seu rastro em meio às coisas verdes e vivas da terra, em meio às flores silvestres.

Em seguida, ele subiu correndo a colina até a casa do pai, mas Sidra também não estava com Graeme.

Voltou ao sítio e franziu o cenho. Percebeu que não fazia ideia de onde ela poderia estar, e tal constatação o fez cair de joelhos entre as ervas. Pensou de novo na última conversa com ela. Do que saíra da própria boca — palavras cortantes, furiosas e orgulhosas.

Ela dissera que o amava, mesmo quando ele demonstrava seu pior lado. E ele fora incapaz de responder. Em momento algum dissera a ela o que sentia, e a oportunidade lhe fora roubada.

Porém, no silêncio forçado, ele notara o mato que invadia a horta. Notara a tristeza nos olhos de Sidra, a exaustão em sua postura. Ela estava sofrendo, e ele queria ajudá-la a carregar aquela dor, assim como ela carregara a dele.

Ele olhou para as próprias mãos, manchadas de terra e sujeira, marcadas por cicatrizes de cortes.

O que você escolherá para suas mãos, Torin?, perguntara ela certo dia, e as palavras o ofenderam. Porém, eram palavras vivas — uma pergunta que se recusava a perecer, por mais que ele tentasse sufocá-la. Palavras semelhantes a sementes que germinavam devagar dentro dele, brotando novas folhas.

Ele mergulhou em seus sonhos. Nos fantasmas dos homens que matara. Queria mudar.

De repente se levantou e pegou o cavalo. Nem sabia aonde deveria ir, então vagou a esmo, escutando o vento e estudando a terra pela qual passava. Lembrou-se do dia em que conhecera Sidra. Quando caíra do cavalo.

Torin virou o garanhão para o sul e disparou para o lugar mais pacífico da ilha, onde Sidra nascera. O Vale de Stonehaven.

Primeiro, Sidra visitou o túmulo da avó no vale. Ficou de joelhos e conversou com a grama, com a terra, com a pedra, elementos que continham um rastro da mulher que a criara. Parou também no túmulo da mãe, embora Sidra não tivesse lembrança alguma dela. Depois daquele período no cemitério, ela caminhou até a casa onde tinha crescido. Aquela terra era marcada pelas lembranças. Ela as repassou, uma a uma. Primeiro, o riacho que levava ao lago onde Sidra acompanhava o pai taciturno para pescar na correnteza. Depois, o pomar onde ela dera seu primeiro beijo. O curral onde protegia as ovelhas com o irmão. E, por fim, a horta, onde descobrira a fé nos espíritos da terra. Onde passara horas ao lado da avó, com bocados do solo aninhados nas mãos. Onde aprendera o segredo das ervas e o poder de uma sementinha. Aquele solo a vira crescer, de neném a menina e depois mulher, e ela esperava sentir como se estivesse reencontrando um amigo íntimo.

A casa era igualzinha ao que ela se lembrava; o pai e o irmão a conservaram com empenho. A horta, por outro lado, estava um desastre, uma bagunça de ervas daninhas. As árvores no pomar pesavam com excesso de frutas, e as ovelhas ainda vagavam pela encosta feito nuvens macias. Porém, Sidra reconheceu, com dor na alma, que o lugar não era mais seu lar.

Yirr choramingou ao lado dela.

Ela olhou para o cachorro e tocou sua cabeça, mas ele estava atento às ovelhas. Então ela o soltou para que corresse e pastoreasse. Sozinha, passou pelo portão e parou junto à horta, avaliando a desordem. Devagar, se ajoelhou.

A terra estava úmida. Ela sentiu seu vestido ensopar enquanto começava a arrancar o mato e examiná-lo.

Ervas daninhas são apenas plantas fora do lugar, sua avó lhe dissera um dia. *Cuide delas com gentileza, mesmo que sejam incômodas, pois podem ser fiéis aliadas entre os espíritos.*

Sidra sorriu, aninhando na mão uma das plantinhas. Era linda, com florezinhas brancas. Ela não sabia seu nome, então a guardou no bolso para secá-la e examiná-la mais tarde.

E assim ela foi seguindo pelas fileiras, colhendo as frutas maduras, afastando os insetos que mastigavam as folhas. Logo as unhas estavam cheias de terra, e o vestido, enlameado, mas ela estava acolhendo as recordações.

Lembrou-se de todas as vezes que o irmão, Irving, se perdera nas colinas quando menino. Sidra, por sua vez, nunca se perdia, não quando tinha flores no cabelo e confiança no peito. Sempre sentia-se segura nos picos e no vale. Lembrou-se das estações de abundância, da horta transbordando de colheita. Jamais passara fome, nunca lhe faltara comida. Lembrou-se da primeira vez que Senga lhe permitira tratar um ferimento sozinha. Que, dia após dia, a lesão se fechara e sarara sob seu cuidado terno. Como se seus dedinhos fossem mágicos.

As lembranças foram se aproximando do presente, e de repente ela se viu ávida para contê-las. Porém, quanto mais afundava as mãos no solo, mais fortes irradiavam os pensamentos.

Lembrou-se de quando comeu a flor de Orenna, dos olhos abertos. Tinha ido à colina para ver a urze esmagada. Vira os espíritos que choraram em sua queda, que a abraçaram mesmo quando ela estivera desacordada. Lembrou-se do espírito traiçoeiro do lago, e do outro, do fio reluzente de ouro que a impulsionou a subir, a emergir.

— Esse tempo todo, quando me senti sozinha — murmurou para a terra —, vocês estiveram comigo. E eu não consegui vê-los, porque minha dor estava turvando minha visão. Não sei o que fazer com essa agonia. Não sei como lidar com isso.

Entregue ao solo, minha filha. Era o que Senga dizia inúmeras vezes no passado.

Sidra se levantou, cambaleando por um momento. O galpão ainda ficava no canto do quintal, a porta coberta de teias de aranha. Ela entrou e o flagrou igualzinho ao que era, anos antes, quando ela morava ali. Ainda havia um saquinho de sementes, e ela pegou um punhado e levou à horta.

Sidra cavou a terra, com raiva. O solo era forte o suficiente para aguentar sua ira, e ela mergulhou os dedos na argila. Abriu sulcos com as unhas e entregou à terra as palavras: *Você devia ter se esforçado mais.*

— Eu me esforcei o quanto pude, e ainda sou forte — disse.

Aí jogou as sementes nos sulcos e acrescentou mais palavras. *Você falhou em seu compromisso para com Torin e Maisie.* Essas já eram palavras mais difíceis de se conceder. Ela ainda esperava uma promessa que não sabia se seria cumprida. Ainda esperava que Maisie voltasse para casa, o que talvez não acontecesse. Esperava descobrir se Torin a amava como ela o amava.

Sentindo a dor do luto crescer, Sidra encarou as sementes que jogou, esperando que a terra, a chuva e o tempo as transformassem.

— Não há falha no amor — disse ela, cobrindo os sulcos com o solo nutritivo que engolia parte de sua angústia —, e eu amei desmedidamente.

Nisto, sou completa.

Sidra continuou ajoelhada, olhando a fileira espontânea que plantara. Mal percebera a passagem do tempo até escutar a porta de trás da casa ser escancarada com um baque. Irving, seu irmão, saiu correndo, boquiaberto ao ver o cachorro estranho que pastoreava seu rebanho.

— O cachorro é meu — disse Sidra, e o irmão levou um susto ao notá-la ajoelhada na horta.

— *Sidra?* — perguntou Irving, forçando a vista.

Ela sabia que estava toda desalinhada. Encharcada de chuva e enlameada, o cabelo um carretel de escuridão. Fazia anos que eles não se viam.

— Eu estava pelo vale e pensei em visitar você e o papai.

— O papai está a quilômetros daqui, no pasto do pico — disse Irving, ainda olhando feio para Yirr. — Ele só deve voltar depois do anoitecer.

— Entendi — disse Sidra, e se levantou. — Então é melhor eu ir.

— Deixe de ser boba — disse o irmão, com um sorriso matreiro. — Aceito sua ajuda para debulhar feijão.

Assim, Sidra acabou sentada na mesma cadeira, à mesma mesa da cozinha, botando as mãos para trabalhar, quando Torin chegou lá. No mesmo lugar, no mesmo horário, na mesma estação — faltavam apenas o sol e a avó, do contrário Sidra teria acreditado piamente que o tempo era circular e que aquele era o exato momento em que Torin batera à sua porta pela primeira vez, com o ombro deslocado.

O ar estava elétrico de novo, vibrando nos dedos de Sidra. Assim como naquele dia, tanto tempo antes. Como se ela tivesse passado as mãos na lã, em fios invisíveis. Algo estava prestes a mudar, e ela não sabia *o quê*, mas sentia nos ossos.

Torin bateu à porta. O trio de batidas de sempre, duras e urgentes.

Irving bufou. Tinha debulhado apenas metade do que Sidra debulhara e, quando fez menção de se levantar, ela o interrompeu:

— Deixa que eu atendo.

O irmão começou a protestar, mas provavelmente viu a centelha de energia estranha em Sidra, pois logo fechou a boca e voltou a se acomodar em seu banco.

Ela esperou um segundo, porém, até Torin bater de novo, desta vez menos insistente.

Aí enfim Sidra abriu a porta.

Torin a encarou por um momento demorado, um momento que não exigia palavras. Atrás de si, Sidra escutou o banco arranhar o chão e Irving perguntar:

— É o Torin?

— É, sim — respondeu ela após um instante, ao notar que Torin ainda seguia mudo. — Por que você veio? — perguntou ela, cochichando.

Torin estendeu a mão para ela em um convite silencioso.

A MELODIA DA ÁGUA 357

Ela sabia que, se passasse pela porta com ele, aquela mudança desconhecida incendiaria o ar. Por um momento, ela sentiu medo, pois sentia que o trajeto seria doloroso. Seria forjado a lágrimas, dor, paciência e vulnerabilidade. Ela não enxergava o destino final, mas também não queria permanecer passiva e estagnada no ponto de partida.

Ela aceitou a mão dele e passou pela porta, que se fechou.

Yirr estava arfando em uma poça de lama, contente depois de correr com as ovelhas. Ele saltitava, e seguiu Sidra e Torin pela grama alta até o pomar. O ar ali cheirava a algo proibido, doce de fruta madura, e Sidra finalmente parou debaixo das copas, o vento agitando seus cabelos.

— Não foi minha intenção deixar você preocupado — disse ela. — Vim ao vale visitar o túmulo da minha avó, e quis ver a casa rapidinho. Eu teria voltado muito antes do anoitecer.

Torin sustentou o olhar dela, e ela pressentiu um toque de apreensão ali. Ele queria falar; ela notou sua frustração quando abriu a boca e resignou-se a um suspiro. Porém, ele notou a terra sob as unhas dela, a erva com florezinhas brancas escapulindo do bolso da saia.

Ele espalmou a mão devagar no peito de Sidra, e ela percebeu que era um pedido para que ela se abrisse.

Ela olhou para a grama, hesitante.

— Nem sei por onde começar, Torin. — Era estranho ela esperar assim que ele dissesse algo. Ela ergueu o rosto, olhos marejados. — Sempre fui devota. Você certamente já percebeu. A fé sempre esteve profundamente entranhada na minha vida, mas se rompeu quando Maisie foi levada. Quando o desconhecido me espancou na urze, como se minha vida não tivesse valor.

Torin abaixou a mão para pegar a dela. Ele estava quente como se trouxesse um fogaréu dentro de si.

— Quase toda noite, ao tentar dormir — continuou ela —, eu pensava: *Você devia ter se esforçado mais. Devia ter sido mais forte. Você falhou em seu compromisso para com Maisie e Torin.*

Fracassou como mãe, como esposa, e agora como curandeira, e o que sobrou? Eu acreditei nessas palavras. Elas plantaram tanta dúvida, tanta dor em mim... E fiquei sem saber como arrancá--las pela raiz.

Torin inspirou bruscamente. Sidra ousou fitar seu rosto e captou a angústia ali. Ele estava com a mesma expressão daquela manhã em que a vira pela primeira vez, abatido e ensanguentado. Como se uma espada o tivesse atravessado.

— Agora sei que essas palavras são mentiras — disse ela, e sua voz falhou. — Sei também que não há nada de fraco no luto, na tristeza, nem na raiva. Mas eu sempre quis me provar digna de você, e perder Maisie me fez questionar tudo em mim. Quem eu fui, quem eu sou. Quem quero ser.

Ela começou a chorar, sem vergonha das lágrimas ou do tremor. Era como um banho, que ela queria que fluísse desimpedido. Torin a abraçou. Aí afundou o rosto no cabelo dela, e Sidra sentiu o peito dele tremer enquanto também chorava. Juntos, eles choravam pela filha que tinham perdido.

Em algum momento, Sidra recuou para olhar o rosto dele, corado, de olhos vermelhos.

— Preciso concluir com o seguinte — disse ela, secando o rosto. — É difícil admitir, mas percebo que construí minha vida com base em algo que pode ser tirado de mim, e por isso estou com medo. Anseio pela volta de Maisie, mas não há garantias de que ela voltará, sendo assim, o que restará para mim e para você neste caso? Vemos o mundo por ângulos diferentes, e me pergunto... me pergunto se há nesse mundo um lugar para nós.

A respiração de Torin acelerou. Ele pegou a mão dela e a levou ao peito, por baixo do encanto protetor da flanela, para que ela sentisse as batidas de seu coração. Parada ali com ele sob a copa das árvores, ela fechou os olhos, sentindo o ritmo da vida dele.

Começou a chover. Um sussurro suave no pomar.

Torin afastou a mão dela do peito, mas entrelaçou seus dedos, e ela sentiu sua determinação. Ele queria tentar aquilo com ela, só os dois. Se precisassem abrir um novo espaço juntos, ele tentaria. Ele encostou a testa na dela, e ali ficaram, sorvendo o mesmo ar, os mesmos pensamentos.

Ele acariciou o queixo dela, a chuva que reluzia no rosto dela como lágrimas.

Venha para casa comigo.

Sidra assentiu.

A chuva estava mais forte quando Torin a levou aonde seu cavalo esperava no quintal. As estradas do vale estavam inchadas de lama, e Torin conduziu o caminho com cuidado pelas colinas, com Yirr vindo logo atrás. A tarde dava lugar à noite, e o céu ainda estava revolto de tempestade quando chegaram ao sítio. Os dois estavam inteiramente ensopados.

Sidra entrou na sala. Jamais deixaria de se chocar com a inanidade do ambiente sem Maisie; a pior parte era sempre quando ela voltava para casa. Pigarreou, procurando algo para fazer. Questionou se deveria acender a lareira ou trocar de roupa primeiro. Antes que decidisse, sentiu o olhar firme de Torin.

Ele estava imóvel, o cabelo loiro colado na testa. Sidra não entendia por que ele estava tão atento, até perceber que ele aguardava seu comando.

Então ela se aproximou dele, com medo do desejo que sentia — da força dentro dela —, até ver aquele mesmo desejo espelhado no rosto dele.

Sidra ergueu a mão até o broche no ombro dele, e o soltou. A flanela caiu sob suas mãos, e em seguida ela encontrou as fivelas do gibão, que também se abriram, uma a uma. Tirou a roupa dele — cinto, armas e túnica —, até as botas enlameadas. Então ele retribuiu o gesto; no entanto, fazia tempo que ele não a despia. As mãos ansiosas se atrapalharam com os laços do corpete dela, e ele bufou, frustrado.

Sidra sorriu, mas sentia frio na barriga, como se fosse de novo sua primeira vez.

Ela levou um momento para desatar o nó que ele criara, e mal teve tempo de abaixar as mãos antes de Torin arrancar seu vestido e a combinação, deixando as roupas largadas no chão junto às dele. Expostos um para o outro, Torin acariciava a pele dela como se estivesse tentando memorizar cada contorno e curva. Quando ela arfou, a boca dele já estava pronta para capturar seu sopro, se encaixando na dela como um lacre, com gosto de chuva e sal.

Ele a carregou para a cama.

Juntos, eles afundaram no lençol. Ele beijou a curva do pescoço dela, os vales das clavículas. O corpo dele junto ao dela era cálido, confortável. E, pela primeira vez, Torin se demorou. Ela sabia que ele tinha inúmeras coisas importantes a fazer, mas, naquela noite, ele a escolhera.

A luz estava se esvaindo. Sidra embeveceu-se do perfume da pele dele — dos toques de couro e lã, da terra da ilha, do suor da labuta implacável, do leve rastro de vento —, e o cheiro lhe era familiar e querido, como se ela tivesse encontrado um lar no lugar mais inusitado.

Ela o puxou para mais perto, mais fundo. O quarto já estava escuro agora, mas ela ainda discernia vagamente o rosto dele. O assombro em seus olhos. Logo eles já não enxergavam mais nada, mas sentiam, respiravam e se movimentavam em sincronia. Os olhos do coração estavam bem abertos, e se admiravam vividamente, mesmo na mais plena escuridão.

Sidra acordou antes de Torin. Tinha sonhado com uma trilha esquisita nas colinas, a qual ficara compelida a encontrar. Em silêncio, ela se levantou da cama e pegou roupas limpas no armário. Torin sofrera com outro pesadelo à noite. Ela não sabia o que ele andava vendo em seu sono, mas certamente estava preocupada.

Ela encontrou um cesto vazio e uma faca de mato, vestiu a flanela e as botas e saiu para o quintal.

A luz da alvorada era de um azul leitoso.

Então saiu do sítio e seguiu um caminho lamacento pelas colinas, sem saber muito bem aonde ia. Porém, ousou se afastar da estrada e afundar na urze até os joelhos, em busca da trilha de seu sonho. De tão concentrada em procurar a cura de Torin, quase não viu o rastro de tojo que florescia diante dela, um fio delgado de ouro que a fez parar, espantada. Lembrava-se dos caminhos que vira no reino dos espíritos, e assim acompanhou o desenho sinuoso, tomando cuidado para não pisotear as flores.

De repente viu-se levada a um vale inédito, um local que mudava nas colinas. O tojo acabou subindo por uma parede rochosa, levando a um trecho de folhas-de-fogo. A planta tinha caules vermelhos e curtos, e as flores fogosas faziam Sidra lembrar das anêmonas que floresciam na baía. Ela sabia que era uma planta vingativa contra quem a colhia, e causava bolhas doloridas nas mãos que ousassem cortá-la.

Ela encarou a erva daninha linda e monstruosa, soltou um suspiro profundo, e começou a escalar com a cesta e a faca. Porém, o tojo chiou e murchou quando ela se aproximou, e Sidra entendeu o preço exigido — ela precisaria colher e carregar a planta com as mãos. Sendo assim, largou o cesto e a faca e continuou a subir.

Sidra não hesitou quando chegou lá no alto. Assim que fechou a mão ao redor da primeira flor, a dor brotou dentro dela. Ela gritou, mas não soltou. Puxou até a flor se desprender e a dor arder, intensa e vasta, como se ela tivesse botado fogo na mão. Tremendo, pegou uma segunda flor, sem conseguir engolir os urros de agonia enquanto colhia.

Suas mãos estavam assumindo a dor por Torin; sua voz gritava pela voz perdida dele.

E se antes ela se achava capaz de medir a profundidade de seu amor por ele, estava muito enganada.

Era muito mais profundo do que ela imaginava.

Capítulo 22

Quando Jack chegou no castelo no dia seguinte, de harpa em mãos, Adaira sabia que ele estava pronto para tocar. Conforme o esperado, eles tiveram uma breve discussão sobre o que fazer em relação aos espíritos.

— Você acha que eles são confiáveis? — questionou Jack, que soava irritado, como se algo o incomodasse.

— Já confiamos nos outros — respondeu Adaira, fitando a expressão fechada dele.

Ele parecia cansado, e ela se perguntou se ele passara a noite insone.

— É, Adaira. Da primeira vez, quase nos afogamos, e da segunda, só não fui imortalizado na grama por um triz.

— Os feéricos nunca são muito confiáveis — disse ela, sentindo a raiva subir. — Sempre há o risco de nos ferirem ou nos enganarem, mas o que você espera ao dançar com algo selvagem, Jack?

Ele não respondeu, e a irritação de Adaira começou a declinar.

— Você quer mesmo tocar para o vento, minha velha ameaça? Se não quiser... eu entendo.

Ele murchou, deixando para lá a vontade de brigar.

— Quero tocar, sim, lógico.

Então qual é o problema?, ela queria perguntar. As palavras estavam na ponta da língua, mas ele falou primeiro:

— Você está certa. Estou cansado, só isso. Vamos enquanto ainda temos muito tempo de luz do dia.

Adaira levou Jack à encosta do Thom Torto, o pico mais alto da ilha. A subida era íngreme e estreita, mas ela não conseguia pensar em nenhum lugar melhor para Jack cantar de peito aberto para o vento, mesmo com todo o risco. Ele seguia Adaira de perto pela trilha, mas ao percebê-lo ofegante, ela se virou e notou o medo contorcendo o rosto dele, as mãos agarrando a rocha a cada passo. Foi só então que ela entendeu que ele tinha medo de altura.

— É a escolha mais sábia? — perguntou ele, sem fôlego. — O vento pode nos derrubar do penhasco.

— Pode — disse ela. — Mas tenho fé de que não vai.

Ele olhou feio para ela, com a cara assustadoramente pálida.

— Venha — chamou ela, e lhe ofereceu a mão. — Logo, logo você vai entender por que escolhi este lugar.

Jack entrelaçou os dedos aos dela e se permitiu ser guiado, porém acrescentou:

— Você sabe, Adaira, que o ar tem outro gosto na montanha e pode afetar minha voz, né?

Ela não tinha pensado naquilo, mas jamais daria o braço a torcer. Por via das dúvidas, Adaira inspirou fundo — o ar era ardido, rarefeito e frio, com gosto de madeira queimada, zimbro e sal marinho. Ela limitou-se a sorrir para ele e o guiou trilha acima. Já tinha estado ali várias vezes, muitas sozinha, e outras com Torin, quando mais nova.

Na metade da encosta, eles chegaram ao mirante — uma plataforma larga, perfeita para se sentar e admirar a vista. Logo atrás, havia uma pequena caverna esculpida na face acidentada da montanha. As sombras se aglomeravam ali dentro, e Jack soltou os dedos de Adaira ao se deter abruptamente diante da bocarra da caverna, o mais distante possível da beira.

Adaira, por sua vez, parou no meio da plataforma aquecida pelo sol e o chamou:

— Olhe, Jack. O que você vê?

Relutante, ele se aproximou, parando bem atrás dela. Adaira sentiu o calor dele ao partilhar a vista com ela. Em meio às pinceladas baixas de nuvem, a ilha se estendia adiante, com regiões plantadas em verde e marrom, piscinas escuras de água, fios prateados dos rios e pastos amurados, agrupamentos de casas e bosques e rochedos. Aquela vista era sempre assombrosa para Adaira, sempre fervilhava seu sangue.

Foi então que Jack entendeu por que ela quisera convocar os espíritos justamente ali.

— Dá para vislumbrar o oeste — disse ele.

Os dois conseguiam ver: uma paisagem fugaz do lado oeste da ilha. As nuvens baixas e espessas o cobriam como se fossem um escudo, mas alguns trechos verdes e marrons apareciam sob os pontos mais fracos da camada cinzenta. Adaira sentiu o coração dar um pulo, apreensiva, ao imaginar Annabel, Catriona e Maisie naqueles feixes finos de sol.

— Invoquemos os espíritos de frente para o oeste — disse ela. — Está pronto para tocar?

Jack aquiesceu, mas ela via sua dúvida e preocupação. Ela sabia que ele era mais do que digno para tocar a própria composição para os poderes da ilha, e esperava que, ao executá-la, ele fosse superar aquele medo da inadequação. Pois Adaira passara a amar o timbre grave da voz dele ao cantar, a destreza das mãos dele ao dedilhar as cordas.

— É seu momento, Jack — disse ela. — Você é digno da música que canta, e os espíritos sabem e anseiam por se reunir a seus pés.

Jack assentiu e a dúvida enfim o abandonou. Ele encontrou um lugar seguro para sentar-se, de costas para a caverna; quando pegou a harpa, o sol dançava em seu rosto e o vento bagunçava seus cabelos.

Adaira acomodou-se ao lado dele. E viu quando ele pegou o frasco de vidro na bolsa da harpa. Mesmo com as mãos trêmulas, ele tirou a rolha.

— Espero que funcione — murmurou ele. — Porque não quero subir esta trilha outra vez.

— Se não der certo agora, deixo você escolher onde tocar da próxima vez — prometeu ela.

Ele a olhou de relance, mas ela manteve a expressão imperscrutável. Quando engoliu a flor do oeste, Jack não fazia ideia de que o coração de Adaira também batia a mil.

A princípio, ele não sentiu diferença. Porém, quando apoiou a harpa no ombro esquerdo e começou a dedilhar, sentiu o poder nas mãos. Viu as notas no ar, anéis dourados que se abriam ao redor.

Ele perdeu o medo da altura. Sentiu a profundidade da montanha debaixo de si, consciente de tudo o que vivia no pico — nas encostas acidentadas e no fundo do coração, onde cavernas tortas se conectavam como veias. Sentiu Adaira — sua presença como a de uma labareda dançando ao seu lado — e se virou para ela.

Ela o observava atentamente; ele enxergava a música iluminada em seus olhos.

— Como está se sentindo, Jack?

Ele quase riu.

— Nunca me senti tão bem.

As mãos dele não doíam mais. Os dedos pareciam capazes de tocar por infindáveis eras.

Ele se permitiu mais um momento para se adaptar à facilidade do dedilhado, para ver a música acariciar a brisa. Finalmente, sentiu um anseio urgente de mesclar a voz às notas, e começou a tocar a balada para o vento.

Jack pôs-se a entoar os versos, dedilhando com confiança. Cantou para o vento do sul, que prometia a colheita. Cantou para o vento do leste, que prometia a força na batalha. Cantou para o vento do oeste, que prometia cura. Cantou para o vento do norte, que prometia justiça.

As notas subiam e desciam, ondulando como as colinas lá embaixo. Porém, embora o vento carregasse sua música e sua voz, os feéricos do ar ainda não tinham respondido.

E se eles se recusarem a aparecer?, questionou Jack, com uma onda de preocupação. Pela visão periférica, notou Adaira ficando de pé.

O vento parecia estar à espera de um movimento dela. Na expectativa de que ela se levantasse e fosse a seu encontro. Ela firmou os pés na rocha enquanto Jack tocava, protegido pela essência de Orenna. Duas vezes, ele tocara para os espíritos e quase se esquecera de que era mortal, de que não era parte deles. Desta vez, porém, ele vinha conseguindo manter-se firme enquanto via os feéricos responderem.

O primeiro a se manifestar foi o vento do sul. Chegou com um suspiro, se formando na lufada, em homens e mulheres individuais com cabelos de fogo — vermelho e âmbar, com um toque azul. Asas vastas e emplumadas brotavam de suas costas, lembrando as de um pássaro, e cada movimento emitia uma enchente de calor e saudade. Jack sentiu o gosto da nostalgia oferecida, e o bebeu como um vinho agridoce, como a lembrança de um verão muito distante.

O próximo a chegar foi o vento do leste. Manifestou-se em uma revoada de folhas, com o cabelo de ouro derretido. As asas tinham o formato das dos morcegos, compridas, prolongadas, da cor do crepúsculo. Eles traziam no sopro a fragrância da chuva.

O vento do oeste se compôs de sussurros, com cabelos do tom da meia-noite, compridos e ornamentados de estrelas. As asas lembravam as das mariposas, estampadas com luas, e batiam suavemente, evocando beleza e pavor enquanto Jack as admirava. O ar cintilava ao redor desse vento de forma onírica, como se pudesse se dissipar a qualquer momento, e cheirava a fumaça e cravo enquanto pairava por ali, sem conseguir partir, cativado pela música de Jack.

Metade dos espíritos o observava, hipnotizados pela balada. Mas metade observava Adaira, de olhos arregalados e derramando luz.

— É ela — cochicharam alguns.

Jack errou uma nota. Aí rapidamente se localizou e afastou a preocupação. Parecia que suas unhas criavam faíscas nas cordas de latão.

Cantou de novo a estrofe do vento do norte. O céu escureceu. Um trovão estrondou ao longe quando o norte, relutante, respondeu à invocação de Jack. O ar desabou em um frio amargo quando o vento mais forte se manifestou em fiapos de nuvem e vendavais ardentes. Estava reagindo à música, se fragmentando em homens e mulheres de cabelos loiros e roupas de couro com correntes de teias prateadas. As asas eram translúcidas, com veias aparentes, semelhantes às das libélulas, e exibiam todas as cores encontradas sob o sol.

O vento veio relutante, em desafio. Seu olhar o penetrou como agulhas.

Jack ficou assustado pela reação daquele vento a ele. Algumas das manifestações sibilavam entre dentes afiados, enquanto outras se encolhiam, como se aguardassem um golpe fatal.

A balada chegou ao fim, e a ausência da voz e da música aguçou ainda mais o terror do momento. Adaira continuava postada diante da plateia de espíritos manifestados, e Jack estava maravilhado por vê-los. Por saber que tinham corrido junto a ele ao caminhar pelo leste. Que ele sentira seus dedos nos cabelos, seus beijos na boca, que tinham surrupiado as palavras da boca dele e carregado sua voz em suas mãos.

E agora a música dele estava a invocá-los. A voz e a melodia o mantinham cativos, em dívida para com ele.

Ele analisou a horda. Alguns espíritos pareciam achar graça, e outros pareciam estar em choque. Alguns tinham medo, e outros, raiva.

Assim que Adaira avançou um passo para suplicar aos espíritos, o grupo deles se abriu para que um dos seus avançasse também. Jack viu os fios dourados no ar, sentiu a rocha tremer. Observou o sul, o leste e o oeste recolherem as asas, os espíritos estremecerem e se curvarem diante daquele que estava vindo ao encontro de Adaira. Ele era mais alto, maior do que os outros. Tinha a pele pálida, como se fabricado em nuvem, as asas da cor do sangue, com veios prateados e o cabelo comprido da cor da lua. Seu rosto era lindo, assombroso de olhar, e seus olhos ardiam em brasa. Ele trazia uma lança na mão, cuja ponta afiada faiscava com princípios de raio. Uma corrente de estrelas o coroava e, quanto mais tempo ele passava ali, contido pela música de Jack, mais agitada ficava a tempestade no ar, e mais sacudia a montanha.

Era Bane, o rei do vento do norte. Um nome que Jack ouvira apenas cochichado nas histórias infantis, nas lendas antigas que fluíam com medo e reverência. Bane trazia tempestade, morte e fome. Era o vento de quem todos fugiam. Contudo, Jack sabia que as respostas que desejavam se encontravam exatamente nas mãos dele; fora ele quem selara a boca dos outros espíritos, para esconder de todos eles a verdade.

Bane fez sinal para Adaira se aproximar, e o coração de Jack ardeu de medo.

— Venha, mortal. Foi esperteza sua, convencer este bardo a me invocar. Venha falar comigo, pois há muito tenho aguardado por este momento.

Adaira parou a poucos passos dele. Jack notou a proximidade dela da beirada. Se ela caísse, o vento a seguraria? Ou ele a veria se espatifar nas rochas lá embaixo?

Jack abaixou a harpa, devagar, segurando o instrumento com força.

— Meu nome é Adaira Tamerlaine — declarou ela. — Eu sou a Herdeira do Leste.

— Eu sei quem você é — respondeu Bane, com a voz grave e fria como um lago do vale. — Não desperdice palavras, Adaira. A música do bardo me prenderá por pouco tempo.

Adaira começou a falar das meninas desaparecidas. Conforme as palavras jorravam, Jack notava que os ventos leste e sul se agitavam. Eles se entreolhavam com a expressão bem-humorada. O vento oeste manteve-se resguardado, porém exibia uma tristeza quase tangível ao ouvi-la falar.

Em silêncio, Jack se levantou. De repente ocorrera a ele que aquilo poderia ser uma mera brincadeira de espíritos entediados, e que ele e Adaira eram peões caindo no estratagema elaborado de Bane.

— Os Breccan são culpados pelos desaparecimentos? — perguntou Adaira, com a voz frágil, apesar da postura altiva e orgulhosa. — Eles têm roubado nossas meninas?

Bane sorriu.

— É uma pergunta ousada, mas irei honrá-la.

Ele parou, como se quisesse que Adaira suplicasse mais. Como ela não o fez, ele semicerrou os olhos e continuou:

— Sim, são os Breccan que têm roubado as meninas.

Era a confirmação que buscavam. Jack não sabia o que sentir. As emoções o queimavam como fogo e gelo. Alívio e horror, ânimo e medo.

— Então devo pedir a localização das meninas — disse Adaira, tranquila. — O vento vaga por leste e oeste, por sul e norte, e vê além do que eu enxergo. Viu os Breccan roubarem as meninas de minhas terras. Onde posso encontrá-las?

— O que você faria se eu dissesse onde estão as meninas, Adaira? — perguntou Bane. — Declararia guerra? Exigiria retaliação?

— Acho que o vento já sabe meus planos.

O vento do norte sorriu para ela. Seus dentes cintilaram como foices.

— Por que dar importância para essas três meninas? Elas não são sangue do seu sangue.

— Ainda assim, estão sob minha proteção — respondeu Adaira.

— E se elas preferirem morar no oeste? E se forem mais felizes com os Breccan?

Adaira ficou estupefata. Jack percebeu que ela não sabia responder, e que sua raiva crescia.

— Elas serão mais felizes em casa, com a família, onde é seu lugar. Portanto, pergunto novamente, majestade. Onde os Breccan estão escondendo as meninas Tamerlaine?

— As meninas mortais estão vivas, e têm sido bem cuidadas — respondeu Bane. — Mas não era preciso ter todo esse trabalho de me invocar para encontrá-las. Um dos seus sabe onde encontrar as crianças que vocês tanto buscam.

Jack deu um passo em direção a Adaira, canalizando o poder de Orenna para evitar a atenção dos espíritos. O sangue latejava em seus ouvidos. Ele sentia o farfalhar de cem asas na pele.

Adaira estendeu as mãos.

— Quem? — questionou. — Quem do meu clã me traiu?

Bane se apoiou na lança e soprou uma baforada tempestuosa no rosto dela. Porém, em seguida, seus olhos fulgurantes encontraram Jack.

Jack ficou paralisado, perfurado pela intensidade do vento do norte. Ele enxergava os fios dourados envolvendo o corpo de Bane, todos os muitos caminhos que o espírito podia tomar no ar. Seu poder silencioso. Em comparação, os outros espíritos eram até mesmo foscos.

— Uma tecelã de olhos escuros que vive perto da fronteira do leste. Ela sabe onde estão as meninas.

Jack sentiu o sangue se esvair do rosto.

— Está tentando nos enganar? — retrucou Adaira, a voz embargada. Ela não queria acreditar, e Jack sentiu uma pontada de alívio por ela ter a audácia de defender a mãe dele. — Que

A MELODIA DA ÁGUA 371

provas pode fornecer em defesa de tal alegação — insistiu ela —, quando vossa majestade preferiu selar a boca dos outros espíritos?

— E os espíritos mentem, mortal? — retrucou ele. — Foi por isso que amarrei a língua de meus súditos, para impedi-los de contar a verdade antes que fosse chegada a hora.

Adaira se calou. Sabia tão bem quanto Jack que os feéricos eram incapazes de mentir. Eles podiam carregar boatos e mentiras já ditos pela boca de mortais, mas não podiam inspirar mentiras próprias. Ainda que brincassem de engodo tão frequentemente.

Bane voltou a atenção plena para ela. O rei estendeu a mão para tocar o rosto de Adaira, que não resistiu. Ficou ali, quieta e fixa, uma fagulha de luz em sua imensa sombra.

— Quer vir comigo? — perguntou Bane, emaranhando os dedos nos cabelos dela com um puxão dolorido. — Vou carregá-la em meus braços e levá-la às meninas já, mas apenas se você encontrar sua coragem.

O horror de Jack aumentou quando ele notou que Adaira pensava na oferta. De repente os contornos dela estavam começando a desbotar, como se prestes a se desfazer no vento, e a fúria suplantou o medo.

Ele findou a distância entre eles, abraçando a harpa junto ao peito. Aí esticou a mão e pegou o braço dela. Então fora isso que ela sentira ao vê-lo se mesclar à terra? Uma mistura de pânico, indignação, e posse que doía nos ossos?

— Adaira! — a voz de Jack rasgou o ar.

Ele ficou aliviado quando Adaira virou o rosto para trás e encontrou seu olhar, daí recuou um passo quando ele a tocou, e Jack percebeu que a Orenna lhe outorgava a força necessária para arrancá-la do domínio congelante de Bane.

O rei do norte voltou a olhá-lo. Os outros espíritos partiram em uma revoada de asas, se dissolvendo ao seu estado natural. O coração de Jack martelou no peito quando os viu fugir.

O rei, porém, permaneceu ali, firme e ereto. Todavia os dedos grudentos de Bane soltaram o cabelo de Adaira, ainda que ele continuasse a fulminar Jack com os olhos. A mortalidade de Jack vacilou. Ele sentiu a vibração nos dentes. E aí vento das asas de Bane soprou, afiado como um machado, tentando separá-lo de Adaira. Quando ela voltou a olhá-lo, o cabelo virou um emaranhado junto ao rosto, e ele percebeu que ela também estava paralisada. De dentes arreganhados, olhos arregalados.

— Deixei que você tocasse uma vez, bardo mortal, mas não teste minha paciência. Nem ouse tocar de novo — disse Bane, e apontou a lança para Jack, com os raios que dela dançavam.

Mesmo assim, Jack não soltou Adaira.

O rei do norte disparou um raio de calor fulminante na harpa de Jack. A luz acertou seu peito como um açoite, arremessando-o para o alto e para longe. Ele atingiu a montanha com força, bem ao lado da boca da caverna, e aí desabou no chão. A dor ecoava em suas veias enquanto ele se esforçava para respirar, para enxergar. E ali escutou a última nota metálica da harpa moribunda, chamuscada e arruinada.

— *Jack!*

De repente Adaira soava distante, mas ele sentia as mãos dela, desesperadas para despertá-lo.

— Adaira — murmurou ele, com a voz desolada. — Fique comigo.

Aquela última frase exigiu o que restava de suas forças. Ele se lembrou dos dedos frios dela, entrelaçados aos seus próprios, ardentes, bem pertinho.

Então ele desvaneceu, caindo na escuridão profunda que nem mesmo o vento alcançava.

Capítulo 23

Jack acordou com o barulho da chuva tamborilando na rocha. Abriu os olhos e, devagar, se localizou: estava deitado no piso duro de uma caverna, sob o ar frio e enevoado com o gosto ácido de relâmpago. Fora do abrigo, tombava a tempestade. Ele tremeu até que de repente sentiu um calor emanando ali perto.

— Jack.

Virou-se e flagrou Adaira deitada ao seu lado. A visão dele estava meio embaçada, e foi preciso toda a sua força para levantar a mão e massagear a têmpora latejante.

— Onde estamos? — perguntou ele. — No oeste?

— No oeste? Não, ainda estamos na caverna da plataforma do Thom Torto. Você ficou horas desmaiado.

Ele engoliu em seco. Parecia que tinha uma farpa atravessada na garganta.

— Horas? — perguntou ele, e voltou a olhar para ela. — Por que você não me deixou aqui?

— Esqueceu-se da última coisa que você me disse? Você me pediu para ficar com você.

A lembrança retornou dolorida, e aí ele foi recobrando tudo o que acontecera mais cedo na montanha. Porém, na escuridão que se seguira ao episódio, vieram os sonhos. Sonhos vívidos e nítidos. Jack viu um rastro deles, como se Bane tivesse afundado os dedos em seus olhos, borrando as cores.

— Você acha que tem forças para sentar? — perguntou Adaira, em voz baixa, e, quando Jack cambaleou, ela pegou a mão dele e o ajudou a se erguer.

Ele viu a abertura da caverna, pintada de chuva. O tempo estava cinzento, fantasmagórico. E a harpa estava aos seus pés, distorcida à luz fraca.

— Eu sinto muito, Jack — murmurou Adaira, triste.

Por um momento, ele encarou o instrumento estragado. Parecia que parte dele tinha morrido, quebrado e caído no esquecimento, e ele teve dificuldade de esconder a onda de emoção que o inundou.

Adaira desviou o olhar. O cabelo dela estava solto da trança, salpicado de bruma. Ela escondeu metade do rosto com a cortina de fios.

— O que você acha da resposta do vento?

Jack hesitou, lembrando-se das palavras penetrantes. Bane fizera uma alegação absurda sobre Mirin, a qual Jack teria desprezado prontamente se não tivesse descoberto recentemente que sua mãe fora apaixonada por um Breccan.

Ele não acreditava que Mirin soubesse algo exato sobre o esconderijo das meninas, mas era certo que de *alguma coisa* ela sabia. Ela escondia a informação havia anos, e vinha tecendo os segredos nas flanelas com que vestia ele e Frae.

Jack olhou para Adaira. Ela estava pálida, tensionando a boca em uma linha fina. Ele temia que a verdade pudesse mudar a conexão hesitante que eles tinham formado, e seu coração afundou. Revelar a desconfiança de Mirin revelaria suas desconfianças sobre seu pai.

— Pode ser um golpe do vento — disse ele. — Mas, de qualquer modo, lhe faço um pedido, Adaira.

Ela encontrou seu olhar.

— Peça o que quiser, Jack.

— Deixe-me falar com minha mãe primeiro. Em particular. Se ela souber de algo, provavelmente será mais direta se a pergunta vier de mim.

Adaira hesitou. Jack entendia os pensamentos que lhe ocorriam — ela queria procurar Mirin imediatamente, queria as respostas naquele dia mesmo. Porém, Adaira assentiu e murmurou:

— Aceito o pedido, sim.

Eles passaram mais um momento ali sentados, em silêncio, até serem surpreendidos por uma lufada fria. A tempestade se agigantou e a chuva penetrou mais a caverna, fustigando o rosto deles como uma rajada de agulhas. Uma voz assombrava o sopro, um som de tragédia. Um estertor, como a inspiração derradeira de alguém. Em algum lugar da ilha, a vida fora extinguida, apagada pelo peso fatal do vento do norte. Ao escutar aquele som, Jack sentiu um arrepio.

Adaira aparentemente ouvira também. Ela se levantou e olhou para a tempestade.

— Você acha que aguenta descer a montanha? Temo ter passado tempo demais afastada.

Jack aquiesceu, e ela o ajudou a ficar de pé. O mundo girou por um momento e ele se equilibrou, apoiado na parede. Ele então ficou olhando Adaira se ajoelhar, guardar a harpa na bolsa e prendê-la às costas. Quando ela voltou ao seu lado e ofereceu o braço, ele aceitou a ajuda.

Apoiado no ombro dela, ele se aproximou da saída da caverna. Porém, Adaira parou pouco antes da cortina de chuva e perguntou:

— Por que você me perguntou se estávamos no oeste quando acordou?

De repente, ele odiou não ser capaz de decifrar os pensamentos dela. Odiou não saber se ela desconfiava dele depois de Bane jogar o nome de Mirin como uma armadilha.

Mas a verdade era que... enquanto o corpo dele estava no leste, com Adaira, seus pensamentos estavam vagando pelo oeste.

— Porque eu o vi — disse ele. — Em sonho.

A descida foi lenta e precária, e a chuva, resistente a lhes fornecer qualquer alívio, só fazia surrá-los. Adaira mantinha Jack à esquerda, entre ela e a montanha, por temer que ele tropeçasse e se estrepasse trilha abaixo. Eles tinham enfurecido o vento do norte, e Bane os faria pagar.

Quando Jack teve dificuldade de se manter de pé, e caiu ajoelhado, gemendo, Adaira manteve-se ao seu lado. Ela se recusava a entregá-lo à tempestade, a deixá-lo para trás só para chegar mais depressa.

— Estou aqui, com você — disse ela, sem saber se Jack a escutava em meio ao estrondo do trovão e aos uivos do vento.

— Não vou soltá-lo.

E assim ele se levantou. Ela o ajudou a se sustentar, e eles continuaram até ele escorregar e cair de joelhos outra vez, perdendo a força.

Uma mecha prateada surgira em seu cabelo castanho, reluzindo na têmpora esquerda, como se ele tivesse envelhecido anos em um só dia. Ela não sabia se aquilo era consequência da magia ou ação de Bane, mas era preocupante. Adaira não disse que eles voltariam inteiros à terra firme, porque não sabia. Cada momento parecia demorado e árduo, e ela não conseguia se livrar do frio que dominava na caverna. Ela cambaleou quando a trilha finalmente chegou à grama, e eles pisaram no chão firme.

Ela correu com Jack até o lugar em que tinham amarrado os cavalos, o coração martelando. Mal dava para respirar, tamanho o peso do pavor que a sufocava, e Bane não ia simplificar. Ele continuava em fúria, obstruindo cada passo. Com um palavrão, Adaira notou que os cavalos tinham fugido, assustados pela tempestade.

— Me deixe aqui, Adaira — disse Jack, frouxo de exaustão.

— Você irá muito mais rápido sem que eu a atrase.

— Não — disse ela. — Não, não vou deixá-lo. Venha, só mais um pouquinho.

Ela o arrastou até a estrada. Tinham acabado de subir uma ladeira quando ela viu vultos através da bruma chuvosa. Sabendo que era a guarda, parou devagar na lama e esperou que alguém os visse ali.

Torin foi o primeiro a alcançá-los. Adaira sentiu sua ira quando ele puxou as rédeas do cavalo, parando rapidamente. Ele apeou com pressa e a pegou pelo braço, sacudindo de leve com a mão firme.

Embora a ferida estivesse sarando, finalmente, ele ainda não conseguia falar. Porém, nem precisava. A chuva escorria por seu rosto quando ele a encarou. O cabelo estava encharcado, colado nos ombros largos, como fios de ouro embaraçados. A lama sarapintava seu uniforme.

Ela viu o medo reluzir nos olhos dele. Tinha revelado a ele onde Jack tocaria para o vento, mas não imaginara que fosse levar horas, nem dar origem a uma tempestade tremenda.

O dia tinha virado de ponta-cabeça. Ela estava à beira de um colapso.

— Torin — disse Adaira, mal reconhecendo o som da própria voz. — Torin, meu pai...

Ela não conseguiu acabar a frase. Viu a mudança na expressão de Torin, o medo que deu lugar à tristeza. Então soube. Tinha sentido na caverna, ouvido na tempestade: a passagem da vida para a morte, a vingança do vento do norte. Ainda assim, esperava pela confirmação do primo.

Torin a puxou para um abraço e a apertou com força.

Adaira fechou os olhos, sentindo a flanela dele acariciar seu rosto.

Alastair estava morto.

O barão Alastair foi enterrado ao lado da esposa e dos três filhos no cemitério do castelo, sob chuva e trovões impiedosos. O clã estava arrasado, e a vida de todos pareceu congelar. A tempestade não aliviara, e as estradas viraram riachos. Alguns dos pastos mais baixos estavam começando a alagar. Torin observava tudo em silêncio. Ele viu o tio ser enterrado na terra empapada. Viu Adaira no cemitério, ensopada de tempestade, com olhos que pareciam mortos. O clã se reuniu ao redor dela. Torin não escutava o que diziam, mas viu os Elliott se aproximarem, com o rosto vermelho de choro. Viu quando Una e Ailsa a abraçaram. Viu Mirin pegar sua mão, e Frae envolver a cintura de Adaira com os bracinhos.

Desde que perdera a voz, Torin começara a notar coisas que, antes, teria deixado passar. O mato na horta, a dificuldade de preparar mingau, o vazio dos ambientes sem Sidra e Maisie. E agora erguia os olhos e via o vento do norte varrer o leste. A tempestade era uma demonstração de poder e um alerta. Torin sentia o medo de Bane nos ossos, e ali se dera conta de que a música de Jack provavelmente desafiara o rei do norte.

Uma hora depois, Torin encontrou Adaira sentada na biblioteca, agarrada a uma xícara de chá, como se o frio das mãos teimasse em não passar. O anel de sinete dos barões reluzia em seu indicador. O cabelo ainda estava úmido do velório, mas ela trocara a roupa por peças secas, e tinha sentado na poltrona preferida de Alastair, diante do fogo crepitante da lareira.

Torin fechou a porta e fitou Adaira. Sabia que ela havia identificado sua chegada, embora não tivesse dito nada, o olhar hipnotizado pelas chamas.

Ele se aproximou, sentou-se ao lado dela e ficou ouvindo a tempestade furiosa lá fora. Ao olhar para o próprio braço, viu que o ferimento do silêncio estava quase cicatrizado, graças à tenacidade de Sidra com as folhas-de-fogo. Ela aplicava o unguento três vezes ao dia e, toda vez, ele sentia o calor da planta mergulhar na lesão e fechá-la aos poucos.

Em breve, ele voltaria a conseguir falar, mas que palavras serviriam àquele momento? Torin sabia do fardo pesado que Adaira carregava. E, por mais que outrora tivesse tentado assumir o peso por ela, tal ideia fora morrendo com os anos, quando ele encontrara seu lugar na guarda. Agora ela era a baronesa, e o melhor que ele podia fazer era carregar o fardo ao seu lado.

Então ele permaneceu ali com ela em meio ao silêncio frágil.

Se a vida dele não tivesse sido interrompida pelo fio de uma espada encantada, ele teria falado. E provavelmente teria se frustrado, exigindo saber o que Adaira e Jack teriam feito para atrair aquela tempestade. Ele encheria a prima de perguntas, em busca das respostas que sentia merecer. Diria qualquer coisa para preencher o silêncio retumbante. Porém, ele finalmente entendia melhor o peso de cada palavra pronunciada, e como elas se desenrolavam no ar. Agora tinha muito mais consciência da fala, pois entendia que a maioria das palavras não tinha valor algum.

Torin certamente já era um homem composto de arrependimentos, e não queria aumentar a lista.

— Torin — disse Adaira, por fim. — Se eu convocá-lo a cavalgar ao meu lado em guerra... você apoiará minha decisão?

Ele ficou quieto por um instante demorado. Ela esperava que ele aceitasse imediatamente, e Adaira estremeceu, assustada, ao olhá-lo.

Ele estava pensando nos fantasmas dos sonhos. Depois de encarar o rosto dos Breccan e de escutar suas dores, Torin estava começando a enxergar o acordo de paz como um modo de se redimir por seus atos. Ele não podia trazer ninguém de volta à vida, mas poderia garantir que as viúvas, os filhos e os entes queridos fossem bem cuidados.

Ainda assim, ele assentiu, apesar dos sentimentos conflitantes.

— Bane confirmou nossa suspeita. Os Breccan têm sequestrado as meninas — disse Adaira. — Elas estão vivas, sendo assistidas, mas ainda precisamos descobrir sua localização.

Torin cerrou os punhos. Queria partir *imediatamente*, atravessar a fronteira e trazer Maisie para casa, por isso foi preciso esforço para conter a impulsividade.

Adaira provavelmente percebeu sua impaciência, porque acrescentou:

— Preciso resolver mais algumas coisas antes de estarmos prontos para entrar escondidos no oeste e encontrar as meninas. Enquanto isso, pedirei para seu braço direito pedir discretamente a Una para começar a forjar o máximo de espadas e machados que puder, a Ailsa para preparar os melhores cavalos, a Ansel para amolar flechas e montar o máximo de arcos de teixo, e a Sidra para preparar tônicos e unguentos, e à guarda e aos vigias para treinarem, afiarem suas espadas e vestirem armaduras de flanela encantada. Precisamos estar preparados para um conflito quando trouxermos as meninas para casa.

Torin assentiu outra vez. Ele precisaria de paciência; precisaria confiar no julgamento de Adaira.

Ele passou mais um tempo ali, sentado com ela, a cabeça rodopiando com imagens de Maisie e também com a ideia de trazer a filha de volta para um lar em guerra.

— O que aconteceu com suas mãos? — perguntou Jack.

Sidra não parou no preparo do tônico para ele. Nos últimos dois dias, o bardo estava no pior estado que ela já o vira, com a pele pálida e olhos vermelhos. Ele estava rouco, e as mãos tremiam quando ele as erguia. Ele a observava trabalhar enquanto estava sentado na cama no castelo.

Ela estava preocupada com ele, com a magia forte que manuseava. O custo era alto demais para que ele o suportasse com tanta frequência, mas ao mesmo tempo ela se perguntava até que ponto poderia censurá-lo.

— Colhi uma erva vingativa — explicou ela.

As manchas vermelhas e as bolhas nas palmas dela estavam demorando a sarar, mas em compensação a ferida de Torin estava quase fechada. Ela encontrou o olhar de Jack ao levar o preparo curativo à boca dele.

— Aqui, beba tudo. Você exagerou desta vez, Jack. Precisa tomar cuidado com o que eu mencionei: o tempo de manuseio da magia, e a complexidade dela. Também tem que dar ao corpo tempo para descansar, como sua mãe faz com as flanelas.

Jack fez uma careta para a bronca carinhosa.

— Eu sei. Mas não tive muita opção, Sidra.

Ela ficou curiosa para saber a quê exatamente ele se referia, mas Jack não explicou, e apenas tomou um gole do tônico, fazendo cara feia para o gosto.

— Desculpa — disse Sidra, abaixando o copo. — Sei que é amargo.

— Já provei coisa muito pior no continente — respondeu ele, e Sidra se alegrou ao ouvir um toque de humor sarcástico em sua voz.

— Você tem saudade de lá?

Jack ficou pensativo por um momento. Ela temeu tê-lo ofendido, mas logo ele respondeu:

— Não. Senti saudade logo que voltei a Cadence, mas meu lar é aqui.

Sidra sorriu, se perguntando se ele continuaria casado com Adaira. Ela achava que sim.

Ela estava separando um tônico e um unguento para ele usar mais tarde, quando Jack a pegou de surpresa:

— O que você sabe de Bane, Sidra?

Ela hesitou, mas olhou de relance para a janela, onde a tempestade uivava atrás do vidro pelo terceiro dia seguido.

— O rei do vento do norte? Infelizmente, não sei muito dele, além de que sempre devo me preparar para o pior quando ele decide soprar.

Jack ficou quieto. Sidra começou a arrumar o cesto, mas de repente se lembrou de uma história que a avó gostava de lhe contar.

— Uma das minhas lendas preferidas é da época anterior ao reino dele, quando quem reinava na ilha eram os feéricos do fogo.

— Me conte — pediu Jack, baixinho.

Sidra se acomodou no banquinho ao lado da cama.

— Antes de a fronteira dos clãs cortar a ilha de leste a oeste, e de Bane subir ao poder no norte, Ash era um líder querido entre os espíritos de fogo. Ele era generoso e caloroso, cheio de luz e bondade. Todos os espíritos respondiam a ele, até os do vento, da água e da terra. Todos, menos um. Ream do Mar sempre o detestara, pois era feita de maré, e ele, de faíscas, e seus encontros sempre ameaçavam uma catástrofe.

"Até que, um dia, Ash descobriu que um membro de sua corte incendiara um arvoredo antigo, e que o fogo devorara a mata e os espíritos da terra ali contidos. Em desespero, Ash foi forçado a ir até a orla, onde Ream vivia na espuma do mar, e chamá-la para auxiliá-lo. Ream, contudo, só aceitaria fazê-lo depois de ver Ash ajoelhado, disposto a ser encharcado primeiro. Ele se submeteu sem se queixar, mesmo sabendo o que aconteceria: postou-se de joelhos diante dela e deixou sua maré inundá-lo. Uma porção grande do poder dele virou fumaça e o abandonou de vez, mas ele permaneceu ajoelhado, apesar da dor.

"Quando Ream viu a resiliência do inimigo, seu respeito por ele cresceu, e ela convocou os ajudantes dos rios para encherem e inundarem o arvoredo queimado. Ela apagou o incêndio, e Ash voltou para sua casa nos céus. Antes, ele governava o sol durante o dia, mas, depois disso, ficou tão fraco que precisou escolher a noite, quando seu fogo mais fraco era capaz de arder entre constelações. Sua irmã gêmea, Cinder, assumiu o comando do sol e do dia. Enquanto isso, Ream, que sempre odiara o fogo, começou a ver sua beleza, a forma como ele queimava, apaixonado e constante, mesmo ao arder em brasa. É por isso que o mar frequentemente é mais gentil à noite, pois quando o fogo das estrelas e da luz se reflete nas ondas, Ream se lembra do antigo inimigo que se tornou amigo."

Um sorriso se abriu no rosto de Jack enquanto ele escutava. Sidra viu que um pouco da cor retornara à sua tez.

— Imagino que já que Ash perdeu parte de seu poder, Bane ganhou forças para substituí-lo? — refletiu Jack.

— Isso — confirmou Sidra. — Mas acho que levou mais uns anos para o vento do norte virar uma verdadeira ameaça. Minha avó me contava que, por determinado período, os espíritos foram todos iguais, e tal fato se refletia no equilíbrio da ilha.

— Queria saber como era isso — disse ele.

Sidra pensava o mesmo. Como seria uma Cadence unida e restaurada? Seria ao menos possível?

Ela não sabia mais, e sua tristeza cresceu.

Sidra ordenou que Jack ficasse de cama e evitasse mexer com magia até se recuperar plenamente. Porém, a preocupação a acompanhou pelo corredor, a caminho da visita ao próximo paciente.

Quando finalizou a rota, estava tarde, e Sidra sentia um cansaço extremo. Ela saiu para o pátio, aliviada ao ver que a chuva finalmente baixara. O ar estava fresco e calmo; poucas estrelas reluziam através das faixas de nuvens. O piso estava escorregadio, e Sidra se preparou para caminhar na escuridão até em casa.

Ela estava chegando ao portão quando reconheceu Torin, parado ao lado do cavalo. A luz da lamparina se derramava pelo rosto dele, que acompanhava a aproximação dela.

Sidra quase perguntou o que ele estava fazendo ali; era tão raro vê-lo parado assim. Porém, ele logo pegou a cesta dela e ofereceu o joelho para ajudá-la a montar no cavalo gigantesco.

Surpresa, ela percebeu que ele estava esperando para levá-la para casa.

Capítulo 24

Torin tinha sonhado com sangue de novo. Ele viu o primeiro batedor dos Breccan do qual se livrara anos antes. O golpe fatal ainda estava ali, rasgado no pescoço, mas ele não parecia notar, nem sentir a vida se esgotar. Sangue escorria pela flanela azul enquanto o homem encarava Torin.

— Vai tomar conta delas, afinal? — indagou o Breccan, com a voz perfeitamente intacta apesar das cordas vocais arrebentadas.

— De quem? — perguntou Torin, encarando a ferida que causara.

— Da minha esposa, das minhas filhas — murmurou o Breccan, e, de repente, elas o cercaram.

Uma mulher de cabelo loiro-cinzento, rosto macilento e ombros curvados, como se faminta, e três meninas com cabelos nas cores do trigo, do cobre e do mel. As mulheres começaram a chorar ao ver o sangue e o corte. A esposa o agarrou, tentando fechar a ferida com as mãos.

— Elas passarão fome no inverno quando o vento do norte soprar e chegar o gelo — disse o Breccan, rouco, perdendo a voz. — Passarão fome se você não alimentá-las, Torin.

E então virou cinzas, sopradas entre os dedos da esposa. As filhas choraram e gritaram por ele.

— Pai! *Pai!*

A voz delas cortou Torin como três facas diferentes. Elas precisavam de uma curandeira, e ele procurou por Sidra na bruma.

— Sidra? — chamou, mas não houve resposta.
Ele entendeu que aquelas feridas eram responsabilidade dele, e só dele, e olhou para as próprias mãos, sufocado. Pensou no que ela um dia lhe dissera: *O que você escolherá para suas mãos?* Lágrimas inundaram seus olhos.
— Sidra — disse ele, o coração batendo no ritmo de um lamento. — *Sidra* — sussurrou e, ao despertar, o som do nome dela rompeu a escuridão e o silêncio.
Ele passou um momento de choque deitado na cama, ensopado de suor. Faltava pouco para o amanhecer, a hora mais fria e solitária, uma hora que Torin conhecia bem demais.
Ele arriscou repetir o nome dela, com a voz áspera por falta de uso.
— Sidra?
Ela acordou.
Aí sentou-se na cama, respirando com dificuldade, como se também cativa de um pesadelo terrível.
— Torin?
Ele se levantou e foi cambaleando até a sala, sentindo a presença dela logo atrás. Ela rapidamente acendeu uma vela, e eles se encararam à luz fraca.
Torin sentou-se à mesa, tremendo. Ele passou as mãos no rosto.
— Preciso me confessar para você, Sid.
Com apreensão evidente, ela murmurou:
— Devo fazer um chá antes?
— Não. Venha cá, por favor.
Ela abaixou a vela e arregalou os olhos, temendo o que ele estava prestes a lhe dizer. Parou um pouco afastada dele, a camisola escorregando do ombro.
Ele não suportou a distância e esticou a mão para alcançá-la. Sidra avançou um passo e parou entre os joelhos de Torin, que apoiou as mãos na cintura dela.

— Cometi muitos erros nesta vida — começou ele —, mas me recuso a deixar que este me domine. Eu nunca falei estas coisas, e não percebi o quanto desejava contar a você esta verdade, em todos os nasceres e pores do sol, até minha voz ser tirada de mim. — Ele hesitou. Estava sedento e desejava bebê-la. — Eu te amo, Sidra. Meu amor por você não tem limites.

Ela ficou quieta, mas tocou os cabelos dele, um gesto que o apaziguou.

— Contei para você minhas dificuldades — disse ele. — Continuo a reviver a última vez que nos falamos. Eu estava com raiva do acordo, da ideia de paz que Adaira buscava. Estava com raiva porque aquilo fazia eu sentir culpa por tudo o que cometi. Quando você me disse que trataria de um Breccan necessitado... a indignação me tomou, e eu não enxerguei nada além. Eu só conseguia ver o terror das incursões que contive à força. Só conseguia pensar nas noites nas quais abri mão de sua companhia para proteger o leste. Só conseguia sentir a dor nas minhas antigas feridas. Por causa disso, não vi que você estava certa. Você tem a capacidade de enxergar nosso inimigo como alguém com necessidades. Você vê o que eu não vejo, Sidra. E estou arrependido. Peço perdão pelo que disse naquele dia, e por não ter dado ouvidos ao que você falou.

Sidra suspirou.

— Torin...

Ele estava aguardando a resposta dela, sentindo seu coração à deriva. Devagar, ele a puxou para o colo. Ela acabou de olhos alinhados com os dele, a respiração dos dois se misturando.

— Antigamente — começou ela —, eu olhava para Maisie e pensava em quem ela se tornaria dali a cinco anos, dez, trinta, cinquenta. Pensava em como seria a vida dela na ilha. No legado que eu queria deixar para ela. Ela seria uma pessoa medrosa? Consumida pelo ódio? Ou seria tudo o que a ensinamos? Teria compaixão? Teria disposição para escutar, aprender e mudar?

— Eu quero que Maisie tenha uma vida melhor do que a minha — concordou Torin, como se a filha estivesse dormindo no quarto ao lado. — Quero mudar. Mas meus ossos são velhos, meu coração, egoísta, minha alma, cansada. Olho para mim e para você e vejo dois sonhos diferentes. Eu sou a morte. E você, Sidra... — continuou, e tocou o rosto dela muito suavemente, como se ela pudesse evaporar sob seus dedos. — Você é a vida.

Ela fechou os olhos sob a carícia. Quando ele afastou a mão, ela o olhou e murmurou:

— Quer dizer que não podemos coexistir?

Ele já esperava por aquela pergunta. Desejara responder a ela no pomar, quando ela deixara evidente que suas almas eram um contraste.

— Não — disse Torin. — Quero dizer que, sem você, eu não sou nada.

Ele sentiu o tremor dela. Estava com as mãos na cintura delgada dela, e ficou tentado a puxá-la para mais perto ainda. Porém, ele ainda tinha o que dizer.

— Você me disse que sentiu falhar em seu compromisso para comigo e com Maisie — recomeçou ele, e parou por um momento, com um aperto repentino na garganta. — Você nunca falhou comigo, nem com nossa filha. Sei que a vida agora está diferente, mas você tem liberdade para escolher o que quiser. Se desejar partir, respeitarei o rompimento de nossos votos e a deixarei ir. Mas, se houver no seu coração espaço para mim... você ficaria?

Sidra tomou o rosto dele entre as mãos. Com os olhos de orvalho e a voz cálida de uma noite de verão, murmurou:

— Sim.

Torin pegou as mãos dela e beijou as bolhas na pele. Ver a agonia que ela tolerara por ele fazia doer o fundo de sua alma.

Eles viraram um só bem quando a aurora começou a iluminar as janelas. Torin abraçou Sidra à luz lavanda, espalmando as mãos na curva de suas costas. Com os dedos, acariciou o contorno de seus ombros.

Ele não sabia descrever o que sentia por ela, mas aquela emoção tinha poder suficiente para partir seus ossos. Para escancará-lo, vulnerável. Ainda havia recônditos em si que o envergonhavam. Ele ainda tinha medo de deixar Sidra entrar completamente, de deixá-la ver o seu pior, de deixá-la tocar as mãos ensanguentadas que via em sonho. Mas ele abriu os olhos e a viu ali, unida a ele. Ao seu presente. À sua dor e ao seu passado. Entrelaçando o futuro ao dele, de bom grado.

— Torin — suspirou ela.

O cabelo preto de Sidra caía pelos ombros enquanto ela se movimentava.

— *Sidra* — sussurrou ele.

Nenhum som jamais lhe fora tão doce.

Jack temia que, se não corresse para falar com Mirin naquele dia mesmo, Adaira iria fazê-lo. Ele acordou com dor de cabeça, mas o pior já tinha passado. Lavou os olhos remelentos e se vestiu. A flanela estava amarrotada pelo desastre na montanha. Um buraco se abrira na lã, como se o segredo escondido na estampa estivesse vindo à superfície rapidamente, e a constatação daquilo só fez incitar ainda mais a apreensão de Jack. Ele se embrulhou na flanela mesmo assim, e optou por exibir o desgaste. A mãe veria e saberia por que ele precisava conversar.

Ele guardou a harpa deformada e a levou às costas. Não sabia o que fazer com o instrumento, mas não queria deixá-lo largado no quarto, como um lembrete visível do poder de Bane. O peso familiar da harpa era reconfortante; o instrumento, mesmo danificado, ainda parecia um escudo, e o deixava preparado para tudo o que o dia pudesse lhe trazer.

Jack encontrou Adaira na biblioteca, sentada à escrivaninha do pai. Livros e papéis estavam espalhados diante dela, assim como uma coleção de penas quebradas. O anel de sinete do pai cintilava na mão dela. Jack notara assim que ela o pusera, porque Adaira raramente usava joias. Normalmente, ela não tinha adorno nas mãos, o acessório mais chamativo era a moeda partida que a conectava a ele pendendo no pescoço.

Ela estava com o aspecto de quem não tinha dormido, e ele hesitou, sem saber o que dizer. Tinha passado as últimas duas noites no castelo, não apenas por ordem de Sidra, mas também para ficar perto de Adaira. Para compensar, mandara um guarda cuidar de Mirin e Frae, afinal não queria arriscar.

— Você está com uma cara melhor hoje — disse Adaira, olhando-o rapidamente. — Vai conversar com Mirin?

Jack confirmou. Ele via na mente dela o desejo de recuperar as meninas, fervilhante. O próximo encontro com Innes havia sido adiado devido à morte do pai, mas a troca deveria ocorrer no dia seguinte. Sendo assim, havia grandes chances de que talvez na próxima noite eles já estivessem com as flores de Orenna e soubessem onde estavam as meninas.

Tudo finalmente estava se encaixando, mas Jack nunca sentira tamanha dúvida.

— Trarei notícias assim que findar a conversa lá — disse ele.

— Que bom. Obrigada — respondeu Adaira, e voltou a atenção aos documentos.

Jack a observou por mais um momento. Ela mal falara com ele desde a morte do pai. Ele bem que quisera tocar um lamento no salão após o enterro, para confortar Adaira e o clã, mas não conseguira de tão tonto. E também quisera ir aos aposentos de Adaira à noite, para acalentá-la no luto, mas a ansiedade o impedira de abordá-la deliberadamente.

Sendo assim, ele ficara apenas largado na cama, engolindo os tônicos de Sidra na esperança de se recuperar logo.

Concluindo que Adaira estava ocupada com o trabalho, Jack deu meia-volta e foi embora. Seguiu para o estábulo, pediu o cavalo mais tranquilo e montou o capão lerdo e pesado até o sítio da mãe.

Mirin o recebeu à porta, como se já previsse sua chegada.

— Não precisamos de guarda aqui, Jack — disse ela. — Mas agradeço pela consideração.

Jack apeou e entrou pela horta. Ele não queria aquela conversa. Era seu último momento de ignorância. Tão logo a hora avançasse, ele conheceria a verdade sobre seu sangue e os atos de sua mãe, e aquilo o transformaria por completo.

— Preciso ter uma conversa séria com você, mãe — disse ele.

Mirin franziu o cenho ao notar o desgaste da flanela, a roupa que ela reforçara com um segredo só seu e de mais ninguém. Em seguida, ela olhou para o rosto dele, e pareceu finalmente enxergá-lo, notar sua aparência exaurida. Ela viu a mecha grisalha destacada em seu cabelo, como se ele tivesse sido tocado pelo dedo da morte.

— Jack! — exclamou Frae, e passou correndo pela mãe para abraçá-lo no quintal. — Achei que você não fosse voltar nunca.

— Tive compromissos em Sloane, mas devo ficar aqui mais um pouquinho. Deixa eu te pedir uma coisa, Frae — disse ele, e se ajoelhou para olhá-la, sentindo a dor nas juntas pelo movimento. — Preciso conversar a sós com a mamãe. Será que você pode ficar um pouquinho no quintal?

Frae arregalou os olhos. Percebia a tensão, e olhou dele para Mirin.

A mãe lhe deu a permissão com um gesto, e Frae abriu um sorrisinho para Jack.

— Tudo bem — disse ela, e ergueu o estilingue. — Mas depois você treina comigo?

— Treino — respondeu ele. — Te encontro quando acabar aqui. Por favor, não saia do terreno.

Frae foi saltitando até o curral, onde as vacas pastavam feno. Jack se levantou e esperou a mãe convidá-lo a entrar.

Ela o acolheu, embora estivesse pálida. Parecia que fazia anos que ele não ia para casa. A primeira coisa que Jack fez foi fechar todas as janelas.

— Deixe uma aberta para eu ficar de olho em Frae — pediu a mãe, seca.

Jack olhou de soslaio para ela.

— Você não vai querer que esta conversa viaje pelo vento. Nem que Frae escute.

Mirin retorceu a mão no vestido.

— O que houve, Jack?

Ele fechou a última janela e fez sinal para Mirin sentar-se no sofá. Ela obedeceu, mesmo relutante, e ele postou-se na cadeira diante dela, deixando a harpa no chão. Ele ouvia a respiração áspera dela, o sopro engasgado na teia de segredos que tecera.

E foi olhando bem para ela que perguntou:

— Há alguma possibilidade de o meu pai ter sequestrado as meninas Tamerlaine?

Mirin ficou paralisada e arregalou os olhos para Jack. Ele notou seu choque; ela nunca nem cogitara aquela ideia.

— Seu pai? Não, Jack — disse, mas logo suavizou a voz, como se começasse a entender o que ele via ali. — Não, não pode ser... Ele não...

O sangue de Jack corria depressa e fervente sob a pele, mas ele manteve a calma para falar:

— Você guardou esse segredo por décadas, mãe. Nunca entendi o porquê e, durante anos, me ressenti do seu silêncio. Mas agora eu sei. Entendo por que você o teceu e o guardou junto ao peito. Mas chegou a hora de desfiá-lo. Preciso encontrar as meninas desaparecidas, e a resposta está no seu passado.

— Mas então quer dizer que... — começou Mirin, mas não conseguiu concluir.

— Que Annabel, Catriona e Maisie foram sequestradas por um Breccan e levadas ao oeste.

Mirin fechou os olhos, como se as palavras de Jack tivessem sido um tapa. Permaneceu quieta, então Jack continuou a falar, como se estivesse descobrindo uma antiga balada.

— Há muito tempo, você se apaixonou pelo seu maior inimigo. Um homem do oeste. Não sei como ele atravessou a fronteira sem ser notado pelo leste, mas foi o que fez, e você o escondeu enquanto pôde, até eu tornar esse fato impossível. E foi então que você levou todos a acreditarem que eu era um filho bastardo de um homem infiel do leste, e teceu a verdade na flanela porque a lã nunca a trairia, nem a condenaria. Quando fui mandado para o continente, você certamente deve tê-lo encontrado outra vez, pois Frae veio ao mundo, e nossas duas vidas foram uma afronta a tudo; ao leste, ao oeste e ao ódio fomentado entre os dois. Você foi forçada a criá-la como me criou, como uma Tamerlaine sem pai.

Mirin o encarou. Mesmo pálida, sustentou o olhar de Jack com seus olhos lúcidos e escuros de lua nova, e cruzou as mãos para esconder o tremor.

— O que eu acabei de dizer é verdade, mãe?

— Sim, Jack. Seu pai é Breccan. Mas ele não roubaria crianças do leste.

— E como você sabe? — questionou Jack, abrasado. — Meninas andam desaparecendo, sumindo na névoa, roubadas pelo oeste. Meu pai não pode ser a força por trás disso? Por ter sido privado dos próprios filhos?

— Ele *nunca* sequestraria uma criança — insistiu Mirin, com a voz de ferro. — Seu pai é um homem bom, o melhor que já conheci, e amou você e Frae de longe, mantendo-se em seu lugar para que vocês tivessem uma vida completa comigo, em vez de viver divididos.

— Mas ele entrou no território Tamerlaine sem ser visto — retrucou Jack. — Ele desobedeceu às leis da ilha e entrou nesta casa com você diversas vezes. Invadiu e vagou pelo leste, o que significa que há uma brecha na fronteira, que os Breccan conhecem e usam como arma contra nós, sequestrando nossas meninas, uma a uma. Roubando as filhas de gente inocente.

Mirin balançou a cabeça, os olhos reluzindo de lágrimas.

— Seu pai não faria isso, Jack.

— Quando foi a última vez que você o encontrou, mãe? Mês passado? Ano passado? Há quanto tempo não fala com ele, e ele é ainda o homem que você conheceu? Há alguma chance de ele ter mudado com o tempo?

Por dentro, Jack acrescentou: *Os anos de negação a si próprio, à amante e aos filhos não podem tê-lo levado à loucura e à fúria? Os anos tão perto e ao mesmo tempo tão distante da família não podem tê-lo feito surtar?*

Uma lágrima escorreu pelo rosto de Mirin. Ela a secou apressadamente e respondeu:

— Faz quase nove anos que não o encontro. Ele visitou alguns dias após o nascimento de Frae, para pegá-la no colo pela primeira e última vez. Como fez com você quando você ainda era um neném.

Ela parou e engoliu mais lágrimas. Jack sentiu o coração parar, seu corpo inteiro concentrado nas palavras de Mirin.

— Nem eu, nem ele queríamos nos apaixonar, aceitar o impossível. Fomos unidos por uma necessidade estranha, e o amor entre nós brotou, quieto, mas profundo. Quando percebi que estava grávida de você... Fiquei apavorada. Eu não sabia como criaria um filho fruto do leste e do oeste, e seu pai propôs que fugíssemos na calada da noite. Que deixássemos tudo para trás e começássemos outra vida no continente. Mas é quase impossível deixar a ilha sem que alguém, espírito ou mortal, tome conhecimento.

"Nossa primeira tentativa foi frustrada pelo vento. A tempestade impossibilitou a zarpagem da orla. Tínhamos um barquinho, que seu pai pretendia remar até o continente, mas as ondas o estilhaçaram nas rochas. Passaram-se algumas semanas até seu pai conseguir outro barco, o qual escondeu em uma caverna. Nesse ínterim, nós dois aprendemos a escala dos vigias do leste e do oeste, pois a patrulha estava sempre presente, uma ameaça constante.

"Mas não foi a guarda que quase estragou a segunda tentativa, e sim o cão do vizinho, que deve ter farejado o cheiro do oeste que seu pai deixou na colina. Senti medo demais para tentar uma terceira vez, pois seu pai e eu estávamos fadados a sermos descobertos, então decidi que eu o criaria sozinha, no leste, como Tamerlaine, e seu pai manteria distância. Foi isso o que fizemos, mas quando você foi estudar no continente... minha solidão cresceu."

Jack sabia que Frae viera a seguir, mas, em meio ao silêncio da mãe, ele entendeu que fora Mirin quem atravessara a fronteira.

— Você reencontrou meu pai no oeste — disse ele.

Ele a achou tola, impulsiva, corajosa e audaciosa. Fazia muito tempo que nenhum Tamerlaine ia ao oeste de bom grado, mas ela o fizera, e sem ser pega.

Era Mirin, percebeu ele, a conhecedora do segredo da fronteira do clã. Pois ela própria a atravessara.

— Sim, eu fui lá — murmurou ela. — Não foi difícil encontrar seu pai. Ele é o guardião do bosque Aithwood e mora no coração da floresta, só que do lado oeste, ao lado do rio que corre para o leste. O rio nos conecta como um fio de prata, e eu o segui até a casa dele, onde o encontrei, vivendo discretamente, assim como eu. Bebendo a esperança e a tristeza, ambos cheios de curiosidade um pelo outro e pela vida que poderíamos compartilhar caso a situação dos clãs fosse diferente.

— Como você atravessou para o oeste? — perguntou ele.

— Como meu pai atravessou para cá? É o mesmo método para os dois lados? Vocês usaram as flores de Orenna?

Mirin sustentou o olhar de Jack, e ele viu a resistência queimando ali com a força de uma chama. Ela não queria contar; revelar aquele último segredo ia contra todas as suas forças.

— *Mãe* — suplicou ele. — Por favor, mãe. Se quiser ajudar essas meninas a voltarem... Preciso saber como funciona a travessia.

Mirin se levantou e se afastou dele, mas não tinha onde se esconder.

Jack se ergueu também, devagar.

— Não é a flor — disse Mirin, por fim, se virando de volta para ele. — É o rio. Seu pai descobriu o segredo por acaso. Certa noite de outono, ele foi ferido, e precisou de auxílio urgente. Tinha perdido muito sangue e estava desorientado. Foi seguindo a correnteza rio abaixo, achando que a rota o levaria para casa, e ficou chocado ao perceber que adentrara o leste sem soar nenhum alarme. A partir dali passou a acreditar que o rio podia esconder sua presença. Assim, ele seguiu a água até minhas terras e arriscou bater à minha porta e pedir ajuda. Logo descobrimos que não era só o rio, mas o sangue na água que possibilitava que ele atravessasse a fronteira para me encontrar sem ser notado.

Jack se lembrou da noite da incursão, quando vira os Breccan cavalgarem pelo vale sem serem notados. As palavras de Ream do Mar ecoaram em seus ouvidos.

Cuidado com o sangue na água.

Frae ficou escovando as vacas do curral até escutar a mãe e o irmão. Não conseguia discernir as palavras, mas eles estavam subindo a voz, como se brigassem.

Aquilo a deixou bem ansiosa, e assim ela saiu para andar no quintal, com o estilingue na mão.

O sol finalmente brilhava, atravessando as nuvens. A luz dourava o vale e o rio, e Frae ficou observando a água que fluía para o leste. Ela sabia que não deveria se afastar, mas queria treinar com o estilingue antes de Jack se juntar a ela.

Ela saiu pelo portão dos fundos e seguiu saltitando colina abaixo até a margem do rio. A correnteza estava cheia por causa da chuva, então ela tomou cuidado ao pescar pedrinhas na água. O alvo ainda estava montado na grama, e Frae começou a atirar. Errou os dois primeiros tiros, mas acertou no terceiro.

— Eba! — exclamou, quicando na ponta dos pés.

Decidiu que daria mais três tiros antes de voltar para casa, e correu para pegar mais pedrinhas. Frae só notou o homem atrás dela na margem quando já era tarde demais.

Ela perdeu o fôlego e ficou paralisada. A primeira coisa que notou foi a flanela azul. Ele era Breccan. A segunda coisa foram as botas ensopadas, como se ele tivesse andado dentro do rio, e a mão ensanguentada.

— Você não deveria estar aqui — disse ela, recuando um passo, com o coração a mil.

— Eu sei — respondeu ele, com a voz grave. — Como você se chama, menina?

Ela sentiu um aperto na garganta. As pernas foram bambeando, e ela olhou para o alto da ladeira, onde se via apenas o telhado de casa.

— Como você se chama? — insistiu o Breccan.

Assustada, Frae percebeu que ele estava mais perto, mesmo que parecesse ter dado só um passo. Ela olhou para o cabelo comprido e loiro e se perguntou se era o Breccan que tinha visto no quintal antes da incursão. Mas logo percebeu que este homem era maior e mais forte do que o daquela noite.

— F... Fraedah — respondeu ela, recuando um passo.

— Que nome lindo — disse ele. — Quer visitar o oeste, Fraedah?

Frae estava com medo de verdade. Sentia as mãos gelarem, e o coração sacolejar tanto que ela mal conseguia respirar. Não sabia o que aquele Breccan estava fazendo ali, mas queria que ele fosse embora, ou que Jack chegasse...

— Acho que não — disse Frae, e tomou impulso para correr colina acima.

A velocidade dos Breccan era impressionante. Em segundos, ele a pegou pelo braço e a puxou suavemente.
— Me escute bem, Fraedah. Se você vier tranquila, não vai se machucar. Mas não posso prometer o mesmo se você brigar. Então é melhor ser esperta e vir logo.

Frae encarou o desconhecido, boquiaberta de pavor, e a verdade a atingiu: nada que ela dissesse faria aquele sujeito mudar de ideia. Ele a levaria para o oeste, quer ela quisesse ou não, e o pânico dentro dela cresceu.

— Jack! — gritou ela, se debatendo para fugir. — *Jack!*

Ela se lembrou de que estava com o estilingue na mão, uma pedra na outra. Aí girou e arremessou a pedra na cara do Breccan. Atingiu em cheio o nariz dele, que grunhiu e a soltou. Frae aproveitou o rápido escape para correr, acreditando que era rápida, que daria para fugir...

— Jack! — berrou quando o Breccan a pegou de novo.

Desta vez, toda a gentileza do sujeito se foi. Ele cobriu a boca de Frae com uma das mãos e, com a outra, a levantou e começou a carregá-la até o rio.

O mundo tinha virado de cabeça para baixo. Frae se debatia, chutava e mordia a mão dele, mas o Breccan se recusava a soltá-la. O terror dela era mais afiado do que uma faca, e dilacerava por dentro.

Ela escutou o movimento das águas enquanto o Breccan a carregava rio acima. De repente ele cobriu os olhos dela com uma flanela e amordaçou sua boca.

Ela deixou o estilingue de Jack cair no rio.

— Jack? — a voz de Mirin interrompeu seu devaneio, e ela tocou seu braço. — Jack, o que você vai fazer com o que contei?

Ela estava com medo do que o clã faria. Se descobrissem seu amor pelo inimigo, a vida dela estaria acabada.

A vida dele e a de Frae também.

Jack engoliu em seco, e quando sussurrou, estava sentindo o coração na boca:

— Ainda não sei, mãe. — Ele olhou para Mirin e se lembrou do que Bane dissera. — Não posso contar como fiquei sabendo de tudo — continuou —, mas fui informado de que você talvez saiba onde as meninas estão escondidas no oeste.

Mirin se sobressaltou.

— Como assim? Eu... eu não faço ideia, Jack.

Jack concluiu que um gole de chá iria auxiliar os dois naquela conversa. Precisava desesperadamente mexer as mãos, e queria aproveitar o momento de fervura da água para formular as próximas perguntas. Quando estava servindo as duas xícaras, escutou um grito distante.

— Ouviu isso? — perguntou ele, abaixando a chaleira.

Mirin se aquietou.

— Não, Jack. O que foi?

Ele achou logo que fosse Frae, e um calafrio o percorreu enquanto ele seguia para a janela, a qual prontamente abriu. Ele localizou as vacas no curral, mas nada da irmã.

Talvez ela estivesse no quintal.

Jack estava a caminho da porta quando escutou de novo, desta vez com mais clareza. Frae gritava por ele, e seu sangue congelou. Ele e Mirin saíram correndo para o quintal, mas não viram nem sinal de Frae.

— Frae? — berrou ele, pisoteando as verduras. — *Frae!*

Ele estava chegando no portão quando um movimento no vale chamou sua atenção. Jack parou para olhar o rio. Moray Breccan carregava Frae rio acima.

Mirin soltou um grito esganiçado. O coração de Jack derreteu, primeiro de choque, e depois de fúria tremenda. Sentia-se a um instante de entrar em combustão enquanto corria porta afora, o olhar fixo em Frae, que ainda se debatia, chutava e brigava.

Jack tinha dado apenas três passos quando Moray o notou. Aí o Breccan sumiu rio acima numa velocidade impossível, até adentrar as sombras do bosque Aithwood, e Jack parou na grama, derrapando, estupefato.

Ele estava fraco, frágil. Não tinha a menor chance de alcançar Moray antes de ele atravessar a fronteira com Frae. Não se Moray tivesse consumido uma flor de Orenna.

Não posso derrotá-lo com minhas forças naturais, pensou Jack, em um emaranhado de dor e medo, até que a ideia lhe ocorreu como um fulgor ofuscante. Ele se virou e voltou correndo para o quintal, pegando o braço de Mirin, que tentava passar por ele.

— Pegue uma faixa de flanela — ordenou ele, arrastando-a de volta para casa.

— O que você está fazendo? — urrou ela, quase arranhando o rosto dele. — Ele capturou Frae! Me solte, Jack.

— Me *escute*! — gritou ele, e Mirin, assustada, se calou, encarando-o. — Pegue minha flanela, rasgue em tiras, e me encontre na colina. Vou pegar o sujeito, mas você precisa confiar em mim, mãe.

Ela assentiu e foi buscar a flanela. O encanto tinha se desgastado completamente. Jack correu para pegar a harpa do outro lado da sala.

Metade das cordas tinha arrebentado, mas metade ainda estava intacta, mesmo que escura de fuligem. Jack carregou o instrumento debaixo do braço até o quintal, e correu o mais rápido que seus pés e pulmões permitiam. Ao chegar na metade da descida, sentou-se na grama e, com as mãos tremendo, tentou dar um jeito de segurar confortavelmente a harpa deformada.

Ele não sabia se funcionaria. Não sabia que som sairia de uma harpa toda destruída. Sequer tinha pensado em voltar a tocá-la.

Mas focou o olhar no rio, que serpenteava Aithwood adentro. No ponto em que Frae desaparecera nas sombras.

Jack não podia permitir que as emoções lhe escapassem. Tinha que abafar o medo, a raiva e a angústia que ardiam no fundo do peito, tal qual sal em uma ferida.

Tinha que se recompor.

Ele fechou os olhos e tomou consciência da terra onde estava sentado. Da grama nos joelhos. Do cheiro da argila. Estendeu a consciência mais ainda, chegando à voz do rio, às raízes profundas da floresta.

Com os dedos, encontrou um lugar nas cordas. Começou a tocar, e as notas saíram estranhas e avariadas, como se nascidas das brasas. Soaram metálicas e afiadas, cortando o ar com um ruído assombroso, e Jack abriu os olhos para ver o fluxo do rio. A música era espontânea, passando por ele como um sopro. Ele começou a cantar para os espíritos da floresta, para os espíritos do rio. Para a grama, a terra e as flores. Para Orenna.

Traga todos para mim.

Jack escutava o ritmo em pensamento. E aí acompanhava aquele diapasão, com notas mais e mais rápidas de urgência, sabendo que Moray Breccan talvez já estivesse no oeste. Jack ofereceu a fé aos espíritos ao seu redor, e teceu um comando nas notas.

Traga todos para mim.

Ele esperou, a visão concentrada na correnteza distante que refletia o sol, nos galhos arqueados. Dedicou as palavras à essência de uma flor vermelha com ouro nas pétalas que crescia na terra seca e doente. Cantou para o poder que um dia o revigorara, quando abrira os olhos para o mundo além.

Traga todos para mim.

Agora Jack sentia sua força minguar. As mãos doíam, a cabeça latejava. O sangue começava a brotar do nariz, escorrendo na boca. Ele se forçou a continuar a dedilhar, a cantar, mesmo temendo estar quase no limite do próprio corpo e de suas habilidades.

As unhas dele estavam lascando, deixando os dedos em carne viva. Mas ele insistiu apesar da dor, e foi recompensado com um lampejo de movimento.

Moray Breccan estava voltando, o rosto franzido de confusão até ver Jack cantando na colina. A desorientação deu lugar à raiva. O mesmo poder que outorgara a Moray a velocidade e a destreza agora o arrastava de volta a Jack.

Jack não queria nem olhar para a cara de Moray. Na verdade, ele olhava para Frae, que ainda se debatia para escapar. Ela estava vendada, mas Jack via seus dentes arreganhados enquanto ela chutava e arranhava.

Sentiu uma mistura de dor e orgulho.

E continuou a tocar, sua voz uma oferenda rouca. Agora as notas estavam mais lentas, como os últimos estertores antes da morte, mas Moray continuava amarrado pela música. Ainda que o som murchasse, ele estava preso ao seu criador.

Agora o herdeiro Breccan subia a colina com Frae. Ele andava cada vez mais devagar, como se nadasse em mel. Quando finalmente parou aos pés de Jack, a magia o manteve inteiramente imóvel. Foi só então que Jack se levantou. Mirin estava ao lado dele — ele percebeu que ela estivera ali o tempo todo, e ele encarou o olhar de desafio de Moray com seu próprio olhar frio e fatal.

— Solte minha irmã — ordenou.

Moray obedeceu. Frae estava chorando, ouvindo a voz de Jack.

— Venha comigo, Frae — disse ele, estendendo a mão.

Frae arrancou a venda e a mordaça e pulou no colo do irmão. Ele sentiu seus calafrios e a abraçou com força antes de Mirin abraçá-la também.

Moray riu de desdém e olhou para Jack.

— Você nunca disse que era bardo.

— Você nunca perguntou — retrucou Jack.

Havia muitas coisas que Jack precisava saber. As dúvidas dentro dele subiam como uma enchente, e ele queria que Moray Breccan as respondesse, uma a uma.

Isto é, se Jack não o assassinasse. A tentação era aguda, latejando no crânio enquanto Moray o encarava sem qualquer remorso.

O Breccan abriu a boca, começou a dizer o nome de Adaira. Jack perdeu as estribeiras. A realidade começou a inundá-lo, e ele arreganhou os dentes e o atacou com a harpa. A quina do instrumento acertou a lateral da cabeça de Moray. E assim ele desabou na grama, inerte e pálido. O sangue começou a escorrer pelo cabelo dourado.

Jack olhou para o Breccan por um momento, se perguntando se teria acabado de matar o Herdeiro do Oeste.

— Jack... — disse Mirin, hesitante.

— Amarre os punhos dele, mãe — disse Jack. Já estava quase sem forças. Não aguentava mais ficar de pé, e assim foi caindo devagar, ajoelhado. — Precisamos levar ele para dentro, amarrar numa cadeira. — As mãos estavam formigando, dormentes. A harpa de Jack tombou no chão. — Chame Adaira.

Foi seu último pedido antes de ser capturado pela exaustão. Jack desabou de cara na grama, bem ao lado de Moray Breccan.

Seu inimigo.

Seu barão, de acordo com parte do seu sangue.

Capítulo 25

Sidra estava andando pela estrada oeste, a caminho da casa de um paciente, quando escutou a voz de Mirin no vento. Ela chamava por Adaira e soava desesperada.

Preocupada, Sidra apertou o passo, se dirigindo ao sítio de Mirin. Desviou da estrada e confiou nas colinas, seguida de perto por Yirr. A terra se deslocou por ela, aproximando os quilômetros e alisando as inclinações mais íngremes e acidentadas, impulsionando-a pelas trilhas na urze.

Ao chegar ao portão de Mirin, ela estava ansiosa. Tudo aparentava estar bem, e Sidra se aproximou devagar da porta.

— Mirin? Frae? — chamou, batendo, e esperou. O suor estava começando a ensopar seu vestido quando Sidra enfim decidiu abrir a porta. — Olá?

Mandou Yirr esperar no quintal e entrou na casa. A sala estava vazia e mal-iluminada, com uma só janela aberta. A porta dos fundos estava entreaberta também, deixando entrar só um filete da luz da manhã. Sidra soltou a cesta de ervas e andou até lá lentamente.

Saiu pelos fundos e ficou espantada ao encontrar Mirin e Frae tentando arrastar um corpo pela grama. Não soube dizer o que era mais chocante naquela cena: a flanela azul do homem, as mãos atadas, ou o sangue no vestido de Mirin, que fazia força para carregá-lo.

Mirin matou um Breccan, pensou Sidra, boquiaberta. *E está tentando esconder o corpo.*

— Mãe! — exclamou Frae, e apontou para Sidra.

Mirin se virou, tensa, mas logo reconheceu a curandeira.

— Abençoados sejam os espíritos! Pode nos ajudar, Sidra?

Sidra nem hesitou. Avançou pela terra macia.

— Lógico. Para onde vão levá-lo?

— Para dentro — arfou Mirin, o rosto vermelho e várias mechas escapando da trança.

— Você está machucada, Mirin? — perguntou Sidra, olhando de novo o sangue na saia da tecelã.

— Não, o sangue é dele. Ele... ele morreu, Sidra?

Sidra se ajoelhou e o examinou rapidamente. Uma lesão na cabeça, cuja aparência estava pior do que sua real gravidade. Uma das mãos tinha um corte superficial e intencional. Ela aferiu os batimentos cardíacos dele: lentos, porém fortes.

— Ele está vivo — disse, e foi pegá-lo pelos tornozelos. — Deve acordar daqui a pouco.

— Frae? — chamou Mirin, e pigarreou. — Entre e libere espaço na sala? Separe uma das cadeiras da cozinha. E feche a janela.

Frae fez que sim e saiu correndo, obediente.

Uma sensação estranha começou a perpassar Sidra. Ela parou e encarou a bota do Breccan.

Será que é ele?

Não sabia de onde vinha aquele questionamento, mas ele lhe deu um nó no estômago. Ela estava com a flanela verde que Torin encomendara, e sentia-se protegida por seu encanto. Mesmo assim, a dor no peito foi inevitável.

— Sidra? — incitou Mirin, baixinho, interrompendo seu devaneio estranho.

Sidra despertou e rapidamente pegou os pés do homem ao mesmo tempo que Mirin puxava o tronco, e, juntas, elas o carregaram com enorme esforço até dentro de casa e o colocaram na cadeira que Frae separara. Foi preciso certo ajuste para deixá-lo sentado — ele era insuportavelmente pesado —, e Sidra mal conseguia respirar quando ela e Mirin terminaram de despi-lo da flanela e das armas.

— Amarre os tornozelos dele na cadeira, por favor? — pediu Mirin, lhe entregando duas tiras de flanela. — O mais apertado possível.

Sidra assentiu.

— O que aconteceu?

— Eu... — começou Mirin, mas se calou e encostou a mão na testa. — Jack passou mal. Precisei deixar ele na colina, e agora tenho que vigiar este Breccan até Adaira chegar. Você tem como encontrar Jack e ver se pode fazer alguma coisa para cuidar dele?

— Lógico — disse Sidra, com o coração a mil. Aí pegou sua cesta e saiu pelos fundos outra vez, seguindo o rastro que Mirin e Frae tinham deixado ao arrastar o Breccan. Logo viu Jack caído na grama, e seu medo cresceu. Todo tipo de ideia horrível começava a invadir sua mente — um Breccan invadira, Jack lutara contra ele e acabara fatalmente ferido —, e agora Sidra se preparava para o que veria ao se ajoelhar no chão para virá-lo.

Ele estava caído em cima da harpa. O instrumento estava torto e queimado, como se tivesse sido largado em cima de uma fogueira, e ele grunhiu quando foi posicionado de barriga para cima.

— Adaira? — grasnou ele, e entreabriu minimamente os olhos.

Sidra tocou a testa dele.

— Não, sou eu. Sidra. Pode me contar o que aconteceu, Jack?

Ela preparou um pano para limpar o sangue seco do rosto e dos dedos dele. As unhas estavam quebradas, com as pontas encravadas. Por causa disso ela soube que ele não estava daquele jeito por causa de uma briga, e sim por magia.

— O preço da música foi alto demais — disse ele, fazendo uma careta enquanto ela limpava suas unhas. — Foi como da outra vez. Estou simplesmente... exausto.
— Jack.
— Tá, já sei. Não precisa de bronca, Sidra.
Sidra mordeu a língua e se pôs a trabalhar. Estava cheia de dúvidas, mas ainda que outros pensamentos fervilhassem dentro dela, obrigou-se a se concentrar na questão mais premente, que era tratar de Jack.
— Pode me dar alguma coisa que me deixe saudável? — perguntou Jack.
Agora ele havia aberto inteiramente os olhos e via Sidra preparar o tônico.
Ela parou para olhá-lo.
— Preciso parecer forte para Adaira — explicou ele. — Me dê o tônico mais potente.
— Se eu fizer isso, Jack, você pode demorar mais para melhorar — advertiu Sidra. — Posso preparar algo para deixá-lo mais vivaz, porém o efeito vai passar em algumas horas, e pode acabar piorando seus outros sintomas.
— Vou arriscar — disse ele. — Porque, na verdade, tem um Breccan que pode estar morto, ou não, na casa da minha mãe agora mesmo.
— Ele está vivo.
— Ufa, que alívio — disse Jack, e Sidra ficou feliz ao ouvir que seu humor ácido voltara. — Do contrário eu estaria encrencado por ter matado o Herdeiro do Oeste.
Sidra ficou paralisada.
— Ele é o herdeiro?
— É — grunhiu Jack, sentando-se. — E veio capturar Frae, e eu o peguei.
Um calafrio gelado percorreu Sidra.
É ele.

O homem que ela ajudara Mirin a carregar era o mesmo que a agredira no trajeto da casa de Graeme. Que sequestrara Maisie.
— Sidra? — chamou Jack, preocupado.
Ela não sabia quanto tempo tinha passado ali sentada, perdida no redemoinho dos pensamentos. Jack, de testa franzida, a observava atentamente.
— Foi Moray que atacou você naquela noite — murmurou ele.
Ela hesitou, mas acabou confirmando.
— Que *desgraçado* — disse Jack.
Sidra se concentrou nas ervas, preparando uma das poções que criara para a guarda, a fim de mantê-los alertas e atentos nas noites compridas.
—Aqui, Jack. Vai ajudar com a exaustão e algumas das dores.
Ele aceitou o copo e bebeu.
Eles passaram alguns momentos em silêncio, sentados juntos na grama. Sidra estava tentando decidir o que fazer — se queria ou não falar com Moray, ou sequer olhar para ele —, e Jack estava esperando o tônico fazer efeito. Por fim, Sidra notou que ele estava um tiquinho mais vívido — embora continuasse particularmente pálido —, e seus olhos tinham um leve esplendor. Ela já estava guardando seus artefatos quando ouviu passos.
Sidra e Jack se viraram ao mesmo tempo e viram Frae, que vinha correndo.
— Jack! — arfou ela, desacelerando.
— O que houve, Frae? — perguntou Jack, indo ao encontro dela. Ele cambaleou um pouco, mas apenas Sidra notou.
Frae suspirou, nitidamente aliviada por ver que seu irmão estava melhor. Aí olhou para ele e então para Sidra, e alertou:
— A mamãe me mandou para cá. O Breccan acordou.

Adaira já devia saber que, no dia em que Torin recuperasse a voz, a vaca iria pro brejo. Ela e o primo estavam debruçados

sobre mapas e estratagemas para o resgate quando Roban os interrompeu com um recado.
— Ouvi seu nome no vento, baronesa — disse o jovem guarda. — Parecia a voz de Mirin.

Adaira se apoiou na mesa do pai, sentindo o coração afundar. Se era Mirin quem a chamava, em vez de Jack, era porque algo dera errado. Aparentemente todos os dias estavam fadados a acabar assim, e Adaira se perguntou quando a vida voltaria a ser calma e previsível.

Ela e Torin seguiram a cavalo para o sítio da tecelã, acompanhados de uma pequena comitiva de guardas. Ela não fazia ideia do que esperar, mas certamente não era aquela cena: Moray Breccan amarrado a uma cadeira no meio da sala, vendado e amordaçado, com sangue seco no cabelo.

Adaira parou tão abruptamente à porta que Torin tropeçou no calcanhar dela.

Ela fez um rápido inventário do ambiente. Primeiro, flagrou Jack: ele estava de pé, ao lado do tear, atrás de Moray. Sidra estava sentada perto dele, em um banquinho, como se ambos fizessem questão de permanecer discretos. Mirin estava junto à lareira, e Frae se agarrava à cintura dela com seus braços compridos.

— Uma palavrinha, Jack? — pediu Torin.

Jack assentiu e Adaira e os homens seguiram para uma conversa no quarto. Sidra se juntou a eles, daí fecharam a porta e deixaram os guardas de olho em Moray na sala.

— O que aconteceu? — perguntou Adaira.

Jack começou a relatar os acontecimentos recentes, mas sua voz estava estranha, como se resfolegante. Adaira notou um leve tremor em suas mãos, e também percebeu as unhas quebradas, em carne viva. Ele não mencionou que tinha tocado para os espíritos, mas Adaira sabia que era exatamente o que fizera. Ele também parecia estar escondendo outra coisa, interrompendo as frases no meio, deixando as informações incompletas.

— Ele estava tentando sequestrar Frae — disse Jack, finalmente, e cambaleou como se prestes a desabar.

Adaira correu para equilibrá-lo e Sidra disse:

— Você precisa sentar, Jack.

— Venha cá, sente na cama — disse Adaira, e, juntas, elas o levaram até a cabeceira.

Jack sentou-se, com um grunhido. O suor umedecia a região ao redor dos lábios dele.

— Estou bem. É que está abafado aqui, né?

Sidra olhou para Torin.

— Abra um pouco a janela? Ele precisa de ar fresco.

Torin obedeceu, e Adaira também achou mais fácil respirar com a brisa fresca que entrava no quarto.

— Você acha que foi ele quem sequestrou as outras meninas? — perguntou Torin, seco.

Jack hesitou, olhando para Sidra. Adaira então soube da resposta. Soube que Moray a enganara, inúmeras vezes, e ruborizou.

Torin foi o primeiro a reagir. Praticamente arrancou a porta da dobradiça ao abri-la e aí voltar à sala em passos tempestuosos. Sua fúria era como raios eletrizando o chão, e Adaira se viu obrigada a correr atrás dele para contê-lo. Torin se dirigiu imediatamente a Moray e, antes que Adaira pudesse lhe dar qualquer ordem, esmurrou o queixo do Breccan com toda a força.

Adaira parou de repente.

— Você levou minha filha — disse Torin, gigantesco diante de Moray. — Você atacou minha esposa, e por isso eu vou te matar.

Ele chutou o peito de Moray. Exatamente onde o Breccan dera um pontapé em Sidra na outra noite. O choque o fez oscilar e derrubou a cadeira. Moray tombou no chão com um gemido de dor, derrapando no chão até bater, com cadeira e tudo, nas costas do divã.

— *Adaira* — chiou Moray, por trás da mordaça.

Ela não sabia como Moray reconhecera sua presença. Ele ainda estava vendado, e ela não dera nenhum indício de estar ali. Um calafrio a percorreu ao ver Torin avançar a passos largos, preparando mais uma pancada.

Finalmente, Adaira interveio. Ela precisava que Moray Breccan permanecesse consciente, inteiro, e, acima de tudo, capaz de *falar*.

Sidra se adiantou e se posicionou atrás de Moray, à vista de Torin. Ela estendeu a mão e disse:

— Assim não, Torin.

Adaira notou quando Torin tomou fôlego. O primo nunca fora de recuar no meio de uma briga, por isso ela ficou impressionada quando ele se acalmou e aceitou a mão de Sidra. Ele passou por cima do Breccan e se acomodou perto da parede para ficar só de vigia, abraçado a Sidra.

Atordoada, Adaira tirou um momentinho para recompor a voz. Virou-se para os guardas e pediu:

— Será que dois de vocês podem, por favor, endireitar Moray Breccan na cadeira?

Os guardas obedeceram rapidamente. Moray estava respirando com dificuldade, o canto da boca sangrando. A casa ficou mais quente e abafada de repente, quando Adaira se aproximou do herdeiro do oeste. O coração dela estava acelerado demais para o seu gosto, mas ela conseguiu manter a expressão fria e contida. A expressão que o pai lhe ensinara para os momentos de justiça.

Adaira arrancou a venda dos olhos de Moray. Notou o relaxamento das rugas fundas da testa dele ao fitá-la, como se acreditasse que ela fosse salvá-lo.

— Antes de remover a mordaça da sua boca — começou ela —, quero que você saiba que matamos os Breccan mal--intencionados que invadem o leste. Você entrou nas minhas terras, sem convite e inesperadamente, e só me resta presumir que veio me trair ou fazer mal ao meu clã. Vou fazer perguntas e espero que responda a tudo honestamente. Se entendeu e está de acordo, faça que sim com a cabeça.

Apesar do olhar fulminante, Moray concordou.

Adaira arrancou a mordaça e ele tossiu. Um dos guardas trouxe outra cadeira, e ela estava prestes a sentar-se diante do Breccan quando Jack se aproximou.

— Baronesa? — disse ele e, apesar de a voz ainda soar esganiçada, seus passos estavam mais confiantes. — Me permite uma sugestão?

— Diga — respondeu ela, mas ele não precisou explicar.

Jack desembainhou a adaga do cinto. A lâmina da verdade.

Adaira aceitou a oferta e parou de pé na frente de Moray outra vez.

— Vai cortar meu pescoço antes de me dar a oportunidade de falar? — perguntou Moray. — Porque você vai querer ouvir a minha versão.

Adaira ignorou o sarcasmo dele e a curiosidade que sentiu ao ouvir a provocação.

— Enquanto seu sangue escorrer deste corte, você vai sentir-se compelido a responder verdadeiramente tudo o que eu perguntar. Vou cortá-lo agora, pois não confio que você será honesto sem este recurso.

Ela cortou a pele dele logo abaixo do joelho. Moray nem reagiu; a ardência das facas lhe era familiar.

Adaira finalmente se acomodou no assento, olhando fixamente para ele. Dali ela via o sangue escorrendo em filetes pela bota de pele e couro.

— Por que veio ao leste, Moray Breccan? — perguntou ela.

Ele arreganhou os dentes. Estava tentando resistir à resposta, mas o encanto tomara seu sangue.

— Para sequestrar uma menina.

Adaira já estava preparada para aquela resposta, mas mesmo assim a confissão a atingiu como um soco. Ela teve dificuldade de engolir o nó na garganta, de manter a mente aguçada e livre das emoções.

— Foi você quem sequestrou as outras meninas Tamerlaine? — perguntou ela.
— Fui eu.
— Onde escondeu as três meninas?
— Na casa do Guardião do Bosque Aithwood.

Adaira notou um movimento de Jack. Ele estava perto da porta do quarto, mas olhou rapidamente para Mirin, que continuava com Frae junto à lareira. A tecelã empalideceu e encarou o filho, e Adaira fez uma anotação mental para perguntar depois a Mirin o motivo daquele bochicho.

— E onde fica essa casa? — continuou.
— Rio acima, depois da fronteira dos clãs, no fundo do bosque.

Torin fez uma careta. Adaira ergueu a mão, em ordem silenciosa para ele não sair do lugar.

— Você participou da incursão mais recente para disfarçar sua intenção de devolver Eliza Elliott ao leste? — perguntou ela.
— Sim.
— Por que devolver apenas uma menina?
— Porque eu queria provar que sou misericordioso e que não faço nada sem reflexão — respondeu Moray. — Eu sabia que você logo descobriria que era eu o sequestrador, e que arderia de raiva por mim. Eu precisava provar que havia um motivo por trás dos sequestros e que, acima de tudo, as meninas estavam sendo bem tratadas no oeste.
— Por que capturá-las? — perguntou Adaira. — Por que você e seu clã se rebaixaram a ponto de roubar nossas filhas?

Um indício de sorriso repuxou a boca de Moray.

— Faça mais um corte, Adaira. Porque o que estou prestes a contar... Preciso que você saiba que é verdade.

Ela esperou por um momento, solene e preocupada. Porém, era verdade: o primeiro corte já estava se fechando. Assim, ela cortou uma segunda vez, fundo o suficiente para arrancar uma careta dele.

— Então — disse Adaira. — Por quê?

A MELODIA DA ÁGUA 413

Moray pareceu se acomodar na cadeira, como se preparando-se para uma conversa comprida.

— Em uma noite chuvosa de outono, quase vinte e três anos atrás — começou ele —, a Baronesa do Oeste e seu consorte tiveram seu primeiro filho. Um menino de cabelos da cor da seda do milho, com a voz de um bode estridente. Mas ele não veio sozinho. Outra criança viera em seu encalço. Uma menina muito pequena. Ela era minúscula em comparação ao irmão gêmeo, e tinha o cabelo branco, da cor do cardo lunar.

Moray parou.

Adaira engoliu em seco e pediu:

— Prossiga.

Seu inimigo sorriu e continuou:

— Ela pareceu chocada por adentrar o mundo em uma noite daquelas, e meus pais a abraçaram, espantados, implorando para que ela chorasse, mamasse, abrisse os olhos. Ainda assim, ela os desafiou, e, quando o druida chegou ao quarto para abençoar os bebês três dias após o parto, se recusou a abençoar a menina. "Ela está doente", disse ele. "Há grandes chances de sua filha verdadeira ter sido roubada pelos espíritos. Escolham uma pessoa de confiança para soltar esta menina em um lugar onde o vento é suave, e a terra, macia, onde o fogo pode arder em um instante, e onde a água flui em uma melodia agradável. Um lugar onde se reúnem os espíritos, pois eles podem devolver sua verdadeira filha, que é forte e está destinada a um futuro grandioso junto ao nosso clã."

"Meus pais conversaram e, juntos, concluíram que havia apenas uma pessoa em quem confiavam para a troca da filha: o Guardião do Bosque Aithwood. O guardião era um homem bom, que vivia na solidão do bosque. Ele era um vigia, leal ao clã, e conhecia um lugar onde se reuniam os feéricos da terra, da água, do fogo e da água. E assim ele tirou Cora, minha irmã, dos meus pais e a levou às profundezas da floresta. Tinha recebido ordens de deitá-la em um lugar onde ela seria encontrada pelos espíritos, e então deixá-la ali. Se ele estivesse presente, os espíritos não se manifestariam para trocar as crianças. Sendo assim, o guardião encontrou um tapete de musgo perto de um rio, no coração da floresta onde o vento soprava entre os galhos e o fogo podia brotar e arder a qualquer momento. E ali deixou minha irmã.

"Por quase toda a minha vida, acreditei naquilo que o guardião contara aos meus pais: que ele deixara minha irmã no musgo e, quando retornara horas depois, Cora já não estava lá mais, e não havia nenhum outro bebê para levar de volta aos meus pais. Por anos, minha família e meu clã acreditaram no que ele dissera: um feérico do vento levou minha irmã para seu reino e a criou lá, sabendo que ela não sobreviveria no mundo mortal. A ideia nos trouxe uma paz dolorida, e nos curvamos diante do vento, acreditando que ela estaria bem sob a guarda dele.

"Mas os segredos nesta ilha se recusam a ficar escondidos. Eles têm seu jeito sagaz de ressurgir, e são vingativos.

"Ao longo dos anos, comecei a desconfiar do guardião. Às vezes, sua lealdade parecia vacilar. Ele reclamava das incursões e se recusava a nos deixar atravessar o bosque em tais ocasiões. Um dia resolvi vigiá-lo de perto. Levou alguns anos, mas finalmente eu o flagrei voltando ao oeste pela fronteira. Ele vinha se embrenhando pelo leste sem ser notado, e aí eu quis saber como conseguira tal façanha.

"Levei meses para convencê-lo. Para esgotar sua teimosia. No fim, ele confessou e me jurou lealdade plena para poupar a própria vida. E a história que ele costumava contar sobre o desaparecimento da minha irmã? Tudo mentira.

"O que aconteceu realmente foi o seguinte:

"No dia em que deixou Cora no musgo, ele se afastou, conforme ordenado. Porém, ao passo que até então ela não tinha se manifestado vocalmente, ali seu choro danou a ecoar pela floresta, o que acabou por atraí-lo de volta. Ele se manteve um pouco distante, a fim de não interferir com os feéricos, e viu o dia dar lugar à noite. Fazia um frio congelante, e os espíritos se

A MELODIA DA ÁGUA **415**

recusavam a aparecer para levá-la. Com o tempo, o choro atraiu um lobo, e o guardião precisou lutar contra o bicho e acabou ferido. De braço ensanguentado, decidiu pegar minha irmã e levá-la a outro local. Ele perdera muito sangue e ficara desorientado, mas sabia que o rio o levaria para casa.

"Ele então entrou na correnteza e seguiu pelo rio, mas sem perceber que andava no sentido oposto. Ele diz que tamanha era sua angústia que não se dera conta do engano, mas logo as árvores foram se espaçando e ele se viu em um vale desconhecido. Ali soube que não estava mais no oeste, no entanto, a Guarda do Leste não notara sua presença. Foi quando uma ideia terrível ocorreu ao guardião.

"Para qual Tamerlaine ele entregou minha irmã, eu não sei, pois ele se recusou a revelar o nome. Porém, acredito que seja alguém que viva perto da fronteira, e que, por conta disso, o leste tenha cometido o maior dos crimes: roubado uma filha do oeste, e a criado como sua.

"Sempre me perguntei o teria se passado pela cabeça dos Tamerlaine que resolveram acolhê-la. Talvez não quisessem que minha irmã crescesse tão perto da fronteira, onde o oeste e o verdadeiro clã poderiam evocar seu sangue um dia. Talvez, no princípio, não soubessem realmente quem era minha irmã, que era filha de seu maior inimigo. Herdeira do baronato do oeste. O guardião não me contou, mas quando perguntei onde Cora vivia hoje no leste, ele apenas sorriu e disse: 'O druida Breccan disse que ela estava destinada a um futuro grandioso no oeste, mas deve ter interpretado mal as estrelas.'

"De início, eu duvidei. Acreditei que a fala do guardião fosse só uma historieta de um homem que enlouquecera após uma vida solitária no bosque. Porém, eu continuava determinado a encontrar minha irmã. E que método melhor para isso senão vagar pelo leste e escutar os boatos que navegam pelo vento?

"Visitei o local inúmeras vezes, entrando pelo rio secreto e sendo revigorado pela essência de Orenna. Decorei o mapa do terreno e dei ouvidos ao vento. Logo eu soube da herdeira. A única filha viva do barão. Os Tamerlaine a amavam. Eles a chamavam de Adaira, a menina de cabelos da cor da lua e olhos da cor do mar. E eu soube que era você, Cora."

— *Basta!* — a voz de Torin cortou o ar. — Basta dessa baboseira. Das suas mentiras, das suas farsas, Breccan. Faça ele se calar, prima.

Adaira estava paralisada como pedra, encarando o sangue de Moray que ainda jorrava do corte, formando uma poça no chão. Ela respirava com dificuldade, o coração martelando as costelas. Ergueu o rosto e se viu refletida nos olhos dele.

— Por que, então, levou as filhas dos Tamerlaine? — perguntou ela.

— Eu queria contar naquele dia em que nos encontramos na caverna — disse Moray. — Quando você escreveu para mim, propondo um acordo, fiquei esperançoso. Era sinal de que você estava pronta para voltar para casa. E eu queria contar a verdade, para você entender meu desejo por vingança. Para você entender minha decisão de atacar o coração dos Tamerlaine. Mas não era meu lugar contar.

"Eu levei uma filha Tamerlaine na esperança de chamar a atenção do barão do leste. De fazê-lo entender o que estava acontecendo e revelar a você sua verdadeira identidade. Como ele não fez nada, eu sequestrei outra. Decidi que continuaria a roubar suas meninas até alguém no leste escancarar o segredo e revelar a verdade. Simplesmente não achei que levaria tanto tempo assim, que os Tamerlaine seriam tão tenazes, tão teimosos. E também não imaginei que o barão fosse falecer durante essas tentativas, levando o segredo para o túmulo enquanto você ascendia no lugar dele. Não imaginei que teria que ser eu a contar sua história, a encará-la quando você a ouvisse pela primeira vez, Adaira. Baronesa do Leste, nascida no oeste. Mas cá estamos nós."

Moray parou por um momento e, com a voz mais suave, concluiu:

— Eu vim levar você para casa, Cora.

Adaira estava decidida a não sentir nada, e também estava disposta a levá-lo preso ao fim da narrativa. Porém, não conseguia ignorar a marca, como um hematoma, que aquela história deixava. A história era também uma espada, que inevitavelmente cortava seu coração. E também um véu arrancado de seus olhos — era impossível não ver o passado por outro ângulo, mesmo ele sendo feio, terrível e absurdo.

No momento de silêncio que se seguiu, quando o relato de Moray Breccan terminou e todos na sala ficaram na expectativa para ver o que ela faria, Adaira se lembrou dos espíritos. *É ela*, foi o que disseram ao vê-la na orla e na montanha sagrada. *É ela*. Eles sabiam quem ela era de verdade. Uma menina do oeste, criada pelos inimigos. Talvez os feéricos tivessem acompanhado sua vida, ano a ano, ávidos por aquele momento.

— Volte para casa comigo, Cora — pediu Moray. — Se você vier, as meninas Tamerlaine que levei serão devolvidas para suas famílias. Assim como cuidaram de você no leste, cuidamos bem das meninas no oeste. Venha, irmã. Uma vida melhor a aguarda, com o povo ao qual pertence. Permita que esta troca se dê sem derramamento de sangue.

Torin se aproximou das costas da cadeira de Moray. Não aguardou o comando de Adaira; amordaçou o Breccan com um puxão, e Moray se contorceu.

O silêncio foi pior do que o som, pois fez Adaira sentir o peso esmagador do olhar de todos em cima dela. Mirin e Frae. Sidra e Torin. Os guardas. Moray. *Jack*.

Ela não sabia o que fazer. Não sabia se deveria aceitar as alegações de Moray, ou desdenhar delas. Por fim, se levantou.

— Torin, conduza nosso prisioneiro às masmorras de Sloane — declarou.

Ela abriu caminho e Torin vendou Moray de novo antes de afrouxar as amarras que o prendiam à cadeira. Os guardas o cercaram e o arrastaram da casa de Mirin até os cavalos que aguardavam no quintal.

Adaira os seguiu, preparada para partir com eles. Ela não queria olhar para Torin, nem para Sidra, nem mesmo para Jack. Não queria ver a dúvida e a desconfiança nos olhos deles, não queria saber o que aquela revelação sobre suas origens faria com a opinião que tinham dela.

— Adaira — murmurou Jack, e ela o sentiu pegar seu braço com cuidado para puxá-la para perto. — Aonde você vai?

Ela olhou para o peito de Jack. Não dava para ver se ele estava usando a metade da moeda. Na verdade, ela nunca vira o pingente nele, e não sabia se ele simplesmente escondia o colar por baixo da túnica, ou se optava por não usá-lo.

Não fazia diferença.

Ela percebeu que precisaria romper o noivado. Jack, sem saber, se unira a uma Breccan. A verdade começou a carcomê-la bem lentamente, como se seu passado, sua alma, fossem um banquete a ser devotado. Ela estava zonza, pensando em tudo o que precisava fazer — tudo que *deveria* fazer —, mas seu foco agora era prender Moray nas masmorras.

— Vou acompanhar o prisioneiro com Torin — disse ela, o tom seco.

— Me deixe ir junto — disse Jack.

Ela não queria a companhia dele. Queria um momento a sós, para chorar sua fúria com privacidade. Para mergulhar na dor de descobrir que sua vida inteira fora uma mentira.

— Fique aqui com sua mãe e sua irmã — disse Adaira, lambendo os lábios. Estava morta de sede. Seca até os ossos. — É melhor ficar com elas depois do que aconteceu hoje, e você precisa descansar. O pior ainda está por vir.

Ela montou o cavalo e pegou as rédeas. Daí olhou para Torin, que já aguardava seu sinal, e eles dispararam para o leste, levando Moray Breccan no centro da formação.

Adaira sentiu o olhar de Jack, mas não suportou se virar para olhá-lo de volta.

Jack ficou olhando enquanto Adaira se afastava. Estava atordoado, e o efeito do tônico começava a passar. As têmporas latejavam, e seus pensamentos transbordavam.

Ele não sabia o que fazer, mas sabia que queria acompanhar Adaira. Passou as mãos no rosto, respirando fundo sob as palmas, e cogitou correr atrás dela a pé.

— Jack.

Ele se virou quando a voz suave de Sidra interrompeu seus pensamentos. Ela estava bem atrás dele no quintal, com as sobrancelhas escuras franzidas de preocupação.

— Acho que sua mãe está em choque. Botei a chaleira para ferver e deixei uma mescla de chá calmante separada, mas acho melhor você fazer companhia a ela até a pior fase passar.

Ele nem tinha pensado no impacto da confissão de Moray em sua mãe, de tão consumido que estava por Adaira.

— Ah, lógico — disse ele, e voltou correndo para casa.

A luz ainda estava baixa, mas ele viu Mirin sentada no chão, diante da lareira, como se os joelhos tivessem desmontado. Frae a contornava, tentando levantá-la.

— Jack! — exclamou a irmã. — Tem alguma coisa errada com a mamãe!

— Está tudo bem, Frae — disse Jack.

Com cuidado, ele levantou Mirin e a levou a uma cadeira, aí olhou para Sidra, em saber direito o que fazer.

A curandeira estendeu a mão para Frae e sorriu.

— Frae? Quer ir trabalhar comigo hoje? Preciso visitar dois pacientes aqui perto. Você pode me ajudar com as ervas, e depois a gente volta com comida para Jack e sua mãe.

O medo no rosto de Frae se transformou em fascínio.

— Posso mesmo, Sidra?

— Lógico, e eu adoraria sua companhia. Óbvio, se sua mãe e seu irmão deixarem. Jack olhou para Mirin. Ela estava pálida, com o olhar distante. Ele supunha que ela não ouvira uma palavra sequer dita por Sidra.

— Claro — respondeu ele, forçando um sorriso. — Acho uma boa ideia, Frae. Vá buscar sua flanela.

Frae foi correndo até o quarto, e Jack relaxou de alívio.

— Nem sei como agradecer — disse ele quando Sidra lhe entregou mais dois frascos.

— Não se preocupe. Estes são para você. Tome quando a dor voltar — instruiu ela, e olhou de relance para Mirin. — Mantenha sua mãe aquecida, e calma. O chá vai ajudar.

Frae voltou aos pulos, com o xale nas mãos. Jack amarrou a flanela na gola dela e acompanhou as duas até a porta.

Ele ficou brevemente apreensivo por estar deixando Frae sumir de vista. No entanto, logo viu Sidra dar a mão para ela, e também localizou o cão que as seguia como um guarda dedicado.

— Voltaremos em duas horas — disse Sidra, em despedida. Ele assentiu. Esperou elas sumirem do campo de visão e enfim fechou a porta.

Por fim, suspirou, encostado na madeira. A exaustão só fazia crescer, mas não havia tempo para descansar.

Tinha plena crença na história de Moray Breccan. Acreditava totalmente no relato, mas sabia que havia peças faltando. Peças que apenas sua mãe detinha.

A chaleira apitou.

Jack a tirou do fogo e misturou as ervas que Sidra separara para o chá. Serviu duas xícaras e levou uma para Mirin, confirmando antes que ela seria capaz de segurá-la, e a seguir cobriu o colo dela com uma manta.

Depois sentou-se na cadeira do outro lado e aguardou enquanto ela tomava alguns goles.

Ela pareceu voltar à vida, se recompor. A cor brotou gradualmente em sua face, e ele suspirou de alívio.

— Posso fazer uma pergunta, mãe?

Mirin o olhou. Ainda estava encolhida, como se sentisse dor, mas quando falou, foi com a voz límpida:

— Pode, Jack.

Ele inspirou fundo, trêmulo. Sentiu a fragrância do chá, o cheiro bolorento da lã no tear. E se perguntou o quanto aquela casinha na colina, feita de pedra, madeira e palha, teria visto ao longo da vida. O que as paredes diriam, caso soubessem falar. Quais histórias abarcavam.

— Na noite em que o Guardião do Bosque Aithwood atravessou a fronteira dos clãs com a filha dos Breccan no colo... ele veio ver você — disse Jack. — Meu pai trouxe Adaira para você.

Mirin, cujos olhos brilhavam de lágrimas e décadas de segredos, apenas sussurrou:

— Sim.

Capítulo 26

Uma multidão se aglomerara em Sloane.
A cena só fez aumentar a preocupação de Torin enquanto ele e a guarda se aproximavam, ainda cercando um Moray amordaçado. Durante o trajeto inteiro, Adaira se recusara a fazer contato visual com Torin. Já ele a olhava de soslaio vez ou outra, analisava seu perfil. Quando passaram pelos portões da cidade, a expressão dela era puro aço.
Assim que o Breccan foi visto nas ruas, a raiva da população se conflagrou.
Torin parou o cavalo e viu Una Carlow abrir caminho às cotoveladas.
— É verdade, baronesa? — a voz de Una cortou o ar. — É verdade que sua senhoria é filha do oeste? Que é Breccan por sangue?
Adaira empalideceu. Finalmente, olhou para Torin, e ele foi atingido pela conclusão terrível.
Durante a conversa ele acabara abrindo a janela do quarto de Jack, no entanto, em meio a tanta fúria, se esquecera de fechá-la. A história de Moray sobre a origem de Adaira certamente escapara por aquela fresta e viajara pelo vento. Não era assim que Torin planejara revelar a verdade ao clã, e, quando mais perguntas foram disparadas em cima de Adaira — perguntas com tom de desconfiança e acusação —, ele virou o cavalo rapidamente para ficar de frente para a prima.

— Conduza Moray às masmorras — ordenou ao guarda mais próximo. — Garanta que ele permaneça ileso.

Foi um caos quando os guardas avançaram com Moray, forçando a turba a dispersar. Adaira continuava paralisada, montada no cavalo, escutando o alarido que crescia a seu redor. Torin se postou ao lado dela, e o cavalo quase pisoteou algumas pessoas no caminho.

Agora os meninos da família Elliott tinham se aproximado dela. Os irmãos mais velhos de Eliza.

— Você sabia o tempo todo que os Breccan estavam roubando as meninas! — gritou o mais novo, com veias pulsando nas têmporas. — Você *sabia* e negociou com nossos inimigos em segredo!

— Lógico que sabia! — rosnou o outro. — Ela deu nossos bens para eles, em recompensa por capturar nossa irmã.

— Não é verdade! — respondeu Adaira, mas sua voz falhou.

— Você estava confraternizando com o inimigo!

— Por que acreditar em você, que nos fez de bobos e mentiu por anos a fio?

— Você é fiel a qual lado?

Os comentários e as perguntas se elevavam e rodopiavam como um furacão. Adaira tentou responder de novo, apaziguar a angústia e a raiva do povo, mas as vozes da multidão abafaram a dela.

Pelo amor dos espíritos, pensou Torin. Agora todo o clã sabia do acordo. O tolo do Moray tinha comentado sobre o encontro secreto com Adaira, e agora todo mundo sabia pedacinhos da história. Apenas trechos aqui e ali, mas o suficiente para distorcer as informações de modo que desfavorecessem Adaira, ainda que ela estivesse simplesmente tentado firmar a paz pelo bem dos Tamerlaine.

— *Silêncio!* — bradou Torin.

Para seu espanto, a multidão obedeceu. Todos se viraram de Adaira para ele e, de repente, ao sentir o peso daqueles olhares, ele não soube mais o que dizer.

— Temos em nossa custódia o culpado pelos sequestros — continuou Torin —, crime aliás que ele cometeu sozinho, sem conhecimento nem cumplicidade de Adaira.

— Mas e a negociação ilegal da qual ela participou? — gritou um Elliott. — E a justiça por nossa irmã? Pelas outras meninas ainda desaparecidas?

— A justiça será feita — disse Torin. — Mas, primeiro, vocês precisam permitir que eu e sua baronesa cheguemos logo ao castelo, onde poderemos resolver a situação e trazer as outras meninas de volta para casa.

A multidão começou a recuar, abrindo caminho.

Adaira ainda estava paralisada, e Torin esticou a mão para pegar as rédeas dela e impulsionar os dois cavalos. Ele não relaxou nem depois de chegarem à segurança do pátio do castelo.

— Adi — disse ele ao vê-la apear.

— Estou bem, Torin — respondeu ela, apesar da palidez.

— Vá tratar de Moray nas masmorras. Depois, me encontre na biblioteca. Temos assuntos a discutir.

Ele aquiesceu, observando-a entrar a passos largos no castelo.

Ao descer correndo até a cela mais fria e úmida da masmorra, Torin estava com os pensamentos a mil. Moray estava sendo detalhadamente revistado, e Torin, à luz das tochas, viu quando os guardas encontraram uma adaga escondida na bota do Breccan. Quando tiraram a venda e a mordaça, Moray viu pela primeira vez o novo ambiente. Pedra, ferro e uma iluminação fraca oriunda de tochas.

Ele foi acorrentado à parede pelos pulsos e tornozelos.

— Quero falar com Adaira — exigiu ele quando a cela foi cerrada a trinco e cadeado.

— Ela falará com você quando bem entender — disse Torin.

Ele selecionou cinco guardas para vigiar o sujeito, e subiu de volta aos andares mais iluminados do castelo.

Finalmente, pensou Torin. Tinham encontrado o sequestrador das meninas. Ele sabia exatamente onde estava Maisie. Finalmente tinha aprisionado nas masmorras o Breccan culpado. Mesmo assim, como estava pesado seu coração. O dia tinha raiado tão bem, com esperança, com a voz dele restaurada, os planos se estruturando. Uma única confissão alterara tudo.

Não houve júbilo quando ele encontrou Adaira sentada à mesa do pai, escrevendo uma carta.

Torin a observou atentamente por um momento, como se ela tivesse mudado. Tentou encontrar sinais do inimigo nas feições dela, na cor dos cabelos, na caligrafia rebuscada. Mas ainda era sua prima. Era a mesma Adaira que ele crescera protegendo e adorando. O sangue nato dela não fazia diferença; ele a amava, e lutaria por ela.

— Estou escrevendo para Innes Breccan — disse ela, mergulhando a pena na tinta. — Quero que você leia a carta para aprová-la.

Torin se ajeitou no lugar.

— Está bem. Mas você não precisa da minha aprovação, Adi.

O som do apelido a fez titubear. Ele aguardou, na esperança de ela respirar fundo, *olhar* para ele e revelar seu jorro de pensamentos. Porém, Adaira se ateve à escrita.

Ela acabou em pouco tempo, levantou-se e entregou a carta a ele.

Cara Innes,

O Herdeiro do Oeste invadiu o leste com más intenções. Fui obrigada a trazer seu filho à fortaleza, onde ele permanecerá detido até solucionarmos uma questão importante entre nossos clãs. Eu gostaria de encontrá-la amanhã, na alvorada, no marco do norte. Não posso pedir que venha só e desarmada, mas, ainda assim, peço que nosso encontro seja pacífico. Não desejo ver sangue derramado, nem vidas perdidas, muito embora tal questão seja impelida pelos fogos da emoção.

Acredito que possamos chegar a uma solução satisfatória para os dois clãs, pessoalmente. Eu a aguardarei amanhã ao raiar do sol.

Respeitosamente,

Adaira Tamerlaine
Baronesa do Leste

Torin suspirou.

— Qual vai ser essa solução?

— Ainda não sei — disse Adaira. — Preciso avaliar o grau da raiva de Innes quando descobrir que seu filho e herdeiro está preso, culpado pelo sequestro de crianças, ou seu grau de alívio ao descobrir que sua filha perdida está, na verdade, viva e bem.

Torin fitou o rosto dela. Adaira estava encarando as palavras que tinha escrito.

— Olhe para mim, Adi — murmurou ele.

Ela então obedeceu, e ele viu o medo em seus olhos, como se ela estivesse esperando por algum tipo de rejeição.

— Não me importa qual seja seu sangue original — disse ele. — Você é Tamerlaine e ponto-final.

Ela fez que sim com a cabeça, mas Torin notou que ela lutava para encontrar consolo naquela declaração.

— Independentemente do que acontecer amanhã, acho que precisamos nos preparar para um conflito na fronteira dos clãs.

— Enviarei as forças auxiliares — disse Torin, devolvendo a carta. — E é lógico que aprovo a carta.

Adaira dobrou o pergaminho e o selou. Aí apertou a cera com o anel de sinete, marcando o brasão dos Tamerlaine.

Torin perdeu o fôlego ao ver Adaira tirar o anel da própria mão, ainda quente da cera. Sentiu o sangue se esvair do rosto quando ela se aproximou com o anel de ouro na palma da mão e o estendeu para ele, esperando que ele aceitasse.

— Que história é essa? — grunhiu ele. — Não quero isso.

— Não posso liderar este clã com a consciência limpa — disse ela. — Não sabendo quem sou de verdade.

— Você é Tamerlaine, Adi. Uma história absurda do inimigo não muda esse fato.

— Não muda mesmo — concordou ela, triste —, mas penetrou o coração do clã, e eles não confiam mais em mim. Eles darão ouvidos a você, Torin. Você viu o que aconteceu lá fora. Você é o protetor deles. É sangue do sangue deles. Depois de encontrar Innes e chegar a uma solução amanhã, anunciarei que você me substituiu como barão, e espero que a paz volte ao leste enfim.

Torin a olhou com raiva. Ela estava ficando embaçada; ele pestanejou antes que as lágrimas caíssem. Que tipo de *solução* era aquela de que ela não parava de falar? Por que esse conceito o apavorava tanto?

— Por favor, Torin — sussurrou ela. — Aceite o anel.

Ele sabia que ela estava certa. E odiava isso.

Odiava que as vidas deles estivessem se estilhaçando daquele jeito, e odiava não ter poder para impedi-lo.

Odiava que ela estivesse renunciando.

Odiava ter que carregar aquele fardo.

Mas ele obedeceu. E assim cumpriu a ordem mais recente dela, e pôs o anel no dedo.

Adaira se retirou para seus aposentos. Trancou a porta e desabou no tapete, onde chorou até se esvaziar. Ficou deitada ali, sofrendo de saudade dos pais, e viu a luz andar pelo piso com a passagem das horas.

Em alguma momento, uma batida soou à porta e ela se forçou a se levantar.

Com uma pontada de ansiedade, Adaira abriu a porta e se surpreendeu ao ver dois guardas postados. Não soube dizer se estariam ali para protegê-la por ordem de Torin, ou se para ficar de olho nela. Para proibi-la de sair.

— Chegou uma carta — disse um deles, e estendeu um pergaminho.

Adaira já sabia que era a resposta de Innes. Aceitou a correspondência, fechou a porta e rompeu o lacre. O retorno da Baronesa do Oeste foi surpreendentemente seco:

Aceito seus termos, Adaira. Nos vemos ao amanhecer.
— *I.L.B.*

Adaira jogou a carta na lareira e a viu queimar em cinzas, até que de repente o xale vermelho pendurado nas costas da poltrona de leitura chamou sua atenção. Lorna lhe dera aquela flanela havia anos. A mãe pedira para Mirin tecer um de seus segredos na estampa.

Adaira estava cansada de segredos. Cansada de mentiras. Odiava ter passado anos com um segredo envolvendo seus ombros.

Ela pegou a flanela. Ainda era macia, gasta pelos anos protegendo-a do vento em seus passeios pelas colinas. Ela puxou o pano com toda a fúria e angústia que guardava. O encanto se fora, e a flanela rasgou em suas mãos.

Era fim de tarde quando as forças auxiliares chegaram para vigiar o rio no vale de Mirin. Jack precisava conversar com Adaira. Tinha deixado a mãe e Frae sob proteção da Guarda do Leste e caminhado devagar até Sloane, ainda fraco. Cuidara das unhas lixando as pontas encravadas, mas suas mãos ainda tremiam. Ele não sabia quando poderia voltar a tocar.

O dia todo fora estranho, quase onírico. Como se uma estação inteira tivesse florescido e murchado em questão de horas.

O entardecer estava na iminência de se entregar à noite escura, e as sombras aos pés de Jack estavam profundas quando ele finalmente chegou a Sloane.

Não sabia o que esperar, mas a hostilidade no centro o espantou. Caminhou por entre boatos e cochichos, a maior deles sobre Adaira, sobre quem ela era e sobre o que o clã haveria de fazer com ela. Alguns achavam que ela sempre fora ciente de sua identidade, e que os enganara de propósito. Outros se apiedavam de sua situação. Alguns acreditavam que ela confraternizara com o inimigo, sob o pretexto de um acordo, e que deveria enfrentar o tribunal. Outros, que ela deveria abdicar do baronato naquela noite mesmo, mas só depois de garantir a volta segura das três meninas.

Desconcertado, Jack seguiu diretamente para os aposentos de Adaira, tomando o corredor principal, mas viu que havia guardas postados na porta. Não sabia se a presença deles era para protegê-la, ou para encarcerá-la. Assim, ele entrou discretamente no próprio quarto e pegou a passagem secreta para o cômodo dela.

Em meio às sombras e teias de aranha, ele bateu suavemente no painel.

— Adaira?

Silêncio. Jack estava tateando para achar o trinco quando escutou o painel se soltar. Um fio de luz o perpassou quando Adaira abriu a porta.

Ela usava apenas um roupão diáfano, e o cabelo solto e úmido escorria pelos ombros. Jack ficou tenso; sentia a fragrância de lavanda e mel na pele dela e, ao olhar para o quarto, viu a tina de cobre no canto.

— Estou interrompendo? — murmurou ele, lamentando o momento ruim que escolhera.

— Não, já acabei. Entre, Jack.

Adaira se afastou para deixá-lo passar, e Jack atravessou a porta.

No momento de silêncio que se passou entre eles, Jack não conseguia parar de olhá-la. Queria compartilhar tantas coisas com ela naquela noite, no entanto, fora tomado pela surpresa por vê-la em trajes praticamente mínimos. Ela capturou a atenção dele enquanto caminhava até a lareira. Estava descalça, de rosto corado, e o cabelo molhado deixava pequenos borrões transparentes no tecido do roupão. Adaira ainda mal ousava encará-lo, mal lhe dirigia a palavra. Parecia até estar sozinha quando pegou a garrafa de vinho na mesa próxima à lareira e serviu-se de uma taça.

Ainda assim, foi ela quem quebrou o silêncio.

— Imagino que você deseje romper nosso noivado. Cuidarei disso amanhã, com prioridade.

— Por que eu desejaria isso? — retrucou Jack.

O tom brusco dele chamou a atenção dela. Adaira o olhou e finalmente notou sua boa aparência. Ele tinha ido encontrá-la com suas melhores roupas. Com o traje do matrimônio.

— Você não sabia que estava se casando com uma Breccan — disse ela, arrastando a voz.

— Não — disse ele, suave. — Não sabia mesmo.

Ela franziu as sobrancelhas e virou o resto do vinho.

— O que *eu* sei é que o povo anda falando de mim. E não é coisa boa. Você deveria se distanciar de mim imediatamente, Jack. Não vai acabar bem.

Jack avançou um passo e pegou a mão dela. Os dedos de Adaira estavam quentes, como se queimasse por dentro. Ele notou que ela não estava usando o anel, e foi invadido por uma tristeza impronunciável, imaginando que ela o removera deliberadamente. Ele então ergueu o olhar para ela, que estava rígida, resguardada. Como se já estivesse à espera de sua rejeição.

— Que seja — disse ele. — Que falem. Neste momento, a única coisa que importa somos eu, você e aquilo que sabemos ser verdade.

Ela se espantou. E ele percebeu quando ela foi acometida pelas lembranças, as quais passaram em seu rosto. Em outra ocasião ela lhe dissera palavras semelhantes, naquela noite em que se ajoelhara e o pedira em casamento.

— Você está me assustando, Jack.

— Estou sorrindo demais, é isso?

A brincadeira fez surgir um sorriso leve no rosto dela, mas logo passou.

— Sua reação a essa revelação... Você deveria me desprezar. Me tratar como inimiga. Não deveria querer me dar as mãos.

Ele entrelaçou os dedos aos dela e a puxou para ainda mais perto.

— Você acha que me importo com o lugar onde você nasceu, Adaira?

— Pois deveria.

— Você se importaria se eu tivesse nascido no oeste?

Ela suspirou.

— Talvez me importasse, um dia, há muito tempo. Mas mudei tanto que mal me reconheço. Não sei mais quem sou.

Jack acariciou o rosto dela e ergueu seu queixo para que ela o encarasse.

— Faltam certas partes na história de Moray Breccan. Partes vitais, que quero que você saiba.

Ela se calou de expectativa, aguardando que ele falasse.

— O Guardião do Bosque Aithwood poderia tê-la devolvido a seus pais biológicos naquela fatídica noite — começou Jack. — Mas se o fizesse, teria ido contra a lei, pois recebera a ordem de não levá-la de volta. Ele temeu ser condenado à morte, e também temeu que você mesma perdesse a vida.

"Ele encontrou o rio e entrou na água, desorientado pelo sangramento, com você no colo. Pretendia levá-la para a casa dele e pensar no que fazer. As copas dançavam no alto e a água o guiou rio abaixo, e aparentemente todos os espíritos, até as estrelas que ardiam ao longe no céu, acabaram por conduzi-lo ao leste. Quando ele atravessou a fronteira, se viu em um vale e, ao olhar para cima, encontrou uma casa na colina, onde a luz do fogo emanava pelas janelas. Mal sabia ele que ali vivia uma jovem tecelã, solitária e casada somente com seus segredos, e que frequentemente passava a noite em claro com seu tear.

"Ele decidiu bater à porta e ela o acolheu, apesar da flanela azul em seus ombros e das tatuagens anil em sua pele. Ela rapidamente notou o bebê, e ele pediu ajuda da tecelã. Mirin o auxiliou e disse que no momento em que pegou você no colo, seu coração pulou de alegria. Ela mal compreendeu a sensação na hora, mas disse que foi como encontrar uma parte de si há muito perdida. E o guardião viu ali uma boa mulher, capaz de amar a menina como à própria filha e de cuidar dela com o carinho necessário para sua sobrevivência. E assim ele deixou você com minha mãe, e os dois juraram guardar o segredo entre eles. Ele acreditou que nunca mais fosse atravessar o rio.

"Porém, ele voltou no dia seguinte mesmo, para saber de você e da tecelã de olhos escuros. Tinha desvendado a brecha secreta da fronteira, estava ciente de que se desse o sangue para o rio e andasse pela água, passaria sem ser notado. Assim, ele começou a fazer visitas frequentes, como se um cordão o amarrasse àquela casa na colina, o puxasse para o leste. Ademais, ele estava preocupado, pois você ainda era muito pequena, e minha mãe não entendia muito de recém-nascidos. Ela foi obrigada a incluir Senga Campbell no arranjo, e a curandeira fez todo o possível para ajudar no seu desenvolvimento.

"Senga contou a Mirin que o Barão do Leste e sua consorte ansiavam por um bebê, mas que ela temia que o parto iminente de Lorna Tamerlaine teria complicações. A curandeira perguntou a Mirin se ela entregaria você a eles. E ao passo que minha mãe não queria abrir mão de você, até porque a guardara em segredo por semanas a fio, ela aceitou.

"Lorna logo entrou em trabalho de parto. Foi um processo demorado e difícil, e o bebê foi natimorto. Senga disse que todos no quarto choraram. Choraram e lamentaram naquela hora, e Senga achou que não fossem aguentar o luto. Até que Mirin levou você, embrulhada em cobertores. Você berrou até minha mãe entregá-la aos braços exaustos de Lorna. Ali, você ficou quietinha e contente, e minha mãe diz que foi então que soube que seu lugar era com eles. Todos naquele quarto decidiram esconder o segredo sobre sua origem e deixar o clã acreditar que você era filha de sangue de Alastair e Lorna.

"Você era deles por amor e promessa. Eles não se importavam por seus ancestrais serem do oeste. Você curou as chagas do clã e trouxe alegria. Trouxe riso e vida para os corredores antes desolados do castelo. Trouxe esperança para o leste.

"E minha mãe... ficou em paz, mesmo sentindo uma saudade feroz de você no início. Mas mal sabia ela que teria o próprio filho apenas oito meses depois."

Jack parou um pouco, surpreso devido à própria voz vacilante. Adaira ergueu a mão e acariciou o rosto dele, e no ato ele soube que ela estava começando a vê-lo como ele a via. A enxergar os fios que os uniam.

— Meu pai era o Guardião do Bosque Aithwood. Foi ele quem trouxe você para o leste, onde soube que estaria segura e seria amada — disse Jack.

Era libertador pronunciar aquelas palavras proibidas. O peso tombava de seu peito como uma pedra, e ele tremeu ao sentir o espaço que deixou ali, ávido por preenchimento.

— Da sua vida veio a minha — continuou. — Eu não existiria se você tivesse nascido no leste. Sou um mero verso inspirado pelo seu refrão, e seguirei você até o fim, até a ilha engolir meus ossos e meu nome ser mera lembrança em uma lápide ao lado da sua.

Adaira sorriu, os olhos brilhando de lágrimas. Jack esperou ela romper o silêncio que brotava entre eles, um momento brilhante e inebriante que poderia tomar qualquer forma. Esperou, sabendo que eles poderiam reivindicar aquele dia para si. Plenamente e despudoradamente, com todo o seu sangue, agonia e segredos ao vento. Com as feridas, as cicatrizes e a incerteza do futuro.

— Jack — murmurou ela, por fim, e o tomou em seus braços.

Jack inspirou o perfume dela, escondendo o rosto nas ondas macias de prata de seus cabelos.

Adaira o convidou a passar a noite com ela. Ela não sentia expectativa alguma da parte dele, apenas contentamento. Por estar na companhia dela, protegido do turbilhão do mundo fora daquele quarto, mesmo que apenas por algumas horas ao luar.

Ela ainda estava maravilhada pelo que ele dissera, palavras que os uniam mais do que as juras do noivado.

Ela abriu uma janela, deixando a noite quente entrar no quarto. Por um momento, podia se iludir. Ao admirar a ilha escura, acreditou que o pai estivesse vivo, sentado perto da lareira da biblioteca, e que a mãe o acompanhava na harpa, dedilhando uma cascata de notas. Por um momento, ela foi Adaira Tamerlaine, que sempre pertenceu ao leste.

A fantasia se desfez em cinzas, porém, quando ela percebeu que não desejava mais aquela vida. Agora queria a verdade. Queria que roçasse sua pele, queria pegá-la nas mãos. Queria a honestidade, mesmo que a sensação equivalesse a ter a alma arranhada por garras.

Quando ela se virou, Jack a fitava. Uma brisa morna adentrou o quarto, balançando o cabelo solto e comprido de Adaira.

— É estranho — murmurou ela — não saber a que lado pertenço.

— Você pertence aos dois — respondeu ele. — Você é o leste e o oeste. Você é minha e eu, seu.

Ela foi a encontro dele no centro do quarto, onde as sombras dançavam no chão.

Jack soltou o nó que prendia seu roupão e passou a mão ágil por baixo do pano, primeiro a tocando de leve, com reverência no olhar. O polegar dele ia deixando um rastro de arrepios na pele. E então ele a beijou com uma intensidade que arrancou dela tudo de santificado, abrasando a paixão pela qual ela ansiava, e ali, a caminho da cama, Adaira soube que encontrara nele seu par. De início, eles seguiram num ritmo urgente, pontuado por suspiros, roupas arrancadas e seus nomes misturados, como se o tempo estivesse prestes a expirar. Até que Jack recuou minimamente para poder admirá-la plenamente, o corpo sob o dele no colchão, e aí espalmou a mão nas costelas dela. A metade da moeda dele refletiu a luz, pendurada na corrente comprida no pescoço.

— Aconteça o que acontecer nos dias vindouros, estarei sempre ao seu lado — disse ele. — Se quiser ir ao continente, eu a levarei. Se quiser permanecer no leste, aqui permanecerei. E se quiser se arriscar no oeste, permita-me estar junto.

Ela mal tinha fôlego para responder. Então apenas concordou com a cabeça, e Jack beijou a mão dela, na cicatriz fria da adaga da verdade. A partir daí ele diminuiu o ritmo, como se quisesse saborear cada momento daquela união. Olhando demoradamente para ela, ele encontrou um novo compasso entre eles, uma canção na qual podiam se perder, e Adaira sentiu como se ele estivesse tirando música dela inteira.

As velas queimaram até vivarem poças de cera; a lareira crepitou em brasas azuis. Aos poucos, restaram apenas as constelações, a lua e o vento suave que soprava da janela. As asas de um espírito do leste. Adaira e Jack, reluzentes e inteiramente consumidos, adormeceram enroscados nos lençóis.

Capítulo 27

Frae sonhou com o rio. Ela estava em pé na água, sem saber se deveria seguir o fluxo ou andar contra a corrente para voltar para casa. Ao longe, viu Moray, que vinha caminhando em direção a ela.

— Venha comigo, Frae — disse ele, e o coração dela tremeu de medo.

Ela se virou para correr, mas a água atrapalhava, e ela soube que seria capturada.

— Frae — rosnou ele.

Ela estava com medo de olhar para trás. Mas de repente a voz dele foi mudando. Quando ele voltou a falar, soou estranho, e ela percebeu que o sonho estava acabando.

— Frae? *Frae*, acorde.

Ela se sobressaltou e, ao abrir os olhos, viu Mirin. Estava escuro e, por um momento, Frae ficou confusa. Porém, ela logo escutou o barulho para além da janela, para além das paredes de casa. O tilintar de espadas, gritos e grunhidos. Cavalos relinchando, cascos batendo na terra. Sons de dor e fúria.

— Mãe? — murmurou Frae, e o terror a ocupou com um calafrio. — *Mãe!*

— Shhh — fez Mirin, lhe acariciando os cabelos. — Lembra-se das regras?

Ela pegou Frae pela mão e a tirou da cama. Mirin tinha deixado a flanela encantada da filha no banco, e já vinha andando com a espada na cintura, como se preparada para aquela noite.

Frae esperou a mãe amarrar a flanela ao redor de seu peito, para proteger o coração.

Sem dizer palavra, Mirin a levou à sala, até o canto da lareira, onde o fogo crepitava. Frae sentou-se primeiro, e então a mãe empunhou a espada e sentou-se na frente dela, como um escudo. *Isso é só um pesadelo*, pensou Frae, se apoiando nas costas de Mirin. Porém, de trás da mãe, ela via vagamente a sala, as sombras e a luz do fogo numa batalha mútua. Os sons violentos estavam mais altos, mais próximos, e Frae começou a chorar.

— Estamos seguras aqui dentro, Frae — disse Mirin, mas soou rouca, o medo enterrado na voz. — Não chore, meu amor. Somos fortes, somos corajosas. E isso logo vai acabar.

Frae queria acreditar nela, mas sua cabeça estava um alvoroço e ela só conseguia pensar: *É só um pesadelo. Acorde! Acorde...*

A porta dos fundos foi escancarada.

Os guerreiros Breccan invadiram a casa como uma inundação, as flanelas azuis como o céu pouco antes da alvorada. Frae se agarrou a Mirin e ficou observando enquanto vasculhavam a casa. Notaram Frae e a mãe no canto, a espada nas mãos de Mirin, mas não as abordaram.

Frae reconheceu o capitão Torin, com sangue escorrendo pelo rosto. Um dos Breccan o rendia com uma adaga em seu pescoço.

Era grave. Era muito grave, pensou Frae, chorando e escondendo o rosto nos cabelos de Mirin.

De repente, fez-se um silêncio estático na casa, como se tudo tivesse congelado. Frae ergueu o rosto para ver o que inspirara a estranha reverência.

Um homem alto aparecera. Ele usava a mesma roupa dos outros Breccan, mas tinha algo de diferente. O rosto mais gentil, mais suave. E o cabelo vermelho como fogo. Como cobre. Como o dela, percebeu Frae, puxando a pontinha da trança. Ele estava de mãos atadas às costas, e Frae se perguntou o que ele teria feito para se tornar prisioneiro do próprio clã.

O homem encarou Mirin, angustiado.

Frae notou o arquejo da mãe. A espada caiu das mãos dela com um estrépito, e Frae então puxou a camisola de Mirin, incomodada por ela ter derrubado a arma.

— Mãe! — murmurou Frae, trêmula.

Contudo, percebeu que o medo da mãe ficou muito distante quando Mirin encarou o Breccan e ele a encarou de volta.

— Mirin — disse o homem. O nome dela na voz dele era doce, como se ele o tivesse pronunciado muitas vezes antes, em murmúrios, em prece. — *Mirin.*

Frae estava atônita. A mãe conhecia ele?

Frae sentiu o olhar dele passar para ela, e também não conseguiu resistir ao seu chamado. Ele estava diferente à luz do fogo, mas ela finalmente o reconheceu, arquejando de susto. Foi o mesmo sujeito que ela vira no quintal semanas antes. O mesmo homem que visitara a horta com o cavalo e que fitara a casa à luz das estrelas.

Ele começou a chorar ao olhar para Frae. Soluços intensos e entrecortados. O som fez as lágrimas de Frae voltarem, e ela não entendia por que estava com aquela sensação de ter levado um soco.

— Você pôde ver as duas — disse um Breccan com cicatriz no rosto para o homem ruivo —, tal como combinamos. E as lendas se lembrarão de você não como guardião, não como um homem de força e valor, mas como um tolo. Elas o chamarão de traidor do clã, Niall Breccan. Traidor do juramento. — O Breccan da cicatriz fez sinal para os outros homens e acrescentou: — Agora o levem de volta e o tranquem nas masmorras.

Três guerreiros cercaram o homem que chorava. Aí o arrastaram dali e, antes que Frae conseguisse enxugar os olhos embaçados, ele se fora, levado embora.

Desaparecido, como se nunca tivesse existido.

Mirin estremeceu, como se quisesse segui-lo. Começou a se esticar, estendendo as mãos, respirando mais rápido, mais sôfrega. O terror de Frae a inundou e ela apertou o braço da mãe numa tentativa de contê-la.

O Breccan da cicatriz no rosto começou a dar a volta pela sala. Ele analisou o tear de Mirin e o alisou com seus dedos imundos. Fitou a corrente de flores secas penduradas na lareira. Finalmente, olhou para Mirin e Frae e sorriu.

— Esta casa servirá muito bem à troca. Os ventos aqui funcionam como no oeste, não é? Mandem o capitão convocar Cora. Ou será que é melhor chamá-la de Adaira por enquanto?

Torin foi levantado à força e arrastado pela porta da frente, até o jardim.

Frae se encolheu no canto, agarrada em Mirin, aos prantos. Até então estava apavorada, até que pensou em Adaira, e ali enfim secou as lágrimas e o nariz catarrento. Tinha ouvido a história do Breccan malvado na véspera, quando ele estava amarrado na cadeira. Escutara palavra por palavra, mesmo com dificuldade de entender exatamente o que ele queria dizer.

Uma coisa, contudo, Frae sabia, e esse fato a cobriu como uma flanela quentinha.

Adaira viria. Adaira as salvaria.

Torin parou no jardim de Mirin, com uma adaga reluzindo contra seu pescoço.

— Convoque ela — ordenou o Breccan.

Torin não conseguia formar um pensamento coerente sequer. O sangue continuava a escorrer da barba, e ele estava atordoado. O grupo do oeste invadira rapidamente pelo rio. Torin e seus guardas foram dominados pelos Breccan sem o menor esforço. E, mesmo estando constantemente preparado para o pior — para o ataque dos inimigos com a violência costumeira —, Torin acabara derrotado.

O fracasso se alastrou por ele como uma doença, amolecendo-o de dentro para fora. Agora ele mal conseguia se manter em pé.

— Convoque ela — repetiu o Breccan, apertando a adaga até Torin sentir a ardência no pescoço.

Torin olhou para as estrelas. Quando sentiu o vento passar, pronunciou o nome dela e entregou ao som sua última esperança.

— Adaira.

Adaira se remexeu, sem saber por que despertara. Jack estava deitado ao seu lado, respirando fundo no sono, abraçado à cintura dela. Ela analisou o silêncio crepitante e viu as cortinas sopradas pela brisa suave. Era uma noite serena, e ela se ajeitou em um movimento lânguido, deslizando as pernas junto às de Jack.

Já estava fechando os olhos quando escutou outra vez. A voz de Torin, chamando por ela.

Adaira se enrijeceu.

Sabia que Torin estava a postos no rio. Se ele a chamava, era porque os Breccan deviam ter invadido de madrugada, indo contra o acordo que ela estabelecera com Innes. Ou seja, estavam ali com intenção de vingança.

— Jack — disse Adaira, sentando-se.

O braço dele estava pesado, e a mão escorregou pela barriga dela.

— Jack, acorde.

Ele grunhiu.

— Adaira?

— Torin está me convocando.

Jack ficou paralisado e escutou o vento trazer a voz de Torin pela terceira e última vez.

— Ele está nas terras da minha mãe? — perguntou ele.

— Está. Temos que ir imediatamente.

Jack pulou da cama, tropeçando no escuro em busca do rastro de roupas no chão. Adaira correu para acender uma vela e abriu o armário. Resolveu se vestir para uma possível batalha, com túnica de lã, gibão de couro e pinos de metal e uma flanela encantada marrom e vermelha. Uma pontada de tristeza a tomou ao prender a flanela no ombro. Talvez fosse a última vez que usaria aquelas cores, e ela engoliu o nó na garganta enquanto amarrava as botas, apressada.

— Tinha guardas na minha porta quando você chegou? — perguntou ela, olhando para Jack, que também estava acabando de se aprontar.

Jack a olhou de volta.

— Tinha.

— Eles talvez não me deixem sair.

— Está falando sério? — questionou Jack, com raiva. — Nem por ordem de Torin?

Adaira confirmou e fez sinal para Jack se encostar na parede, saindo de vista. Ele obedeceu, e ela se preparou para o pior ao destrancar e entreabrir a porta.

Um dos guardas se virou para ela.

— Podem se afastar e me deixar passar? — pediu Adaira.

— Fomos instruídos a garantir que permaneça em seus aposentos até novas ordens.

— A ordem veio do meu primo?

O guarda se calou, optando por não responder. Adaira, sabendo que Torin nunca a trancafiaria ali, abriu um sorriso triste para o guarda. Eles tinham perdido fé nela, e ela tentou conter a dor da revelação ao fechar a porta.

Jack já tinha aberto o painel da passagem secreta. Ela pegou a capa, sabendo que precisava esconder o cabelo, e vestiu o capuz enquanto o seguia para os aposentos vizinhos.

— Duvido muito que me deixem pedir um cavalo no estábulo — disse ela. — Você vai precisar fazer isso por mim. Darei um jeito de escapar das muralhas do castelo, aí nos encontramos perto da forja de Una.

Jack hesitou. No escuro, Adaira percebia sua relutância em separar-se dela.

— Tudo bem — concordou ele. — Nos encontramos lá.

Ele beijou a testa dela antes de saírem de fininho para o corredor. Ambos apertaram o passo pelos caminhos sinuosos e silenciosos do castelo, e se separaram ao chegar no térreo. Jack seguiu para o estábulo, e Adaira se voltou para a ala sul, saindo para o jardim enluarado e caminhado sem fazer barulho pelo piso de laje. Ela passou direto pela porta que levava à torre de Lorna e encontrou a portinhola escondida no muro, coberta de hera. Ela e Torin tinham descoberto aquela passagem secreta quando eram mais novos, durante o tédio de um verão. Ou, melhor, Adaira tinha descoberto e acabara aceitando mostrar para Torin depois e ele perceber que ela andava escapando da fortaleza sem ser notada pela guarda. A saída levava diretamente à muralha, onde outra porta escondida dava na rua, exatamente perto da forja de Una.

Adaira seguiu pelo túnel, esticando as mãos para tatear no escuro. O corredor era estreito e frio, e o ar cheirava a terra molhada e pedra úmida. Finalmente, ela chegou ao fim. Entreabriu a porta, e saiu em uma ruela de Sloane.

Encontrou a forja de Una, nas sombras da madrugada, e esperou por Jack.

Ele chegou momentos depois, montado no cavalo predileto de Adaira. Ele se ajeitou, abrindo espaço para ela, que montou na sela, na frente dele.

Ele a abraçou com força quando ela pegou as rédeas.

Eles cavalgaram pela cidade através da leve névoa das ruas. Ao escapar de Sloane, desviaram da estrada e optaram por tomar o atalho das colinas. Os feéricos auxiliaram, conforme Adaira já esperava. Quatro colinas se transformaram em uma só, e quinze quilômetros viraram cinco. O vento do leste soprava às costas dela e de Jack, impulsionando-os como se fossem um barco no mar.

O cavalo estava ensopado de suor quando finalmente vislumbraram as luzes de Mirin ao longe. Adaira deixou a égua diminuir o passo para se refrescar. Aí aproveitou aqueles minutos preciosos para se preparar mentalmente para o confronto, correndo os dedos pelos cabelos embaraçados. Não sabia o que encontraria naquela casa, mas se tudo ocorresse como planejava, não haveria o que temer. Ela soltou o arreio do cavalo debaixo de um carvalho e se aproximou da casa a pé, com Jack ao seu lado, trepidante.

Jack pegou a mão dela, entrelaçando bem os dedos.

Quando se aproximaram, Adaira discerniu silhuetas no quintal. Guerreiros Breccan. Já tinham cercado a casa, e outro círculo deles se formara ali perto, na direção do curral, iluminado por tochas. Adaira diminuiu o ritmo. A Guarda do Leste e os vigias provavelmente tinham sido rendidos, e, embora não visse nenhum corpo no chão, imaginava que estivessem todos devidamente capturados.

— Alto lá — comandou uma voz, interrompendo o silêncio tenso.

Adaira voltou a atenção para o portão e parou. Dois Breccan avançaram a passos agressivos, mas, assim que viram seu rosto ao luar, mudaram de postura, relaxando.

— É ela — disse um deles, abaixando a espada. — Deixe ela passar.

Ela voltou a andar, puxando Jack. Sentiu o olhar dos Breccan em seus ombros, em seu cabelo, tangível como o vento. Chegou à porta rápido demais e, com a mão trêmula, pegou a maçaneta de ferro.

Quando escancarou a porta, foi banhada pela luz da lareira.

Ficou espantada com a cena que encontrou ali. Um mar de flanelas azuis. Mirin e Frae encolhidas no canto. Torin ajoelhado, com uma adaga reluzindo no pescoço.

Innes não estava ali, e logo ficou aparente que um Breccan de cicatriz no rosto e cabelo loiro oleoso estava no comando.

— Cora — disse ele, com uma curta reverência. — Que bom que veio.

Adaira o encarou com frieza.

— Cadê sua baronesa?

— Ela não está. Viemos resolver esta questão com você, já que se espalhou a notícia de que prenderam nosso herdeiro nas suas masmorras.

— Não resolverei nada com vocês — disse Adaira. — Chame sua baronesa. É com ela que falarei.

O loiro sorriu com dentes podres.

— Honestamente, Cora — murmurou ele. — É uma troca simples, que podemos efetuar sem derramar uma gota de sangue.

Ela ficou quieta. De revestrés, viu Jack se ajoelhar com Mirin e Frae no canto da sala.

— Seu irmão está dedicado a levá-la em segurança para casa — continuou o Breccan. — Se libertá-lo das masmorras e for com ele ao oeste, traremos de volta as três meninas Tamerlaine.

Torin estremeceu. Adaira olhou para o primo. Ela enxergava a derrota no rosto dele, e também um filete de sangue manchando seu pescoço. Nunca o vira sob tamanha vulnerabilidade, e a cena a assustou.

— Não negociarei com você — respondeu ela, voltando o olhar para o Breccan. — Convoque sua baronesa. Só chegarei a um acordo com Innes.

— Se você se recusar a negociar conosco — disse ele, e acenou para Torin —, vamos cortar o pescoço do capitão.

— Estariam cortando o pescoço do Barão do Leste — disse Adaira, serena — e, em retribuição, garantirei que a cabeça de Moray seja entregue ao oeste antes mesmo de o sol nascer.

O Breccan hesitou, arqueando a sobrancelha. Quando entendeu, ele alargou o sorriso. Adaira abdicara do poder, então provavelmente não planejava permanecer no leste. Ele se virou para um dos guerreiros e disse:

— Volte de cavalo ao oeste e traga nossa baronesa.

O homem concordou e saiu da casa.

A espera pareceu levar um ano. O silêncio era opressor, mas Adaira não se mexeu, nem disse nada. Manteve-se firme, esperando a chegada da mãe.

Finalmente, a porta se abriu com um rangido. Innes entrou na casa, vestida para a guerra.

— O que aconteceu aqui? — questionou a baronesa, mas relaxou um pouco a expressão severa ao ver Adaira.

Elas se entreolharam. Tudo ao redor se desfez na penumbra enquanto Adaira fitava Innes, e Innes fitava Adaira, a emoção subindo como uma onda na praia. Adaira engoliu o sentimento e o guardou no fundo do peito, começando a identificar todos os traços que herdara da mãe. O cabelo, as feições finas, os olhos. Agora se questionava como não notara antes, no encontro na estrada.

— Você sabia? — sussurrou Adaira, sem conseguir se conter. — Sabia quem eu era quando nos vimos?

Innes demorou a responder, e um lampejo de dor tomou seu rosto.

— Sabia.

Tudo se encaixou para Adaira. Ela finalmente entendia por que Innes se desculpara tão prontamente pela incursão. Por que devolvera os mantimentos dos Elliott e pagara aquela quantidade de ouro. Ela sabia que Adaira era sua filha perdida, e queria fazer as pazes com ela.

— Então você também sabia que Moray estava sequestrando as filhas dos Tamerlaine? — Adaira ousou continuar. — Que seu filho estava capturando e mantendo meninas inocentes em cativeiro no oeste, enquanto a família delas chorava de luto no leste?

Innes franziu mais a testa. Por um momento, Adaira morreu de medo da baronesa, que olhou ao redor da sala e se deteve no Breccan da cicatriz.

— Eu não estava ciente disso. É verdade, Derek?

Derek pareceu encolher ao responder:

— É verdade, baronesa. Moray buscava justiça por vossa senhoria, pela família toda. Por nosso clã.

Innes esticou o braço abruptamente e deu um tapa no rosto dele. A braçadeira de couro acertou a boca de Derek, e o guerreiro recuou, cambaleando, com sangue escorrendo do lábio.

— Vocês agiram sem minha permissão — declarou ela com a voz gélida, olhando para os outros Breccan na sala. — Todos vocês se deixaram desviar pelo meu filho, e pagarão por esses crimes na arena. — Innes se interrompeu e voltou a atenção para Adaira. — Peço perdão pela dor causada. Cuidarei para que seja retificada.

— Obrigada — murmurou Adaira. — Também gostaria que a adaga fosse afastada do pescoço do Barão do Leste.

Innes olhou para o Breccan que segurava a adaga contra o pescoço de Torin. Seu choque foi perceptível por um mero segundo antes de ela assumir uma expressão autoritária, e o guerreiro finalmente soltou Torin com um leve empurrão. Adaira precisou de todas as forças para não correr até o primo e ajudá-lo a se levantar. Restou-lhe apenas assistir ao movimento de Torin, que se ergueu e atravessou o cômodo, mancando, até postar-se atrás dela.

— Você me escreveu em busca de uma solução — disse Innes. Adaira confirmou.

— Ontem pela manhã, Moray invadiu nossas terras com a intenção de sequestrar outra menina. Ele cometeu crimes contra o clã Tamerlaine e, embora seja seu herdeiro, o leste deseja que ele seja mantido nas masmorras a fim de pagar por seus pecados.

— Entendo — disse Innes, o tom cuidadoso. — Mas não posso voltar ao meu clã de mãos abanando.

— Não — concordou Adaira.

Ela sentiu o suor molhar a pele enquanto preparava o restante da fala. Não tinha contado aquilo para ninguém. Nem para Torin. Nem para Sidra. Nem para Jack. A ideia lhe viera no momento em que rasgara sua velha flanela. Adaira não precisava de conselhos; sabia o que queria, por mais difícil que fosse admitir em voz alta.

— Se garantir que as três meninas Tamerlaine sejam devolvidas em segurança na próxima hora, eu a acompanharei ao oeste. Pode me levar como prisioneira, se assim preferir, ou como a filha que perdeu. Aceitarei permanecer com você e servir ao oeste enquanto Moray estiver aprisionado no leste. Ele não correrá perigo durante o tempo de pena, mas são os Tamerlaine que determinarão quanto tempo ele passará encarcerado, e quando poderá voltar à liberdade.

Innes fitou Adaira, pensativa. Adaira aguardou, sem saber se acabara de ofender a baronesa, ou se a mulher estava pensando sinceramente na oferta. O silêncio se aprofundou. O alvorecer era iminente, e o frio tomara a sala. Finalmente, Innes estendeu a mão.

— Estou de acordo com suas condições. Aperte minha mão, Adaira, e firmaremos o acordo.

— Baronesa! — protestou Derek. — Não pode simplesmente entregar nosso herdeiro ao leste, deixá-lo acorrentado que nem um bicho.

Innes o fulminou com o olhar.

— Moray agiu sem minha permissão. Deve se responsabilizar pelo próprio destino.

Derek empunhou a espada. Adaira sentiu Torin pegá-la pelo braço e puxá-la para trás quando Innes reagiu, desembainhando sua arma também. A baronesa foi ágil; a luz do fogo brilhou no aço quando ela se esquivou facilmente do ataque de Derek e retribuiu com um golpe fatal.

Atordoada, Adaira viu Derek arfar, caindo de joelhos. O sangue jorrou de seu pescoço, manchando o tapete de Mirin, e ele sucumbiu no chão.

— Mais alguém deseja me desafiar? — provocou Innes, olhando para os guerreiros de Moray. — Podem se apresentar.

Os Breccan ficaram imóveis, vendo Derek soltar o último suspiro.

Adaira ouviu Frae chorando no canto, e os sussurros baixos de Jack para acalentá-la. Aí encarou a poça de sangue no chão, se perguntando que tipo de vida a aguardava no oeste.

— Concordo com sua solução, Adaira — retomou Innes. A baronesa ainda segurava a espada, mas estendeu a outra mão — ensanguentada, à espera do cumprimento de Adaira.

— Não precisa fazer isso, Adi — murmurou Torin, apertando o braço dela com a rigidez do ferro.

— Não, mas eu quero, Torin — respondeu ela em voz baixa. Não sabia mais onde era seu lar. Não sabia a que lugar pertencia, mas sabia que encontraria a resposta quando visse o oeste. A terra de seu sangue.

Torin a soltou, relutante.

Adaira avançou um passo. Estendeu a mão, mas pouco antes de tocar a mão de Innes, acrescentou:

— Eu gostaria de ver a paz na ilha. Ao me juntar ao oeste, eu gostaria que as incursões nas terras dos Tamerlaine acabassem.

A baronesa a fitou com olhos que, de repente, lhe pareceram velhos e cansados. Adaira se perguntou se a paz seria mera ilusão, e se esperá-la ainda era ingenuidade.

— Não posso prometer nada, Adaira — disse Innes. — Mas talvez sua presença no oeste, onde é seu lugar, traga a mudança com que tanto sonha.

Era a melhor resposta que Adaira poderia esperar no momento. Ela assentiu, e seu coração acelerou ao apertar a mão da mãe. Firme e forte, esguia e áspera de cicatrizes.

Anos tinham se perdido entre elas. Anos irrecuperáveis. Mas quem seria Adaira, se ela nunca tivesse saído do oeste? Se seus pais biológicos não a tivessem entregado às forças da ilha?

Ela se vislumbrou marcada pelo azul e pelo sangue. Fria e pungente.

Adaira tremeu.

Innes reparou.

Elas se soltaram, mas o mundo entre elas já não era mais o mesmo.

Com toda a compostura, a baronesa olhou para os guerreiros de Moray. Porém, Adaira captou o toque de emoção em sua voz quando a mulher declarou:

— Devolvam as meninas ao leste.

Capítulo 28

Sidra estava ajoelhada no jardim de Graeme quando o sol nasceu. O vento daquela manhã estava discreto. Apenas a luz ia crescendo, dissipando o restante da bruma. Sidra aproveitou a tranquilidade e admirou o mundo despertar ao seu redor. Porém, ao fitar o jardim, sentiu um peso no coração. O feitiço sumira e ela estava vendo o desastre que causara semanas antes. Começou a arrancar, mui lentamente, as ervas daninhas e os caules quebrados. Precisaria replantar, e estava arando o solo para semear quando escutou um som distante. Era a voz de Torin que a chamava.

— Sidra?

Ela se levantou, à procura dele. Estava sozinha no quintal, mas a porta da casa de Graeme estava aberta, e dava para sentir os primeiros aromas do café da manhã que ele preparava.

— *Sidra!*

A voz de Torin soou mais alta, e ela atravessou o quintal até passar pelo portão. Chegou ao cume da colina e olhou para as próprias terras lá embaixo.

Torin vinha subindo, com Maisie no colo.

Ela emitiu um som vívido. Um soluço entrecortado. Cobriu a boca com a mão suja de terra bem quando Maisie a viu. A menina começou a se debater, ansiosa para descer do colo do pai, e Torin a pousou no chão.

Maisie saiu correndo pela trilha sinuosa em meio à urze. Sidra foi de encontro a ela e caiu de joelhos, de braços abertos.

— Ah, meu benzinho — murmurou Sidra quando Maisie se agarrou ao seu pescoço. Ela fez cafuné nos cachos da menina, sentiu o cheirinho dela. Em dúvida de se estava sonhando, continuou: — Me deixe olhar para você, coração.

Ela recuou para fitar o rosto de Maisie, corado devido ao frio da manhã. Os olhos ainda eram castanhos e grandes, cheios de luz e curiosidade. Ela perdera mais um dente naquele intervalo, e Sidra só percebeu que estava chorando quando Maisie encostou a mão em seu rosto em um gesto solene.

Sidra sorriu, mesmo em meio às lágrimas. Tomou a filha num abraço junto ao peito e escondeu o rosto nos cabelos fininhos. Ela sentiu a presença de Torin quando ele as alcançou. Ele se abaixou devagar, emanando calor.

— Não chore, mamãe — disse Maisie, com um tapinha carinhoso no ombro dela.

Sidra chorou ainda mais.

As meninas voltaram para casa sob o céu azul.

O vento do sul estava morno e suave, e as flores se abriam sob o sol nascente e pleno. A urze violeta dançava à brisa livremente. A maré na praia estava baixa, os lagos cintilavam, e os rios corriam. As colinas estavam serenas, e as estradas eram fios de ouro em uma flanela verde conforme Adaira cavalgava junto à guarda para levar Catriona de volta aos pais na orla e Annabel, no vale.

Sentada no cavalo, ela assistia, sorridente, à reunião das famílias. Eram muitas as lágrimas e beijos, e muitas as gargalhadas, e Adaira sentiu um peso abandonar seus ombros. Era assim que devia ser, e ela esperava que a ilha reencontrasse o equilíbrio.

Os pais agradeceram à guarda por devolver as filhas em segurança, mas nem olharam para Adaira. Parecia até que ela já tinha ido embora do leste, e ela fez o possível para engolir a mágoa. Tinha consciência de que, se não fosse por ela, as meninas nunca nem teriam sido sequestradas. Bem no fundo, ela se culpava pela dor do clã, muito embora não estivesse por trás de todas as motivações daquele plano esdrúxulo.

Ela se perguntava se Alastair e Lorna teriam planejado um dia revelar a verdade para ela. Parte dela achava que não, pois eles levaram o segredo para o túmulo. Adaira tentou afastar a sensação de traição e tristeza. Naquele dia, precisava se mostrar harmoniosa como uma das baladas de Jack. Precisava seguir a partitura que traçara para si, sem se deixar dominar pela emoção.

Os guardas a escoltaram de volta ao castelo. Ela tinha até o meio-dia para restaurar a ordem, transferir oficialmente o baronato para Torin e fazer as malas. Innes ficara de encontrá-la no rio de Mirin, para enfim completar a troca.

Adaira parou no meio do quarto, perdida. Olhou para a cama, desfeita e amarrotada pela noite de amor com Jack. A janela ainda estava aberta, e a brisa suspirava no cômodo. Mesmo sem saber o que levar, ela começou a arrumar aos poucos um alforje de couro. Alguns vestidos, alguns livros. Estava no meio do processo quando uma batida soou à porta.

— Pode entrar.

Torin entrou no quarto, acompanhado de Sidra e Maisie.

Adaira largou a bolsa quando Maisie veio correndo. Tinha visto a menina rapidamente na devolução das reféns, mas agora finalmente estava tendo a oportunidade de pegá-la no colo, comovida pelo aperto vigoroso de Maisie, como se a criança não desse a mínima para a pessoa que Adaira era agora. Maisie se pendurou no ombro de Adaira, curando uma fratura em seu coração.

— Maisie! — exclamou Adaira, sorrindo. — A menina mais corajosa do leste!

Maisie sorriu, afrouxando um pouco os braços. Porém, sua animação diminuiu ao dizer:

— A mamãe disse que você tem que ir embora.

O sorriso de Adaira ficou paralisado.
— É, infelizmente, tenho.
— Para o oeste?
Adaira olhou de relance para Sidra e Torin, que não ofereceram sinal do que ela deveria responder. Estavam todos vivendo hora a hora, momento a momento. Ninguém sabia o que as meninas tinham vivido no oeste, mesmo que aparentassem ter sido bem tratadas.
— É, Maisie. Então preciso que você cuide dos seus pais enquanto eu não estiver. Você faz isso por mim?
Maisie concordou.
— Eu trouxe um presente para você.
Ela esticou a mãozinha para Torin, e ele entregou a ela um livro surrado e sem capa.
— O que é? — perguntou Adaira, em voz baixa.
— São histórias — disse Maisie. — Dos espíritos.
— Foi você quem escreveu, Maisie?
— Este livro era de Joan Tamerlaine — disse Torin, chamando a atenção de Adaira. — Meu pai me deu, e achamos... pensamos em dar para você. Ele diz que o restante do livro está no oeste. Quem sabe você o encontre lá?
Adaira assentiu, comovida de repente. Aí abraçou Maisie de novo com força e lhe deu beijinhos nas bochechas.
— Obrigada pelo livro. Lerei toda noite.
— Elspeth também vai gostar das histórias — disse Maisie, se remexendo.
Adaira a soltou, curiosa para saber quem era Elspeth. Porém, ela não perguntou, e aí Sidra se aproximou, trazendo um punhado de frascos.
— Para machucados — disse, mostrando um vidro repleto de ervas secas. — Para dormir — continuou, mostrando outro.
— Para dor de cabeça. E para cólica.
Adaira sorriu, e aceitou os quatro frascos.
— Obrigada, Sid.

— Se precisar de mais alguma coisa lá — disse Sidra —, me avise, que eu mandarei.

— Pode deixar.

Sidra a abraçou com tanta força quanto Maisie, e Adaira precisou se conter para não chorar.

— O clã está se reunindo no salão para o anúncio — disse Torin, depois de pigarrear. — Esperamos você lá.

Adaira assentiu e Sidra a soltou para pegar Maisie no colo. A menina acenou e então todos saíram, e Adaira mais uma vez ficou grata pelo silêncio. Com o livro e as ervas em mãos, entregou-se ao choro.

Ela estava secando as lágrimas e guardando os presentes na bolsa quando escutou o estalido inconfundível do painel da parede. Retesou-se. Tinha deixado Jack na casa de Mirin, acreditando que ele gostaria de fazer companhia à mãe e à irmã após a invasão dos Breccan.

— Jack? — disse ela, com medo de se virar e descobrir que não era ele.

— Levo a harpa velha e deformada, ou melhor não? — veio a voz dele, irônica.

Adaira se virou rapidamente e o viu com a mala na mão.

— O que você está fazendo?

Jack adentrou mais o quarto e fechou a porta secreta.

— O que lhe parece? Vou com você, oras.

— Não precisa fazer isso — protestou ela, ainda que estivesse com o coração relaxado de alívio.

Ele atravessou o quarto até alcançá-la, e parou apenas quando restava um sopro entre eles.

— Mas eu quero, Adaira.

— E a sua mãe? E Frae? — murmurou ela.

— Elas são fortes e espertas, e viveram muitos anos ótimos sem mim — disse ele, sustentando o olhar dela. — Sentirei saudade, mas não estou atado a elas. Eu sou seu.

Adaira suspirou. Ela queria que ele a acompanhasse mesmo, mas também estava sentindo uma coisa esquisita, uma inquietude que não sabia discernir, e que ecoava em sua mente como um alerta.

— Você pensa estar me arrancando de uma vida aqui — disse ele, acariciando o queixo dela com a ponta do dedo —, mas se esqueceu de que metade minha também é do oeste.

O pai dele era de lá, lembrou Adaira. Jack tinha raízes do outro lado da fronteira, assim como ela. Era evidente que ele desejava explorá-las.

— Está bem — suspirou ela. — Pode vir.

O sorriso de Jack foi tal que chegou a lhe dar pés-de-galinha, e ela constatou que nunca o vira tão radiante. E aí, bem quando seus lábios se encontraram, viu nele um lampejo de luz, como uma chama acesa na noite mais escura.

O salão estava lotado, à espera dela.

Adaira não queria que aquilo se prolongasse. Queria falar o necessário e ir embora, e esperava que os Tamerlaine lhes dessem ouvidos agora que as meninas tinham sido devolvidas a salvo e que Moray Breccan se encontrava acorrentado sob seus pés.

Torin a esperava no estrado. Ela foi até o primo, acompanhada de perto por Jack. Parou ao lado de Torin e encarou o mar de rostos diante de si.

— Meu caro povo do leste — começou Adaira, a voz vacilando. — A história que ouviram no vento é verdade. Eu nasci da Baronesa do Oeste, e, ainda bebê, fui trazida em segredo para o leste. Alastair e Lorna me criaram como a uma filha, e eu não sabia da verdade sobre a minha origem até Moray Breccan revelá-la ontem.

"Assim sendo, não me vejo apta a liderá-los mais, e transfiro o baronato a alguém digno de vocês. Torin se provou um líder excepcional, e irá guiá-los daqui em diante. Tenho toda a fé de que ele continuará a conduzir o clã a dias melhores.

"Em despedida, estabeleci um acordo com o oeste, o qual espero que traga paz à ilha. Moray Breccan permanecerá acorrentado em sua prisão pelo sequestro das filhas do leste, até vocês o considerarem digno de caminhar em liberdade. Como ele está no leste, em contrapartida devo seguir para oeste. Hoje, me despeço de vocês, e quero que saibam que continuarei a guardá-los todos com carinho na memória e na mais alta estima, mesmo que eu nunca tenha a oportunidade de caminhar entre vocês outra vez.

"Que permaneçam prósperos, e que os espíritos abençoem o leste."

Murmúrios percorreram a multidão. Adaira mal suportava olhar para os antigos amigos. Alguns pareciam tristes, mas outros suspiravam de alívio. Um dia, ela fora importante entre eles. Amada, adorada. Agora, era vista sob tons variados de dor, desdém e incredulidade.

Tanta coisa mudara em um dia só.

Ela dissera a eles suas últimas palavras, e agora o anel do poder estava nas mãos de Torin. O primo a acompanhou pelo estrado até uma das portas secretas. Jack vinha logo atrás, mas, antes que saíssem de vez, alguém gritou:

— E Jack? O bardo agora é nosso. Ele vai ficar aqui?

Adaira hesitou e olhou para ele.

Jack arregalou os olhos. Com evidente surpresa, se virou para o clã.

— Eu vou aonde ela for.

— Então vai tocar para o oeste? — gritou uma mulher, furiosa. — Vai tocar para os nossos inimigos?

— Não responda, Jack — advertiu Torin, em voz baixa. — Venha, vamos embora.

Contudo, Jack se ergueu na porta e declarou, com clareza:

— Eu toco para Adaira, e para Adaira apenas.

Adaira ainda estava zonza com a resposta quando saíram para o pátio. Dois cavalos arreados os aguardavam no piso salpicado de musgo.

— Pode me dar notícias quando chegar com segurança? — perguntou Torin quando ela se acomodou na sela.

— Lógico, mandarei avisar — respondeu Adaira, e pegou as rédeas.

Ela não sabia se despedir de Torin. Parecia que estavam arrancando um pedaço dela, e ela inspirou fundo quando ele lhe deu um apertozinho carinhoso no pé.

— Perdão, Adi — murmurou ele, olhando para ela.

Ela o olhou de volta. Estava com dor de cabeça de tanto engolir as lágrimas.

— A culpa não é sua, Torin.

— Você sempre terá um lar aqui, comigo e com Sidra — disse ele. — Não precisa ficar no oeste. Quando, um dia, Moray Breccan for solto... Espero que você volte para nós.

Ela assentiu, mas nunca antes sentira-se tão perdida. Por mais que ansiasse vislumbrar o futuro, o caminho à sua frente estava turvo. Ela não sabia se ficaria com sua família de sangue, se o leste um dia a chamaria de volta, ou se partiria de vez de Cadence.

Ela impulsionou o cavalo e Torin a soltou. Ela não disse adeus. Torin nunca gostara de despedidas.

E assim, com o sol chegando ao zênite no céu, Adaira e Jack partiram pela última vez pelas colinas do leste.

Innes Breccan ainda não tinha chegado pelo rio.

Adaira e Jack desceram de seus cavalos e decidiram esperar a baronesa em casa, com Mirin e Frae.

O tapete onde Derek sangrara e morrera tinha sido enrolado e retirado, mas Adaira ainda sentia o gosto de morte no ar. Mirin abriu todas as janelas para acolher a brisa do sul.

— Quer chá, Adaira? — ofereceu Mirin. Ela estava abatida e pálida, e sua voz soava rouca como a de um fantasma. Adaira nunca a vira tão mal, e sentiu uma pontada de preocupação.

— Não, Mirin, obrigada — respondeu Adaira.

Mirin voltou ao tear, mas parecia presa em uma teia, incapaz de tecer. Frae tinha se agarrado nas pernas de Jack, e Adaira tentava não olhá-los enquanto Jack preparava a irmã para sua longa ausência.

— Não quero que você vá — chorava Frae.

O lamento dela inundava a casa e escapava das janelas, em contraste com o sol brilhante e o calor do verão.

— Me escute, Frae — disse Jack, devagar. — Preciso ficar com...

— *Por que* você tem que ir? Por que não pode ficar aqui comigo e com a mamãe? — insistiu Frae, as palavras todas borradas de lágrimas. — Você *prometeu* que ia passar o verão todo aqui, Jack. Que não ia embora!

Doía escutar o pranto dela. De repente, Adaira sentiu como se sufocasse. Parecia que as paredes estavam se fechando, aí ela escapou pelos fundos, ofegante. Fechou os olhos para se recompor, mas ainda escutava o questionamento de Frae:

— Quando você vai voltar?

E a resposta hesitante de Jack:

— Não sei, Frae.

As palavras inspiraram outra rodada de choro da menina, como se aquele coraçãozinho estivesse sendo despedaçado.

Adaira não ia aguentar. Saiu pelo portão e sentou-se na grama, as pernas tremendo. Há pouco mais de uma hora, tinha tanta certeza de que Jack deveria acompanhá-la. Porém, depois de ver a deterioração de Mirin e a angústia de Frae... começou a pensar se deveria convencê-lo a ficar. O clã o queria ali, a música dele. A família precisava dele.

Ela ficaria bem sozinha.

Estava olhando, distraída, para a floresta distante quando Innes apareceu com um trio de guardas. Os cavalos tinham vindo pelo rio, subindo a margem, e se aproximavam a passos lentos. É agora, pensou Adaira, ao se levantar. *É o fim e o começo.*

O coração de Adaira esvoaçava no peito quando o cavalo de sua mãe biológica parou na encosta. Innes a olhou de cima a baixo, como se visse as lágrimas e a dor que Adaira escondia sob a pele.

— Está pronta para vir comigo? — perguntou a baronesa.

— Estou — respondeu Adaira. — Meu marido, Jack, gostaria de me acompanhar, se estiver aprovado.

Innes arqueou uma sobrancelha loira, porém, se a ideia a incomodou, ela disfarçou bem.

— É lógico. Desde que ele saiba que a vida no oeste é muito diferente do leste.

— Eu sei, e estou indo por vontade própria — interveio Jack.

Adaira se virou e o flagrou no jardim, com o alforje pendurado no ombro e a harpa danificada debaixo do braço. Mirin e Frae estavam à porta para vê-lo partir, a menina aos prantos, o rosto escondido na saia da mãe.

Jack avançou até parar ao lado dela, e foi então que Adaira notou uma mudança em Innes. A baronesa fitava Jack com o olhar frio e intenso.

Adaira perdeu o fôlego. Será que Innes sabia que Jack era o filho do guardião? Do homem que levara sua filha embora? De repente, a sensação agourenta de outrora voltou, como a maré enchendo ao redor de seus pés. Adaira não sabia se Jack estaria a salvo caso os Breccan viessem a saber de sua origem. Estava a um instante de chamar Jack para uma conversa particular e pedir para esconder seu vínculo com o pai quando Innes apeou.

— Gostaria de trocar uma palavrinha com você, Adaira — disse a baronesa, em tom reservado, porém pesado.

Adaira se curvou ao comando e localizou o depósito ali perto.

— Podemos conversar lá — disse, e Jack a olhou, incomodado, quando ela levou Innes à construção pequena e redonda. O ar lá dentro era abafado, empoeirado. Certa vez, não fazia tanto tempo, Adaira estivera bem ali com Jack.

— Seu marido é bardo? — perguntou Innes, tensa.

Adaira pestanejou, surpresa.

— É, sim.

Innes franziu a testa.

Jack sabia que alguma coisa dera errado. Pressentiu assim que Innes Breccan o olhou e analisou a harpa em suas mãos.

Tinha certeza de que alguma coisa dera errado, mas vinha tentando manter a expectativa tranquila enquanto andava pelo quintal, esperando a baronesa e Adaira saírem do depósito. Finalmente, Innes apareceu e foi andando até seu cavalo sem nem olhar para ele. Adaira fez sinal para Jack ir até lá. Ele largou a bolsa e a harpa e foi ao encontro dela.

Ela puxou a porta e os fechou no ambiente silencioso.

— O que foi? — questionou ele. — O que houve?

Adaira hesitou, mas seu olhar ainda continha certo choque.

— Innes acabou de me contar que a música é proibida no oeste.

Jack ouviu as palavras, porém não as absorveu. Levou dois segundos inteiros para entendê-las.

— Proibida?

— É. Instrumentos, canto, tudo proibido — murmurou Adaira, desviando o olhar. — Os bardos não são aceitos entre os Breccan há mais de duzentos anos. Eu... acho que você não deveria...

— Por quê? — retrucou ele, brusco.

Sabia o que ela estava prestes a dizer, e não queria escutar.

— Ela disse que incomoda os feéricos — respondeu Adaira. — Causa tempestades. Incêndios. Enchentes.

Jack se calou, mesmo com a cabeça a mil. Sabia que a magia fluía mais forte nas mãos dos mortais do oeste, em detrimento dos espíritos. Era o oposto da vida no leste. Pensou no fato de que tocar para os feéricos ali lhe custara sua saúde. Nunca tinha considerado como seria tocar para os espíritos do outro lado da ilha. Pelo menos não até aquele momento, quando achava que poderia tocar e cantar para o oeste sem pagar preço algum. Na quantidade de poder que suas mãos derramariam.

— Então deixo a harpa aqui — disse ele, mas sua voz soou estranha. — Não dá para tocar direito com ela torta assim, de qualquer modo.

— Jack — murmurou Adaira, triste.

O coração dele congelou.

— Não me peça para ficar para trás, Adaira.

— Se vier comigo — disse ela —, você precisará negar quem é. Nunca mais tocará instrumento algum, nem cantará balada alguma. Não apenas terá que abrir mão do seu primeiro amor, como estará separado da sua mãe, que não sei quanto tempo de vida tem pela frente, frágil como está, e também da sua irmã, que está arrasada por perdê-lo, e pode acabar no orfanato. O clã também deseja que você fique aqui, e sei que Torin...

— Os Tamerlaine não sabem que sou metade Breccan — disse ele, seco. — A opinião que têm de mim e da minha música certamente mudaria bem rápido quando essa verdade fosse revelada.

— Mas você pode encontrar um perigo muito maior no oeste, caso os Breccan descubram de quem você é filho.

Jack se calou.

Adaira suspirou. Parecia tão cansada, tão triste; ela se apoiou na parede, como se não aguentasse mais ficar de pé. Ela respirava rápido, ofegante, e Jack abaixou a voz e a puxou para um abraço.

— Eu jurei lealdade a você — disse ele, acariciando-lhe os cabelos. — Se me pedir para ficar no leste enquanto você estiver no oeste... será como perder metade de mim.

Adaira soluçou; Jack sentiu seu tremor.

— Eu temo que, se vier comigo — disse ela após um momento de tensão —, você acabe por se ressentir de mim. Sentirá saudade da família, sofrerá pela música. Não posso dar tudo de que você precisa, Jack.

As palavras dela o atravessaram como uma espada. Devagar, ele a soltou. Sentimentos antigos brotaram nele, aqueles que ele carregava quando menino, quando sentia-se indesejado e abandonado.

— Então você quer que eu fique aqui? — perguntou ele, com a voz seca. — Não quer que eu vá com você?

— Eu *quero* que você fique comigo — disse Adaira —, mas não se isso for destruí-lo.

Jack recuou. A dor no peito estava esmagando seus pulmões, e ele não conseguia respirar. Estava com raiva dela, pois havia um toque tênue de verdade em suas palavras. Queria ficar com ela, mas não queria se afastar de Mirin e Frae. Não queria abrir mão da música, deixar apodrecer tantos anos de disciplina no continente, mas não conseguia se imaginar abrindo mão de Adaira.

Angustiado, ele a olhou e viu que ela estava recomposta, como no dia em que ele a reencontrara pela primeira vez, semanas atrás. Ela sabia se resguardar, conter as emoções. Estava aceitando a separação, e de repente a distância entre eles se escancarou.

— Como desejar — declarou ele, rouco.

Ela o encarou por um momento demorado, e ele achou que ela fosse mudar de ideia. Talvez não estivesse tão firme quanto parecia. Talvez também sentisse o gosto amargo do arrependimento e do remorso por causa daquela decisão, que os assombraria nos anos vindouros.

Ele viu Adaira abrir a boca, mas, arfando, ela engoliu as palavras, deu meia-volta e fugiu do depósito, como se não suportasse sequer olhá-lo.

A luz do sol inundou o espaço.

Jack ficou paralisado naquele calor até a dor ferver no peito. Depois saiu a passos largos, à procura dela.

Adaira já estava em seu cavalo, seguindo Innes e os guardas do oeste colina abaixo. Ela logo sumiria entre o bosque e as sombras. Jack controlou o impulso de correr atrás dela.

Ele parou na grama e ficou esperando Adaira olhar para trás. Olhar para ele, uma última vez. Se ela o fizesse, ele a seguiria oeste afora. O coração dele batia na boca enquanto o olhar permanecia fixado nela. Nas ondas compridas dos cabelos, na postura orgulhosa dos ombros.

O cavalo entrou no rio. Ela estava quase no bosque.

Adaira não olhou para trás.

Jack a viu sumir floresta adentro. Então desceu a colina a pé, arfante, e foi desacelerando até parar de vez no vale. O rio lambeu seus tornozelos quando ele pisou na correnteza. Dali, ele encarou o oeste, onde o sol iluminava o bosque Aithwood, cintilando na correnteza.

Ajoelhou-se na água fria.

Não demorou para escutar passos agitarem a água atrás dele. Bracinhos magros o envolveram. Frae o abraçou em seu sofrimento.

As colinas verdejantes deram lugar à grama seca. As samambaias ali eram amarronzadas, o musgo formava manchas cor de âmbar, e as árvores atrás do bosque Aithwood cresciam tortas, curvadas para o sul. As flores silvestres, a urze, todas nasciam apenas em lugares protegidos, onde o vento não conseguia derrubá-las. As montanhas se erguiam, esculpidas em rocha implacável, e a água rasa dos lagos era estagnada. Apenas o rio fluía, puro, da nascente escondida nas encostas.

Adaira cavalgava ao lado da mãe, adentrando o coração do oeste. As nuvens baixas cheiravam à chuva.

Ela se entregou à terra faminta onde a música era proibida. Ao lugar onde sorvera seu primeiro fôlego.

Uma lufada soprou, passando seus dedos frios nos cabelos dela.

— Bem-vinda ao lar — murmurou o vento do norte.

Agradecimentos

Lembro-me de que o dia 22 de fevereiro de 2019 foi frio e desolado. Foi também o dia em que me sentei e comecei a escrever sobre uma ilha encantada e as pessoas que nela viviam. Estava escrevendo pela primeira vez depois de *meses*, finalmente interrompendo um longo período de seca criativa, e não fazia ideia do que esta história estava destinada a se tornar. Devo gratidão eterna às pessoas que investiram em mim e no meu trabalho, e que me emprestaram sua magia para que *A melodia da água* seja o que é hoje.

Agradeço a Isabel Ibañez, por ler este livro, capítulo a capítulo, no mesmo ritmo que eu o escrevia, por passar horas trocando ideias comigo, e por ter sido meu incentivo quando eu quis desistir. Sem você, este livro ainda seria um rascunho caótico no meu notebook. Sempre serei muito grata por sua amizade e pelo amor duradouro que você nutre por minhas histórias.

A Suzie Townsend, minha agente extraordinária. Lembra-se de quando eu mandei este manuscrito e disse "Não faço a menor ideia do que seja isto"? Você nem pestanejou e, mesmo em nosso esforço para descobrir o que esta história precisava ser, acreditou nela e a ajudou a encontrar a melhor casa. A Dani Segelbaum e Miranda Stinson, por ajudar nos bastidores e fazer minha trajetória editorial correr tranquila e sem maiores obstáculos. A Kate Sullivan, que leu a primeira versão deste manuscrito. Seus comentários incríveis foram essenciais para localizar as melhores partes da história, e me deram a confiança necessária para transformar este livro YA para um formato mais adulto. À equipe dos sonhos na New Leaf — obrigada por todo o apoio dado a mim e aos meus livros. É uma honra estar entre seus autores.

A Vedika Khanna, minha editora incomparável. Não tenho palavras para descrever a honra e a felicidade que sinto por este livro ter encontrado você, e por você ter vislumbrado todos os modos de fazê-lo florescer, lindo e orgulhoso. Obrigada por acreditar em Jack, Adaira, Torin, Sidra e Frae, e por me ajudar a encontrar o coração de cada enredo.

Um agradecimento enorme às minhas equipes maravilhosas na William Morrow e na Harper Voyager: Liate Stehlik, Jennifer Hart, Jennifer Brehl, David Pomerico, DJ DeSmyter, Emily Fisher, Pamela Barricklow, Elizabeth Blaise, Stephanie Vallejo, Paula Szafranski, e Chris Andrus. É uma honra ter sua experiência e apoio para dar vida a *A melodia da água*. Obrigada a Cynthia Buck pela preparação de texto e por me ajudar a polir o manuscrito. A Yeon Kim, que criou esta capa espetacular. Sinceramente, é tudo o que eu jamais poderia ter sonhado para este livro. A Nick Springer, por criar o lindo mapa. A Nasha Bardon e à incrível equipe da Voyager U.K. — estou muito feliz por essa parceria, e por ver esta história decolar em outro continente. Obrigada por dar ao meu romance a casa perfeita no Reino Unido.

Para construir este mundo, li muitos livros em busca de informação e inspiração, e agradeço profundamente aos seguintes autores e obras: *The Scots Kitchen*, de F. Marian McNeill; *Scottish Herbs and Fairy Lore*, de Ellen Evert Hopman; *The Complete Poems and Songs of Robert Burns*; *The Crofter and the Laird*, de John McPhee; e *Tree of Strings: A History of the Harp in Scotland*, de Keith Sanger e Alison Kinnaird.

Aos queridos autores que leram versões iniciais e me deram suas palavras de apoio e incentivo — vocês encheram o poço da minha criatividade nos dias em que me senti vazia. Obrigada pela gentileza, pelo tempo, e por me dar sustento com suas histórias.

Aos meus leitores dos Estados Unidos e além. Sei que alguns de vocês me acompanham desde o princípio, e outros podem ter acabado de descobrir meus livros. Obrigada pelo apoio e por todo o amor que vocês têm dado às minhas histórias.

A Rachel White, por tirar minha foto de autora naquele dia frio de ventania. Admiro-a profundamente, e agradeço muito pela sua companhia e amizade.

À minha família — pai, mãe, Caleb, Gabriel, Ruth, Mary e Luke. Vocês são minha galera e meu porto seguro, e é impossível mensurar o amor que tenho por todos.

A Sierra, por sempre inspirar a presença de um cão nas minhas histórias. A Ben, por acreditar em mim até quando eu mesma não acredito, e por me carregar nos dias mais difíceis. É você quem mantém minha luz acesa nas noites mais longas e sombrias, e eu amo o fato de a minha vida estar intrinsecamente tecida à sua.

Ao meu Pai do Céu. Eu teria perdido a coragem se não acreditasse que veria sua bondade na terra dos vivos.

Soli Deo Gloria.

**Confira nossos lançamentos,
dicas de leitura e
novidades nas nossas redes:**

𝕏 editoraAlt
⌾ editoraalt
♪ editoraalt
f editoraalt

Este livro, composto na fonte Fairfield,
foi impresso em papel Ivory Slim 65g/m² na gráfica Leograf.
São Paulo, Brasil, outubro de 2024.